KB078492

Reset 리 셋

;네가 아니어도

Reset, 네가 아니어도 1

초판 1쇄 찍은 날 § 2008년 4월 18일
초판 1쇄 펴낸 날 § 2008년 4월 28일

지은이 § 이미연
펴낸이 § 서경석

편집장 § 문혜영
편집책임 § 이종민
편집 § 한지윤

펴낸곳 § 도서출판 청어람
등록번호 § 제1081-1-89호
등록일자 § 1999. 5. 31
어람번호 § 제5-0190호

주소 § 경기도 부천시 원미구 심곡1동 350-1 남성B/D 3F (우) 420-011
전화 § 032-656-4452 팩스 § 032-656-4453
http://www.chungeoram.com
E-mail § eoram99@chollian.net

ⓒ 이미연, 2008

ISBN 978-89-251-1283-1 04810
ISBN 978-89-251-1282-4 (SET)

Reset

리 셋 _1

;네가 아니어도

_이미연 지음

도서출판
청어람

흔한 재시작 _1

"**세**은아, 세은아……."

마치 안타까운 부름을 듣기라도 한 듯 백지장처럼 창백한 여자의 눈꺼풀이 미미하게 꿈틀거렸다. 주위에 모인 사람은 일시에 숨을 죽였다.

"세은아, 정신이 들어? 눈 좀 떠봐."

여자의 이마가 일그러졌다. 그래도 간신히 간신히 눈을 떴다. 세상이 눈부신지 몇 번이고 눈을 깜박거렸다. 주위를 둘러본 여자는 시야에 들어온 여자를 보고 의아한 듯 물었다.

"언니, 이게 무슨 일이에요?"

"정신이 들었구나! 여기 병원이야. 혹시 기억나?"

여자가 일어나 앉으려 했다. 세은 곁을 지키던 미정이 얼른 세은의 어깨를 눌렀다. 아직은 누워 있으라면서. 세은이 깨어났단 소식에 저만치 멀리 떨어져 있던 남자 둘이 일어나 다가왔다. 세은 주변을 둘러싼 여자들이 조금 길을 터주었다.

"정신이 들어?"

세은은 잠깐 남자를 낯설어했다. 눈치 빠른 미정이 나섰다.

"사무실에서 쓰러졌었잖아. 그래서 같이 온 거야."

세은이 미정의 설명에 고개를 끄덕였다. 손 대면 흰 반죽이 묻어날 것처럼 새하얀 세은의 안색에 다른 남자도 머뭇머뭇 입을 열었다.

"괜찮아?"

세은은 막 눈을 감은 참이었다. 세은은 마치 남자의 질문을 못 들은 듯했다. 미정이 내심 놀라 세은의 손을 조심스럽게 토닥였다.

"은형 씨가 많이 걱정했어, 세은아."

"누구라고요?"

미정이 어색하게 웃었다. 아직 세은이 제정신으로 돌아온 게 아닌 것 같았다.

"은형 씨 말이야."

세은이 살짝 눈을 떴다. 세상을 향해 열린 검은 눈동자가 은형을 훑었다. 은형은 검은 눈동자를 마주하자 반사적으로 이맛살이 찌푸려졌다. 아픈 사람인 걸 알아도 이 반응은 오랜 습관 같은 것이라 어찌할 수가 없었다.

"채은형?"

세은의 반응에 놀란 사람이 한둘이 아니었다. 그중 미정은 마치 처음 보는 사람을 부르는 듯한 세은의 어조에 정말 놀라고 있었다.

"여기에 왜?"

"은형 씨랑 재민 씨 사무실에서 사고가 났었어. 기억 안 나니?"

"채은형이랑 서재민 사무실? 내가 거길 어떻게?"

재민은 은형을, 미정은 클럽 운영진을 동시에 돌아보았다. 경악스런 침묵이 삽시간에 좌중을 휩쓸었다. 그사이 호출을 받은 의사가 찾아왔다. 아무도 미미하게 일그러진 은형의 표정과 경멸이 스쳐 지나간 눈동자를 발견하지 못했다.

의사는 후두부에 가해진 충격으로 인한 일시적 기억혼란 현상이라고 말했다. 시간이 흐르고 주변 지인들의 도움을 받으면 차차 모든 기억이 제자리를 찾을 것이라고 했다. 그도 그럴 것이 세은은 부모님과 가족, 수년간 동고동락한 클럽 운영진, 남성 듀오 그룹 'EM'과 그 멤버는 다 기억했기 때문이다. 그저 팬클럽 운영진으로 활동하기 시작한 삼 년 전부터 사고 경위까지, 은형과 얽힌 기억만 떠올리지 못했다. 삼 년 전부터 지금까지 모든 콘서트 준비와 콘서트 참여는 기억했다. EM의 사무실에 들락거렸던 것도 나중엔 기억해 냈다. 그러다 은형과 함께한 뒤풀이라든지, 은형과 나누었던 대화 등을 떠올리려 하면 메스꺼움과 두통을 호소했다. 반면 EM의 다른 멤버인 재민과 있었던 일은 또렷이 기억했다. 재민과 세은은 꽤 죽이 잘 맞는 편이어서 얽힌 일들도 많았는데 그것들은 아무리 소소한 것이라도 세은은 잘 기억했다.

　결과적으로 은형만 잊었다. 그 사실을 알게 된 은형은 그럼 자기가 여기 있을 이유가 없다며 돌아가 버렸다. 은형을 막을 사람은 아무도 없었다. 재민도 미안함을 표하며 그 뒤를 쫓았다.

　결국 세은은 하루 정도 경과를 보기 위해 입원하기로 했다. 세은의 팬클럽 활동을 마땅찮게 여기던 부모님이 쫓아오셔서 클럽 운영진들은 모두 돌아가기로 했다. 맏언니 격이자 대구 지역을 담당하는 숙희가 자리를 뜨기 전 마지막으로 물었다.

　"세은아, 정말이야? 은형 씨에 대한 것만 다 잊어버린 거야?"

　세은은 묘한 표정으로 오히려 되물었다.

　"내가 정말 채은형이랑 그렇게 친했어요? 믿어지지 않아. 근데 왜 까먹은 거지?"

　클럽 운영진은 모두 입을 다물었다. 그들은 믿을 수 없는 일이라면서도 아예 불가능한 일은 아니라고 내심 생각하고 있었다. 세은을 남겨두고 그들은 남은 일을 마무리 짓기 위해 다시 사무실로 향했다. 내일은 EM 데뷔 5주년이 되는 날이었다. 잠시 활동을 접고 있는 EM을 위해 조촐한 데뷔 기념식을 치를 생각으로 클럽 운영진과 EM 매니저가 함께 파티 준비를 하고 있었다. EM은 활동을 쉬고 있어도 일정한 팬층은 고정되어 있기 때문에 준비하는 인원은 적어도 참가하는 인원은 오백 명은 너끈히 넘을 것이다. 때문에 사무실의 지원과 팬들의 사비를 털어 규모가 꽤 되는 파티를 열게 되었다.

　겉으로야 EM 본인들에게는 서프라이즈 파티라고 하지만 짜고

치는 고스톱이라 예상 질문을 뽑아 예상 답변을 받아내고 마지막으로 손발을 맞추던 중이었다. 은형의 절대적인 팬인 세은이 은형이 밖에 있다는 말에 찾아오겠다고 나간 게 문제였다. 따끈한 사무실 안에 모여 있던 운영진들은 세은이 너무 오래 돌아오지 않는다며 혜영을 내보냈다. 혜영은 세은을 찾으러 나가다 쿵 소리와 함께 우당탕 소리를 들었다. 혜영이 놀라 쫓아가니 계단에 누군가 떨어져 있었다. 세은이었다. 그리고 그 계단 끝에는 창백하게 질린 은형이 서 있었다.

부랴부랴 세은을 병원으로 옮긴 뒤, 세은이 정신을 잃은 동안 미정이 조심스레 은형에게 진상을 물었다. 은형은 세은이 바닥에 쌓인 눈 때문에 중심을 잃어 넘어졌다고 했다. 은형 자신도 꽤나 놀란 눈치라 미정은 더 묻지 못했다. 한밤중의 응급실은 기이할 정도로 적막했다. 응급실을 오가는 의사나 간호사 중 EM을 알아본 사람이 있을지 모르지만 재민의 주장으로 두 사람 모두 세은이 정신이 들 때까지 기다리기로 한 것이다.

가장 막내이자 뒤늦게 팬클럽 운영진이 된 혜영이 EM 사무실로 돌아가는 차 안에서 심각하게 중얼거렸다.

"설마 은형 오빠가 세은 언니를 민 건 아니겠죠?"

"그런 말 함부로 하는 게 아니야."

맏언니 숙희가 단단히 입단속을 했다. 그러나 그들 마음 한켠에는 그 은형과 세은이라면 불가능한 조합이 아니란 생각이 움트고 있었다. 어쨌거나 세은은 은형이라면 끔찍했지만 은형은 정반대의 의미로 세은은 끔찍이 여겼으니까.

"아무리 은형 씨가 세은일 끔찍이 여겼다고 해도 밉다고 밀어버릴 사람은 아니니까."

그것만이 가장 큰 위안이었다. 사무실로 돌아가는 시간이 더디게 느껴졌다.

다음날, 데뷔 5주년 무대를 최종 점검하던 미정이 세은을 맞이했다.

"나와도 되는 거야?"

"혹만 좀 생겼는데요 뭘. 덕분에 혼절도 해보고 응급실 신세도 졌지만. 언니, 어제 일로 액땜 다 했다고 쳐요."

세은은 정말 아무 일 없다는 듯 선두지휘하고 나섰다. 회장은 미정이지만 세은은 미정의 든든한 오른팔로 특유의 섬세함을 살려 자잘하고 꼼꼼하게 일을 처리하곤 했다. 세은에게 일을 맡기면 빈틈과 실수가 없어 솔직히 세은의 빈자리를 크게 느끼던 미정이었다.

이미 다른 멤버들은 세은과 인사를 마친 모양이었다. 세은은 언제 자리를 비웠냐는 듯 자연스레 원래의 자리로 돌아왔다. 세은이 원래 자리로 돌아오자 멤버들에게도 활기가 살아났다. 어제 일은 어제 일, 오늘 일은 오늘 일이었다. 오늘은 실수 하나 있어선 안 될 EM 데뷔 5주년 기념 파티였다. 팬클럽 카페를 통해 EM이 불러주었으면 하는 노래도 선정해 두었고, EM 역시 기념 파티를 해준 팬들을 위해 깜짝 선물을 준비해 두었다.

조그만 콘서트와 같아 큰 줄기로 봤을 땐 할 일이 별로 없을 줄 알았는데 막상 파티 날이 다가올수록 자잘한 문제가 끊이지 않았다. 먼 지방과 타국에서 날아올 팬들을 위해 간단한 먹을거리 뷔페를 예약했는데 중간에 300인분만 준비했다는 말에 부랴부랴 남은 200인분을 채우기 위해 뛰어다녀야 했고, EM이 콘서트를 할 때면 항상 함께했던 밴드 일원이 EM이 휴식기를 가짐과 동시에 증발해 버려 대타도 구해야 했다. 팬이 예상 이상으로 몰릴 것에도 대비해야 했고, 그 반대로 몰리지 않을 것도 대비해야 했다. 그 모든 준비를 척척 해결한 게 세은이라 해도 과언이 아니었다. 세은은 대학 시절 학생회 활동 경험이 있어 이런 일쯤은 능숙하다며 정말로 시원시원하게 답을 내놓았다. 그 때문에 데뷔 기념 파티를 준비하는 내내 팬클럽 운영진 모두 얼마나 세은에게 기댔었는지 모른다.

그리고 정말로 세은이 돌아오니 무대 설치부터 조명, 음향 기사들도 더욱 빠릿하게 움직이기 시작했다. 미정은 결국 세은이 어제 쓰러졌었다는 사실은 까맣게 잊고 함께 뛰기 시작했다.

EM 멤버가 도착했다는 보고를 들은 건 다섯 시에 있을 파티를 두 시간 남겼을 때였다. 미정은 은형을 발견하고는 저도 모르게 세은을 돌아보았다. 세은은 주변을 바삐 오가다가 두 멤버를 보고 휙 달려갔다.

"왔어요? 컨디션은 어때요?"

세은의 물음에 재민이 특유의 개구진 웃음을 지었다.

"남의 컨디션 물을 땐가? 몸은 어때?"

세은은 와하하 크게 웃음을 터뜨렸다.

"영광이네요, 재민 씨가 내 몸 걱정도 해주고. 평소에 그렇게 갈 귀대더니, 찔렸던 거죠? 난 괜찮아요. 채, 은형 씨도 컨디션 괜찮죠?"

은형이 무뚝뚝하게 고개를 끄덕였다. 세은은 두 사람에게 무대 위치를 지정해 주곤 마이크를 하나씩 안겼다. 둘이 마이크 음량을 조정하고 목을 푸는 사이 미정에게 숙희가 다가왔다.

"확실히 기억을 잃어버리긴 한 것 같아."

"응. 언니가 보기에도 그렇죠? 은형 씨 대하는 게 아직 어색하네."

"아니면 어제 일 때문에 기억이 돌아왔어도 내색하지 못하는 걸까?"

세은이 사고가 나기 전 은형과 무슨 일이 있었는지는 아무도 모른다. 은형이 시시콜콜하게 말하는 성격이었다면 이렇게 고민도 안 할 텐데. 은형은 올해 스물여덟이지만 고집이 세고, 낯을 심하게 가리는 편이라 자기가 마음을 허락한 사람이 아니면 인사도 잘 건네지 않았다. 물론 팬들에게야 깍듯했지만 정말 최소한의 예의를 갖추었다는 느낌이었다. 재민이 팬클럽 운영진들과 허물없이 지내기 때문에 더 비교가 되었다.

그래서 사실 활달하고 누구와든 더분더분 친해지는 세은이 어째서 은형에게 빠졌는지 다들 의아해했다. 그러다 은형의 음악에 황홀해 세상을 잊는 세은을 보며 저건 세은도 어쩔 수 없는 천성과 같은 것이라고 결론을 내렸었다.

그렇게 좋아하고 빠졌던 은형에 대한 것만 까맣게 잊다니. 분명 어제 세은과 은형 사이에 뭔가 있었던 것일 터다. 미정과 숙희는, 팬클럽 운영진 모두들 같은 마음이겠지만, 무슨 일이 있든 세은이 상처받지 않길 바랐다.

EM의 리허설까지 끝나고 세은이 EM 두 사람에게 무언가 물었다. 재민은 OK 사인을 주었고, 은형은 대꾸도 없이 대기실로 돌아갔다. EM이 모두 대기실로 돌아간 뒤 세은이 미정과 숙희에게 다가왔다. 미정은 세은의 표정을 보고 간이 덜컥했다. 세은은 입술을 삐죽 내밀고 입속말로 투덜투덜 거렸다.

"언니, 채은형 성격 원래 저래요? 사람이 말을 걸면 대꾸는 해야지."

예전의 세은이었다면,

"언니, 은형 씨가 뭐가 마음에 안 든 걸까요? '그대 생각뿐' 3소절에서 음이 조금 뜨는 부분이 있었는데 그것 때문인가? 음향 기사님 좀 만나봐야겠다."

"……사람 무안하게시리."

미정은 퍼뜩 제정신으로 돌아왔다.

"은형 씨 성격이 좀 제멋대로긴 해. 항상 그 기분 맞춰줬었잖아."

미정은 무심코 세은을 달래려 한 말이었지만 순간 입을 다물고 말았다. 하나, 정작 세은은 아무렇지도 않았다.

"내가 저 성격을 다 맞춰줬었다고요? 어처구니가 없네. 내일모레면 서른이잖아요. 난 나잇살 먹고도 제 나잇값 못하는 인간이 딱 질색이었는데."

그랬지, 그래도 항상 채은형은 제외였다. 은형의 제멋대로인 구석을 세은은,

"우리가 편하단 뜻이겠죠? 난 은형 씨가 고집 부리고 그러면 그냥 기뻐요. 고집을 부려도 우리는 자기편이라는 거 은형 씨가 아는 것 같아서."

하며 감동했었다. 저건 완전 신앙 수준이라고 놀린 게 바로 어제였는데. 미정은 혼란스러웠다.

드디어 데뷔 5주년 기념 파티가 시작되었다. EM은 R&B 장르에서 굳건히 입지를 굳힌 그룹으로 TV 버라이어티에 자주 얼굴을 내비치진 않지만 음악 프로그램에는 빠짐없이 초청되곤 했다. 지난 오 년 동안 일 년 육 개월에 한 번씩 앨범을 내놓아 현재 5집 앨범 준비를 위해 휴식기에 들어간 참이었다. 2집까지는 아직 현격한 인기를 얻지 못했지만 3집과 4집 앨범에서는 빼어난 음악성과 감수성으로 폭발적인 사랑을 받았다.

특히 EM의 이름을 널리 알려준 3집 타이틀 곡 '소망'은 당시 모든 음원 차트에서 1위를 독점했고, 3집 앨범은 음반 시장이 불황인 때 판매량이 50만장을 돌파했었다.

'가만히 귀 기울이면 네 웃음소리 들릴 것 같아. 손을 뻗으면 너의 온기가 닿을 것 같아. 눈을 감아도 아직 너의 모습이 선해. 어디에 있니, 잘 지내는 거니. 소식 좀 알려주면 안 될까. 네 소식 들으면 네 생각을 덜 하지 않을까. 잘 지내야 해. 누군가를 생각하는 만큼 그 사람 행복해진다면 넌 세상에서 제일 많이 행복할 테니.'

곡은 대부분 남녀노소 불구하고 사랑을 해본 사람이라면 한 번

쯤 공감할 내용이었다. 헤어진 연인들의 아픔과 상처, 갓 시작된 사랑에 대한 설렘과 불안, 첫사랑에 대한 아련한 기억 등. 거기에 보컬 재민의 서럽도록 시려서 어느새 눈물을 흘리게 하고 마는 애절한 목소리가 더해져 어느 음악보다 더욱 깊숙이 듣는 이의 심금을 울렸다.

재민의 뛰어난 창법과 호소력 짙은 목소리로 인해 EM의 팬이라면 처음은 대부분 재민에게 빠지게 된다. 그러나 일부는 은형에게부터 EM 사랑을 시작한다. 1, 2집에서는 은형이 메인보컬을 맡았다. 은형에게는 재민만큼의 뛰어난 가창력이 없을지 몰라도 웬만한 가수 이상의 재능과 누구도 쉽게 따라할 수 없는 감정제어 능력이 있었다. 넘치지도, 덜하지도 않은 감성을 담아 노래를 부를 때면 자신도 모르게 우는 사람이 속출하기도 했다.

게다가 1집부터 4집까지 재민의 곡 몇 개를 제외하곤 모두 은형이 만든 곡이었다. 기획사의 지휘하에 그룹이 결성되는 여느 그룹과 달리 은형과 재민은 학창 시절부터의 인연을 꾸준히 이어와 데뷔했다. 그리고 R&B계에서 국민가수 급인 그룹 'S'에게 곡을 주어 그 곡으로 그해 프로듀서 상을 수상하고, 직접 신인가수를 발굴해 그해의 신인가수상을 휩쓸게 하는 등, 프로듀서로서의 월등한 자질을 선보인 게 은형이었다. 그의 재능은 사람이 빠져들 수밖에 없게 만드는 마력이 있었다. 때문에 은형에서부터 EM 사랑을 시작한 사람은 그 사랑이 쉬이 식지 않았다.

세은이 은형으로부터 EM에 빠진 쪽이었다. 그 외의 EM 팬클럽 운영진은 재민으로부터 시작해 은형에게 더욱 빠진 케이스, 재민에게 여전히 올인하는 케이스 등으로 나뉘었다. 하나, 세은처럼 은형만 보고 EM 운영진까지 오른 사람은 없었다.

그토록 사랑해 마지않는 은형이었기에 세은은 그저 은형 가까이에 있을 수 있는 것으로도 언제나 행복해했었다. 명성 이상으로 건방진 면을 보일 때도, 세은을 번번이 무시할 때도, 안하무인격으로 세은을 타박할 때도, 세은은 너무나 행복해했었다.

준비한 시간과 공이 아깝지 않도록 데뷔 기념 파티는 원활히 진행되었다. 팬들이 파티장에 들어올 때 받은 메모지에 EM에게 하고 싶은 말이나 질문을 적게 한 뒤 한데 모아, 무작위로 뽑아 EM이 질문할 시간이 다가왔다. 어지간히 짓궂은 질문은 더 짓궂은 대답으로 응수하는 재민이라 파티장은 끊임없이 폭소가 터져 나왔다.

은형의 차례가 되어 몇 가지 질문지를 뽑아 들었다. 그중 하나를 펴 보던 은형의 표정이 미미하게 굳어졌다.

"가장 기억에 남는 팬은?"

은형이 쪽지를 읽더니 피식 웃었다.

"사실 우린 팬들하고 접할 기회가 많아요. 행사장을 돌 때마다 달려와 준 팬들, 콘서트 때마다 자리를 꽉꽉 채워준 팬들, 그리고 우리 데뷔 기념일이라고 함께해 준 팬들, 다들 기억에 남아요."

누군가 크게 대꾸했다.

"작년 광주 콘에서 같이 춤췄던 검은 옷 아가씨는요?"

재민이 그 말을 듣더니 동시에 푸훗 웃었다.

"아! 은형이 밀어놓고 자기가 무대 점령했던 아가씨?"

은형도 그제야 그 팬을 떠올린 모양이었다.

미정도 세은과 함께 그 콘서트에 갔다. 팬클럽 운영진은 스태프의 일원으로서 각 지방 공연마다 쫓아다니며 팬클럽석 티켓을 배부한다든지 팬클럽 회원들을 관리하는 등의 일을 했는데, 광주 때는 미정과 세은이 그 역할을 맡았었다.

그리고 그날, 세은은 다음날 눈을 뜨지 못하도록 펑펑 울었다. 광주 콘에 쫓아 올라갔던 검은 옷 아가씨는 대범하게도 은형을 붙잡고 늘어졌다. 비사교적이고 새침한 은형의 성격을 EM팬이라면 모를 리가 없는데 그 아가씨는 은형에게 착 달라붙어 함께 춤을 추길 요구했다. 은형은 웃는 낯이면서도 어쩔 줄 몰라 했다. 세은은 저 여자를 당장 내려 보내지 않고 뭐 하는 거냐며 씨근덕댔다. 한데 은형은 마지막에는 거의 체념한 듯 자기에게 여자가 치덕치덕 달라붙든 말든 신경도 쓰지 않았다. 여자가 무대를 점령한 지 십 분이 다 되어가자 자기가 양보하겠다며 마이크를 여자에게 넘기고 자기는 여자 자리로 내려가 앉기까지 했다. 미정이 말리지 않았다면 세은은 아마 당장 무대 위로 뛰어올라 가 여자의 멱살을 챘을 것이다.

은형이 아예 무대를 내려가자 웃기만 하던 재민이 그제야 수습에 나섰다. 여자는 물의를 일으켜 죄송하다며 뻔뻔하게 마이크에 대고 사과까지 한 뒤 무대를 내려갔다. 마지막으로 은형에게 한 번만 안아달라 했을 때 은형은 싱글싱글 웃으며 안아주기까지 했다. 그게 결정타였다. 미정은 세은이 폭발하는 줄 알았다. 주책맞은 팬도 팬이지만 안아달라고 덥석 안아주던 은형 때문에. 다른 팬들도 섭섭하긴 마찬가지였을 테지만 세은은 은형의 태도로 깊은 상처를 받았을 게 틀림없었다. 세은은 은형을 거의 남자 친구쯤으로 여기고 있었으니까.

가까스로 참은 세은은 그날 미정과 묵었던 방에서 미정 몰래 훌쩍거렸다. 미정은 세은이 의외로 침착해서 다 털어버린 줄 알았다. 그러다 다음날 눈이 퉁퉁 부은 세은을 보고 엄청나게 놀랐다.

"왜 그런 무례한 여자를 참아줘요? 왜 마지막에는 안아주기까지 한 거예요?"

세은이 처음으로 어제 사건에 대해 말문을 열었다. 하지만 푸념처럼 한마디 한 것 외에 더는 어제 사건을 언급하지 않았다. 세은 스스로도 화를 내는 이유가 부조리하다는 걸 알았을 것이다. 은형은 가수로서 콘서트 분위기를 망치지 않는 한도 내에서 최선을 다해 팬을 다루었다. 은형이 아무리 싫고 까다롭다고 해도 그 자리에서 경호원을 시켜 그 팬을 내쫓을 수는 없는 노릇이었다. 누구보다 잘 아는 세은이겠지만 생각만큼 감정 조절이 잘 안 됐던 것같다.

그 뒤로 몇 번의 콘서트를 더 쫓아다녔지만 세은의 속상한 마음은 쉽사리 풀어지지 않았다. 그렇다고 은형에게 내색도 못했다. 지금까지 세은이 은형에게 싫은 소리 하는 것을 본 적이 없었다. 그렇게 속으로만 끙끙 앓는 세은을 보며 실은 많이 답답했더랬다.

그 여자 이야기가 또 나오니 미정은 자연스레 세은을 살피게 되었다. 세은은 눈을 말똥말똥 뜨고 하하호호 웃고 있었다.

"당연히 기억나죠, 그분은. 마지막에 포옹했을 때 대범하게 자기 호텔 룸 넘버를 알려주던데요."

파티장에 모인 팬들이 일제히 비명을 질렀다. 은형은 짐짓 귀를 막는 시늉을 하더니 손사래를 털었다.

"뭐 그 정도 갖고 그래요. 아님 나는 그런 유혹을 받을 만큼 인기가 없단 뜻?"

"아니요!"

팬들이 또다시 일제히 외쳤다. 미정은 속으로 혀를 찼다. 아예 갖고 노는군. 세은이 미정 쪽으로 몸을 기울여 왔다. 미정은 귀를 곤두세웠다.

"할 땐 하네요? 제법이네."

그러더니 세은은 다음 준비를 위해 분주히 사라졌다. 미정은 가슴에 따끔한 통증이 일어 슬금 문질렀다.

여느 때의 세은이 아니었다. 여느 때의 세은이었다면 검은 옷 여자의 대범한 유혹을 알자마자 시무룩해졌을 것이다. 그런 유혹을 받고 뻔뻔스레 밝히는 은형을 보며 다시금 상처를 받았을 것이다. 그리고 자기는 역시 은형에게는 어떤 터치도 할 수 없는 일개 팬일 뿐임을 새삼 깨달았다고 고백했을 것이다.

미정은 알 수 없었다. 은형을 향해 팬 이상의 사랑을 품어왔던 세은이 상처받는 게 나은지, 아니면 모든 기억을 잃고 대범하게씩 웃어넘기는 지금이 좋은지. 세은을 위해서라면 지금이 나을 테지만 미정은 어쩐지 지금의 세은이 더 슬퍼 보였다.

팬들의 리퀘스트에 따라 준비된 곡도 다 부르고, 마지막 앙코르 곡만 남겨둔 시점이었다. 재민이 갑자기 이 자리를 마련해 준 팬들과 운영진에게 감사를 드린다며 운영진을 모두 무대 위로 불렀다. 이건 미리 정하지 않은 일이라 미정부터 시작해 다들 주춤거렸다. 파티에 참가한 팬들이 모두 박수를 치며 운영진을 불렀다. 미정은 무전으로 다들 무대에 오르라고 지시했다. 다들 쑥스러워하면서도 하나둘 무대에 올랐다. 마지막으로 세은이 무대에 오르다 삐끗, 넘어질 뻔했다. 가까이에 있던 은형이 반사적으로 손을 뻗었지만 세은은 혼자 가까스로 균형을 잡았다.

세은과 은형의 눈이 마주쳤다. 은형은 거의 동시에 무례하게도 고개를 홱 틀었다. 미정은 세은의 눈에서 불이 확 이는 걸 보았다. 그러나 세은은 아무렇지도 않게 다른 운영진들과 나란히 섰다.

앙코르 곡도 무사히 마치고 파티도 무사히 끝났다. 돌아가는 팬들에게 미리 마련해 둔 사인 포스터와 은형과 재민의 미발표곡 한 곡씩을 녹음한 CD를 나눠 주었다. 이건 운영진으로서도 예상치 못했던 선물이었다. EM은 5집 맛보기로 생각해 달라고 했다. 미공개 곡을 선물 받았다는 기쁨에 팬들은 저마다 기쁨을 감추지 못한 채 집에 돌아갔다.

뒷정리도 마친 뒤 운영진은 EM과 매니저, 소속사 식구들과 함께 뒤풀이 장소로 이동했다. 지금 운영진은 2기로 2집 때부터 활동해 왔던 사람들이었다. 1기 운영진들은 개개인의 사정으로 2기에게 운영진 자리를 물려주었고, 2기 운영진들은 한 사람도 쉼없이 왕성한 활동을 유지했기 때문에 여전히 운영진 자리를 고수하고 있었다. 2집 때는 아직 EM이 무명일 때라서 EM과 EM 소속사와 팬들은 수월히 가까워졌었다. 그때의 인연이 지금까지 이어진 것이다.

다들 자리를 잡은 뒤 EM 소속사 식구들이 세은의 안부를 물었다. 누구보다 열성적이고 성의를 다해 EM에게 헌신하는 팬이었다. EM 소속사 식구들이 세은을 싫어할 리가 없었다. 세은은 은형뿐만 아니라 소속사 식구들도 자기 가족처럼 챙겨서 다들 세은이 싸온 도시락은 물릴 만큼 먹어봤고, 세은표 식혜라든지 다양한 차도 항상 마셔왔다. 세은은 팬이고, 팬클럽 운영자지만 EM 소속사의 한 식구처럼 받아들여지고 있었다.

"저야 괜찮죠. 오늘 날아다니던 것 못 보셨어요?"

"세은 씨 쓰러졌단 말에 얼마나 놀랐는데요. 다들 쫓아가겠다는데 세은 씨가 너무나 멀쩡하게 돌아온 거야."

"그럼 좀 더 쓰러져 있을 걸 그랬나?"

"농담도!"

홍대의 한 클럽을 빌려 파티를 하고 새벽녘까지 운영하는 호프를 찾아 자리를 잡았다. 일행은 일제히 소주를 주문하고 주린 배를 채웠다. 운영자들은 점심도 거른 채라 술보다 우선 밥이었다.

호프 내에서도 EM을 알아보는 사람이 몇몇 있었다. EM이 활동을 계속하는 한 사람들의 시선은 언제나 따라다닐 것이다. EM을 그만둔다 해도 마찬가지였다. 그들은 이렇게 사석에서 만나 함께 밥을 먹는다 해도 엄연한 공인이었다. 미정은 그런 EM을 보며 세은이 한숨 비슷하게 했던 말을 떠올렸다.

"많이 힘들 거예요, 보통 사람들과 다른 삶을 산다는 건. 우리가 보는 영광과 영예는 한순간일 거야. 그 외에는 항상 사람들의 시선이라는 압박 속에서 살아가겠지. 어떻게 보면 안쓰러워요. 은형 씨, 안 그래도 예민한 사람인데, 어떻게 참을까 싶어서. 언젠간 그런 은형 씨를 감싸줄 좋은 여자가 나타나겠죠, 언니?"

씁쓸하게 중얼거리던 세은이었다. 운영자라면 누구나 세은이 그 역에 딱이라 생각하지만 누구 하나 세은에게 입후보 해보라 등 떠밀지 못했다. 가능성이 희박했기 때문이다. 은형이 세은을 받아들인다니, 은형이 최소 열 번은 다시 태어난다 해도 가능할까 싶었다. 어찌 됐든 둘은 연예인과 팬의 사이였고 은형은 팬이 자신에게 얼마나 잘해주든, 그 팬을 몇 년이나 보아왔든 상관없이 팬이라고 하면 일정한 거리를 두기 때문이었다. 삼 년이나 만나왔지만 은형이 재민처럼 사는 얘기라든지 자기 얘기를 먼저 꺼내는 걸 본 적 없었다. 팬들과 함께 있어도 재민에게 팬 접대를 일임한 채 자기는 한 걸음 물러나 있기 일쑤였다. 그래서 팬클럽 운영진이나 다른 팬들 대부분이 은형을 어려워했다. 그런 은형에게 '팬'이 '여자'로 보이기는 얼마나 힘이 든지. 그리고 세은이 입후보할 수 없는 결정적인 이유가 또 하나 있었다.

지금도 막 한 팬이 재민에게 사인을 받아갔다. 사람들은 보통 훤칠한 키에 아이돌이라고 해도 믿을 곱살한 외모인 재민을 먼저 알아보았다. 재민에 비하면 은형은 비교적 생김새가 평범했다. 같은 가수이고 연예인이면서 다소 신경질적으로 말라 보이는 인상에 잘 웃지도 않아 표정이 딱딱한 편이었다. 그럼에도 콘서트 때면 가끔 넋이 빠질 만한 미소를 지을 때가 있었다. 무표정할 때와 웃을 때의 갭이 너무나 커 그 갭에 흠뻑 빠진 사람들도 있었다.

"재민 씨, 사람들이 알아봐서 귀찮을 때 없었어요?"

세은이 술을 좋아하는 재민의 잔에 술을 채우며 물었다. 재민과 은형 사이에 세은이 앉아 있었다. 보통은 그곳이 세은 자리였지만 이번에도 세은이 일부러 그 자리에 앉았는지는 누구도 알 수 없는 노릇이었다.

"지금 같은 때?"

"지금도 귀찮았어요? 재민 씨를 알아봐 줘서 너무 기쁜 줄 알았는데."

"보통은 항상 귀찮아."

"앗, 또 빼긴다. 솔직하게 말해봐요. 정말은 좋죠. 유명해졌으니까."

재민이 잔을 쭉 비우더니 세은에게 내밀었다. 세은도 기꺼이 재민의 잔을 받았다.

"사실 날 알아보는 사람이 늘어나는데 싫은 이유가 뭐 있겠어. 그토록 바라던 유명세를 탔는데. 근데 귀찮은 것도 사실이야. 가령 이렇게 우리끼리 편하게 마시고 싶은데 날 알아보는 사람이 저기 있어. 술 맛이 술 맛이 아니야. 취해도 찝찝해. 가끔은 저런 시선들이 내가 뭔가 실수하길 기다리는 것처럼 느껴지거든."

세은이 잔을 비워 입을 댄 곳을 닦더니 재민에게 돌려주었다.

"그런 얘기 나한테 해도 돼요? 나라고 밖에다 소문 퍼뜨리고 다니지 않을까?"

재민이 돌연 풍선 새는 듯한 웃음소리를 냈다.

"네가? 아니, 우리 이세은 씨가? 절대, 네버, 걱정 안 해."

"왜요? 내가 그렇게 믿음직스럽나?"

재민이 잔을 들다 말고 돌연 멈추었다.

"은형이에 대한 기억 돌아왔어?"

세은은 무심히 고개를 털었다. 재민이 은형을 흘끗 건너보았다.

"은형이한테 자기가 어떻게 했는지 정말 다 잊었어?"

"내가 어떻게 했어요, 은형 씨?"

세은이 고개를 돌려 은형을 불렀다. 말없이 술잔을 기울이던 은형은 멈칫 굳어졌다.

"정말인가 보네. 정말 아무것도 기억 안 나나 봐."

재민이 중얼거렸다. 세은은 무슨 뜻이냐고 되물었지만 재민은 어깨만 으쓱했다.

"이제 세은이도 절대적이진 않단 뜻이지."

은형이 벌떡 일어났다. 은형이 돌연 자리를 떠도 세은은 뒤를 쫓지 않았다. 오히려 은형 뒤를 쫓는 소속사 식구들을 보며 혀를 찼다.

"항상 고생했겠네, 저런 성질머리 때문에."

그러나 남은 일행은 동시에 속으로 대꾸했다.

'그 고생을 자처했던 게 너였어, 이세은.'

부끄러운 과거의 파편 _2

세은은 대학을 졸업한 지 사 년째였지만 부모님이 운영하는 편의점에서 아르바이트를 하고 있었다. 원래 다니던 회사가 없어져서 쉬는 동안 집안일 거들듯 하게 된 것이 직장으로 자리매김돼 버렸다. 부모님은 세은에게 아직 젊고 건강하니 번듯한 새 직장을 찾으라고 하는데도 세은은 취업에 자신이 없었다. 한 회사에 칠 개월 다닌 게 최고 기록이었다. 한 번은 외국 화장품을 수입해 판매하던 회사, 한 번은 재건축 회사, 한 번은 무역회사였다. 셋 다 망했다. 마지막 회사는 악질이라 칠 개월이나 다녔음에도 월급을 다 떼이고 말았다.

다니던 회사마다 망하고 중견기업이나 대기업에 이력서를 내는 족족 떨어지니 또다시 새 직장을 찾을 기력이 없었다. 공무원 시

험을 준비하라는 강력한 제의도 있었지만 두 달 공부하고 때려치
웠다. 그 뒤로는 부모님이 뭐라든 이런저런 아르바이트를 전전했
다. 아르바이트는 최장 십사 개월 한 적도 있었다. 커피숍이었는
데 사장으로부터 정식 직원 제의까지 받았다. 그런데 문을 닫았
다. 세은은 이제 완전히 질려 버렸다. 부모님의 걱정도 이만저만
이 아니었다. 세은이 벌써 스물일곱이었다. 남들은 제대로 된 직
장을 잡아 승진을 하네, 이직을 하네, 결혼을 하네, 애를 낳았네
난리였는데 세은은 아직 변변한 직장이 없었으니까. 부모님이 얼
마나 애를 끓이는지 알면서도 세은은 다시 도전할 용기가 나지 않
았다. 정말 지쳐 버렸다.

그래도 집에서 놀고먹고 있을 수만은 없어 엄마가 하는 편의점
일을 도왔는데, 이십삼 개월째인 현재 더도 덜함도 없이 꾸준한
매출이 지속되고 있었다. 세은은 이게 자기의 천직이라며 마음을
굳혔다.

부모님은 결혼하려면 번듯한 직장이 필요하니 뭐든 해라 하시
지만 세은은 누가 한심하다 해도 이 일을 그만둘 생각이 없었다.
또 직장을 잡아 그 회사마저 망한다면 어떡한단 말인가. 회사가
망할 때마다 월급 떼이고, 시간 낭비하고, 기진맥진하고, 다시 그
과정을 반복하고 싶지 않았다. 정말로 무서웠다. 게다가 세은에게
는 하고 싶은 일도 있었다.

그것이 EM 팬클럽 일이었다.

기억의 일부가 뭉 떠버렸다지만 세은은 불안함이라든지 위기감
을 느끼진 않았다. EM을 쫓아다니고 사무실을 몇 번 들락거린 것

만으로 채은형과 쌓아봐야 얼마만큼의 추억을 쌓았겠는가. 세은은 EM의 2집 때문에 팬 생활을 시작했다. 그전까진 아이돌을 쫓아다니는 여고생들을 빠순이라고 매도하며 간간이 자기보다도 나이 많은 팬들을 보며 미쳤다고 손가락질했었다. 한데 그 생활을 스물다섯 먹은 자기가 시작하게 된 것이다. 단지 채은형이 너무 좋다고.

작은 공연이라도 쫓아갔다. 게스트로 출현한다는 소식에 비싼 티켓을 입수해 찾아갔다. 무슨무슨 기념 공연에 온다고 하면 지방도 불사하고 쫓아갔다. 경제적 여유는 없지만 시간적 여유가 있는 덕이었다. 그때 함께 다녔던 멤버들이 지금의 운영진들이었다. 막내인 혜영은 그로부터 일 년 뒤에 합류했지만 거의 처음부터 함께한 기분이었다. 3집이 공개된 시점부터 함께 쫓아다녔기 때문이다.

EM이 휴식기에 돌입하면 소속사 사무실을 쫓아가기도 했다. EM을 만난다는 보장은 없지만 EM 소속사 사람들과 친해져서 나쁠 건 없다는 계산 때문이었다. 지금의 돈독한 우정도 그때 공을 들인 토대가 있기 때문이었다. 지금이야 인간적으로도 친하지만 처음에는 솔직히 EM이 목적이었다.

EM보다는 채은형을 쫓아 전국 방방곳곳을 돌았다. 태어나 한번도 가본 적 없던 부산도 벌써 열 번 이상은 다녀왔고, 저 산골짜기 속리산도 다녀왔다. 대도시뿐 아니라 중소도시들도 돌았다. 그렇게 열성적이었던 건 기억난다. 하지만 정작 쫓아가서 노래를 듣고 그 뒤에 무슨 일이 있었는지는 기억이 나지 않았다.

분명 언제 어디에서 받은 사인은 남아 있었다. 잡지에 EM이 실릴 때면 모든 잡지를 사 EM을 쫓아가 면면마다 사인을 받기도 했다. 사인을 받았던 추억도 어렴풋하나 그 증거물은 또렷이 남아 있었다.

2집 때도 EM 멤버들이 세은과 그 무리 일단을 기억하긴 했다. 그래도 본격적으로 친해진 건 그들이 운영진으로 등극한 3집 때부터였다. 그때부터 재민과 친해진 기억은 있는데 은형의 부분에 이르러선 흐릿해졌다. 마치 젖빛 유리를 머릿속에 끼워 넣은 기분이었다. 사람들은 하나같이 세은과 은형이 가까웠던 것처럼 말하는데 세은은 정말로 의외였다. 은형은 그들이 쫓아다녀도 악수 한 번 하기 어려운 사람이었다. 재민은 쫓아와 준 팬들을 위해 우스갯소리를 던지며 먼저 다가오는 면이 있었지만 은형은 항상 한 걸음 물러서 있었다. 은형을 좋아하는 세은으로서는 그래서 더더욱 애가 닳았다.

그러다가 친해졌다니 누가 믿겠는가. 그 은형이 세은이 곁에 오는 걸 허락했다는 것 자체가 믿어지지 않는다. 아마 은형이 허락한 게 아니라 세은이 마음이 과해 그의 허락에는 아랑곳없이 접근했을 것이다. 그 후에도 은형이 받아들였으리란 생각은 조금도 들지 않았다.

그래도 아쉽기도 했다. 그렇게 좋아했던 은형과 친했다는데 그 기억만 쏙 사라지다니. 하나, 새로 알게 된 은형의 성격을 봤을 땐 아주 아쉽지만도 않았다. 데뷔 기념 파티 때의 은형을 떠올리면 혀를 차기도 아까웠다. 제멋대로에, 수줍음을 핑계로 안하무인에, 무시하는 건 다반사고, 사람 말도 잘 듣지 않는다. 발을 헛디뎌 넘어질 뻔했을 때 손을 뻗은 게 정말로 의외였달까. 하나, 곧 팩 고개를 돌리는 그를 보고 진심으로 화가 났다. 사람을 무슨 닿기만 해도 끔찍한 병을 옮기는 벌레처럼 보는 것이다. 무대 위가 아니었으면 정말 빽 소리치고 싶었다. '네가 그렇게 잘났냐!'라고.

그런 남자와 가까워졌었다니. 자기의 기억보다 사람들의 기억이나 시력에 문제가 있는 것 아니냐고 되묻고 싶었다.

EM과 소속사 식구들과 헤어진 뒤, 술을 못하는 미정은 자기 승합차에 운영진을 태우고 한 찜질방으로 이동했다. 운영진 중에는 가정이 있는 사람도 있어 부득이하게 집에 돌아가야 했지만 나머지 멤버는 찜질방에서 오순도순 하룻밤을 보내기로 했다. 세은이 미정에게 은형과 자신이 친했다는 건 둘째치고 은형을 계속 좋아했다는 것 자체가 믿어지지 않는다고 말했다. 미정은 그 말을 듣더니 팬 카페에 가 'TO EM'에서 세은의 닉네임인 '은묘'로 검색해보라고 했다.

다음날 각자의 집으로 향한 뒤 세은은 카페를 찾아가 '은묘'란 닉네임으로 작성된 글을 찾아보았다. 거의 천 건에 육박했다. 게시글의 숫자에서부터 기가 질린 세은은 제일 처음으로 돌아가 하나하나 글을 읽었다. 글을 세 개쯤 읽었을까, 세은은 얼굴을 확 붉히고 모니터에서 고개를 돌렸다.

"이게 뭐야!"

〈또다시 밤이 찾아와

밤의 흐린 어둠이 마음을 흔들고 가네요.

요즘은 깊은 밤이라 해도

새벽의 여명과 그다지 구별되지 않은

흐릿하고 여린 어둠이 내려오죠.

그래도 밤이 좋아요.

날 더 감상적으로 만들고

당신의 음악을 폐부 깊숙이 호흡하게 하니까요.

당신의 음악이 가슴에 스미는

당신의 음성이 내 맘을 적시는

이런 밤이 정말 좋아요.

당신의 음성은

서글프고 투명하면서

동시에 짙고 깊기 때문에……

당신의 노랫말이

더더욱 깊이 음미되고

더더욱 깊숙이 맘을 파고드나 봅니다.

오늘 밤도 편안한 밤이 되기를……

오늘 밤도 당신이 꿈속에 찾아와……

나에게 당신의 아픈 사랑 노래를 들려주기를……〉

〈'이 맛 좋은데' 네가 말한 7월 6일은 샐러드 기념일

타와라 마치라는 시인이 있어요.
나야 워낙 시, 수필, 등등과는 인연이 없어서
전혀 모르는 사람인데…….
한 선배가 '이 구절 봐봐' 하며 건네준 책을 보고
숨이 턱- 막혀오더군요.

침묵 후에 다음 말을 고르는
너의 망설임이 좋다

왼손으로 내 손가락 하나하나를 보듬어 쥐는 너
사랑일지 모른다

사랑하는 마음이 가슴에 스며들어서
내가 누군가를, 당신을 사랑하고 있음에
내 자신이 사랑스러워졌습니다.〉

〈봄바람을 님의 바람이라고 부르는 거, 알아요?
어제 봄바람이 너무 쌀쌀맞다고, 봄바람 같지 않다고 하니까
엄마가 그러시더라구요.
그래서 봄바람을 '님의 바람'이라고 한다고.
"쌀쌀맞아서 님의 바람이야?"
"쌀쌀맞고…… 품을 파고드니까."
분명 바람 얘긴데……

가슴이 먹먹해지면서

나도 모르게 당신 생각이 났어요.

품을 파고드니까……

쌀쌀맞게 내 품을 파고드는 당신이니까…….〉

초창기에 쓴 팬레터였다. 여기까지는 어떻게든 좋게 볼 수 있었다. 단순한 팬레터라고 치부할 수 있었다. 하지만 후반으로 접어들수록 세은은 창백하게 질려갔다. 정말이지 고개를 들 수가 없었다.

〈콘서트 도중, 당신의 노래를 듣고 감상하며 이런 생각을 했습니다.

난…… 당신의 평생 팬이 될 수 있겠구나.

설혹 당신이 당장 결혼식을 올린대도,

지금 생글생글 예쁜 미소를 짓는 게 당신이 가장 사랑하고 당신을 가장 사랑하는 사람 때문이라 해도,

당신이 음악을 좋아하고 음악에게 사랑받고 사랑하고 음악에 푹 빠져 있는 한……

난 당신의 평생 팬이 될 수 있겠구나, 하구요.

당신은 무대 위에서 빛이 나는 사람,

빛을 뿜어 사람을 감흥시키는 사람,

당신의 빛이 사람을

울게도, 웃게도, 슬프게도, 행복하게도 만드는 사람.

난 그 빛을 쐬며……

그 빛에 녹아들며……

그 빛을 품으며……

살아가는 사람.

당신은 가수이자, 작곡자이자, 작사가이고, 뮤지션입니다.

난 그런 뮤지션인 당신을 사랑하는 팬입니다.

콘서트가 진행되는 동안, 머릿속은 말끔히 비워지고,

가슴에는 당신이 점점 가득 차 오르는데

묘하게도 마음이 정리가 되었더랍니다.

그건 어쩐지 홀가분하고…… 후련하고…… 싱긋 웃을 수도 있게 했지만……

슬픔이 자작자작, 빗방울처럼 떨어져 내리는 느낌이었습니다.

차고, 맑고, 투명한 빗방울처럼요.

그리고 이젠 당신 걱정을 안 하게 되겠다는…… 그런 생각도 들었습니다.〉

이걸 정말 내가 썼다고? 할 수 있다면 머리에 대고 방아쇠를 당기고 싶었다. 세은은 주저없이 모든 글을 삭제했다. 백업도 하지 않았다. 조회수는 평균 200회 이상이었다. 이걸 만에 하나 재민이나 은형, EM 관계자가 읽었다고 생각하면!

눈알마저 화끈거려 왔다. 세은은 카페도 탈퇴하려다 간신히 참았다. 닉네임을 '은묘'에서 '백투더현실_은'으로 바꾸기도 했다. 하루에도 은형을 향한 편지 형식의 고백을 두세 번 쓴 적도 있어서 모든 글을 지우는데 하룻밤이 꼬박 걸렸다. 세은은 모든 글을 지우고 새 아침을 맞이하며 숨을 헉헉 들이마셨다.

이건 완전히 스토커다! 상대를 생각해 주는 듯 교묘하게 둘러대긴 했지만 스토커의 행태 그대로였다. 세은은 낯을 들 수가 없었다. 스스로의 감정이 그 당시에는 얼마나 절절했는지 모르지만 이건 완전히 민폐였다. 좋아함을 강조하며, 사실 난 바라는 건 없어요, 난 현실을 아주 잘 알고 있어요, 하지만 여기서는 꿈에 빠질래요, 하고 징징대는데 누군들 도망가지 않을 수 있겠는가!

좋아한다지만 어느새 팬 이상의 감정을 가졌던 거다. 채은형을 가수 채은형으로서가 아니라 남자 채은형으로 좋아했었던 거다. 그래서 목매고 장장 삼 년이나 쫓아다녔던 것이다!

"하느님 맙소사!"

기억을 지워주셔서 정말 감사합니다! 이전까지의 난 대체 어떻게 낯을 들고 돌아다녔던 걸까요! 이렇게까지 한 사람에게 민폐를 끼치고 난 뭘 잘났다고 얼굴 들고 살았을까요!

은형이 세은을 벌레만도 못하게 여겼던 것도 이해가 되었다. 병실에서부터 지금까지 세은의 말은 무시하고 존재 자체도 무시하는 듯한 태도가 충분히 이해가 되었다. 생각할수록 열이 오르고 창피해서 죽을 것만 같았다. 대체 무슨 생각으로 살았니, 이세은. 너 정신을 어디다 팔아먹었던 거야.

은형에게 새삼 미안해졌다. 아마 세은이 은형에 대한 기억이 사라진 건 은형의 기도가 하늘에 닿은 덕일 것이다. 제발 귀찮은 이세은을 떨어뜨려 주세요, 라는 기도의 응답. 세은은 오히려 자신이 감사해야 하지 않나 싶었다. 드디어 제정신으로 돌아왔으니까.

EM의 전 앨범은 지금 들어도 가슴 뛰게 하는 무언가가 있었지만 한동안은 EM의 노래도 듣기 어려울 것 같았다. 자꾸만 은형이 생각나서 자신의 소위 '쪽팔린 행동'들이 일제히 떠오를 것 같으니까. 게시판을 도배할 정도였다면 실생활에선 어땠을까! 생각만 해도 무시무시했다. 기억은, 죽어도 찾고 싶지 않았다!

하나, 다행이라면 EM이 현재 잠적기라 최소 일 년은 인터넷 카페만 관리하면 될 거란 사실이었다. 이제부턴 얌전한 팬이 될 테다. EM에게 절대 민폐 끼치지 않을 거고 은형 근처에는 죽어도 안 갈 테다. 재민과 친해진 건 아까우니까 그대로 두고. 세은은 속으로 혀를 날름거렸다. 죽도록 쪽팔린 건 팔린 거, 이건 이거다. 연예인과 친해지는 게 어디 쉬운 줄 아는가? 다행히 재민에게는 민폐를 끼친 기억이 없으니 지금까지처럼 지낼 수 있을 테다.

야간 파트 알바와 교대한 세은은 새어나오는 하품을 참을 수가 없었다. 바쁘게 움직이며 잠을 쫓은 동안도 게시판에 올렸던 글 내용이 생생해 뺨이 화끈거렸다. 세은은 천주교 신자로 세례명이 '세실리아'였는데 세실리아 성녀는 노래를 참 잘 불렀다고 한다. 어느 글에는 그 '세실리아'까지 운운해 '난 사실 노래를 못하지만 못 부르는 만큼 열심히 기도할 테니, 당신의 노래가 누군가의 기쁨이 되길, 맘의 위로가 되길, 상처의 치유가 되길, 삶의 행복이 되길 바랄게요. 세례명인 세실리아가 기도한다면 하느님께서 더 귀 기울여 들어주시지 않을까요?'라고도 해놨다.

얼굴 팔린다. 창피하다. 꽉 접시 물에 코 담아 죽었으면 좋겠다. 세은은 마대자루에 기대 긴 한숨을 토했다.

미쳤지, 정말 미쳤었지. 뒤늦게나마 제정신으로 돌아와 감사해야 하나. 세은은 절레절레 고개를 저었다.

〈거리, 아니, 착각이라고 할까요.

예전엔 당신에 대해 이러저러한 것들을 추측하고
당신의 행동을 보며 이러저러한 성격을 유추하며
그렇게 당신을 알아나갔습니다.
지금도 아는 것은 극소수지만……
그래도 어째선지 초반에는 당신을 정말 잘 알고,
잘 이해하고 있다는 느낌을 받았습니다.

창작의 달콤하고 강렬한 고통과 기쁨,
삶에 임할 때의 자세,
당신이 팬에게 진정으로 바라는 것,
등등을 '알고' 있다고 생각했습니다.
그래서 아는 대로 행동했고
거기에 만족했습니다.

그런데 요즘은 정말 모르겠습니다.
당신이 무슨 생각으로 오늘을 살며

내일을 살아갈 것인지.

어제는 어떻게 살아왔고,

당신의 궁극적인 꿈과 괴로움과 혼란은 무엇인지.

당신이 팬에게, 나에게 바라는 것이 무엇인지.

왜 모르게 된 걸까…….

당신을 '당신' 혹은 '은형 씨'라고 부를 때의 떨림은 많이 적응되었고,

이젠 익숙한 호칭으로 당신을 '당신'이라 부릅니다.

초반에는 갖은 예쁜, 순화된, 정화된 언어를 사용해

내 마음을 절제하고 거르고 걸러서

당신에게 내보였습니다.

지금은 예쁘고 걸러진 어구보단

내 마음을 있는 그대로 내보일 수 있는

단어, 어구들을 선택합니다.

초반에는 당신이 소중했습니다.

지금은 내 마음이 더 소중합니다.

왜 바뀐 것일까…….

간만에 쉬었던 주말,

그런 생각에 골몰했었습니다.

지금 나온 답은 우선,

당신이 '친숙해'졌다는 사실입니다.

네.

제가 처음 편지를 쓰기 시작했을 땐

3집이 나온다는 소식도 없었을 때였습니다.

그때는 마냥 두근거리고 설레는 맘으로

언제든 당신이 나오기만을 바랐었지요.

그러다 당신이 3집으로 돌아온단 소식을 들었고

3집을 내 손으로 직접 만져 보게 되었고

3집으로 활동하는 당신을 여러 번 보기도 했습니다.

그리고 오늘에 이르렀습니다.

쇼케이스를 시작으로 콘서트, 대학축제, 시민의 날 행사, 다시 콘서트, TV 방청……

어느새 당신이 많이 친숙해지고 많이 가깝게 느껴집니다.

'거리'를 잃은 겁니다.

낯선 이를 처음 대면할 때

'거리'를 두고 그 사람을 '측정'합니다.

'재고', '계산하고', '평가하고', '판단합니다'.

때문에 그 사람이 어떤 이인지

마음껏 추측하고, 추측이 옳았는지 아니었는지 확인해 가며

점점, 점점 그 사람과의 거리를 줄여 나갑니다.

그러다 '거리감'이 사라지고 나면

'객관성'과 '일반적인 잣대(혹은 기준)'를 잃고,

그 사람을 내가 무수히 알고 있는 수많은 사람 유형 중 하나가 아닌

단지 그 사람으로 보게 됩니다.

'주관성'을 띠는 것이죠.

그때부턴 그 사람만 보이는 겁니다.

내가 익히 알던 패턴대로 그 사람이 움직일지 아닐지 추측하는 게 아니라

그 사람이 움직이는 것을 보며 '역시 그 사람답네' 혹은 '그 사람답지 않네' 하고 생각하게 되는 겁니다.

그리 생각하니

당신에 대해 모르는 게

당연할 수밖에요.

나에게 당신은 이미

거리감을 유지할 만큼

멀지도

거리감을 완전히 잃을 만큼

가깝지도

않은 사람이니까요.

'역시 당신이구나' 할 여지가 10가지라면

'이것도 당신 모습인가?' 하는 것은 100가지입니다.

'이건 당신답지 않아'가 100가지라면

'사실은 이게 정말 당신인 건가?' 할 때가 10000가지입니다.

당신을 더 알 기회는 없고

알고 싶은 욕심은 증폭하니

눈앞이 흐려질 수밖에요.

점점 더 당신을 알 수 없으니,

그렇다고 내 추측과 잣대로 당신을 재기엔

내가 당신을 조금 알아버렸으니,

혼란스러울 밖에요.

앞으로도 이 생각에 좀 더 매달릴 것 같습니다.

그럼에도 불구하고……

'먼 사람'에서

무심코 '누구지? 목소리 좋네' 하다가

'바보, 은형 씨잖아' 하고 생각해 버린

오늘 아침의 나를 떠올리면

그저…… 아무것도 필요 없이

노래만 들으면 되는 건가…… 하는 생각도 듭니다.

욕심을 버리고……

집착을 버리고⋯⋯

마음을 버리고⋯⋯

미련을 떨치며⋯⋯

그저,

가수로서의 당신을

감상만 하면 되지 않을까⋯⋯

사실은⋯⋯

그게 당신이 가장 바라는 바일지도⋯⋯.

어떤 걱정도⋯⋯

어떤 기대도⋯⋯

어떤 바람도⋯⋯

다 부담이니⋯⋯

그저 당신을 믿고

지켜봐 주길 바라는지도⋯⋯.

그게 당신이 팬에게

진정으로 바라는 바일지도⋯⋯.

그렇다면 당신은

나 이상 가는 욕심쟁이입니다.〉

정말, 이니? _3

발신인은 재민이었다. 키보드의 흰 건반이 내는 건조한 음과 여운조차 남기지 않는 삭막한 기계음에 골몰하던 은형은 작업용 안경을 벗고는 눈을 아프게 비볐다. 전화는 끊겼지만 재민은 성미가 급해 은형이 전화를 받을 때까지 또 전화를 할 터였다. 역시나, 끊기기가 무섭게 두 번째로 벨이 울렸다. 은형은 전화를 받고 의자를 드르륵 움직여 컴퓨터 앞에 앉았다. 머리가 안 돌아갈 땐 쉬는 게 최고다. 쉴 때는 게임만한 게 없고. 단순하게 움직이는 플래시 마작 게임 사이트에 들어가니 재민이 껄껄 웃어댔다.

[봤냐?]

"뭘."

같은 그림이 깨질 때마다 탁탁, 깨지는 듯한 파열음이 울린다.

재민은 수화기를 통해 그 소리를 듣고는 또 게임이냐고 타박이다. 또 술보다는 낫다고 은형이 이를 갈며 대꾸했다.

[그보다 정말 못 봤냐?]

"그러니까 뭘."

['은묘' 글, 다 사라졌다.]

잠깐 탁, 탁 깨지는 듯한 소리가 멈췄다. 재민이 다시 음흉하게 웃었다.

[축하해. 그렇게 싫어하더니.]

"그건 또 무슨 개수작이래."

[그래도 모르겠냐? 세은이, 정말로 너에 대한 기억만 까맣게 지운 거라고.]

"재주도 많네, 그 여자. 누구에 대한 기억만 솜씨 좋게 싹싹 지우고."

은형의 목소리는 절로 비딱해졌다. 은형은 브라우저를 확 꺼버렸다. 도로 키보드 앞에 앉아도 여전히 키보드는 무기질의 딱딱한 고체일 뿐이다. 은형은 키보드 위의 담배를 뽑아 물었다.

[섭섭하냐?]

"어림도 없어."

섭섭하냐고? 어느 미친놈이 섭섭하대? 은형은 불을 붙이고 차가운 밤하늘에 뿌연 연기를 날려 보냈다.

[채은형 죽었나 했지. 나와라.]

"어딘데?"

[지섭 형네. 파티 해야지. 채은형 싱글 기념!]

"미친놈. 난 원래 싱글이었어."

[그럼 시어머니에게서 해방 기념?]

은형은 전화를 끊었다. 재킷에 팔을 꿴 은형은 술을 마실 걸 대비해 차를 놓고 가기로 했다. 지갑을 챙기고 택시에 오른 은형의 곁으로 야경이 순식간에 스쳐 지나갔다.

처음에는 자기를 향한 시선이 아닌 줄 알았다. 재민은, 은형은 입 밖에 내어 인정하고 싶지 않지만, 무대 위에선 정말로 빛이 나는 놈이었다. 빼어난 신체 조건을 제외하고라도 내부에서부터 폭발적으로 뿜어져 나오는 기질을 보면 정말로 무대에서 산화할 것 같았다. 그런 재민이 있었기에 은형은 가수길에 도전할 수 있었다.

EM이 무대에 서면 어쩔 수 없이 모든 이들의 시선이 재민에게 쏠렸다. 그만큼 열정적이고 빛이 나는 놈이었다. 그 점에 질투하는 것이 무의미하게 느껴졌다. 비교 자체가 안 되니까.

그래서 그 시선도 은형을 비껴 재민을 향한 것이려니 싶었다.

하지만 그 시선의 임자는 재민이 아닌 은형에게 CD와 네임 펜을 내밀었다.

"사인해, 주실래요?"

작고 여린 목소리였다. 평범하지만 귀여운 축에 속하는 외모의 여자가 수줍게 말했다. 은형은 '정말 나?' 싶었다. EM을 쫓아다니는 팬은 몇 명 정해져 있었다. 그들 중에서 누구 하나 은형에게 먼저 사인지를 내민 사람은 없었다. 재민을 잡고 그 뒤에야 은형에게 다가왔다. 은형은 그런 패턴에 익숙해져 있어 자기에게만 사인을 요구하는 여자가 순간 이해가 되지 않았다.

여자의 조그맣고 하얀 얼굴에 일순 불안이 스쳤다. 너무 혼자 생각에 골몰했다는 깨달음에 은형은 여자에게서 CD와 네임 펜을 받았다. 손가락이 살짝 스치자 여자의 턱이 아래로 향했다. 그렇게 어려 보이진 않는데 자기의 반응 하나하나에 어쩔 줄 모르며 반응하는 여자가 조금은 귀엽게도 보였다.

"이름은요?"

"이, 이세은이에요. 카페 닉네임은 은묘구요."

나이가 몇이냐고 물을 뻔했다. 아무리 좋아하는 연예인을 대하는 팬이라지만 너무 심하게 떤다. CD와 펜을 돌려받는 여자의 손이 부들부들 떨리고 있었다. 그리고 예상대로 여자는 펜을 떨어뜨렸다. 저렇게 떨어대니 펜을 쥘 힘이 있을 리 없었다. 은형은 펜을 들어 여자에게 건네주었다.

"이제 필요없다고 버리기예요?"

"아, 아니에요!"

은형은 피식 웃으며 서비스로 손까지 흔들어주었다. 그리고 훗날 그 행동을 두고두고 후회했다.

여자가 뭐라고 했더라······.

〈너무 떨어서 시선의 초점도 잡히지 않을 정도였어요. 그런 내게 당신은 펜을 주워주었었죠. 이제 필요 없다고 버리냐는 말에, 순간 덜컥했어요. 안 그래요, 못 그래요. 당신 향한 이 마음, 필요없어지지도 않겠지만 만약 그런 날이 온다 해도 버릴 수 없어요. 당신의 숨결, 손길이 닿은 것 하나, 난 지울 수 없어요, 버릴 수 없어요. 이렇게, 이렇게 사랑하는 걸요……)

그걸 시작으로 여자의 집요한, 집착에 가까운 팬질이 시작되었다. 생각만 해도 넌덜머리가 났다. 은형은 몸을 부르르 떨었다. 여자는 펜을 주워 건네는 그 소소한 행동에 너무 큰 의미를 부여했었다. 그 다음에 이어진 글이 더 가관이었다.

〈그런 사람 아닌 걸 아니까, 기대하게 되요. 내 펜을 주워주었을 때, 다른 팬들에 비해 나에 대한 마음이 그 순간만큼은 가득하지 않았나 하고. 바보 같은 걸 알면서도 이 생각을 멈출 수가 없어요. 한순간이라도 내 일이 당신 마음에 담겼다고 생각하면, 있죠, 난 잠을 잘 수가 없어요.〉

바보 같은 줄 알면 하질 말던가! 하긴, 지울 수 없다고 타령을 했던 여자가 은형에 대한 기억을 까맣게 지우지 않았던가. 그런 걸 보면 그 여자의 말 중 믿을 만한 건 대체 뭐였나 싶었다.

목적지에 도착해 택시비를 지불하고 누가 볼세라 냉큼 지섭의 가게로 들어갔다. 전직 아이돌 가수 출신인 지섭은 진작 아이돌을 그만두고 강남 한구석에 술집을 열었다. 주소는 강남이지만 번화가에서는 벗어난 곳이라 EM은 자주 지섭의 가게를 애용하곤 했다.

종업원이 은형을 알아보고 가장 구석진 곳으로 안내했다. 은형이 익히 알고 있는 멤버들이 왁자하게 판을 벌이고 있었다. 은형은 겉옷을 벗어 한 편에 던져 두곤 자리를 잡았다.

"여, 오랜만이다."

지섭이었다. 은형보다 나이는 두 살 많지만 십대 후반에 아이돌로 연예계에 데뷔했기 때문에 은형에게는 까마득한 선배였다. 아이돌 때의 곱살한 면모가 아직도 남아 있긴 했지만 항상 야구모를 눌러쓰고 다녀서 지금은 이 사람이 왕년의 아이돌이었다는 걸 알아내는 사람도 드물었다. 은형은 지섭의 옆구리를 툭 쳤다.

"일주일 만에 보는 것도 오랜만이야?"

"데뷔 기념 파티는 잘 끝났다며? 재밌었던 모양이더라."

"그냥 그렇지."

"그것도 일이야?"

"팬 관리는 언제나 일이었어."

"자기가 관리하면 얼마나 한다고."

재민이었다. 아예 자기 잔을 들고 와 은형에게 내밀었다. 은형은 잔을 받아 쭉 비웠다. 거의 빈속에 술이 들어가니 몸이 순식간에 화끈해졌다.

"그 세은인가 하는 애도 떨어졌다며."

"재민이가 그래?"

은형은 재민을 흘끗 보았다. 재민은 그새 친구들 틈바구니에 끼어 낄낄대고 있었다.

"나도 얼굴을 알 정도면 그 여자도 꽤나 널 쫓아다녔던 건데. 안 아쉬워?"

"농담해?"

"하긴, 넌 그 여자라면 끔찍해했었지. 이제니까 묻는 건데, 뭐가 그렇게 끔찍했냐?"

"그 여자 자체가 싫어."

은형은 피식 웃으며 서비스로 손까지 흔들어주었다. 그리고 훗날 그 행동을 두고두고 후회했다. 그걸 시작으로 여자의 집요한, 집착에 가까운 팬질이 시작되었다. 생각만 해도 넌덜머리가 났다. 은형은 몸을 부르르 떨었다. 여자는 펜을 주워 건네는 그 소소한 행동에 너무 큰 의미를 부여했었다. 그 다음에 이어진 글이 더 가관이었다.

"널 그렇게 좋아했잖냐."

은형은 푹신한 좌석에 편하게 기댔다.

"형은 모르나? 재민이 누나 결혼했을 때. 그 여자도 왔었어."

"너희 쫓아온 거야?"

"재민이 저 자식이 입싸게 놀렸지. 팬 카페 애들하고 정팅할 때 자기 누나 결혼한다고 얘기했더라고. 근데 그 이상은 말 안 했는데도 어떻게들 알아냈는지 그 여자랑 몇 명이 결혼식장에 쫓아왔었어. 그거 얼마나 공포인 줄 알아? 재민이나 내 결혼식도 아니고, 가족 결혼식이야. 재민이네 누나랑 그 여자가 무슨 관계가 있다고 거기까지 쫓아와? 그것도 우리 얼굴 하나 보러. 재민이 자식은 지 일 아니라고 편하게 넘어갔지만 난 못 그래. 난 징그러워. 그 여자는 팬이라는 걸 무슨 면죄부로 알아. 해도 될 일, 해선 안 될 일,

구별을 못 해. 나중에 내가 결혼할 때, 애가 돌이 될 때, 부모님 칠순 잔치 때도, 팬이라는 명목으로 쫓아오면 어떡해? 소름이 돋아. 그 여자가 기억을 잃지 않았으면 내 손에 죽었거나 내가 이 나라를 떴을 거야."

"그럼 네가 먼저 불러."

어느새 재민이 옆에 와 있었다. 은형은 악질 농담이라도 들은 듯 얼굴이 새하얘졌다.

"나보고 그 여자를 부르라고?"

"네가 불러서 오는 거면 적어도 덜 징그러울 것 아냐."

"농담하냐? 넌 내가 그 여자라면 얼마나 지긋지긋한지 몰라서 그래?"

"그래? 그럼 넌 왜 그 여자가 해다 준 보약 먹고, 옷 입고, 도시락 먹고 그랬냐? 그리고 너 콘서트 도중에 급체로 쓰러졌을 때 손발 다 따준 건 누구였냐?"

은형은 얼굴을 시뻘겋게 붉혔다.

"나도! 그 여자가 나한테 해준 건 고맙게 생각해! 하지만 자기가 좋아서 하는데 나보고 어쩌라고! 내가 언제 해달랬어? 난 분명 매번 싫다고 거절했어! 그 여자가 말귀를 알아듣지 못해서 똑똑히 보여주기까지 했어! 그런데 나보고 어쩌라고! 내가 그 여자 하나 때문에 가수질을 포기해야 해? 그리고 난 그 여자가 준 보약 먹은 적 없고, 옷 입은 적 없고, 도시락 먹은 적 없어!"

은형이 버럭버럭 외치자 좌중이 조용해졌다. 재민이 은형의 목에 무겁게 팔을 둘렀다. 은형은 치우려 해도 재민이 힘을 꽉 주었다.

"넌 그럼 사무실 식구들이 너 생각해서 정말 보약이며 도시락을 해먹였다고 생각하냐? 네놈이 안 먹을까 봐 그 여자가 꾀를 낸 거다. 그리고 3집 마지막 서울 콘서트 때 의상 하나가 이동 중에 찢어져서 못 입게 됐을 때 말이다, 대신 입은 옷 기억하냐? 스타일리스트가 웬일로 네 취향에 맞췄다고 좋아라 입었던 거 말이다. 그 여자가 구한 거였다. 뭐, 돈은 사무실에서 낸 모양이다만. 스텝도 아니고, 네 말대로 고작 팬일 뿐인 여자가 너 하나 좋다고 그 정성을 들였던 거다."

은형은 자기 귀를 의심했다. 재민이 지어낸 이야기인 것만 같았다.

"거짓말 마. 그런 짓을 했다면 그 여자가 가만있었을 것 같아? 분명 어떻게든 티를 냈을걸?"

EM의 노래 중에 술과 관련된 곡이 있었다. '매일 술이야. 어제도, 오늘도. 이젠 취하지 않고는 네가 기억나지 않아'라는 가사 때문에 3집 콘서트 때 작은 이벤트로, 정말 무대 위에 술자리를 마련해 놓고 팬들에게 한 잔씩 따라주기도 했었다. 술을 마셔도 되는 나이인지 확인차 주민등록증을 검사하겠다고 하니 냅다 도망가는 팬도 있었다. 여하간 그런 이벤트 때 대신 사용하라고 여자는 술을 직접 담가오거나, 안주로 삼으라고 황도를 보내기도 했었다. 하필이면 콘서트용으로 사다 두었던 술을 한 스태프가 실수로 전부 버리는 바람에 여자가 주었던 술을 사용해야 했다. 그날, 팬카페를 통해 그 여자가 얼마나 구구절절이 생색을 냈었는지는 말도 꺼내고 싶지 않았다.

"그래, 자기가 해준 거 있음 꼭 생색내는 여자지. 근데 왜일 것 같아? 정말 생색내고 싶어서 떠벌였던 것 같냐? 그 여자 글이 오른 다음부터 팬들이 너한테 주는 선물이 꽤 네 취향이 됐다고 생각은 안 해? 그 여자가 유도했던 거다. 네놈 성깔머리에 네가 싫어하는 거 받아봤자 고마워하지도 않는 거 아니까 네 취향에 맞춘 선물들만 올려놨던 거지. 정말 웃긴 건 팬들 선물이 점점 네 취향에 근접해 갈수록 좋아라하는 놈만이 왜 자기 취향의 선물이 늘었는지를 생각 못한다는 점이지. 그런 여자가 너한테 보약 해먹이고, 옷 찾아주고, 도시락 싸줬다는 거 떠벌리겠어?"

은형은 재민을 확 쳐냈다.

"넌 그 여자 편이었지, 처음부터. 그렇게 좋으면 네가 잘해주면 될 것 아냐? 게다가 그 여자가 보약이랑 의상 얘길 안 떠벌린 건 뻔하잖아! 자기만 했다는 걸 강조하고 싶은 거야. 자기만한 여자는 또 없다는 걸 강조하려는 거라고. 너도 참 맘도 좋다. 그런 빤히 보이는 얕은 수에 넘어가 주고."

"……너도 참 고집스러운 놈이다."

은형과 재민이 대치하던 때 그들을 찾아온 일행이 있었다.

"어머, 재민 씨, 싸워?"

"유빈아! 왜 이제 왔어, 아까 전에 불렀는데."

재민이 벌떡 일어났다. 재민의 커다란 키에 버금가는 늘씬한 미녀가 코트를 벗었다. 그러자 다듬은 듯 매끈하고 굴곡진 몸매가 드러났다. 재민의 여자 친구 유빈이었다. 현역 모델로서 활동하고 있지만 공공연하게 두 사람의 사이가 드러난 적은 없었다.

"미안해. 일이 너무 늦게 끝났어. 대신 내 친구들 불렀는데, 안 될까?"

유빈의 친구들 역시 하나 같이 늘씬한 미녀들이었다. 재민은 유빈을 꼭 끌어안고 사람들이 보거나 말거나 입술에 쪽 하고 뽀뽀했다.

"역시, 우리 유빈이다! 사내놈들끼리 칙칙한 걸 어떻게 알고."

"다들 EM이라니까 오고 싶어 안달이었어. 얘들아, 뭐 해, 우선 앉자."

너무도 화려하고 눈에 번쩍 띄는 미녀들이 자리를 잡고 앉았다. 재민과 은형이 만들었던 살벌한 공기가 단번에 날아갔다.

재민에게 유빈이 붙어 있는 만큼 가장 인기있는 건 당연히 은형이었다. 여자들은 그 기다란 팔과 다리로 은형을 얽었다. 은형은 여전히 씨근덕댔지만 여자들의 체취와 나긋나긋한 손길에 정신이 산란해졌다. 그러나 곧 두 여자의 독한 향수 냄새에 짜증이 더 도는 것 같아 자리를 털고 일어나려 했다. 예쁜 여자를 좋아하지만 지금은 예쁜 여자를 즐길 기분이 아니었다. 은형의 낌새를 눈치 채고 재민이 능글맞게 외쳤다.

"오늘 은형이가 스토커에서 해방된 기념이야. 다들 심신이 지친 은형이 좀 잘 보살펴 달라고. 그 자식이 스토커한테 얼마나 시달렸는지 몰라."

"어머! 은형 씨한테 스토커요? 은형 씨가 멋진 건 사실이지만 스토커라니, 너무했어요. 그게 얼마나 사람 지치게 하는 일인데."

은형의 왼쪽에 앉은 여자가 마치 솜사탕이 녹아내리는 듯한 목소리로 종알거렸다. 그러자 오른쪽 옆의 여자도 질 수 없다는 듯 몸을 좀 더 밀착하더니 긴 속눈썹을 펄럭였다.

"많이 힘들었겠어요. 술 한 잔 하면서 다 날려요, 우리. 응?"

"마다하면 스토커가 떨어진 걸 아쉬워하는 걸로 받아들이지."

재민이 쐐기를 박았다. 은형은 재민이 채운 잔을 기꺼이 비웠다. 옆의 두 여자가 호들갑을 떨었다.

재민은 그런 은형을 보고 담배를 물었다. 유빈이 솜씨 좋게 불을 붙이곤 담배를 빼앗아 자신이 물었다. 재민은 할 수 없이 새 담배를 물었다.

"은형 씨 스토커라니, 세은이라는 여자?"

유빈이 알 정도로 세은은 사실 유명했다. 세은이 EM이라면 어디든 쫓아다닌 것도 있지만 은형을 위해 해준 것이 참으로 많아서였다. 매니저인 동규는 믿음직한 맏형 스타일이었지, 이것저것 잘 챙겨주는 엄마 스타일이 아니었다. 때문에 더운 여름날 야외공연에 올라도 동규는 미지근한 물만 내밀었다. 그런 건 또 언제 봤는지 세은은 언젠가부터 아이스박스에 물을 얼려서 가지고 와 재민과 은형에게 직접 건네주었다. 더운데 탈날까 봐 걱정이라며 휴대용 선풍기를 건넨 적도 있었다. 하지만 은형은 받기만 할 뿐 세은이 준 것은 한 번도 사용하지 않았다. 세은 앞에서는 사용하는 척도 하지 않았다. 물이라도 마시라고 누가 채근할까 봐 아예 차로 먼저 돌아가기도 했다. 세은이 상처받은 건 두말할 나위도 없었다. 한두 번도 아니고 세은이 직접 건네는 것마다 모른 척 무시했으니 아무리 세은이라도 참을 수 없었을 것이다. 재민은 그래서 세은이 은형을 챙겨주는 걸 그만둘 것이라 생각했다. 은형이가 조금 더 사근사근했다면 세은이 챙겨주는 걸 같이 누릴 수 있었는데. 재민은 정말로 아쉬웠었다.

재민의 예상대로 세은은 은형을 챙기는 걸 그만두었다. 재민은 또다시 한여름에 미지근한 물을 마시며 은형을 노려보았다. 한데 갑자기 동규가 얼음물을 들고 나타났다. 동규의 센스라곤 믿어지지 않는 일이었다. 거기에다 야외무대 때는 대기실도 야외라 선풍기조차 설치가 안 될 때가 많았는데, 어디서 알아왔는지 선풍기 앞에 얼음물통을 놓고 그 바람을 쐬게 했다. 차가운 기운이 바람에 실려 재민과 은형에게 전달되었다. 더위에 다 죽어가던 은형은 동규의 세심한 배려 때문에 기운 내 무대에 오를 수 있었다.

같은 일이 반복될수록 의문은 쌓였지만 동규가 노력가라는 걸 알았기 때문에 동규가 새로운 측면으로 노력하기 시작했나 보다 치부했다. 하지만 동규의 세심한 배려가 시작된 지 얼마 지나지 않아, 동규가 세은에게서 아이스박스를 건네받는 걸 발견했다. 은형은 더위에 지쳐서 에어컨 없는 대기실 밖으론 절대 움직이지 않았다. 재민이 혹시나 싶어 동규를 살짝 찔러보았다. 지금까지 해준 것 다 세은이한테 전달받은 거였냐고. 재민도 세은 이름이 은형 귀에 들어가 봐야 좋을 것 없다는 걸 알기 때문에 조용조용히 물었다. 동규는 그 커다란 덩치에 맞지 않게 깜짝 놀라더니 재빨리 재민의 입을 막았다. 세은이 은형한테 무시당하는 걸 동규도 번번이 보아왔다. 사실 은형에게 도움이 되면 되었지 나쁠 것 하나 없고 매니저인 동규는 잘 챙기지 못하는 것들이라, 세은이 부탁했을 때 마다할 수 없었다고. 재민은 기가 막혔다. 세은이 은형을 좋아하는 일개 팬이라 생각했는데 정말은 영리하고 '은형을 정말로 좋아하는' 팬이라는 걸 깨닫게 되었다. 재민으로서야 같은 보살핌을 받기 때문에 당장 그만두라고 다그치지 않았다. 다만 자기에게도 발각되었으니 언젠가 은형도 알게 될지 모르니 더욱 조심하며 세은을 만나라고 충고했다.

세은은 정말로 치밀했다. 자신이 전면에 나서면 은형이 엇나가는 걸 알기 때문에 자신은 뒤에 숨고, 주변 사람들을 부추겨 은형을 돌보게 했다. 자신이 직접 만든 도시락이나 반찬들도 세은이 만들었다고 하면 안 먹을 게 뻔하니까 EM 매니저가 만든 것처럼 해 건넨 적도 부지기수였다. 세은은 음식 솜씨가 꽤 좋아서 가끔은 사골을 끓여 은형에게 먹인 적도 있었다. 철마다 보약을 해 먹이는 건 기본이요, 은형이 좋아하는 반찬들과 조리법을 찾아 은형의 입맛에 맞을 때까지 연구했다. 그 외에 술 좋아한다고 해서 술 담가줘, 겨울 되면 감기 걸린다고 울 100% 목도리 사다 줘, 매 공연 때마다 은형 전용의 건강주스도 만들어줘, 정말 지극 정성이었다. 차 안이 건조해서 감기 걸리기 좋다며 건전지로 충전하는 가습기도 어디서 찾아다 주지, 집에만 있으면 건강에 안 좋다고 재민이 시켜 은형을 밖으로 끌어내기도 하지, 재민은 엄마보다도 더 은형일 알뜰살뜰 챙긴다며 혀를 내둘렀다. 세은이 참 무서운 것은 그런 일들에서 자신을 쏙 빠진다는 것이었고 참 감동적인 것은 정말로 은형을 걱정하기에 하는 일들이란 것이었다. 세은은 자신이 해줬다는 생색이 필요한 게 아니라 그로 인해 은형이 건강하고 안락하길 바라는 것이다. 진심으로 은형을 위해줬다.

은형 앞에서야 얘기하지 않지만 은형이 없을 때면 '오늘은 세은이 은형이한테' 뭘 해줬다는 이야기를 수도 없이 꺼냈었다. 그러니 유빈 역시 세은을 모르려야 모를 수가 없었다.

"어쩌다 엄마에서 스토커로 전락한 거야?"

"저놈이 제 복을 제 발로 찬 순간부터."

"그런 기특한 팬이 어딨다고. 은형 씨는 왜 그렇게 세은이란 여자를 싫어해?"

"배부른 투정이지. 왜 그런 거 있잖아. 누가 날 좋아하면 그 인간이 괜히 만만히 보이는 거. 은형인 그 증상이 너무 심한 거지."

"들어보니 엄마보다도 잘해줬던데. 그럼 잃고 나면 아쉬워해야 하는 거 아냐?"

재민은 유빈의 기다란 머리카락을 들어 목덜미에 입 맞췄다. 유빈은 목을 한쪽으로 비스듬히 기울여 재민의 키스를 더 유도했다.

"그렇게 금세 되나?"

유빈은 쿡쿡 웃었다.

"은형 씨가 아쉬워하리라 믿나 보네?"

"뭐든 소중한 건 잃고 난 다음에 깨닫는 법이거든."

유빈의 웃음이 더 은밀해졌다. 재민의 손이 유빈의 허벅지 뒤쪽을 쓸자 유빈이 허리를 뒤틀었다.

"나갈까?"

유빈의 흐릿한 음성에 재민이 미소로 화답했다. 재민은 나가기 전 은형 쪽을 살폈다. 은형이 여자들을 귀찮아하는 게 뻔한데도 여자들은 물러서지 않았다. 은형이 무뚝뚝하게 대꾸하고 여자들에게 관심을 보이지 않는 게 더 큰 자극이 되는 모양이었다. 게다가 '그' EM이니까. 우리나라의 A급 가수 아닌가. 그것도 당당히 실력을 인정받은.

　재민은 속으로 한숨만 푹 내쉬었다.

　'저놈 언제 크려나.'

미안해요 _4

*12*월 22일은 크리스마스를 사흘 앞둔 날이기도 하지만 동시에 EM의 멤버 서재민의 생일이기도 했다. 앨범이 발매된 해에는 약 육 개월간 전국 투어 콘서트를 했기 때문에 재민의 생일은 매번 자연스럽게 챙겨줄 수 있었다. 올해는 EM의 휴식기라 팬클럽에서는 포토앨범을 제작해 팬클럽이 대표로 전달하기로 했다. 바로 전달에 데뷔 5주년 기념식을 했기 때문에 생일은 비교적 간소하게 넘어가기로 한 것이다.

재민의 생일을 대비해 약 삼 개월 전부터 재민의 콘서트 도중의 사진이라든지, 공연장 순회 사진 등, 팬들이 직접 찍은 사진의 일부를 엄선해 팬들의 메시지를 적어 포토앨범으로 제작하기로 했다. 개인적으로 선물하고 싶은 사람들도 많아서 팬클럽 운영진 중

두 명이 번갈아 사무실에 상주해 선물을 대신 수령하기로 했다. 사무실 직원들에게 맡겼다가 제대로 EM에게 전해지지 못한 것 같다는 민원이 들어온 적이 있어서였다. 팬클럽 운영진들은 결국 팬들의 선물을 대신 수령해 EM 매니저에게 전해주기로 팬들과 약속했다.

EM 소속사 측에서는 번거롭게 운영진이 오지 않아도 된다고 했지만 그들의 일을 줄이는 건 확실하고, 덤으로 팬 관리도 보다 철저해지기 때문에 처음에만 거절했다. 지금은 운영진이 회의실 겸 접견실에 상주해 선물을 대신 수령하는 것이 정착화되었다.

생일 전날은 언니와 함께 옷가게를 운영하는 막내 혜영과 간호사인 수진이 접견실을 지켰다. 이미 회원들에게도 공지해 두었다. 22일까지는 직접 찾아오거나 우편으로 배송하는 선물을 대신 수령하겠지만, 23일부터 도착하는 선물에 관해서는 일절 책임을 지지 못한다, 그러니 되도록 22일 전에 선물을 보내달라고 공지한 것이다. 생일은 시일이 지난 다음에 챙기면 그 사람 수명이 단축된다더라, 라며 살짝 협박 아닌 협박도 덧붙였다. 말을 이렇게 해도 늦게 선물을 주는 사람이 꼭 있지만 그전에 미리 보낼 사람이 훨씬 많았다.

22일 당일에는 부회장인 세은이 종일로, 운영진에서는 서열이 세 번째인 정미가 오후 세 시까지 지키기로 했다. 정미는 가정이 있는 몸이라 시간을 마음대로 빼기 힘들어서 아이들을 어린이집에서 데려와야 하는 세 시에는 돌아가야 했다. 세은은 혼자 지킬 작정을 했기 때문에 정미가 와준 것만으로도 충분히 고마웠다.

둘은 직원들과 함께 점심을 먹었다. 기본적으로 사무를 보는 여직원들과 기획 쪽 직원들이 항시 상주해 있었다. 처음에는 EM 팬클럽 운영진을 흰 눈으로 보던 그들이었지만 지금은 팬 관리에 관한한 믿고 맡기는 수준이 되었다.

"세은 씨, 글 다 내렸더라?"

기획실장은 세은보다 두어 살 위의 여자였는데 날카로운 눈매에 톡톡 쏘는 말투로 쉽게 친해지기가 어려운 사람이었다. 하지만 시간이 지날수록 말투가 쏘아붙이는 식일 뿐 악의는 없다는 걸 알게 되었다. 지금은 많이 친하진 않지만 그렇다고 막연히 어려워하지도 않으며 무던하게 지내고 있었다. 세은은 따끈한 해장국 국물을 후룩 뜨다 사레에 걸렸다.

"콜록, 시, 실장님도 보셨어요?"

"아, 이거 비밀이었나? 뭐 어때. 우리 식구들 다 세은 씨 팬이었어."

"제 팬이요?"

세은은 금시초문이었다. 기억을 잃어서 까먹은 건가 싶었는데 정미 표정을 보니 그것도 아니었다. 정미도 굉장히 놀란 얼굴이었다.

"언제 글 쓴 적 있어? 구질구질하지 않게 절절하게 잘 쓰던데."

"전혀요. 그리고 그 일은 제발 잊어주세요. 정말 다신 기억하고 싶지 않다고요."

실장은 뚝배기에 밥을 말아 슥슥 비볐다. 세은이 알기론 두 공기째였다. 마르기는 연예인 저리 가라 할 만큼 말랐으면서 식성은 정말 대단했다.

"왜? 연애편지가 다 그렇지."

"왁!"

세은은 진짜 얼굴에서 불이 나는 줄 알았다. 찬물을 벌컥벌컥 들이켜니 그 반응이 더 재밌었나 보다. 실장을 도와 대리도 나섰다.

"우리도 처음에는 몰랐어요. 근데 재민 씨가 한번 보라고 주더라고요."

"재민 씨도 봐요?"

"자기 팬클럽에 올라온 글인데 안 볼까 봐?"

"하루에 글은 몇 십 개씩 올라와요!"

"하루에 두세 통씩 삼 년간 꾸준히 러브레터를 날린 사람은 드물지."

맙소사! 기억상실에 걸릴 사람은 세은이 아니라 세은을 제외한 이 사람들 전부였다! 특히 재민과 은형! 세은은 뺨을 찰싹찰싹 때렸다.

"제발 좀 잊어주세요, 네? 정말 창피해서 죽고 싶다고요."

"재민이 포토앨범 만들었다며. 난 내심 은형이 전용 세은 씨 제작, 포토앨범이 나오길 기대했는데."

실장이 숟가락을 입에 물고 한다는 소리가 저렇다.

"저도 실은. 아, 세은 씨 지금 와서 말해 미안한데, 나 사실 세은 씨 러브레터 베낀 적도 있어."

대리란 작자가 하는 소리는 또 어떤가.

"네에?"

"그 뭐더라, 나 사실 그 부분 다 외웠었는데. '사랑합니다, 사랑합니다, 사랑합니다. 미친 듯이 고백하고픈 때가 있습니다. 미칠 듯이 사랑에 가슴 미어질 때가 있습니다. 그럴 때면 목이 쉬도록 외치고 싶습니다. 사랑합니다, 사랑합니다, 사랑합니다'."

"그거요? 전 그거. '내 눈물의 샘' 거기서 얼마나 찡해졌는지 몰라요. 보고 싶기도 하고, 보고 싶어하는 내가 한심하기도 해서 우는데 상대를 원망할 수가 없다고. '비록 당신에게서 비롯된 마음이지만 당신은 하나도 모르는 마음이기 때문입니다' 였어요."

사무를 담당하는 여직원까지 덩달아 신이 나서 끼어들었다. 세은은 제발 이 순간이 악몽이기를 바랐다. 내가 그런 부끄러운 말을 썼다고? 그걸 외우고도 있다고? 내 눈물의 샘? 으악! 소름 돋아 미칠 것 같아!

"고백하는데 내 눈물의 샘 운운할 순 없잖아."

"그래서 고백은 어떻게 됐어요?"

대리의 표정이 갑자기 굳어졌다. 대리는 눈도 들지 않고 바쁘게 그릇을 치우는 척했다. 여직원은 대리를 더 채근하려다 똑같이 표정이 굳어졌다. 실장은 마지막 깍두기까지 해치우고 손가락을 쪽쪽 빨다가 두 사람의 표정이 굳어진 원인을 찾아냈다.

"은형이 왔네? 무슨 일이야?"

세은은 식도를 타고 내려간 밥이 위에 턱 걸린 기분이었다. 은형이 왔다니. 설마 이 대화를 듣진 못했겠지?

"GIL 일로 상의하고 싶은 게 있다면서요."

GIL은 은형이 발굴한 신인이었다. 아직 열아홉 살 소녀였지만 가창력이 여자 재민으로 불릴 만큼 대단한 가수였다.

"아, 내가 불렀지. 밥은 먹었어?"

"생각없어요."

실장이 그럼 자기 사무실에서 기다리라며 자기는 화장실로 사라졌다. 남은 직원들은 빈 그릇을 싹 치우고 제자리로 돌아갔다. 세은과 정미도 접견실 안으로 돌아가려 했다.

"재민이 선물 때문에 나온 거예요?"

은형이 선뜻 말을 건다. 세은은 딸꾹질을 할 뻔했다. 하지만 은형이 말을 건 상대는 정미였다. 정미도 은형을 더 좋아하는 팬이었다. 막내인 혜영도 은형을 더 좋아했기 때문에 오늘 당번들이 은형과 마주쳤다는 걸 알면 분명 아까워 데굴데굴 구를 것이다.

세은이 머릿속으로 혜영이 떼굴떼굴 구를 생각을 하는데 정미가 특유의 톡톡 튀는 목소리로 대답했다.

"응. 오늘은 나랑 세은이 담당이에요. 식사는 왜, 밥맛없어요? 오늘 영하로 내려가는데 왜 이렇게 얇게 입었어요."

그러고 보니 얇은 재킷 한 장 차림이었다. 저러다 감기 걸리기 딱이지. 세은은 혀를 찼다.

"작업 시작하면 원래 이래요. 그리고 차 갖고 왔는데요."

"그래도 감기 걸리면 잘 안 낫잖아요."

"요즘엔 감기도 잘 안 걸리고. 괜찮아요."

"재민 씨는 오늘 안 오고요?"

은형이 언뜻 열린 접견실 문틈으로 산더미처럼 쌓인 선물꾸러미를 보고 픽 웃었다.

"저거 다 재민이 선물이죠? 불러야겠네. 포장지 버리는 것도 일이라고 툴툴대던데."

"부르면 좋죠. 근데 괜찮아요? 재민 씨 바쁜 거 아닌가?"

"선물 갖고 가는데 시간이 얼마나 걸린다고요. 부를게요."

"뭐, 그렇다면야……."

정미도 은형과 재민을 다 본다는 사실 때문인지 들떠 보였다. 세은도 재민이 오면 정미가 가도 심심하진 않겠단 생각을 했다. 때맞춰 두어 명의 소녀가 커다란 인형을 안고 사무실 안에 머리를 디밀었다. 은형은 반사적으로 몸을 틀고 세은은 거의 자동으로 한 발 앞에 나갔다.

"재민 씨 선물 때문에 오셨어요?"

"앗, 은묘님이시죠! 저 크댁이에요."

세은은 웃음이 흔들리지 않길 빌었다.

"크댁님, 기억나요. 이렇게 앳됐구나. 학교는 방학이죠?"

"오늘 방학식 하고 왔어요. 근데 저기, 은형 오빠 아니에요?"

세은은 시침을 뗄 수가 없었다. 분명 재민이나 은형과 마주칠 걸 기대하며 여기까지 왔을 텐데.

"지금 실장님하고 일 보러 와서 따로 시간을 내시기 힘들대요. 그래도 인사는 받아줄 것 같은데……."

"은형 오빠!"

소녀들은 앗 하는 사이 은형에게 달려갔다. 정미가 함께 있기 때문에 뭐 큰일 있으랴 싶어 세은도 천천히 그들을 따라갔다. 한데 은형과 정미가 뭐 때문인지 엄청나게 놀란 표정을 지었다.

"으, 은형 오빠, 저 진짜 팬이에요. 오늘도 재민 오빠 선물 갖고 오면 은형 오빠 볼 수 있지 않을까 해서……."

"아, 응. 고마워요. 근데 미안, 지금 실장님 방에 가봐야 해서."

은형이 떨떠름하게 대답했다. 한 걸음 떨어진 세은이 보기에 은형은 어쩔 수 없이 미소를 짓고 있었다. 명색이 유명 연예인이면서 저렇게까지 팬한테 면역이 없어서야. 세은은 맘 같아선 은형의 뺨을 꼬집어 제대로 웃어보라고 타박하고 싶었다. 팬들이 얼마나 민감한데. 저렇게 억지로 짓는 미소도 모를까 봐?

은형의 시선이 세은 쪽으로 떨어졌다. 세은은 눈이 마주치고도 말똥말똥 마주 보고 있었다. 은형의 눈동자가 순간적으로 차가워졌다. 그는 소녀들이 내민 알록달록한 팬시 다이어리에 사인을 해주고 조심해서 돌아가라며 실장실로 사라졌다.

소녀들은 사무실 직원들과 세은, 정미는 아랑곳없이 꺅꺅 소리를 지르며 방방 뛰었다. 세은은 사무실 직원들 눈치를 보며 소녀들을 우선 접견실에 집어넣었다.

"봤어, 봤어? 손가락이 어쩜 그렇게 길지? 너무 멋있어!"

"아아, 나 죽을 것 같아. 은형 오빠를 이렇게 가까이서 보다니, 처음이야!"

세은은 웃음밖에 나지 않았다. 그렇게들 좋을까. 문득 뭔가 붕 뜬 듯한 괴리감을 느꼈지만 순식간에 사라졌다.

"은묘 언니 고마워요! 언니가 원래는 은형 오빠 근처에도 못 가게 한대서 되게 무서운 사람인 줄 알았는데 아니었네요!"

세은은 처음 듣는 말이었다.

"그러게. 난 은묘 언니 보고 은형 오빠 봐도 절대 근처에도 못 가겠다 싶었잖아."

"언니, 진짜 고마워요!"

소녀들은 은형이 나오는 걸 보고 가겠다고 버티다가 정미에게 따끔하게 혼났다.

"아무리 우리가 팬이지만 여기는 일하는 곳이야. 지금까지 폐를 끼친 걸로 됐어. 사무실 직원들이 우리한테 협조적인 것도 우리가 최소한의 예의는 지켜서 그런 거야. 너희들이 여기서 은형 씨 나올 때까지 기다린다면 앞으로 다신 사무실 문턱에 들어가지도 못하게 할 걸?"

소녀들이 찔끔했다. 아무래도 삼십대 초반의 정미의 말투는 설득력이 강했다.

"은형 씨도 일하러 온 거야. 너희가 팬이라면 은형 씨 일을 방해하진 말아야지."

소녀들은 정미의 어르고 뺨치는 실력에 결국 사무실을 나섰다. 세은은 정미를 보며 박수를 쳤다.

"언니, 대단해요."

"너도 좀 막았어야지. 쟤네만 보고 뭐라 할 수도 없어. 여느 땐 내가 뭐라 할 틈도 없이 잘 막더니."

세은은 운영진 규정집이라도 훑어봐야 하나 고민했다.

"근데 내가 있으면 채은형 근처에도 못 갔다는 게 무슨 말이에요?"

정미는 소녀들이 갖고 온 인형을 때가 타지 않도록 다른 선물더미 위에 올려놓았다. 정미는 세은을 뚫어지게 살폈지만 세은은 정말로 무슨 영문인지 몰랐다.

"넌 은형 씨 담당이었어."

"채은형 주변에 오는 팬 막는 담당이었다고요?"

그런 기억이 없다는 건 그 기억마저 다 사라졌다는 뜻인가? 지금껏 생활에 불편함은 없었는데 자기 할 일마저 떠올리지 못하는 건 곤란했다. 세은이 운영진 일을 관둔다면 상관없는 이야기였지만. 이대로라면 정말 운영진 일을 그만둬야 할지도 모른다.

"그것보단, 은형 씨는 낯선 사람이 가까이 오면 팬이든 팬이 아니든 극도로 예민해져서 네가 은형 씨 주변에 아무도 못 가게 막는 담당이었지."

"내가 그렇게 욕먹는 짓을 자처했다고요?"

그것도 채은형을 위해서? 좋아하는 가수에게 다가가고 싶은 건 어느 팬이나 같은 마음이었다. 하지만 채은형은 낯선 사람이 가까이 오면 극도로 예민해진단다. 팬들의 마음을 알면서도 채은형을 위해 팬들이 채은형에게 가까이 가는 걸 막았다는 말이 된다. 세은은 믿을 수 없었다. 자기가 누군가를 그렇게까지 좋아했다는 게 그리고 좋아하는 사람을 위해 그렇게까지 헌신했다는 게. 하긴, 그런 낯 뜨거운 러브레터도 태연하게 날렸는데 무슨 짓인들 못했을까.

"다 은형 씨를 위해서였지. 은형 씨는 사실 너한테 고마워했어야 해."

그 말은 꼭 고마워하지 않았다는 뜻으로 들렸다. 세은은 정미와 마실 차를 타 갖고 오면서 정말로 궁금해졌다. '난' 그러고도 괜찮았을까? 좋아하는 사람을 위해 욕도 먹어가며, 돈도 되지 않는 일을 자처했다. 그렇지만 상대는 그에 대해 고마워하지도 않았다. '난' 어떻게 버텼던 거지? 사랑의 힘으로 다 극복할 수 있었나? 그게 가능한가? 그리고 그렇게 가능한 것을 '사랑'이라 부르나? 그건 거의 신앙에 가까웠다. 세은은 오싹해졌다. 세은은 은형을 사랑한 것이 아니라 일종의 신으로 승격화해 숭상했던 건 아닐까? 그리고 은형으로 인해 욕을 먹든 질타를 당하든, 모두 순교의 마음가짐으로 버텨냈던 게 아닐까?

미쳤어!

세은은 진심으로 스스로가 부끄러웠고 그 이상으로 은형에게 미안했다. 한 인간을, 남들과 남다른 재능과 직업을 가졌을 뿐인 한 인간을, 신격화해서 제멋대로 숭상하고 있었다니. 세은이 신격화하든 말든 버텨낼 인간이었다면 상관없지만 은형이 그런 인간이라고 생각진 않았다. 자신이 팬클럽 운영진이 되기 전에 이미 은형의 성격은 대강 파악하고 있었다. 정말로 예민하고 부끄럼쟁이에 소심하다. 그런 편협한 면 때문에 그만의 독창적이고 독특한 음악이 창작될 수 있었는지 모르지만 정상적인 사회생활을 했다면 그의 상사가 복장 터져 죽거나 그가 스트레스로 시름시름 앓아 죽었을 것이다.

그런 남자가 누군가가 자신을 신격화하는 걸 즐겼다? 어림도 없다. 재민이라면 혹시 즐겼을지 모른다. 오히려 더 뻔뻔하게 이것저것 요구했을지 모른다. 그러나 은형은 결코 아니었다.

이를 어쩐담.

이제 와 과거를 없었던 일로 돌릴 수도 없었다. 자신의 민폐를 자신만 기억 못하는 기적적인 일이 일어났지만 자기 외의 세상은 자기가 한 모든 행태를 고스란히 기억하고 있었다. 은형은 특히 그럴 것이다. 세은은 그런 생각을 하며 끙끙 앓았다.

정미는 세은이 가져다준 커피를 홀짝이다 한숨을 폭 내쉬었다. 회장인 미정이 세은이 보면 안쓰럽다고 할 때 정미는 차라리 잘됐다고 생각했다. 세은은 정미가 봐도 도가 지나칠 때가 가끔 있었다. 물론 아끼는 동생이고, 믿음직한 동료이기도 했지만, 세은의 감정이 지나치다고 여긴 것도 사실이었다. 자신도 연예인이 좋아 팬클럽 운영진까지 하고 있지만 연예인은 환상 속의 인물이었다. 그리고 세은이 팬클럽 소속이 되어 은형을 만난다는 건 어디까지나 가수와 팬이라는, 영원히 닿지 않을 평행선이 이어진다는 뜻이었다. 세은도 그 점을 잘 알고 있으면서도 번번이 은형을 향한 연정을 주체할 수 없어 괴로워했다. 세은은 은형의 재능과 실력에 빠졌지만 시간이 지날수록 은형 자체에 빠져들어 갔다. 은형은 세은을 결코 여자로 보지 않는데, 세은은 은형을 남자로서 사랑하게 되었다.

그게 일반적인 짝사랑으로 끝났다면 정미도 걱정하지 않았을 것이다. 세은은 나이도 있고 사회 경험도 있기 때문에 자기감정을 어느 정도 조절할 수 있었다. 그래서 정미도 걱정할 게 없다고 생각했다.

하지만 은형에 한해서 세은은 자신의 감정을 제어하지 못했다. 여느 때의 세은은 잘 떠들고 잘 웃지만 기본적으로 얌전한 타입이었다. 어떤 행사 때나 어떤 책임을 떠맡을 때면 믿을 수 없을 만큼의 일을 해치우며 꼼꼼하게 뒤처리까지 하는 믿음직스러운 사람이기도 했지만, 어디든 먼저 나서서 무리를 선동하는 타입은 아니었다. 기본적인 성향은 오히려 은형에 가까웠다. 소극적이면서 기본적으로 얌전한 타입. 그런 세은이 은형에게 푹 빠져 제정신을 못 차릴 땐 애를 말려야 하나 고민도 했었다.

은형과 관련된 일이라면 자기 일도 내팽개치고 달려왔다. 물론 세은이 집안의 편의점 일을 돕기 때문에 상대적으로 시간이 넉넉하다는 걸 알고 있었다. 하지만 가끔 보면 EM 팬클럽 활동을 위해 제대로 된 직장을 찾지 않는 건 아닌가 싶기도 했다. 과민반응이겠지만 아예 아닌 말도 아닐 것이다.

은형이 몇 년이 지나도 팬들과 마주할 때마다 얼어붙는다는 걸 누구보다 세은이 먼저 알아챘다. 정미도 꽤 눈치가 빠른 편이었는데도 세은이 말하기 전까진 그리 신경을 기울인 적이 없었다. 정미도 처음엔 은형을 만난다는 사실에 들떠 있었다. 그걸 세은은 예민하게 포착하고 자신이 운영진이 되었을 땐 일부러 악명을 날리기도 했다. 자신을 거치지 않고는 은형을 만날 수 없다는. 거기에 반발한 팬도 엄청났지만 세은은 아랑곳하지 않았다. 그만큼 팬클럽 운영을 똑부러지게 해내는 데다 당사자인 은형이 일절 신경을 끊었기 때문이다.

정미는 은형의 팬이었지만 세은에 한해선 은형도 교활했다. 세은이 자기의 기질을 눈치 채 욕을 먹더라도 방어막이 되는 걸 알면서 모른 체했다. 자기는 편했을 테니까. 세은은 그 세심하고 꼼꼼한 성격을 십분 발휘해 정말로 웬만한 팬들은 자기를 거치게 했다. 자기가 팬들을 막아 은형은 팬들에게 살랑살랑 손 흔드는 것으로 행사를 마무리 지은 게 한두 번이 아니었다. 나중에는 세은도 느슨해지긴 했지만 팬들은 이미 세은의 눈치를 보며 은형을 만나게 되었고, 은형이 팬들을 만날 때면 언제나 그 자리엔 세은이 있었다.

은형은 세은의 보살핌을 귀찮아하고 사실은 경멸했으면서 한편으로는 세은의 보살핌을 십분 활용하기도 했다. 그런 면의 은형을 보면 정나미가 떨어지려 한다. 아마 은형은 '어차피 그 여자가 자기 멋대로 한 거니까'라고 할지도 모른다. 그러면서도 좋다는 걸 보면 정미 자신도 제정신이 아니라고 생각했다. 하지만 인간성이야 어쨌든 은형이 음악적인 부분에서 천재인 건 사실이니까.

그러니 지금 기억을 잃은 게 세은에게는 다행이 아닐까 싶은 것이다. 아니, 정말로 다행이었다. 이제 은형에 대한 기억은 잃었으니 현실에 눈 돌려 제대로 된 남자를 찾을 수 있을 테니까. 은형은 가수로서, 뮤지션으로서, 사랑할 값어치는 충분하지만 남자로서는 아니었다. 까다롭지, 예민하지, 신경질적이지, 사회성은 결여됐다시피 하고 그 나이 남자들로서는 상상도 못할 정도로 낯을 가리는데다, 무엇보다 세은을 싫어하고 징그러워했다.

세은은 좋은 아가씨였다. 지금은 직장이 불안정하긴 하지만 그런 조건을 제외한다면 제대로 된 가정교육을 받았지, 부모님 멀쩡히 살아계시지, 주변 사람들 열이면 열 모두 세은을 좋아하지, 싹싹하고 부지런하지, 꼼꼼하고 남을 배려할 줄 알지, 잘 가꾸면 참한 미인이 될 테지, 정말 크게 트집 잡을 구석이 없었다. 다만 흠이 있다면 하나에 열중하면 너무 지나치다는 거? 그게 하필이면 채은형이라는 가수였다는 것쯤? 정미는 한숨을 내쉬었다. 어디를 들여다봐도 은형이 세은을 무시할 만한 구석은 없었다. 그럼에도 그렇게까지 세은을 싫어한다는 건 그냥 싫어서일 것이다. 두 사람은 뭔가가 안 맞는 것이다. 세은이 언제쯤 깨닫게 될지 정미는 걱정했었다.

여러모로 잘된 것이다. 은형은 은형대로 세은을 귀찮아했고, 세은은 세은대로 현실을 직시해야 했으니까 기억상실은 훌륭한 계기가 될지도 모른다. 정미는 은형에 대한 기억이 영영 돌아오지 않길 바랐다.

하지만 이것 하나만은 확실했다. 은형을 '채은형'이라고 부르거나, 은형에게 팬들이 달려가도 자기가 무슨 잘못을 했는지 모르거나, 은형을 볼 때마다 서먹서먹해하는 세은을 볼 때면 심한 괴리감을 느낀다는 것. 정말 세은답지 않아서 가끔은 울컥할 때도 있다는 것. 그래도 정미는 잘된 일이라고 굳게 믿었다. 세은도 이젠 은형에게서 벗어나 자기 인생을 찾아야 하지 않겠는가.

"재민이 오는 중이래요."

은형이 슬쩍 얼굴을 내밀었다. 정미는 반사적으로 세은을 보았다가 자기 뺨을 살짝 쳤다.

"그래요? 고마워요, 은형 씨. 차 한 잔 할래요?"

은형은 당연히 거절할 것이다. 세은이 있는 자리에 은형이 오래 머무른 적은 없었다. 그래도 세은이 언제나 은형을 따라 나갔지만. 한데 은형이 문을 활짝 열어 한 걸음 들어왔다.

"그럴까요? GIL이 돌아올 때까지 기다려야 하거든요."

"무슨 문제가 생긴 거예요?"

은형은 넓은 테이블의 반 이상 차지하는 선물 더미의 반대쪽에 의자를 끌어 앉았다. 정미 쪽에 보다 가깝지만 세은에게도 가까운 거리였다. 세은은 보던 책을 덮어 자기가 일어났다.

"차는 제가 타올게요. 은형 씨, 뭐 마실래요?"

정미는 분명 은형의 눈가가 움찔거리는 걸 보았다. 하긴, 쭉 보아왔던 정미도 적응이 안 되는데 당사자는 어떻겠는가. 여느 때의 세은이었다 해도 물론 차를 타겠다고 일어났을 것이다. 그렇지만 뭐 마시겠냐고, 적어도 은형에게는 묻지 않을 것이다. 세은은 SOO 엔터테인먼트 직원들과 팬클럽 운영진을 통틀어 유일하게 은형의 입맛에 맞춘 커피를 타내는 사람이었고, 은형은 커피 아니면 물도 잘 안 마시는 사람이었으니까.

"커피요."

"내가 타올게."

정미가 일어났다. 세은이 뭐 그럴 필요 있냐는데 정미는 마침 집에 전화도 해야 하니 다녀오겠다고 막무가내로 나갔다.

남은 세은과 은형 사이에는 적막한 침묵이 흘렀다. 세은은 은형에게 뭔가 말을 걸까 하다 아무래도 말을 걸 염치와 용기가 없어 책 테두리만 슥슥 긁었다. 책장이 다라락, 다라락, 세은이 힘을 주는 정도에 따라 아래로 떨어져 내려갔다.

"시끄러워."

세은은 무심코 'Pardon?'을 떠올렸다. 은형은 언제부터 저런 표정을 지었는지 모르겠는데 정말 생기라고는 하나 없는 낯으로 단단히 팔짱을 낀 채 앉아 있었다. 세은은 그 와중에도 희한하게 팔짱을 낀다며 무심코 보았다. 오른손은 팔꿈치 안쪽에 올려놓은 일반적인 팔짱 낀 모습 그대로였지만 왼손으로는 오른쪽 가슴에 손을 펴 감싸고 있었다. 저렇게 팔짱 끼는 게 더 어렵겠다며 세은은 머릿속으로 따라해 보았다. 그러다 혹시 채은형의 팔짱 끼는 방법까지 예찬한 게 아닐까 하는 생각에 이르러 정신이 번쩍 들었다.

"이 소리가 거슬렸나 보네요."

세은은 남자가 한 말이 그제야 입력이 되어 책에서 무안하게 손을 뗐다. 또 뭔가 소리를 냈다간 시끄럽다고 타박할 테고, 가만히 있자니 좀이 쑤신다. 그래도 명색이 좋아하는 가수가 곁에 있는데 책을 읽자니 아깝고, 말을 걸자니 저 면상에 대고 대체 무슨 소리를 해야 할지 알 수가 없었다.

그래, 하나 정도는 할 말이 있었다.

"나도 믿기지 않지만, 채, 은형 씨하고 얽힌 기억만 사라진 게 사실인가 봐요. 아까 그 여자애들도 내가 막았어야 했던 거라면서요? 그것도 모르고 여기까지 찾아온 애들이 딱해서 보내줬지 뭐예요. 앞으로는 자중할게요."

차마 똑바로 보진 못하고 세은은 흘끗 은형을 살폈다. 곁눈질로 살펴도 은형의 안색에 변화는 없었다. 정미랑 있을 땐 눈가에 웃음기라도 있더니 세은과 둘이 남으니 그마저도 싹 사라진다. 얼굴은 꽤 취향인데 말이야. 세은은 허벅지를 긁적였다. 재민의 매끈하고 아이돌보다 더 반짝거리는 미모는 세은에게는 좀 부담스러웠다. 지금에야 재민의 짓궂고 능글맞은 성격을 알고 있으니, 예전보다 미모가 감소해 보인다지만 때때로 넋 놓고 재민을 볼 때가 있었다. 생기긴 진짜 잘생겼다고.

반면 은형은 아티스트답달까, 눈동자는 가끔 알 수 없는 이유로 번뜩이고, 표정은 영 뭘 뜻하는지 해석할 수가 없었다. 꽤나 말라서 눈은 움푹 패고 광대뼈는 도드라졌지만 콧대도 높고 얼굴 골격도 우아해서 볼품없진 않았다. 오히려 살집 있으면 안 어울릴 생김새였다. 입술은 얇아서 꾹 다물고 있음 창백한 피부와 한일자만 보이지만 입술과 피부의 경계가 희미해 가끔 무척이나 섹시할 때가 있었다. 세은은 입술의 경계가 모호한 사람한테 절대적으로 약했다. 그것도 브래드 피트 덕분에 알았다.

아무튼 이야기는 듣고 있는 듯해서 세은은 용기를 낼 수 있었다.

"저기, 그거 말고는 제가 민폐를 많이 끼쳤다고 들었…… 고, 발견했어요."

세은은 뺨이 화끈화끈해 차가운 손끝으로 뺨을 감쌌다. 카페에 올렸던 글을 생각하면 백번천번 생각해도 창피해 죽을 것만 같았다. 정미가 돌아오기 전에 이 말을 마무리나 할 수 있을까?

"카페 글은 다 지웠고요, 앞으로는 다신 그런 글 올리지 않을게요. 그 외에도 민폐 끼친 게 있다면, 미안해요."

말했다. 정말 하고 싶은 말은 이거였다. 사과.

"정말로 반성하고 있어요. 그동안 정말로 미안했어요."

사과를 받아주지 않을 건가? 헉! 나 그렇게 심했던 건가? 그럼 더 사과해야 하나? 근데 이 이상 어떻게 뭘 더 사과해? 아, 그 말을 하면 되는구나.

"앞으로는 채, 은형 씨한테 신경 끊고 살게요. 무, 물론, 팬은 계속할 테지만 팬이라고 여기저기 나서는 일은 이제 없을 거예요."

할 만큼 다했다. 그러고도 사과를 받지 않는다면 할 수 없는 거다. 세은이 죽을 만큼 민폐 끼친 게 있다 해도 상대가 사과를 받아주지 않는데 세은이 뭘 더 할 수 있을까? 게다가 세은도 뱃 없고, 존심 없는 사람은 아니었다. 우선은 최선을 다해 사과했다. 그게 받아들여지지 않는다면 그걸로 끝낼 생각이었다. EM의 음악을 좋아하는 건 사실이고, 은형에게 어떤 폐를 끼쳤든 은형의 음악을 좋아하는 것도 사실이니까 그냥 팬으로 남을 테다. 재민 전용 팬으로 돌아서도 좋을 것이다.

하지만 그건 힘들지도. 세은은 집에 돌아가 혹시나 은형의 음악까지 잊었을까 싶어 1집부터 4집까지 꺼내 들었다. 전혀 아니었다. 은형의 음성과 음악은 머리를 다치는 수준으로는 잊히지 않는 것인가 보다. 오히려 다시 처음부터 듣고 새삼 은형에게 빠졌다는 게 옳을 것이다. 그러니 EM 팬 노릇을 그만두진 못할 테고, 자존심은 좀 상하니까 은형 팬만 그만두면 될 테다.

"이건 또 새로운 작전인가?"

음산한 목소리였다. 은형의 목소리에는 날이 서 있었다. 노래할 때면 나지막하게 시를 읊조리는 듯한 음색으로 바뀌어서 참 많이도 사랑했던 그 목소리가 날카롭게 일격을 가했다. 세은은 무슨 일인가 싶었다.

"이젠 이짓저짓 다 해도 받아주지 않으니까 별 수작을 다 부리나 본데, 어림도 없어."

"내 생일 기념으로 눈이 다 오네. 역시 난 태어남 자체가 축복이라니까."

문이 벌컥 열리고 재민이 정미와 함께 들어왔다. 정미는 쟁반에 컵 두 개를 들고 있었다.

세은은 재민이 들어오자 엉겁결에 일어났다. 은형은 재민을 스쳐 방을 나갔다. 방의 어색한 분위기를 느꼈는지 재민과 정미가 동시에 세은을 돌아보았다. 세은 역시도 무슨 영문인지 알 도리가 없었다.

재민은 접견실에 들어와 작년보다 선물이 줄었다며 툴툴거리기 시작했다. 재민의 장난스런 투정에 방의 분위기는 순식간에 녹아내렸다. 정미는 곧 시간이 되었다며 돌아갔고, 세은이 정미를 마중했다. 정미는 건물 앞까지 묵묵히 세은의 배웅을 받더니 곧 용건을 꺼냈다.

"은형 씨랑 무슨 일 있었어?"

세은도 정미가 물을 줄 알고 있었다.

"잘 모르겠어요. 난 분명 사과했는데."

"사과? 네가 뭘?"

"지금까지 했던 일들이요. 생각할수록 창피하네."

정미는 깜짝 놀라 세은을 덥석 잡았다.

"기억이 돌아왔어?"

"아뇨. 그냥 카페에 올렸던 글들 보고 알게 됐어요."

"다 읽어봤니?"

"아니요! 낯 뜨거워서 서너 개 읽다 말았어요. 그래도 충분하더라고요. 내가 얼마나 채은형을 귀찮게 했었는지. 그래서 사과했는데 아무래도 내가 사과하는 것마저 작전이라고 생각하는 모양이더라고요."

"작전이라니?"

세은은 이맛살을 찌푸렸다가 이내 생각한 대로 고백했다. 세은은 팬클럽 운영진들에게 무언가를 숨긴 적이 없었다. 각자의 생활이 있지만 누구보다 끈끈한 인연을 자랑하는 사람들이었다. 함께 가을 되면 단풍놀이, 겨울 되면 온천 여행, 여름 되면 피서를 겸해 누군가의 집에 모여 밤이 새도록 수다를 떨던 사람들이었다. 이제와 새삼 뭘 숨기겠는가.

"나도 확신하는 건 아닌데 아무래도 내가 기억을 잃은 것마저 작전이라고 생각하는 것 같았어요."

"뭐? 내참, 기가 막혀서. 뭐가 어쩌고 어째?"

정미는 순간 열이 확 올랐다. 세은이 건물을 오가는 사람들 눈치를 살피며 정미를 진정시키려 했다.

"아픈 애를 갖고 작전이 어쩌고 어쩐다고? 지가 잘났으면 얼마나 잘났는데! 네가 해준 게 얼만데 작전이네 뭐네 몰아붙이는 거야? 아프냐고 걱정하진 못할망정!"

"어, 언니, 진정해요. 나 안 아픈 거 맞아요. 내가 아픈 게 어디 있다고."

"그 인간하고 있었던 일이 얼마나 괴로웠으면 기억을 다 지웠겠어! 네가 얼마나 힘들어했는지도 모르면서 작전, 작전! 뚫린 입이라고 말은 잘하는구나!"

세은은 결국 정미를 끌고 건물 밖으로 나갔다. 12월의 오후는 눈보라가 몰아쳐 무척이나 매서웠다. 세은은 코트도 입지 않은 상태라 벌벌 떨면서도 정미를 끌고 역으로 향했다.

"네가 얼마나 힘들어했는데, 그 자식 때문에 얼마나 상처를 받았는데. 네가 기억을 잃어서 차라리 잘된 줄 알았더니, 그것도 작전이냐고 몰아붙여? 지까짓 게 잘났으면 얼마나 잘나서! 지 하나 꼬드기자고 그 수모를 다 감수한 줄 알아?"

"아이고, 언니. 누가 들어요. 언니도 EM 팬클럽 내에서는 유명인이고, 이 근방에는 EM 팬이 쫙 깔려 있다니까요."

"너도 그래! 그 말을 가만히 듣고 있었어? 화도 안 나디? 기억은 없어져도 아직도 그 인간이 좋아서 듣고만 있던 거야?"

"나야, 내가 한 짓이 있으니까 저 인간이 얼마나 질렸으면 저런 말까지 했을까 했죠."

정미는 결국 세은의 등을 아프게 후려쳤다.

"아얏!"

"정신 차려! 네가 이제 그 인간한테 꿀릴 게 뭐 있어! 네가 잘못했다고? 그래, 그 인간이 원하지도 않았는데 과하게 사랑한 게 죄라면 죄지. 그 인간이 싫다고, 싫다고 해도 삼 년이나 주구장창 사랑한 게 죄다! 하지만 그만큼 아파했으면 됐어! 그 인간 사랑하면서 넌 속 편했는지 알아? 그만큼 멍 들고 다쳤으면 됐어! 이젠 너도 기 좀 펴고, 떳떳하게 대응도 좀 하고, 그러란 말이야! 넌 그럴 자격 충분히 있어!"

정미가 눈가까지 뻘겋게 붉히며 말하니 세은도 콧잔등이 저려왔다.

"이제 사랑한 거 다 까먹었으니까, 다 잊어버렸으니까, 너 하고 싶은 대로 살아. 자꾸 그 인간 하나한테 얽매여서 정 주고, 맘 주고, 골수까지 죄다 주지 말고. 너도 이젠 행복해져야 해."

"언니 말 들으니까 내가 참 한심했던 것 같아요."

정미가 세은의 뺨을 아프게 문질렀다. 세은은 자기가 어느새 울고 있는 걸 깨닫고 소맷자락으로 눈가를 닦았다.

"한심했어. 한심해도 엄청 한심했어. 그러니까 그 인간한테 꿇리지 말고 악도 쓰고, 배짱도 튕기고 그래. 자기가 가수면 팬한테 사랑받는 게 당연한 거지, 인기 좀 끌었다고 팬을 하찮게 보면 안 되지. 이젠 그 인간도 알 때가 됐어."

세은은 언제 한번 날 잡아서 자기가 한 행태를 자세히 들을 필요가 있음을 통감했다. 어느새 역까지 도착한 둘은 그제야 세은이 코트도 안 입은 걸 깨닫고 정미가 자기 장갑을 쥐어 보내는 것을 끝으로 헤어졌다. 세은은 정미의 장갑을 끼고 달달 떨면서 사무실로 돌아갔다.

정미가 은형 욕을 그렇게 해댔어도 끝까지 채은형의 이름은 입에 담지 않았다며 세은은 어처구니가 없어 픽 웃었다. 혹시 팬이라도 들을까 봐 나름 조심한 것이다. 사무실에 돌아오니 재민도 은형도 없었다. 몸을 녹일 겸 따뜻한 물 한 잔을 들고 접견실로 돌아오니 곧 재민이 나타났다.

"어디 갔었어?"

"정미 언니 바래다주고 왔어요."

"그 차림으로? 난 또 어디 구석에 가서 울고 있는 줄 알았네."

세은은 오들오들 떨었다. 재민은 그걸 보더니 혀를 차며 선풍기형 전기난로를 제일 세게 틀어 세은 앞에 두었다.

"내가 왜요?"

"은형이랑 만나고 나면 툭하면 화장실로 뛰어갔었잖아. 아, 이것도 기억 안 나나?"

화장실에 뛰어갔다고? 울려고? 세은은 고개를 갸웃했다. 재민도 가까이에 와 손을 난로에 대며 손가락을 녹였다.

"정말 기억 안 나는구나."

"재민 씨, 내가 채은형 씨랑 가까웠다는 거 거짓말이죠. 나 혼자 일방적으로 쫓아다닌 걸 채은형 씨가 할 수 없이 받아줬던 거죠."

재민은 턱을 긁적였다. 잠시 머뭇거리던 그는 고개를 난로 쪽으로 떨어뜨렸다.

"네가 일방적으로 쫓아다닌 거고, 은형인 끝까지 받아주지 않았어."

"맙소사, 내가 생각했던 것보다 더 끔찍해."

"그래서 네가 네 기억을 지워 버렸는지도 모르지."

"왜요? 창피해서? 그럴 거면 왜 처음부터……."

"너무 아파서."

재민은 무뚝뚝하게 말을 끊었다. 세은은 재민의 말을 곧바로 소화할 수가 없었다.

"간단한 거야. 짝사랑하는 상대가 끝끝내 마음을 받아주지 않으면 짝사랑하는 사람 맘은 어떻겠어?"

세은은 이해가 될 법도 했다. 그래도 아리송한 부분이 있었다.

"삼 년이나 해왔다면서요. 근데 이제 와 힘들다고 기억을 지웠겠어요?"

"나도 그게 궁금해. 계단에서 떨어질 때 은형이랑 너 단둘만 있었어. 무슨 얘기 했는지도 기억 안 나?"

사고 당시 얘기는 들었지만 은형과 나눈 대화는 전혀 기억나지 않았다. 물론 은형과 가까웠었다는 기억 자체가 없으니 당연한 일이었다.

"아까 은형이랑은 무슨 일이었어? 은형이 놈, 왜 삐친 거야?"

"그게 삐친 거예요?"

재민이 잠시 숨을 삼키다가 푸후 웃는다.

"적응이 안 된다. 은형이 기분이라면 누구보다 네가 먼저 알아차리곤 했는데. 말 끊어서 미안. 그놈 삐친 거 맞아. 그것도 아주 오랜만에 단단히 삐쳤던데."

세은은 정미에게 얘기했던 이야기를 고스란히 재민에게 들려주었다. 작전 운운했던 것도. 재민은 정미만큼 화를 내진 않았지만 눈빛이 조금 차가워진 듯한 기분도 들었다.

"그 바보가."

재민은 단 한 마디뿐이었다. 재민은 잠시 기다리라며 사무실을 나갔다. 세은은 사무실을 운영하는 일곱 시까지는 남아 있을 예정이었다. 재민이 자리를 비운 사이에 마치 기다렸다는 듯 팬들이 몰려와 선물을 전해주고 갔다. 오늘만큼은 사무실까지 팬들이 들어오는 걸 허락받았기에 가능한 일이었다. 이곳까지 선물을 전해주러 온 팬들을 위한 일종의 팬서비스였다. EM이 일하는 사무실이 어디인가 하는. 하지만 정작 EM이 이 사무실에 오는 일은 지극히 드문 일이라는 건 비밀이었다.

일곱 시가 될 때까지 정말 무수한 선물이 쌓였다. 크기며 포장까지 제각각이라 접견실에는 발 디딜 틈이 없을 정도였다. 세은은 EM 매니저에게 연락해 선물을 가져가라고 연락하려 했다. 마침 재민이 돌아왔다.

"오늘 저녁에 시간 있어?"

"집에 가야죠."

"밖에 눈 엄청 많이 와. 이 근처에서 내 생일파티 하는데 같이 가자. 밥이나 먹고 가. 그럼 내가 동규 형한테 말해서 데려다 줄 테니까."

동규가 EM의 매니저였다. 세은은 팬으로서는 엄청난 영광이자 기회에 눈을 반짝였지만 마다해야만 했다.

"나 혼자만 초대 받을 순 없죠. 다른 언니 동생들한테 미안해요. 다같이 수고했는데."

"무슨 말씀을. 너만 입 다물면 아무도 모른다고."

"그래도······."

재민이 턱을 치켜들었다. 눈빛은 이미 삐치기 십 초 전 모드였다.

"그래서, 안 갈 거야?"

내가 EM을 좋아하는 게 죄지. 사실 대체 어느 팬이 감히 재민의 초대를 거절하겠는가.

"갈게요."

"얼른 준비해."

"참, 선물들은?"

"걔들이 어디 도망가? 얼른 나와."

세은은 결국 풋풋 웃어버렸다. 그들은 소속사 직원들의 배웅을 받으며 폭신한 눈이 쌓인 거리에 한 걸음 내디뎠다.

"와아!"

세은이 저도 모르게 소리쳤다. 재민이 차 문을 열고 잠시 기다렸다.

"눈 좋아해?"

"저렇게 예쁘잖아요."

"하긴, 넌 눈이든 비든 다 좋아했지."

"응? 어떻게 알아요?"

재민이 한쪽 눈을 찡긋했다.

"내가 이래 봬도 은묘 팬이거든."

"재민 씨마저! 제발 잊어달라니까요!"

세은이 투덜대며 조수석에 앉았다. 재민은 조심스레 차를 움직였다. 재민은 차를 무척 아끼는 사람이었던 게 기억난다. 그래서 생각 외로 운전을 조심스레 한다는 것도. 재민이 후진하러 조수석에 손을 두르자 재민에게서 달콤한 향이 훅 끼쳐 왔다. 여자 향기였다. 재민에게 애인이 있는 거야 공공연한 비밀이었다. 세은은 어떤 여자인지 모르지만 향수 취향이 꽤 고급이란 느낌을 받았다.

"그럴 수가 없어. 나 역시 기억상실이 되지 않는 이상."

"어떻게 방법 없을까요? 당사자인 내가 잊어버렸는데 당사자 아닌 사람들은 기억한다는 거 꽤 당황스럽다고요."

"난 은묘 때문에 이상형이 바뀌어 버렸는데?"

재민이 이 야밤에 선글라스를 썼다. 덕분에 재민의 두툼한 입술이 매력적으로 말려 올라간 것밖에 볼 수 없었다.

"내가 결혼한다면 은묘 같은 여자랑 할 거라고."

순간 심장이 덜컹거렸다. 차가 부드럽게 달려나갔다. 세은은 왜 재민의 팬들이 재민이라면 홍알홍알 녹는지 알 것 같았다. 저 말솜씨라니. 세은도 질 수 없다며 대꾸했다.

"하지만 이제 이 세상에 은묘는 없어요."

"……그렇지."

도로 쪽은 이미 눈이 녹아 질척거리고 있었다. 그래도 길가와 가로수에는 눈이 쌓여 가로등과 차의 전조등으로 반짝반짝 빛이 났다. 세은은 문득 재민을 좋아했다면 좋았을 거란 생각을 했다. 부드럽고, 재치있고, 가끔 뿔 난 송아지 왕자처럼 굴지만, 성격적으로는 재민이 훨씬 좋은 남자였다. 그런데 왜 난 재민이 아니라 은형에게 빠진 걸까.

하긴, 만약 은형을 좋아했듯 재민을 좋아했다면 재민도 어쩔 수 없이 세은에게 정나미 떨어졌을 것이다. 게다가 세은은 성격을 보고 EM을 좋아했던 게 아니었다. 그저 자연스레 은형에게 빠졌던 것이다. 기실 처음엔 재민과 은형의 외모를 보고 둘을 섞어 반으로 쪼갰으면 딱 좋겠다고 생각하지 않았던가. 은형이 처음엔 너무 강퍅하게 보여 은형을 보고 잘생겼다 열광하는 팬들을 이해하지 못했었다.

그러던 세은이 지난 삼 년간 남들 이상으로 은형을 숭배하며 살았다.

세상사 참 모르는 거라며 세은은 한숨만 내쉬었다.

해방의 시간, 시작 _5

'**미**안하다고?'

그 여자의 입버릇이었다. 언제나 미안하다고 했다. 그리고는 꼭 자기 행동을 합리화했다.

〈내가 귀찮게 했다면 미안해요, 하지만 나도 이 마음, 힘들어요. 나도, 이젠 그쳤으면 좋겠어.〉

은형은 기억력이 좋은 편이었다. '은묘'의 글을 은형이 읽지 않자 재민이 옆에서 신나하며 줄줄 낭독했었다. 덕분에 좋든 싫든 파장이 맞는 구절은 은형의 머릿속에 저장되었다.

그쳤으면 좋겠다고, 자기도 힘들고 지쳤다고, 그래도 알아주길 바라는 마음이 자꾸만 샘솟는다고, 이런 자기를 어쩔 수 없다던 여자였다. 솔직히 대놓고 여자를 무시했고 피했다. 여자가 근처에 다가오면 일부러 노력하지 않아도 얼굴이 차갑게 굳었다. 처음에는 그래도 다가오던 여자는 나중엔 알아서 피했다. 여자의 마음이 멀어졌나 싶었지만 'TO EM'에 올라온 글을 보면 몸의 거리가 생기는 만큼 보고픔만 쌓인다고 했다. 미칠 지경이었다. 그래서 은형은 그 이후 'TO EM'을 자발적으로 찾아간 적이 한 번도 없었다.

피하고 무시하는 걸로는 성에 차지 않는 것 같아 여자가 싫어할 만한 행동을 골라 했다. 여자는 웃기게도 그를 팬으로서 사랑한다면서 그가 다른 팬들과 접촉하는 걸 극도로 싫어했다. 은형은 일부러 콘서트 무대에 팬들을 끌어올릴 이벤트를 기획했고, 그 이벤트에 당첨된 팬들이 악수나 포옹을 요구하면 지나치다 싶을 만큼 진하게 포옹해 주었다. 그 뒤의 여자의 글은 가관도 아니었다.

〈당신은 만인의 연인이니까, 알고 있었는데도, 난, 난······. 미안해요, 속 좁고 시기 많은 팬이라서, 얼토당토않은 욕심을 가져 버려서.〉

여자의 패턴이었다. 처음에는 자기를 탓한다. 그래도 같은 일이 반복되면 여자는 갑자기 폭발해 버린다.

〈당신이 미워. 내 마음도 모르는 당신이 미워. 그리고 당신을 밉다, 밉다 가슴을 치면서, 가슴으론 미워지지 않는다는 내가, 미치도록 싫어.〉

온갖 착한 척, 조신한 척 내숭을 부리던 여자는 사실 엄청난 독점욕을 가진 스토커였다. 자기 뜻대로 일이 풀리지 않으면 게시판에 분풀이를 했다. 다행이라면 다행이랄까, 여자의 분풀이는 실생활에 실현되지 않았다. 하지만 은형은 은근히 기다리고 있었다. 여자가 실생활에서도 폭발하길, 그래서 공식적으로 여자를 떼어놓을 수 있게 되길. 여자가 돌아버려서 무슨 짓을 할지 무섭기도 했지만 삼 년이나 함께한 지금은 모두 말뿐이란 걸 알고 있었다. 그래서 은형의 기대는 번번이 무산되었다.

그랬던 여자가.

미안하단다. 지난 세월, 힘들고 귀찮게 해서, 민폐를 끼쳐, 미안하단다.

은형에 대한 기억만을 거짓말처럼 까맣게 잊었다는 여자가, 미안하단다.

그걸 믿으란 말인가?

드디어 여자가 미친 거다. 참고 참아 여자가 드디어 돌아버린 거다. 드디어 심리전은 포기하고 그 행동력으로 은형을 옭아매려는 수작이다. 은형은 당황하지 않았다. 이미 여자의 모든 계산하에 이루어진 행동임을 꿰뚫고 있었으니까, 여자가 미안하다 할 때까지, 여자가 자신에 대한 기억만 잊었다는 것 하나까지도 모두 거짓말로 치부하고 있었다.

하지만 오늘은 정말로 여자의 뛰어난 연기력에 잠시 흔들렸다. 여자는 게시판을 통해 언제든 미안하다, 미안하다, 입버릇처럼 말했지만 실제 은형에게 미안하단 적 없었다. 미안하다 하긴커녕 자신이 해준 것들에 대해 고마워하란 고압적인 태도를 고수했다. 나중에 여자의 선물 공세가 끝났을 땐 얼마나 행복하던지. 여자의 뻐기는 듯한 표정을 보지 않아도 되니까. 물론 재민의 말에 따르면 드러난 선물 공세는 사라졌지만 교묘하게 남을 조정해 선물을 전했다고 했다. 그래서 더 치가 떨렸지만 어쨌든 여자는 결코 자기 입으로는 미안하단 적이 없었다.

그런데 미안하단다.

아무리 이 이상을 생각하려 해도 생각이 막혀 더는 굴러가지 않았다.

미안하다고, 미안하다고? 왜, 지금까지는 매달려도 먹히지 않으니 삼 년이 지난 지금에야 머리를 굴려보는 건가? 당겨도 안 되면 밀어보라는 연애의 공식에 따라?

어림도 없는 소리! 드디어 여자가 공식적으로 사과하고 신경 끊겠다고 제 입으로 약속했다. 증인은 없지만 여자는 이제 발뺌도 못한다. 다른 누구도 아닌 당사자인 은형에게 약속한 것이니까. 만약 여자가 아까의 약속 이후로도 은형을 귀찮게 한다면 은형은 노골적으로 여자를 비웃으며 두 번 다시 가까이 접근하지 말라고 대놓고 잘라낼 것이다.

그렇게 되면 얼마나 후련할까?

잘된 거다. 여자가 새로운 수법을 꺼내 들었지만 은형은 그 수작에 걸려 넘어갈 정도로 어수룩한 사람이 아니었다. 순간의 흔들림은 있었지만 여자의 새로운 수법은 대번에 눈치 챘다. 여자는 이제 제품에 지쳐 나가떨어질 것이다. 어쨌든 팬이기 때문에, 팬클럽 운영진이기 때문에 직접적으로 질타하는 말을 던지진 못했다. 하나, 이젠 다르다. 여자가 먼저 은형을 놓아주겠다고 했다. 그 말을 실행하지 못하는 여자를 질타한다고 누가 뭐라 하겠는가?

시간이 흐르기만 기다리면 된다. 은형은 시트에 느긋하게 기댔다. 그런 은형의 곁에 유빈의 동료이자 오늘 재민의 생일파티에 초대된 민지가 다가왔다.

"하이, 나 왔어요."

재민은 지섭의 가게를 통째로 빌려 온갖 손님을 초대했다. 덕분에 오늘 밤만큼은 누구의 시선에 간섭받지 않고 자유로운 시간을 보낼 수 있게 되었다. 재민은 보기와 달리 매스컴 단속은 단단히 하는 편이기 때문이다.

이제 막 여덟 시가 되어가는 시간이었지만 지섭의 가게는 손님들로 북적였다. 테이블마다 꽉 찼고 홀 중앙에 넓게 비워둔 공간을 오가는 사람도 꽤 되었다. 은형은 언제나 앉던 가장 구석진 테이블에 앉아 다른 사람들에게 방해받지 않고 혼자만의 생각에 골몰해 있었다.

민지는 180cm의 은형과 거의 눈높이가 맞을 정도로 늘씬한 미녀였다. 나이가 이제 막 스물한 살이라고 했던가. 정말 조그만 얼굴에 또록 굴러 떨어질 것 같은 커다란 검은 눈이 매혹적인 아가씨였다. 하지만 아직 어려 뭘 몰라서 그러는지 무슨 말을 해도 은형의 비위를 건드리곤 했다. 은형은 외부에 되도록 성질을 노출하지 않는 편이라 애써 참을 따름이었다.

"자기, 무슨 생각 해요? 내 생각?"

미칠 노릇이다. 은형은 예쁜 여자들이 좋았다. 그건 사실이다. 그렇지만 얼굴만 예쁘고 피부가 탱탱한 얼굴만큼 뇌도 탱탱한 것들은 절대 사양이었다. 은형의 전공 분야에 박식한 여자를 바라는 건 아니었다. 은형의 전공 분야에 조금이라도 관심있는 여자를 바라는 것도 아니었다. 그저 예쁜 얼굴만큼 '제대로 된 상식'이란 게 박혀 있으면 언제든 환영이었다.

"자기야, 얼굴이 무서워. 여기 주름 보정하는데 얼마나 드는 줄 알아? 쭉쭉 펴요, 이렇게, 이렇게."

여자는 은형의 무릎에 서슴없이 걸터앉더니 은형의 미간을 손가락으로 꾹꾹 눌렀다. 바르륵, 소름이 돋았다. 은형은 결국 성미를 폭발시켜 여자를 밀치려고 했다.

거의 동시에 그들이 있는 테이블에 재민이 불쑥 나타났다. 재민은 그 여자와 함께였다. 그리고 그 여자는 필연적으로 은형을 쳐다보고 있었다.

"너, 저 여자는 왜……!"

"내 생일이잖아. 누굴 초대하든 내 마음이지."

그러더니 재민은 누군가 일어선 자리에 대신 들어가 앉았다. 그 여자도 태연하게 재민 옆에 앉았다. 은형이 뭐라 할 틈도 없이 민지가 은형에게 찰싹 달라붙었다. 여자의 가슴이 관자놀이에 닿았다. 은형은 인공적인 묵직함에 비위가 상하려 했다. 한데 그 여자가 은형을 지켜보고 있었다. 은형과 눈이 딱 마주치니 어설프게 웃으며 시선을 비껴냈다. 그 모습에 은형은 눈을 빛냈다. 은형의 손이 절로 민지의 허리를 감았다.

"우선 뭣 좀 먹고 있어. 내가 가서 밥 될 만한 거 구해올게."

"이걸로도 충분해요."

재민과 여자가 나눈 대화였다. 은형은 일부러 여자의 허리를 더 듬었고 민지는 그가 원한 충분한 반응을 보여주었다. 민지의 입에서 교태로운 신음이 흘렀다.

"아아~ 자기야, 간지럽잖아."

여자의 농염하다 못해 질척질척한 웃음소리는 심히 거슬렸지만 은형은 정말로 흡족했다. 그 여자가 은형과 민지를 보고 있었다. 그리고 여자의 눈에는 그가 예상했던 상처가, 상처가……?

"두 분이 사귀시는 거예요?"

여자, 세은이 묻는다. 은형은 순간적으로 이맛살을 확 찌푸렸다가 가까스로 미소를 되찾았다. 이건 뭐야? 그가 예상한 반응에서 한참 벗어났다. 분명 지금쯤 여자는 파르륵 굳어 벌벌 떨어야 했다. 한데 지금 여자는 너무나 태연하다. 거짓말처럼 태연하다.

"이런 걸 물으면 안 되나? 아무 데도 소문 안 낼게요. 근데 두 분, 참 사이 좋아 보이시네요."

"정말? 오빠가 좀 밝히긴 해도 난 밝히는 남자가 좋거든."

세은은 민지의 대꾸에 픽 웃더니 그대로 신경을 껐다. 재민은 정말로 먹을 걸 구하러 일어나고 세은은 종업원에게 안 쓴 수저를 받아 테이블 위에 즐비하게 놓여진 음식을 맛보기 시작했다. 일단 입맛에 맞는 걸 찾았는지 여자는 싱글싱글 웃으며 음식을 먹었다.

다 연기지? 저거 다 수작인 거 알고 있다. 애써 태연한 척 음식을 밀어 넣으려니 속은 얼마나 쓰릴까. 곧 화장실로 달려가 예전에 그랬던 것처럼 꺽꺽대며 울어버릴 터다. 세은이 울 때는 조금 양심이 찔리기도 했지만 전보다 더 꿋꿋해져 돌아오기 때문에 언젠가부터는 양심도 무뎌져 버렸다.

같은 테이블에 있던 남자 하나가 호기심을 띠며 세은에게 다가갔다. 세은은 남자를 알아보더니 팬이라며 악수를 청했다. 재민의 친구의 친구가 초청했음직한 가수로 은형은 남자의 이름만 가까스로 알고 있었다. 나름 인기가 좀 있다는데 은형 취향의 음악은 결코 아니었다.

"이세은이라고 해요."

"재민 형하고는 무슨 사이예요? 왜 둘이 같이 온 거예요?"

"제가 막내 매니저 비슷한 거거든요. 배곯고 일하는 거 보더니 데려와서 밥 먹여주시네요."

"매니저였어요?"

남자의 관심은 그대로 식었다. 재민이 데려와서 뭔가 대단한 사람이라고 생각했었나 보다. 하지만 남자의 관심은 식었어도 일행의 관심은 또 다른 모양이었다.

"몇 살이야?"

세은은 다짜고짜 반말하는 상대를 보고 코웃음을 날렸다. 세은에게 나이를 물은 남자 역시 어디선가 봤음직한 얼굴이었다. 어디 VJ라고 했던가.

"댁보다는 많을걸요?"

"재민 형한테 여자 매니저가 붙을 리 없잖아."

"왜요? 재민 씨가 여자에 환장한 사람도 아니고."

"유빈 누나가 가만히 있겠어?"

"자기, 나만 봐."

민지가 갑자기 콧소리를 내며 은형의 입술에 자기 입술을 뭉갰다. 여자에게서 술 냄새가 확 끼쳤다. 그제야 여자가 얼마나 취했는지 가늠할 수 있었다. 여자의 눈은 게슴츠레했고 혀 짧은 발음은 술에 취해 혀가 풀린 것이었다. 귀여운 척하려던 것이 아니었다.

은형은 여자를 확 밀치려다 순간 세은에게 시선이 미쳤다. 세은에게 보이기 위해 일부러 더 과장되게 여자를 안아 비위 상하는 걸 꾹 참고 입술을 벌렸다. 가늘게 뜬 눈 너머로 세은이 이쪽을 보고 있는 걸 확인했다.

됐다! 은형은 이제 곧 여자가 화장실로 달려갈 극적인 순간을 기다렸다. 하나, 여자는 다시 고개를 수그려 포크질을 열심히 해댔다.

"얼굴이 좀 빨개진 것 같네?"

VJ 친구가 세은의 뺨을 톡 건드렸다. 세은이 도리질하더니 결국 어깨를 들썩였다.

"사실 남이 하는 키스를 라이브로 보는 거 처음이거든요."

"그럼 남에게 보인 적도 없겠네?"

VJ라는 놈이 세은과 사이에 있는 남자를 가로질러 세은의 입술에 입술을 부딪쳤다. 은형의 눈이 동그래졌다. 세은도 마찬가지였다.

"이, 이봐요!"

VJ놈은 픽 웃더니 아예 가수 놈과 자리를 바꿔 앉았다.

"나 언니 같은 여자가 타입인데. 순진하고, 흐리멍덩하고, 뭐 하나에 빠지면 일편단심일 것 같은 미련퉁이가."

세은은 냅킨을 집어 입술을 북북 닦았다.

"그래서 내가 고마워해야 하나? 순진하고 흐리멍덩하고 미련퉁이라도 취향은 있는 법이거든. 풋내 나는 놈은 취향이 아니니까, 가라."

은형은 진심으로 놀랐다. 저렇게도 말할 줄 아는 여자였나? 여자의 말에 VJ놈이 약에 취한 것처럼 낄낄거렸다. 옆에 앉은 가수 놈도 새삼 세은에게 관심을 보였다.

은형의 무르팍에 앉은 민지는 슬슬 은형의 맨가슴을 쓰다듬었다. 민지의 기다란 손톱에 쓸린 피부가 비명을 질렀다. 화끈화끈해서 민지를 확 밀칠 뻔했다.

"오, 뜨거운데?"

재민이 유빈과 함께 돌아왔다. 민지는 유빈을 보더니 조금쯤 제정신을 차린 듯했다. 유빈은 은형과 민지를 동시에 툭 쳤다.

"재미 보는 중이면 미안한데, 말자야, 윌이 너 찾더라?"

"위, 윌이요? 네, 네. 자기 미안, 갈게."

민지는 마치 찬물을 뒤집어쓴 생쥐마냥 꽁지를 빼며 사라졌다. 유빈이 은형을 툭툭 밀쳤다. 은형은 반사적으로 자리를 내줬다. 유빈이 자리를 잡더니 담배를 물었다.

"말자가 맘에 들어도 포기해, 은형 씨. 저 애 백이 좀 귀찮은 놈이거든."

"말자?"

"민지 이니셜이 MJ잖아. 그래서 애칭 삼아 말자라고 불러. 뭐, 본명이 말자라는 소문도 있지만."

유빈의 설명이 끝나니 재민의 상황이 눈에 들어왔다. 재민은 세은 옆에 앉아 이것저것 먹을 것을 늘어놓고 있었다.

"찬이랑 그새 사이가 좋아진 거야?"

VJ놈 이름이 드디어 생각났다. 기찬인지 힘찬인지, 무슨 찬이라고 했다.

"형네 막내 매니저 아니지?"

찬은 곱슬곱슬한 머리카락을 슬쩍 넘겼다. 은형은 부스스한 머리와 달리 인형처럼 곱살한 놈의 외모에 내심 놀랐다.

"세은이가? 세은이 내 팬이야. 우리 팬클럽 부회장님."

"진짜? 그런데 여기 데려와도 돼?"

"그러게요. 내가 이런데 와도 돼요?"

찬의 말이 떨어지기 무섭게 세은도 똑같이 물었다. 찬은 아까처럼 낄낄대더니 세은의 목에 와락 팔을 둘렀다.

"언니, 진짜 맘에 든다."

"세은이는 믿을 만하지. 아, 소개가 늦었다. 유빈아, 얘가 소문의 세은이야. 그리고 저기는 내 주인님."

유빈이 쿡 웃으며 손을 내밀었다. 세은이 엉거주춤 일어나 유빈의 손을 맞잡았다.

"이세은이라고 해요."

"유빈이야. 재민이랑 동갑인데, 말 놓을게. 너도 편하게 대해."

"아, 네."

유빈은 웬만한 사람으로는 대적하지 못할 박력을 갖고 있었다. 그래서 열일곱 살에 데뷔해 스물여덟인 현재까지 톱 모델 자리를 고수할 수 있는 것일 터다. 은형은 재민이 소개한 수식어가 마음에 들지 않았다. 유빈을 툭 치니 유빈은 시침을 뚝 떼고 턱을 괴어 세은과 마주했다.

"몸은 좀 괜찮아? 응급실에 갔었다며."

"진짜? 세은, 그랬어?"

찬이란 놈이 그새 친한 척 치근덕거렸다. 세은은 찬의 팔을 벗어나려 시도했지만 번번이 실패했다. 나중에는 그 손이 어깨 아래로 내려가지 않게만 제어하게 되었다.

"머리에 혹이 생긴 것뿐인데요."

"어디, 어디?"

"벌써 한 달 전 얘기야."

"근데 유빈 누나는 그것까지 알아?"

유빈은 담뱃재를 톡톡 털더니 씩 웃었다.

"재민이가 좀 좋아해야지. 그렇게 순진하게 보여도 엄청 열성팬이야, 세은이."

"난 이미 알았어. 이런 사람일수록……."

"뭐 하나에 빠지면 일편단심일 것 같은 미련퉁이란 말이지? 그래, 그랬다. 어쩔래."

세은이 톡 쏘아대도 찬은 좋다고 히죽거렸다. 무슨 생각인지 몰라도 정말 세은이 마음에 든 건 아닐 테다. 은형은 다른 곳에 가기도 머쓱해서 자리를 지키고 앉았다. 세은은 화제의 중심이 되어 테이블 전체의 관심의 대상이 되었다.

"세은, 삐치지 마. 난 좋다니까?"

"실제 당하면 좋단 소리 안 나올걸?"

"그렇지만도 않아, 세은. 저기 저 인간 같은 경우는 세은이 같은 여자랑 결혼하는 게 평생소원이라고 했으니까."

좌중이 일제히 수런거렸다. 세은은 얼이 빠진 채 재민을 돌아보았다. 세은에게는 은형은 안중에도 없었다. 은형 역시 처음 듣는 이야기라 재민을 죽일 듯 노려보았다. 바로 곁에서 세은에게 얼마나 당했는지 똑똑히 봐온 놈이 세은 같은 여자랑 결혼하는 게 평생소원이라고?

"그럼. 엄마보다도 날 더 챙겨주는 마누라, 바라는 건 고작 사랑뿐인데 마다하는 놈이 이상한 거지."

은형은 주먹을 바릇 움켜쥐었다. 그러거나 말거나 재민은 여전히 느물거렸다.

"농담도. 거의 스토커 수준이었는데요."

세은이 가까스로 대꾸했다. 은형은 속으로 크게 비웃었다. '거의'가 아니라 '완전' 스토커였어. 자기 일이라고 미화하는군.

"시선 차이야."

재민은 자기 눈을 두 손가락으로 가리키더니 그대로 세은의 눈동자를 가리켰다.

"세은이의 일방통행이라 스토커였지, 세은이와 마주 보는 사람이었다면 달랐을걸?"

"어떻게 했는데?"

찬이 끼어들어 묻는다. 은형은 대신 대답하고 싶은 걸 가까스로 참았다. 재민은 세은에게 둘러진 찬의 손을 자연스럽게 풀었다. 찬은 재민의 기백 때문에 다시 팔을 두르진 못했다.

"이동하며 찬밥 먹으면 체한다고 도시락 싸다주고, 뜨거운 국 끓여다 주고, 후식으로 과일은 기본이고. 그리고 세은이는 손맛이 좋아서 누구든 입맛을 잘 맞추거든. 난 사실 세은이가 끓여주는 커피가 제일 맛있더라고."

"유빈 누나, 내버려 둬도 돼?"

찬이 또 끼어들었다. 유빈은 팔짱을 낀 채 턱짓만 했다. 재민은 아랑곳없이 줄줄 세은 자랑을 늘어놓았다.

"내가 가는 곳이면 어김없이 따라오고, 추울 땐 핫팩을 준비해서 주머니에 붙여주고, 더울 땐 차갑게 얼린 타월을 아이스박스에 담아오고. 아, 여름에는 탈진할까 봐 건강주스도 만들어다 줬지, 아마."

그 건강주스는 은형 전용이었다. 그리고 은형은 건강주스를 매니저가 준비한 것이라고 철석같이 믿고 있었다, 이 순간까진.

"콘서트 때마다 같이 갔어. 한 번은 같은 비행기 안에서 만난 적도 있어서 같이 이동하고 그랬지. 세은인 그때 차비가 굳어 고맙다더니 맛집으로 안내하더라. 사실 지방으로 뛸 땐 맛은 기대를 안 하거든. 맛집이 뭐야, 식당에 앉아 뜨끈한 국물만 먹어도 감지덕지. 근데 공연장 근처 맛집을 알아내서 데려가더라고. 그 다음부터 공연장이 정해지면 근처 맛집을 죄다 찾아 알려주고. 저 까다롭기 그지없는 채은형도 세은이가 알려준 맛집에 가면 말없이 밥 두 공기는 뚝딱이더라고."

어느 순간부터 지방공연이 힘들지 않았다. 매니저가 무슨 수단을 발휘했는지 이동할 때마다 맛있는 곳만 찾아낸 덕분이었다. 힘들 때면 더욱 입맛이 까다로워지는 은형이었는데, 매니저가 찾아낸 곳에서는 밥 한 공기쯤은 기본으로 해치울 수 있었다. 두 공기는 어쩌다 한 번 있었는데 재민이 부풀린 것이다. 고추장삼겹이라든지, 황태찜이라든지, 감자빈대떡, 콩칼국수 등등 맛깔나게 하는 곳이 세상에 이렇게 많았던가 싶을 정도였다. 한데, 그마저도 세은이 알아낸 곳이란다.

"세은, 이동 경로까지 다 알아내서 맛집 알아낸 거야?"

"설마, 이동 경로를 세은이 어떻게 알아. 예상 이동 경로를 자기가 설정해서 그 길목에 있는 맛집을 알아낸 거지."

"우와……."

재민은 세은을 미화하고 있었다. 세은이 분명 누구든 쉽게 할 수 없는 일을 해냈는지도 모른다. 하지만 그 이상으로 괴롭힌 것도 만만찮았다. 대체, 게시판을 자기 혼자 독점하는 게 어디 있고, 싫다는데도 자꾸 들러붙는 건 어디 있는가. 사람 싫은데 무슨 이유가 있겠냐지만 싫어도 자꾸 달라붙으면 좋든 싫든 싫은 이유가 생겨나는 법이다. 재민은 그게 다 남의 일이니까 저렇게 세은을 추켜세울 수 있는 것이다.

"내가 아낄 만하지?"

"세은, 나도. 나도 해줘."

찬이 천지분간 못하고 또 끼어든다. 은형은 결국 테이블 뒷면을 걷어차고 말았다. 테이블이 덜컹거리자 순식간에 주변이 조용해졌다. 은형은 벌떡 일어났다.

"좀 살살 일어나라. 누가 보면 화난 줄 알겠네."

재민이 끝까지 이죽거린다. 은형은 유빈이 만든 틈으로 그 자리를 벗어났다. 더는 참을 생각이 없었다. 재민이 놈이 무슨 수작인지 몰라도 자기 앞에서 세은을 추켜세우는 짓거리는 그 정도로도 충분했다.

"화났나?"

세은은 고개를 갸웃했다. 그 모습에 유빈이 손을 뻗었다. 세은은 엉겁결에 유빈을 쫓아 은형이 앉던 자리에 앉게 됐다. 찬이 쫓아오겠다는 걸 재민이 억눌렀다.

"정말 다 까먹었구나."

"네?"

"저거, 다 네가 은형 씨한테 해준 거였는데."

세은도 재민이 말하는 것 중 몇몇은 기억났다. 가령 맛집을 찾는 것. 재민은 대단한 일이라도 한 듯 말했지만 모두 팬들이 한 일이었다. EM의 이동 경로를 유추해 그 주변의 맛집을 추천 받았더니 어디 숨었던 팬들까지 일어나 맛집을 추천해 주었다. 덤으로 숙박업소까지 추천해 준 사람도 있었다. EM이야 시설 좋은 호텔에 묵겠지만 혹시 중도에 일정이 차질이 빚어질 경우를 대비해서라고 했다. 세은은 그것을 추려 EM에게 전달해 준 것밖에 없었다.

건강주스와 핫팩은 어슴푸레하게 기억이 났다. 아이스박스도 그 무거운 걸 언니 동생들과 나눠 들고 다니느라 헉헉댔던 게 기억난다. 하지만 그걸 재민에게 주었냐 물으면 잘 기억이 안 난다. 들고 다닌 기억은 있는데 누구에게 줬는지는 거짓말처럼 깜깜했다. 억지로 기억해 내려 하면 속이 미식거렸다.

하지만 유빈의 말을 들으니 이제야 이해가 되었다. 은형에게 해 주었기 때문에 기억이 안 났던 거고, 한 번 거부했던 기억이기 때문에 억지로 떠올리려 하면 몸이 거부하는 것이다. 세은은 그렇게까지 했는데도 은형이 자기를 싫어했다는 건 정말 싫었다는 뜻이 된다고 생각했다. 어떻게 지극정성을 다 해도 싫은 상대는 있는 법이다. 아니, 잘해주면 잘해줄수록 더 싫어지는 상대도 있는 법이다. 그저 싫고, 싫은 거다. 이유를 대면 '그 사람이라 싫어!' 라고 대답할 수밖에 없는.

그러자 화가 났다. 지금껏 은형의 입장에서 자기가 얼마나 귀찮았을지를 생각했었다. 얼마나 민폐였을지만 생각했었다. 정미가 등을 후려갈기고 버럭버럭 소리를 질렀을 때도 언니는 은형 입장이 아니어서 내 편을 드는 거라고 속 편히 생각했었다.

하지만 아닌 거다. 왜 기억을 잃을 정도로 은형과의 일이 괴로웠는지를 생각했어야 했던 거다. 자기가 얼마나 창피하고 추한 짓을 저질렀든 자기만큼은 자기편이 됐어야 했던 거다.

그렇게 생각하니 진심으로 화가 났다.

자기만 힘들었나? 싫은 사람 애정 받느라 자기만 힘들었어? 난 어땠을 것 같아? 받아주지도 않는 마음에 마음 졸이고 발 동동 굴렀을 난? 어쩜 사람이 저렇게 어려, 어쩜 저렇게 이기적이야? 왜 자기 생각밖에 못해? 이쪽이 그가 원치 않는 사랑을 줘서? 이쪽만의 잘못이니까?

그게 하루이틀이었다면 화를 내는 자신을 적반하장이라 여겼을 터다. 하나, 삼 년이었다. 자그마치 장장 꽉 채운 삼 년이었다. 그기간 동안 자기 힘든 건 생각 않고 생각했다 해도 감내하고 은형을 보살폈을 터다. 은형을 사랑했을 터다. 은형은 그 감정을 너무도 하찮게 여겼다.

기억을 잃고 지난날을 반성하는 세은에게 '이건 또 새로운 작전인가?' 라고 태연히 대꾸했던 남자였다. 자기도 징글징글했겠지, 이건 또 무슨 수법인가 싶었겠지. 그렇지만! 대체 누가 기억을 잃었다는 얼토당토않은 거짓말을 지어내면서까지 자기 마음을 원한다고! 이제야 정미가 왜 그토록 화를 냈는지 이해할 수 있었다.

세은은 기운이 쭉 빠졌다. 저런 남자를 사랑했다, 스물다섯부터였다. 스물다섯부터 지금까지 삼 년 동안 미치도록 사랑했다. 남자가 귀찮아하면 새로운 방법을 강구해 내 남자를 보살피며 그렇게 사랑했다. 미치겠다. 자기가 불쌍해 미칠 것 같았다.

자 봐! 네가 사랑했다는 남자는 삼 년이 지난 지금까지도 네가 한 일에 터럭만큼의 고마움도 느끼지 않아! 아직도 그저 널 부담스럽고 버거워한다고, 널 싫어한다고! 넌 그런 남자를 삼 년이나…… 무려 삼 년이나 사랑했어.

어쩜 이렇게 바보 같니? 어째서 그토록 저 남자를 사랑했던 거니? 당시의 넌 더 잘 알고 있었을 것 아냐, 저 남자가 널 결코 사랑하지 않고, 앞으로도 사랑하지 않을 것임을…….

"괜찮아?"

유빈이었다. 세은은 유빈의 물음에 왈칵 울음이 터질 뻔했다. 하지만 낯선 이들 속에서 더는 창피를 당하고 싶지 않았다. 세은은 입술이 부들부들 떨리자 이로 꽉 깨물었다. 그리고 심호흡을 하며 속을 진정시켰다.

"괜찮아요."

"근데 너 은형 씨랑 우리 말자 봐도 아무렇지도 않았니?"

은형의 무릎에 교태롭게 앉아 있던 늘씬한 여자. 둘을 보고 놀라긴 했다. 이런 파티에서는 저런 대범한 짓도 허용이 되나 보다 싶어서, 그리고 사람들이 있는데도 여자와 남자는 떨어질 생각을 안 해서. 둘이 키스했을 때도 그 정도 감정이었다. 사람 눈 따위 아랑곳없이 라이브로 키스를 하네, 정도? 은형도 어쩔 수 없이 연예인인가 싶기도 했다. 연예인들이란 남의 시선에서 자유로워지면 자유롭다 못해 방종하는 사람들이란 편견이 있었기 때문에. 그래서 다소의 실망 정도? 그리고 또 있다면.

"채은형 입술에 묻은 립글로스 좀 닦아내고 싶었어요. 무게 잡고 앉아 있는데 여기는 끈적끈적 번쩍번쩍거리니 영 그림이 나와야 말이죠."

유빈과 재민이 한참을 웃었다. 찬도, 처음에 말을 걸었던 가수 남자도, 다른 사람들도 어쩔 수 없이 웃음에 동참했다.

"너도 보통은 아냐."

세은은 어깨를 으쓱했다. 그리고는 화장실에 가겠다며 퇴장했다.

세은이 사라지자 재민이 유빈 곁에 와 앉았다. 유빈은 새 담배를 꺼내 재민에게 내밀었다.

"이제 만족해?"

"은형이 표정 봤어? 이렇게 심각해져 가지곤."

유빈은 재민의 무릎을 다독였다.

"은형 씨한테 당분간 원망 좀 받을 거야."

"뭘, 그놈은 이제 두고두고 해방의 시간을 만끽할 텐데. 뭐가 불만이라고?"

재민은 유빈에게 따로 연락해 은형을 잠시 골려주자며 작전을 짰다. 유빈은 딱히 세은 편도, 은형 편도 아니어서 재미로 따르기로 했다. 그러다 실제 기억까지 몽땅 잃었다는 세은을 보니 짠한 마음이 들어 편을 들게 되었다.

재민의 작전은 간단했다. 은형은 세은을 정말로 싫어하기 때문에 세은에 관한 이야기는 참고 듣지를 못한다. 유빈은 은형이 도망갈 퇴로를 차단하고 은형이 뛰쳐나가기 전까지 재민이 은형에 대해 칭찬을 주룩 늘어놓는다.

그들의 계산 밖이었던 건 민지의 존재였지만 진작 내쫓았고 찬이라는 의외의 변수의 도움으로 재민은 세은이 은형에게 해준 일들을 더욱 소상히 까발릴 수 있었다. 재민은 다른 생각은 없었다. 세은이 기억을 잃은 건 어떤 수작이 아니며 은형이 지금까지 당연하게 누렸던 것이 세은의 마음의 결과였다는 걸 알려주고 싶을 뿐이었다. 전자는 힘들지라도 후자는 이루겠다고 결심했었다. 유빈은 그런 재민을 거들었을 따름이었다.

"뭔가의 보복전이었던 거?"

찬이었다. 재민과 유빈은 나직한 목소리로 대화를 나누다 멈칫 굳었다. 찬은 영리한 아이였다. 유빈은 그래서 찬이를 귀여워하면서도 가까이 두진 않았다.

"난 똑똑한 아이가 좋아, 낄 때 안 낄 때 분간할 줄 아는."

하지만 찬도 이 바닥에서 제법 짬밥이 되는 아이였다. 유빈의 경고에도 잠자코 물러나진 않았다.

"은형 형 기분 장난 아니던데. 세은이 때문에 그런 거지?"

"넌 뭐가 그렇게 궁금하냐."

재민이 몸을 앞으로 쭉 뺀 찬의 이마를 톡톡 밀었다. 찬은 부스스한 앞머리를 살짝 흔들어 원위치로 돌려놓았다.

"사실 세은이 은형 형 팬이었는데 무슨 일인지 모르지만 지금은 아니고. 형이랑 누나는 그 기회를 틈타 세은의 보복전을 한 거고. 은형 형은 세은 싫어해? 세은이 그렇게 잘못했어?"

"요즘 애들은……. 넌 그 눈치 때문에 굶어 죽진 않겠다."

재민이 빈지렁거렸다. 찬은 귀염성 있는 미소를 지었지만 유빈은 속아 넘어가지 않았다.

"신경 꺼라. 경고는 두 번만 한다."

유빈은 눈을 내리깔고 명백한 경고조로 경고했다. 찬이 제자리로 돌아갔다.

"워, 워. 난 재밌는 일은 놓치고 싶지 않은 것뿐. 세은이 그렇게까지 했는데도 은형 형이 싫어했다면 뭔가 이유가 있겠지. 아니면 설마 과한 애정에 질린 것뿐? 뭐, 뭐든 상관없어. 어쨌든 세은과 은형 형은 이거라는 거잖아."

찬이 자기 이마 위에서 손가락으로 'X'를 그렸다.

"세은이 건들지 마라. 걘 진짜 평범한 애야."

재민이 조바심을 내며 끼어들었다. 유빈은 재민이 정말로 세은을 걱정하자 의심이 들었다.

"너 정말로 세은이가 마음에 든 거야?"

재민은 곧 원래의 느긋한 표정으로 돌아왔지만 유빈의 의심은 풀어지지 않았다.

"우리 팬이야. 우리 팬하고 저 녀석하고 문제 생겨봐. 우리만 골치 아파."

"세은이가 은형 씨한테 해준 거 고스란히 옆에서 봐왔지. 사실 세은이한테 정이 든 거지."

"유빈아."

유빈은 담배를 짓이겨 껐다. 두 사람의 긴장된 분위기에 난데없이 짝 하는 박수 소리가 끼어들었다. 둘은 동시에 소리를 낸 찬 쪽을 돌아보았다.

"세은은 내가 접수하겠음. 둘 다 끼어들지 마."

유빈은 이건 또 무슨 마른하늘에 날벼락 치는 소린가 싶었다.

"계찬, 이미 경고했지."

"성까지 부르지 마, 질색이니까. 나도 경고했어."

찬은 답지 않게 냉정하게 쏘아붙이더니 곧 퇴폐적인 듯 허무한 듯한 원래의 분위기로 돌아갔다.

"원래 목적을 떠올려. 은형 형한테 세은이 얼마나 아까운 여자인지 알려줄 생각이었겠지?"

재민은 담배를 재떨이에 톡톡 털었다. 찬이 대체 어디까지 파악하고 있는지 모르겠다. 영리하고 머리회전이 빠른 놈이라고 생각했지만 도가 지나칠 정도였다.

"왜냐고 물어도 뻔한 답이 나오겠고. 나도 찬성. 은형 형한테 세은은 아까워. 그러니까 내가 접수하겠어."

"네가 왜?"

재민의 물음은 당연한 거였다. 거기에 찬의 대답은 찬에게 있어서도 당연한 대답이었다. 찬의 영리한 새카만 눈동자가 반짝 빛을 뿜었다.

"재밌을 것 같은 냄새가 나거든."

독감 _6

재민의 생일에 크리스마스에 갖은 송년파티까지 부산스러운 12월이 끝나고 드디어 새해가 밝았다. 새해가 밝아도 처음 일주일은 지독한 숙취에 시달리느라 새해를 맞았다는 감격도 없었다. 재민의 생일부터 시작해 정월 초까지 하루도 빼놓지 않고 매일 밤 술을 퍼댄 덕분이었다.

60여 평의 너른 집은 현재 20도였다. 더운 것도 기력을 빼앗겨 싫어하지만 추운 건 더욱 질색인 은형이었다. 초가을에 살짝 선뜻한 기운이 감돈다 싶으면 어김없이 보일러를 20도에 맞춰놓았다. 재민은 열이 많은 체질이라 은형의 집에 오는 걸 정말로 싫어했다. 어쩌다 오면 보일러를 내리느라 은형과 자꾸만 싸우기 때문이다.

한겨울에는 밖이 얼마나 추운지 보일러를 28도에 맞춰놔도 20도밖에 오르지 않았다. 은형은 겨울만 되면 어김없이 이 나라를 뜨고 싶은 욕망이 부글부글 끓었다. 추위는 많이 타면서 겹겹이 껴입는 건 또 정말 싫어해, 집에서도 헐렁한 티셔츠에 트레이닝 바지 차림이었다. 양말 신는 것도 싫고, 슬리퍼 신는 것도 싫어한다. 욕실 바닥까지 보일러 선을 끌어댄 이유가 그것 때문이었다.

원목의 너른 거실에 있자니 더 추운 것 같아 침실로 들어갔다. 침실이래 봐야 정말 침대와 오디오 하나 덜렁 있는 곳이었다. 팬들에게서 자질구레한 선물은 잔뜩 받았지만 적당히 한쪽 방에 모아다 두었다. 방에 꾸며놓으라는 듯 팬들은 참 여러 가지를 만들어 보낸다. 하지만 은형은 번잡스러운 건 딱 질색이었다. 침실 벽에는 둔탁한 흰색의 석고를 바르고 가구는 무광택 은색의 금속 재질로 골랐다. 블라인드는 자외선 차단이 되는 원목 블라인드로 고르고 시트는 브라운 계열로 마련했다.

재민은 이 방에 들어올 때마다 갓 이사 온 방 같다고 말했었다. 은형이 사용하지 않을 땐 도우미 아주머니가 시트까지 말끔하게 정리해 놓으니 사람 사는 기운도 안 난다고 했다. 그러거나 말거나 은형은 이 방이 꽤 마음에 들었다.

시트에 기어들어 가 담요를 꼭꼭 덮었다. 한 일주일 아무것도 못하고 숙취에 끙끙 앓기만 했다. 술에 강한 편이지만 열흘간 밤낮 가리지 않고 먹어댄 게 무리였나 보다. 안 그래도 불규칙한 생활과 툭하면 끼니를 거르는 식습관 때문에 건강이 안 좋은데 거기다 술을 퍼부어댔으니.

하지만 지금은 딱히 숙취 때문만은 아닌 것 같았다. 자꾸 으슬
으슬하고 방금 전에는 재채기도 했다. 머리는 지끈거려 오고 맑은
코가 떨어진다. 무엇보다 아무리 담요 속을 파고들어도 한기가 가
시지 않았다.

'감기인가?'

감기는 정말 질색이었다. 은형은 명색이 가수라 목이 생명인데
감기에 걸리면 목부터 부어왔다. 지금도 침을 삼키니 목이 따끔거
린다. 은형은 꼼짝도 하기 싫었지만 가만히 있으면 병이 더 도질
뿐이란 것도 안다. 은형은 거실 소파에 던져 둔 핸드폰을 찾으러
다시 일어났다.

너른 거실에는 시계의 째깍거림도 들리지 않았다. 짤깍짤깍 떨
어지는 초침 소리도 거슬려 무소음 벽시계로 바꿨다가 그래도 톱
니바퀴 돌아가는 소리가 들려 짜증내며 전자시계로 교체했었다.
냉장고가 낮게 숨 쉬는 웅웅거리는 소리 외엔 쥐 죽은 듯 적막했
다. 분명 실내 기온은 20도였는데도 은형은 목덜미가 오싹해 왔
다. 조용하니까 더 추운 것 같다.

전화는 당연히 동규에게 걸었다. EM 매니저인 동규가 언제나
감기약을 챙겨줬었다. 1, 2집 내는 동안 매니저 본연의 업무보다
감기약 챙기는 일에 더 주력했다는 게 옳을 것이다. 3집 활동할
때부터 지금까지는 동규가 가져다준 건강주스며, 따끈하게 덥힌
도시락이며, 틈틈이 마신 여러 가지 차로, 감기 한 번 걸리지 않았
다. 어쩔 땐 핫팩을 아랫배에 붙이기도 했고, 공연이 끝나고 차에

돌아가면 동규가 항상 따뜻하게 덥힌 담요를 내밀곤 했다.

하나, 그 모든 것이 동규가 아니라 세온이 한 일이었다. 그것도 모르고 은형은 지금껏 동규의 매니저로서의 능력을 높이 사고 있었다. 커다란 덩치에 억센 마산 사투리를 사용하면서 그에 어울리지 않게 섬세한 구석이 있다고. 그래서 항상 동규에게 감사하고 있었다.

다 아니었던 거다. 다, 그 지긋지긋하다고 그가 박대하고 홀대하던 여자가 해준 일이었던 거다. 은형은 무릎이 후들 떨려와 소파에 털썩 주저앉았다. 이럴 때까지 그 여자를 생각하고 싶지 않다. 그 여자 떨어져 나갔다고 얼마나 좋아했었는데.

은형이 다른 팬과 가볍게 포옹만 해도 지긋지긋하게 청승을 떨던 여자가 민지와 노골적인 키스를 나누어도 아무 반응도 없었다. 'TO EM'에는 지난 삼 년간 자발적으로 들어가지 않았던 은형이 여자의 반응이 궁금해 한 번 찾아갔었다. 하지만 '은묘'의 글은 하나도 발견할 수 없었다.

이것 역시 작전인가 싶었지만 여자가 그렇게 인내심이 뛰어나다고 생각하지 않았다. 그럴 여자가 아니었다. 자기 마음에 아쉬운 일 있으면 하루도 채 지나지 않아 아쉬움을 토하던 여자였다. 한데 아무 반응이 없다.

아직 안심하기엔 이른데, 여자에게서 생각지도 못하게 뒤통수를 맞을 것 같은데, 진심으로 안도했다. 여자가 정말로 자기를 포기한 것 같아서, '미안하다'는 말이 여자의 진심인 것 같아서.

여자가 정말 은형과 관계된 기억을 모두 잃은 거라면, 은형은 수작이네, 작전이네, 운운했던 걸 얼마든지 사과할 수 있었다. 여자가 정말로 은형을 포기한다면 지금껏 고마웠다고, 더 좋은 사람 만나라고 박수 치며 보낼 수 있었다.

믿어야 하나? 그 여자가 정말 날 포기했다는 걸?

한참이 지난 다음에야 동규가 전화를 받았다. 열이 그새 더 올라 멍해져서 동규의 컬러링을 자장가 삼아 살짝 졸던 은형이었다.

[은형이냐? 무슨 일인데.]

"형. 나 감기약 좀 부탁해."

[감기약! 니 감기 걸렸나.]

감기 걸렸으니 감기약 타령이지. 은형은 입 안의 혓바늘처럼 짜증이 돋아났다.

"열 있고, 목 붓고, 코도 나와. 비타민제랑 좀 사다 줘."

[알았다. 근데 나 지금 양평이다. 한참 걸릴 거다.]

"양……! 그런 건 재깍 말했어…… 쿨럭, 쿨럭쿨럭."

드디어 기침까지 시작됐다. 양평이라니! 여기까지 오려면 두 시간은 더 넘어야 한단 소리 아닌가! 왜 양평에 있는지 모르지만 처음부터 양평에 있다고 말했어야지! 그래야 다른 사람에게 부탁이라도 할 것 아닌가.

[니 기침하네. 괜찮나.]

"안 괜찮아. 다른 사람한테 부탁할 테니까 신경 꺼."

[야, 야, 은형……!]

은형은 전화를 확 끊어버렸다. 안 그래도 신경이 곤두서고 지금은 빈속에 열이 올라 속도 울렁거리는데 동규 때문에 더 속 터지고 싶지 않았다. 동규는 믿음직하고 든든한 형이긴 하지만 섬세함과 기동력에 있어선 젬병이었다. 이런 동규가 그동안 소소한 것까지 일일이 신경 썼었다고 믿었다니! 은형은 자기 가슴을 쳤다. 절대 그럴 리가 없는데 동규에게 세심함이라니!

지금 동규를 탓해 뭘 하겠는가. 의심 한번 않고 넙죽넙죽 그 여자의 호의를 받았던 지난 시간은 이제 끝났다. 그리고 이젠 목이 찢어져 죽는 한이 있어도 그 여자의 호의는 받아들이지 않을 것이다. 자기 발로 감옥에 도로 들어갈 병신이 어디 있겠는가.

은형은 급한 대로 재민에게 전화를 걸었다. 아직 약국이 열려 있을 시간이니까 적어도 지시한 약을 사다 줄 순 있겠지.

[은형이냐? 이제 살 만한가 보지?]

재민은 벌써 지난 숙취는 다 떨쳤는지 팔팔했다. 재민의 팔팔한 목소리 때문에 더 아픈 기분이었다.

"감기, 쿨럭쿨럭. 감기, 쿨럭, 쿨럭쿨럭."

대체 말 좀 하자! 은형은 할 수 없이 미안하단 말을 가까스로 하고 전화를 끊었다. 그리고 목이 찢어질 만큼 기침을 한 다음에야 힘겹게 문자메시지를 보냈다. 재민에게 감기 증상을 알리고 약 좀 사달라고 부탁했다. 한데 재민은 지금 유빈과 함께 보드 타러 갔다는 답이 왔다. 은형은 핸드폰을 소파에 툭 던져 버렸다.

곧이어 재민에게서 답장이 하나 더 왔다.

〈동규 형한테 대신 부탁해 볼까?〉

은형은 답을 찍어 보냈다.

〈동규 형 양평.〉

다시 답장이 왔다.

〈실장님 보낼게. 병원에 갔다 와.〉

그래. 실장이 있었다. SOO 엔터테인먼트의 실질적인 권력자.
차유숙 실장이 직접 오진 않더라도 부하직원 하나쯤은 보낼 것이
다. 은형은 비틀거리며 쓰러지지 않으려 벽을 짚어가며 가까스로
침대에 드러누웠다.

한번 아프기는 쉽지만 낫기는 죽도록 어려운 게 은형이었다. 열
이 오르고 기침도 시작했으니 족히 열흘은 앓을 것이다. 이달 말
까지 곡 의뢰 받은 게 두 개였는데 하나는 거의 마무리 단계고, 하
나는 시작도 안 했다. 하지만 한번 필을 받으면 앉은자리에서 하
나 만들기는 쉬우니까 걱정 안 해도 될 것이다. 이달 말에 있는 설
에 부모님께 못 간다고 미리 말씀드렸으니 그나마 안심이고 부디
독감이 열흘로 끝나주길 바라는 마음뿐이었다.

은형은 쌕쌕대는 자기 숨소리가 거슬려 이맛살을 찌푸렸다. 엎
드린 채 몸이 축축이 젖어가는 것도 상당히 기분이 나빴지만 정말
손가락 하나 까딱하지 못하겠다. 은형은 가까스로 돌려 눕고 담요
를 끌어다 덮었다. 그 간단한 동작에도 완전 녹초가 되었다. 속이

거북하다고 솔직히 지난 일주일간 물이랑 인스턴트 수프를 먹은 게 다였다. 그래서 더 병균을 이겨낼 힘이 없는 것 같다. 은형은 소속사 직원이 올 때까지 기다리려다 까무러치듯 기절하고 말았다.

정신을 잃은 와중에도 속이 뒤집어지는 느낌은 생생했다. 은형은 손가락 하나 꿈쩍할 기운도 없다면서 속이 뒤집어지자 날듯이 화장실로 향했다. 무릎을 꿇기 무섭게 구역질이 밀려왔다. 명치에 바람구멍이 난 것처럼 요란한 소리를 토해도 나오는 건 씁쓰름한 액뿐이었다. 씹는 뭔가를 먹은 기억이 없었다. 기껏해야 수프에 있는 건더기? 냉장고에 식빵이 있어서 먹었던 게 어제 아침인지 그제 아침인지 기억도 나지 않는다. 속은 쥐어짜는 것 같은데 토해도 나오는 건 없었다. 한참을 욱욱거리던 은형은 입을 헹구려 변기를 짚고 세면대를 짚어 가까스로 일어났다. 입을 헹궈도 목구멍 너머부터 넘어오는 불쾌한 냄새는 사라지지 않는다. 은형은 포기하고 침대로 돌아가려 했다.

뭔가 시끄럽다. 지끈거리는 머리에 익히 알고 있지만 그게 뭘 뜻하는지 모르겠는 소리가 흘러들어 왔다. 퍼뜩 그게 차임벨 소리라는 걸 알고 드디어 차 실장이나 그곳 직원이 왔나 싶어 현관으로 나갔다.

친히 문을 연 순간 주머니가 주렁주렁 달린 조끼를 걸친 남자가 문 열리는 기세에 한 발 물러나고 있었다.

"채은형 씨시죠? 택배요."

고작 이십대 초반으로 보이는 남자는 은형의 몰골을 보고 흥미진진한 눈빛을 띠었다. 은형은 신경질이 나서 물건을 확 잡아채다 비틀거렸다. 택배 기사는 다시 은형을 흘끔거리다가 눈이 딱 마주치자 부랴부랴 엘리베이터로 향했다.

택배는 부모님에게서 온 것이었다. 은형이 구정 때 못 내려간다고 했을 때 부모님이 대신 먹을 것 좀 올려 보내겠다고 했다. 내용물은 생각 이상으로 묵직했고, 살짝 비린내도 올라왔다. 은형은 기함했다. 비린내를 맡자마자 다시 속이 뒤집어졌다. 은형은 물건을 내동댕이치고 가까운 손님방 화장실로 달려갔다.

몇 번이나 화장실 변기를 부여잡았는지 모르겠다. 나중에는 정말 입을 헹굴 기력도 없었다. 불을 밝히지 않은 실내가 어둑해졌다. 벌써 하루가 저물고 있었다. 은형이 재민에게 연락한 게 점심때였는데 아직도 SOO 직원은 도착하지 않은 것이다.

결국 은형은, 어떤 추태를 당하든 이러다 죽는 것보단 나을 거란 판단하에 119를 불렀다.

은형은 결국 입원해야 했다. 약을 먹어도 열이 떨어지지 않고 음식을 먹으면 도로 게워내기 일쑤였다. 뭘 먹어도 몸이 받아들이질 않았다. 안 그래도 예민한 체질인데다 몸이 극도로 쇠약해져 이대로 가다간 죽는 건 시간문제라는 생각이 들 때였다.

양평에서 동규가 달려오고, 무주 스키장 리조트에서 재민이 달려오고, 하필 그때 휴가였다는 차 실장과 SOO 사장까지 달려왔다. 차 실장은 재민에게 연락을 받고 경리직원에게 은형에게 가보라고 지시했다. 하지만 그날따라 은행 업무를 처리해야 했던 경리 직원은 기획과 직원에게 은행을 부탁했다. 그 직원은 SOO에 입사한 지 얼마 되지 않아 은형이 감기에 걸리면 얼마나 심해지는지 잘 모르고 있었다. 급한 일을 마무리 지은 다음에 가보겠다고 생각하다 그사이 은형이 응급실에 실려간 것이다. 은형이 입원했단 소식에 친구들이며 같은 계통 동료들도 달려오려 했지만 은형이 아픈 모습은 죽어도 보이고 싶지 않다는 거절에 모두 돌아가야만 했다.

은형이 입원했다는 소식이 비공개로 온라인상에 떠돌았다. 은형과 같은 병원에 입원한 환자 중 한 명이 은형을 알아보고 폰 카메라로 사진을 찍어 포털 사이트에 올렸다. 다들 반신반의였다. 은형의 흐트러진 모습을 보며 은형이 아니다, 아픈데 은형이라고 별수있냐, 저건 은형 맞다, 말도 많았다. 팬클럽 운영진은 팬들이 진상을 요구하는 바람에 동규에게 연락했다가 사실임을 알았다. 하지만 은형이 아직 고열에 시달리는 중이며 은형 본인이 매스컴에 노출되기 원하지 않는단 말에 운영진은 우선 카페에 은형이 입원한 건 오보라고 통보했다. 만약 진짜인 걸 안다면 EM의 팬들은 병원으로 달려가고 말 것이다. 면회를 허락받지 못해도 병원 밖에서 온갖 소란을 떨 게 뻔했다. 그거야말로 은형이 끔찍이 싫어하는 것임을 동규도, 팬클럽 운영진도 잘 알고 있었다.

하지만 그것보다 더 큰 문제는 은형이었다. 약을 먹으면 그뿐 계속 열이 떨어지지 않는다는 것이다. 게다가 급성 위염이 위경련으로 도져 무슨 음식이든 다 게워낸다고 했다. 2집 활동 때도 은형의 감기 때문에 무대에 올라서도 본의 아니게 립싱크를 할 때가 있었다. 립싱크를 하는 게 일반적인 추세일 때라고 해도 은형은 그 점에 엄청난 자괴감을 느꼈다. 자기가 무척 쓸모없는 인간으로 추락하는 것 같다고도 했다. 그 말에 세은이 나섰었다. 은형이 감기에 걸리지 않게 하겠다고 앞에서, 뒤에서 알뜰살뜰 챙기기 시작한 것이다.

하나, 그 기억까지도 세은은 잊고 있었다. 팬클럽 운영진 중 시간이 되는 사람들이 채팅 프로그램에 접속해 은형에 대한 이야기를 나누고 있었다. 세은도 접속해 있었지만 할 말이 없었다. 회장인 미정, 포토담당 정미, 카페 게시판 관리담당 막내 혜영, 대구와 부산 지역, 그리고 혜영과 함께 카페 게시판을 관리하는 숙희까지, 출판사에서 일하는 화연과 간호사인 수진을 빼고 다 모였다. 다들 은형의 감기로 걱정이 이만저만이 아니었다.

세은이 잠잠한 걸 보고 맏언니인 숙희가 쪽지를 날렸다. 은형을 챙겨준 계기는 혹시 기억나냐고. 모른다고 하니 위와 같은 사실을 숙희가 알려주었다.

누구든 아프다고 하니 걱정이 되는 건 사실이지만 세은은 병원을 찾아가 보겠다거나, 아픈 사람이 먹을 만한 것을 챙기겠다는 생각은 들지 않았다. 은형이 싫어할 게 분명한 데다 이제 자신과는 상관없는 일이었기 때문이다. 한데 운영진들은 생각이 다른 모양이었다. 세은이 여태까지 은형의 입맛을 맞춰온 시간이 있으니 세은이 해줬던 음식을 해주면 은형이 좀 먹지 않을까 하는 것이다.

세은은 그들을 실망시키고 싶지 않았지만 못하겠다고 대답했다.

백투더현실_은(이세은)〉〉 안 하는 게 아니라 못해요. 정말 내가 뭘 해줬는지 기억이 안 나는걸요.

채팅창에 대화를 입력하자마자 다들 잠잠해졌다.

백투더현실_은(이세은)〉〉 도움이 안 돼서 미안해요.
대구맡겨(김숙희)〉〉 네가 미안할 건 아니지. 애초 무리한 부탁을 해서 미안해.
정녕코(박미정)〉〉 언니 말이 맞아. 우리가 더 미안해.
백투더현실_은(이세은)〉〉 언니들이 왜요. 내가 기억 못한다 뿐이지, 없는 얘기 한 것도 아니고.

운영진들 중 세은, 정미, 수진, 혜영이 은형의 골수팬이었다. 물론 EM 멤버를 모두 좋아하지만 그중에서도 유독 은형을 편애하는 사람들이었다. 그러다 보니 혜영은 조바심이 나는 모양이었다.

막내를사랑하자(황혜영)〉〉 난 언니가 뭘 해줬는지 기억하는데. 은형 오빠가 뭘 좋아했는지도 기억나요. 그 조리법만 나한테 알려줘요. 내가 해서 동규 오빠한테 줄게요.
정녕코(박미정)〉〉 막내야, 너 전에 군만두 구워먹다가 프라이팬 태워먹었다고 하지 않았냐?

난애엄마(김정미)〉〉 계란죽 끓이다가 뻥 터졌다며. 언니 오기 전에
벽 청소하느라고 죽을 뻔했다고 했잖아.

　세은도 기억했다. 어떻게 해야 계란죽을 터뜨릴 수 있는지 모르
지만 계란이 벽에 눌어붙어서 벽지를 거의 벗겨내다시피 했다고
했다. 깨끗이 닦아냈지만 벽에 남은 수세미 자국 때문에 결국 들
켰다고. 주방 벽이면 타일 아니냐는 일반 상식적인 세은의 대꾸에
원룸에 거기만 타일 까는 게 너무 언밸런스해서 안 깔았다는 혜영
이었다. 누가 계란죽이 터질 줄 알았냐고. 그래서 벽지가 너덜너
덜해진 채 살아야 했다고.

　막내를사랑하자(황혜영)〉〉 열 번 찍어 안 넘어가는 나무가 어딨어요.
요리 제까짓 게 뭐라고. 전에 세은 언니가 주스 만드는 거 보니까 야채
좀 다듬어서 석석 가는 걸로 끝이던데.

　거기에 소금간을 살짝 했다거나, 야채뿐 아니라 과일도 다듬어
넣었다는 건 생략할 만한 일인가 보다. 혜영의 이야기를 보니 세
은도 뭘 만들었는지 기억이 났다.

　백투더현실_은(이세은)〉〉 그러다가 믹서도 폭파할라.
　막내를사랑하자(황혜영)〉〉 우리 집은 도깨비 방망이. 웬만한 건 다
잘 갈아요.
　정녕코(박미정)〉〉 자기 손가락 갈라.

막내를사랑하자(황혜영)〉〉 언닛! 지금껏 내가 다친 적은 없었다구요!

세은은 풋 웃어버렸다. 군만두 굽다가 프라이팬 태우고, 계란죽 끓이다 터뜨려도, 여태 요리하다 다쳤단 소리를 못 듣긴 했다. 그래도 확실히 불안하긴 하다. 세은이 만들었던 걸 혜영이 만들겠다고 나섰다간 그 집 주방 살림을 다 들어먹을 것이다.

백투더현실_은(이세은)〉〉 그러지 말고 예전에 뭐뭐 했는지 어렴풋이 기억나니까 내가 할게.
막내를사랑하자(황혜영)〉〉 진짜요, 언니? 괜찮아요?

딱히 불편할 건 없지만 그리 괜찮지도 않았다. 세은이 한 요리인 줄 알면 또 질린다는 표정을 할 테지. 그걸 알면서도 자기가 이 짓을 해야 하나 싶었다. 아마 옛날의 자기였다면 그래도 은형을 위해서 요리를 했을 것이다. 자기보다 은형을 더 생각했다던 세은이었으니까.

백투더현실_은(이세은)〉〉 요리는 내가 할 테니까 재료비는 반땅하자.
막내를사랑하자(황혜영)〉〉 아니에요! 내가 생각한 거니까 내가 다 댈게요!
백투더현실_은(이세은)〉〉 반땅하고, 나중에 배달은 네가 가는 걸로 하자.
정녕코(박미정)〉〉 괜찮니?

난애엄마(김정미)〉〉 하기 싫으면 괜찮아. 아무도 강요 안 해.

막내를사랑하자(황혜영)〉〉 언니들이 그러면 저만 이상한 애 되잖아요.

대구맡겨(김숙희)〉〉 막내는 그런 맛도 있어야지.

세은은 반짝거리는 커서를 노려보았다. 하겠다고 했지만 정말은, 왜 그따위 인간을 위해서 시간과 돈과 노력을 들여야 해! 가 진심이었다. 그래서 마지막 단서 조항을 걸었다.

백투더현실_은(이세은)〉〉 그럼 내가 만든 거라고 밝히죠.

막내를사랑하자(황혜영)〉〉 은형 오빠가 안 먹으려고 할 텐데······.

그거였다. 세은이 바라는 바였다.

백투더현실_은(이세은)〉〉 그래도 안 먹으면 살 만하다는 거겠지. 곧 나올 거야.

다들 묘하게 납득하는 분위기였다. 세은은 이만 준비를 해야겠다며 접속을 끊었다. 혜영이 메뉴를 불러주려 했지만 세은이 마다했다. 어떤 음식을 준비했는지는 대강 기억이 난다면서.

문제는 그 까다로운 채은형의 입맛에 맞출 수 있느냐였다. 왕년에는 누구나 인정하듯 채은형의 입맛을 맞췄는지 몰라도 기억이 몽땅 날아간 지금은 기본적인 조리법밖에 알지 못했다. 그래도 위경련에 독감이라고 하니 우선은 위를 달래줄 음식과 보양이 될 것들을 준비하면 될 것이다. 그것마저 입에 안 맞아 못 먹겠다고 하면 세은은 깨끗이 물러날 준비가 되어 있었다.

"은형아, 이것 좀 먹어라."

동규가 집에서 가져온 듯한 오목한 그릇에 하얗고 걸쭉한 무언가를 부었다. 은형은 간신히 열은 내린 상태지만 언제 열이 오를지 몰라 허덕이고 있었다. 뭔가를 먹으면 게우고, 마시면 설사를 하니, 정말 죽지도 못해 가까스로 숨만 연명하고 있었다.

그런 은형에게 먹을 걸 들이대니 음식 냄새만 맡아도 속이 뒤집어지던 기억 때문에 은형은 짜증이 났다. 하지만 동규가 쟁반을 들고 근처까지 와도 익히거나, 굽거나, 튀긴 냄새는 전혀 나지 않았다. 하얗고 걸쭉한 무엇은 가장자리가 투명하기까지 했다. 요즘에 와서 미음이라도 먹기 시작하라던 의사의 말도 거부하던 은형은 사실 동규가 내민 게 미음일 거라 생각했다. 킁킁 냄새를 맡아도 비릿하다거나 속을 뒤집을 만한 냄새는 나지 않았다. 심지어는 쌀 냄새도 나지 않았다.

"이게 뭐야?"

"우선 한술 떠라."

은형은 동규가 한 숟가락 떠서 입에까지 대자 어쩔 수 없이 한 입 받아먹었다. 미끄덩한 촉감에 처음에는 뱉어내려다 목구멍을 뚫고 스미는 청량한 향긋함에 저도 모르게 꿀꺽 삼켰다. 배를 먹었을 때와 같은 까끌거림이 있었지만 거부감은 없었다.

입원한 지 일주일 만에 처음으로 편안히 음식다운 음식을 먹었다. 동규가 은형의 눈치를 살폈다.

"괜찮나?"

"이게 뭐야?"

"마 같은 거라더라."

'거라더라?' 은형은 번쩍 든 생각이 있어 동규를 노려보았다. 부모님께는 입원 사실을 알리지 않았다. 워낙에도 자주 연락하지 않으니 지금 아픈 줄도 모를 것이다. 부모님께 걱정 끼치기 싫은 것도 진심이지만 부모님이 쫓아와서 옆에서 극성을 떠는 것이 더 피곤할 터였다. 그래서 부르지 않았으니 이건 부모님이 보낸 음식은 아닐 것이다.

그럼 한 사람밖에 없다.

"그 여자야? 이세은?"

"그래."

한 입 먹은 것도 도로 토하고 싶었다. 몸이 거부해서가 아니라 의지에 반해서 토하고 싶은 것도 입원 후 처음 있는 일이었다. 은형은 부스럭거리며 도로 누웠다.

"마가 소화도 잘되고, 기력도 보충해 준다더라. 좀 더 먹……."

"지금까지 형이 줬던 건강주스며, 담요며, 도시락이며, 다 그 여자가 해준 거였어?"

목소리는 어느 때 이상으로 날카로웠다. 등 뒤에서 달그락거리는 소리가 났다. 동규가 쟁반을 선반에 올려놓는 것 같았다.

"그래, 너 모르게 해달라고 하더라."

정말이었구나. 재민이 말했을 때만 해도 극히 일부만 세은이란 여자가 한 것이라 생각했는데. 동규가 어미 새처럼 돌보았던 일들이 모두 그 여자의 지시하에 벌어진 일이었다. 끔찍했다. 싫은 여자한테 보살핌을 받아서도 있다. 그러나 그 이상으로 여자의 보살핌이 자기 입맛에 딱 들어맞아서였다. 그리고 지난 삼 년간 여자에게서 지극한 보살핌을 받고서도 자기는 지금껏 몰랐다는 사실 때문이었다.

동규가 한 일인 줄 알았을 때는 진심으로 감사하고 감동했었다. 차 실장이 새 매니저를 알아볼까 했을 땐 절대 동규가 아니면 안 된다고까지 했었다. 남을 잘 챙기지 못하는 은형이지만 동규에 관한 일이라면 생일도 챙겨 지난 생일 때는 동규가 갖고 싶다고 소원하던 노래방 기기까지 사주기도 했었다.

은형은 혹시나 싶어 벌떡 일어났다. 머리가 핑글 돌았지만 눈을 꾹 감고 이를 악물고 버텼다.

"형이 사다 준 책이며, CD, 공연티켓들은?"

설마, 아닐 것이다. 은형의 취향에 맞던 소설, 수필집, 클래식 연주자의 CD, 동규가 추천하던 공연들.

"공연티켓은 차 실장님이 구해다 준 거지만, 그 공연을 추천한 건 세은이가 맞다. 책이랑 CD는 세은이가 선물한 거고."

맙소사.

맙소사!

"형, 미안한데 혼자 있게 해줘."

동규가 나간 뒤 일인실에 은형 혼자 남았다. 도무지 믿어지지 않았다. 그것들까지도 다 그 여자였다고? 은형은 사실 책벌레였다. 장르를 구별하지 않고 어렸을 때부터 책에 빠져들었었다. 어떨 때는 문학 쪽에, 어떤 때는 경제서에, 어떤 때는 인문교양서에, 부모님이 맞벌이어서 손에 닿는 대로 읽었다는 게 옳을 것이다. 만화며 잡지며 닥치는 대로 읽었지만 그래도 일정한 취향이란 것이 있었다. 다만 먹을 것은 편식하는데 비해 읽는 것에는 편식을 안 할 따름이었다.

문제는 콘서트 도중이면 새로 발간된 신간에 집중할 수 없단 것이었다. 남에게 부탁하는 것도 한두 번이지 매번 부탁할 수도 없어 콘서트가 끝나면 놓쳤던 책들을 몰아 보기 일쑤였다. 하지만 음악도 그렇지만 책이란 것도 어느 때가 있는 법이다. 기대했던 때 읽지 않으면 그 책은 거품 빠진 콜라 같아서 밍밍하기 일쑤였다. 콘서트 도중에 구한다면 이동 중이라도 읽고 숙소에 머물러서도 읽을 수 있다. 하루이틀쯤 밤샌다고 뻗을 만큼 정신력이 허약한 것도 아니고.

음악이든, 책이든, 음식이든, 옷 스타일이든, 자기 취향이란 것이 뚜렷한 은형에게 있어 때를 놓친다는 건 정말 기절할 노릇이었다. 딱 하고 싶을 때 하지 않으면 그 욕구불만이 몇 달, 몇 년이 갈 때가 있었다. 마찬가지로 그때가 찾아오지 않으면 뭘 해도 심드렁했지만.

그러니 때를 놓친 책이 재미있을 리가 없었다. 그 당시 읽었다면 얼마나 감동받았을까를 생각하면 자다가도 벌떡 일어나기 일쑤였다.

그래서 지방으로 공연을 뛰는 때라도 틈틈이 인터넷을 해 읽고 싶은 책을 구해볼까 했는데 어느 순간부터 읽고 싶은 책을 동규가 구해왔다. 만약 당장 구하지 못하면 언제 발간되니까 기다리라며 정확한 기일까지 알려주었다. 기일이 되기 전 책이 입수되면 다행이었고 안 된다면 늦어지는 이유를 설명하며 얼마나 더 기다려야 하는지, 포기해야 하는지를 알려주었다.

동규가 구해주는 책이 100% 구미에 맞는다고 할 순 없지만 거의 근접해 있었다. 새로 취향에 맞는 작가를 발견한 적도 있었다. 이미 좋아하던 작가의 까마득히 옛날에 발간했던 책을 읽을 수 있던 것도, 한정 판매된 수필집을 구할 수 있던 것도, 모두 동규 덕분이었다. 덕분에 은형은 원할 때 원하는 책을 읽을 수 있었다.

CD도 마찬가지였다. 해외 유명 아티스트나 자신의 취향에 맞는 아티스트의 앨범은 나오는 족족 사고, 스페셜 앨범도 사고, 콘서트 현황 DVD도 사지만 은형은 클래식에 있어선 거의 문외한이었다. 피아노와 기타 등의 악기를 배우긴 했어도 은형은 정통 클래식에는 거의 관심이 없었다.

한데 가끔 동규가 갖고 오는 클래식 연주자의 음색은, 그것이 피아노든, 오보에든, 첼로든, 바이올린이든, 오케스트라든, 그의 취향에 근접한 것들이었다. 듣다 보면 가끔 생각날 정도? 한번 들으면 질릴 때까지 계속 듣는 정도? 클래식은 쉽게 질리지만 말이다.

동규의 안목을 얼마나 칭찬했는지 모른다. 동규는 그런 얘기를 하면 얼굴이 시뻘게져 쑥스러워하기 때문에 그 앞에서 많이 내색은 안 했어도.

공연 티켓은 또 어떤가? 해외의 유명 뮤지컬이나 연극, 무용단이 들어오면 호기심에 한 번씩 관람하곤 했다. 그 외의 공연은 거의 신경을 안 쓰는데 이번에도 동규가 이거 정도면 괜찮을 거라고 어떤 공연을 추천했다. 조그만 극단의 연극이었다. 은형은 가보겠다고 하다 시일을 놓치고 말았는데 그 해 말에 그 연극이 연극계의 최고작품상을 받았다. 우연은 그 하나뿐이었지만 그 외의 공연들을 찾아가면 열에 일고여덟은 꽤나 흡족하게 돌아오게 되었다. 나중에는 은형이 스스로 보고 싶은 공연을 찾기보단 동규가 추천해 줄 작품을 기대하게도 되었다.

그 시간들이 얼마나 행복했는지 기억한다. 책을 구해다 주었을 때, CD와 공연 티켓을 받았을 때, 그것들을 향유한 다음에.

모두, 이세은이었다. 모두, 모두!

은형은 이제 자기감정조차 파악할 수가 없었다. 모두 이세은의 짓이라는 사실에 정말로 질려 버렸다. 그게 첫 번째로 든 감정이다. 집요하다, 정말로 엄청나게 집요하다. 누가 돈 주고 시켰다 해도 그렇게 할 수 있을까 싶었다. 하물며 자기 돈과 시간을 들여서! 넌덜머리가 난다. 어떻게 가족도 아니고 애인도 아닌 연예인에게 삼 년이나 그렇게 지극정성을 다할 수 있었을까. 그건 사랑이라기보다 일종의 숭배였다.

그런가 하면 믿겨지지 않았다. 대체 어떻게? 어째서 이세은은 내 입맛을 나보다도 잘 맞출 수 있단 말인가? 어머니조차도 그의 입맛에 두손두발 다 들었다. 공연에 관해선 동규의 추천이 아니면 거들떠보지도 않던 자기였다. 그런데 세은은 그 모든 입맛을 맞추었다.

'그만.'

뇌가 생각하길 멈추었다. 더는 그 여자를 생각하고 싶지 않았다. 그래, 고마워할 수도 있다. 지금껏 음지에서 해준 그 여자의 모든 보살핌에 고마워할 수도 있다. 하지만 거기까지다. 그 이상의 감정을 바란다면 은형은 배은망덕한 놈이 돼버릴 것이다.

고마운 건 고마운 거다. 그리고 정말로 고마운 건 더는 그 일을 반복하지 않으리란 사실이었다. 세은이 은형과 관계된 기억만 잃은 게 거짓말이든 사실이든 이젠 예전으로 돌아가지 않으리란 게 정말로 고마웠다.

하지만 머릿속으로 생각한 고마움일 뿐이다. 정말은, 여자가 거기까지 했다는 사실에 기가 찼다. 좋다, 싫다를 떠나 그렇게까지 해낸 여자가 무슨 괴물로 보였다.

재민이 왜 그 여자 편을 드는지 알겠다. 재민은 그 여자가 동규를 통해 은형에게 한 일 모두를 알고 있는 것이다. 재민은 그 여자랑 친하니까 그리고 은형이 그 여자를 얼마나 끔찍하게 여기는지 잘 아니까, 그 여자 짓인 줄 알면서도 입 다물고 있었을 것이다. 하지만 얼마나 비웃었을까. 은형이 싫어하는 여자가 해준 것들을 맘껏 누리며 기뻐하는 모습을 보고 속으론 얼마나 한심해했을까.

다른 소속사 직원들은? 그들도 알고 있을까? 은형은 눈을 벅벅 문질렀다. 모를 사람이 어디 있겠는가! 동규와 재민이 그 사실을 비밀로 유지했을 리 없었다. 그래서 그들이 세은에게 더 살가웠던 거다. 다들 은형을 보며 얼마나 재밌어했을까!

우스갯거리가 되는 건 이제 사양이다! 은혜도 모르는 배은망덕한 놈이라고 욕먹는 게 백번천번 나았다!

깊은 감사를 _7

"세은!"

문에 건 조그만 종이 딸랑딸랑 경쾌하게 울었다. 서늘한 공기에 얼어 유달리 쨍강거려 엄마는 뗄 궁리를 했지만 세은은 조그만 것이 제 몸을 부딪쳐 또랑또랑 우는 게 마음에 들어 사수하고 있었다. 이번에도 짤캉짤캉 소리에 습관적으로 '어서 오세요' 인사하려는 차, 세은만한 키의 찬이 입구에서 세은을 불러젖혔다.

"계찬?"

재민의 생일 때 본의 아니게 친해졌던 찬은 억지로 세은의 연락처를 알아가더니 하루가 멀다 하고 문자로 연락해 왔다. 보통은 녹화 나갔는데 춥다, 인간들이 너무 잔소리가 많다, 돈도 조금 주면서, 등등 투덜거리는 내용이었다. 답장을 보내지 않으면 쉬는 틈틈이 전화를 해대서 요즘에는 그래도 열심히 해라, 뜨려면 돈 받은 것 이상을 해야 한다더라, 감기 조심해라 등등의 답장을 날렸다.

가끔은 어디로 나오라며 다짜고짜 조르더니 세은이 나가지 않으면 기사와 차를 보내 언제까지고 기다리게 했다. 세은은 동네 사람과 엄마의 눈총 때문에 어쩔 수 없이 차에 올랐었다. 세은이 나가면 찬은 주인 만난 강아지마냥 좋아서 폴짝폴짝 뛰었다. 왜 찬이 자기를 따르는지는 모르지만 그 모습을 보며 야멸치게 대할 만큼 세은은 야박하지 못했다.

그럭저럭 친해진 건 인정하지만 새해 첫 달이 저물고 달력을 한 장 뜯어낸 지금은 아예 예고도 없이 놀러온 것이다. 재민의 생일 때 찬이 집까지 데려다 주었었다. 찬이 고작해야 스무 살은 됐을까 싶은 데다 술도 마셨는데 어떻게 데려다 준다는 걸까, 세은은 마다하려고 마음을 굳혔었다. 하지만 대기업 간부급이나 끌고 다닐 법한 고급 세단과 운전수의 등장에 세은은 말을 꼴깍 삼켰다.

농담 삼아 찬에게 생각보다 돈 잘 버는 것 같다고 했더니 찬은 시큰둥하게 '아빠 차야'라고 대답했다. 아빠가 누군지 몰라도 꽤나 부자인데다 아들을 잘 챙기는 모양이라고 세은은 결론 내렸다.

찬은 여전히 부스스한 머리카락을 나풀나풀 날리며 달려왔다. 키는 세은만 하지만 몸무게는 아마 더 적게 나갈지도 모르겠다. 찬이 자기가 나온다며 어느 프로그램 명을 댔을 때 세은은 처음으로 제대로 찬이 출현하는 걸 보았다. TV에서는 실제만큼 엄청 말랐다는 느낌은 아닐지라도 그래도 마르긴 말랐다는 느낌이었다.

세은은 다람쥐처럼 다다닥 달려와 카운터를 짚고 펄쩍 뛰는 찬을 보며 문득 안쓰러워졌다. 누가 이 마르고 조그만 소년을 스무 살로 보겠는가. 아무리 동안이 대세인 시대라지만 찬을 보면 중학생이라도 믿을 것 같았다. 안 그래도 생김새도 예쁘장해서 더 어려 보인다. 처음 만났을 때 세은은 궁금증을 참지 못하고 나이를 물었다. 처음에는 스물셋이라고 말하더니 세은이 믿지 못하자 마지못해 스물이라고 밝혔었다.

"내가 와서 놀랐지."

"응. 오늘은 일 없었어?"

찬은 들은 척도 않고 카운터 바로 옆 온장고에서 따끈한 캔 커피를 꺼냈다. 하지만 뜨거운지 확 떨어뜨린다. 세은은 혀를 차고는 카운터에서 나와 캔 커피를 주웠다.

"뭐가 이렇게 뜨거워."

"상식이야."

그러면서도 세은은 집안 식구들과 아르바이트생이 쓰도록 카운터 안쪽에 마련한 컵을 꺼냈다. 그중 세은이 좋아하는 컵을 꺼냈는데 컵이 이중 구조로 되어 있어 내용물의 온기나 냉기에 영향을 받지 않고 컵을 들 수 있었다. 세은이 그 컵에 김이 모락모락 오르는 커피를 따라 건네니 찬이 이맛살을 찌푸리며 컵을 받았다. 그러다 온기는 일절 느껴지지 않는 컵을 보고 무척이나 신기해했다.

"이건 누님이 쏜다."

"손님이 왔는데 이 정도도 안 내놓을 생각이었어?"

"불청객도 손님인가?"

깊은 감사를   137

"그럼 나 간다?"

아마 그러라면 갈 사람이었다. 세은은 안 그래도 손님이 없어 하품만 하던 차라 일부러 찬을 붙잡았다. 찬은 아는지 모르는지 싱글벙글이었다.

"세은, 일 언제 끝나?"

언제쯤 누나라고 부르려나. 날 잡아서 호칭 수정 좀 대대적으로 해야겠다.

"한 시간 후? 알바생이 오는 대로 끝낼 건데. 왜, 놀자고?"

"응. 갈 데가 있어."

찬은 TV에서나 실생활에서 입는 옷이 비슷비슷했다. 언제나 화려한 쪽에 가까웠다. 지금도 토끼털이 부드럽게 나풀거리는, 보통은 여자만 입는다고 생각했던 퍼 코트에, 블랙의 스키니진과 두툼고 번쩍거리는 부츠를 신고 있었다. 코트 안쪽에서는 반짝거리는 은색 체인이 얼핏 보였다.

"어디 가게?"

"한 시간이라. 좀 더 일찍 안 돼?"

마침 엄마가 집에 계시니 대신 봐달라면 되지만 분명 잔소리를 한 바가지 들을 것이다.

"안 될 건 없지만."

"좋아!"

어느새 커피를 다 마신 찬은 컵을 카운터에 올려놓았다.

"가자!"

"그렇게 쉽게……."

"신나게 해줄게."

"차, 찬아……!"

십 분 뒤, 세은은 찬의 꼬드김에 넘어가 엄마의 잔소리를 뒤로 한 채 집을 나섰다. 찬은 세은 엄마의 잔소리가 바깥까지 들렸는지 고개를 갸웃했다.

"새엄마야?"

세은은 돌연 웃음이 터졌다.

"새엄마냐고? 안타깝게도 친엄마야."

"근데 왜 구박해? 구박은 새엄마만 하는 거잖아."

세은은 찬과 나란히 차의 뒷좌석에 앉아 손을 내저었다.

"말도 안 돼. 원래 구박은 친엄마의 전매특허야. 친자식이니까 구박도 하고, 잔소리도 할 수 있는 거야."

"흐응. 친엄마도 뭐, 별로 안 좋네."

세은은 뭔가 살짝 삐그덕하는 느낌이었다. 세은은 조심스레 찬을 살폈다.

"저렇게 구박하고 잔소리해도 결국엔 다 날 위한 거니까. 내 입장에서야 구박이고 잔소리지 엄마한테는 애정의 표현일걸?"

혹시 이 아이는 친엄마와 함께 산 적 없는 게 아닐까 하는 느낌이 강해졌다. 찬은 정말로 이해하지 못하는 것 같았다. 워낙 개인적인 일이라 세은은 거기까지만 신경 쓰기로 했다.

이윽고 두 사람이 도착한 곳은 아담한 건물 한 채가 전부 한 디자이너의 샵인 곳이었다. 세은은 듣지도 보지도 못했던 디자이너 이름과 상상 이상으로 심플하고 부티 나는 내부에 입이 절로 벌어졌다. 전에 한 케이블 TV 프로그램에서 한 여성을 변신시키고 그 옷의 가격을 하나하나 알려준 적이 있었다. 엄마와 라면 먹으면서 함께 봤는데 티셔츠 한 벌 가격이 59만 7000원이라는 태그를 보고 눈이 튀어나갈 뻔했다. 그때 그 여성이 변신한 디자이너 샵과 이곳의 분위기가 흡사했다.

세은은 간이 졸아서 찬을 살짝 붙잡았다. 찬은 아랑곳없이 사근사근 웃으며 다가오는 종업원에게 선뜻 말을 붙였다.

"어머니는 안 계셔?"

"사장님께서는 오늘 모임이 있으세요. 오랜만에 오셨네요, 도련님."

"도련님?"

세은이 되물었다. 건물 안은 난방이 너무나 완벽하게 되어 있어 코트를 입고 있자니 등이 후덥지근했다. 찬의 말을 받았던 직원보다 훨씬 어려 보이는 단정한 차림의 여자가 세은의 코트를 받았다. 찬도 코트를 넘겼다.

"어머니 샵이거든."

왠지 친모의 손길을 받지 못하고 자란 것 같아 동정했던 자신이 부끄러워졌다. 이렇듯 번듯한 샵을 운영하는 어머니가 있는데 혼자 무슨 착각에 빠졌던 건지. 찬이 호화로운 연예계에 몸담은 사람이라 해도 평범한 가정의 구성원인 건 사실인데 말이다.

찬은 블랙으로 가득한 옷걸이로 가 옷을 가볍게 톡톡 건드렸다. 그러다 검은 슬립 드레스며 단아한 원피스며 전혀 다른 취향의 옷을 끄집어냈다. 처음 그들을 맞았던 직원이 찬이 꺼낸 옷을 받아

들었다.

그 뒤 찬은 세은을 끌어 드레스 룸 안에 집어넣었다, 그가 꺼냈던 옷들과 함께.

"찬아? 이걸 왜?"

"하나씩 갈아입고 나와."

"에? 왜?"

찬은 오히려 이상하다는 듯 되물었다.

"예쁜 옷 싫어?"

"아니, 하지만……."

찬이 커튼을 닫았다. 세은은 난감했다. 신나게 해준다더니 엄마의 샵에서 인형놀이 하는 걸 말하는 거였나? 세은도 마다할 이유가 없다며 까마귀 털 같은 것이 덕지덕지 붙어 있는 원피스를 집었다.

세은은 과연 사이즈가 맞을까 했는데 원피스의 사이즈는 세은에게 딱 맞아떨어졌다. 디자이너 작품이 어디가 다른 건진 모르겠지만 안감의 느낌이라거나 몸에 꼭 맞춘 듯한 느낌은 굉장히 산뜻해 옷을 입은 것 같지가 않았다.

"짠!"

세은은 인형놀이에 동참할 생각으로 커튼을 활짝 열었다. 찬은 드레스 룸 맞은편의 소파에 따분하게 앉아 있다가 세은이 '짠!' 하고 나타나니 도로 고개를 숙였다. 세은은 뭔가 잘못됐나 싶어 거울을 힐끔거렸다.

"갈아입어."

"이상해? 난 꽤 좋은데."

"닭털에 먹물 뿌린 것 같아!"

세은은 으하하 웃어버렸다. 검은색이라 까마귀 털까지 생각했지만 닭털에 먹물은 차마 생각지 못했었다. 세은은 낄낄 웃어버리곤 다시 드레스 룸 안으로 들어갔다.

한데 그게 시작이었다. 찬이 골라준 십여 벌의 드레스를 입고도 찬의 인형놀이는 끝나지 않았다. 세은은 나중엔 지쳐서 백기를 들고 싶어졌다. 마지막 원피스까지 퇴짜맞은 뒤, 드디어 해방이다 싶었는데 직원이 커튼을 살짝 열어 두어 벌의 드레스를 또 건넸다. 드레스를 받아 들면서도 세은은 툴툴거렸다.

"찬, 계찬! 나 배고프고 힘들다. 인형놀이는 이쯤 끝내고 우리 라면이나 먹자. 추우니까 우동도 좋고."

"입고 나오기나 해."

"폭군!"

마지막 드레스를 입고 나오자 드디어 찬의 입에서 'OK' 사인이 떨어졌다. 아주아주 마지못한 OK였지만 세은은 드레스를 입은 자기의 모습이 꽤 마음에 들었다. 홀터넥에 가슴 쪽에 길고 깊게 그어진 틈으로 가슴골이 드러나 야하지만 세은의 밋밋한 몸매를 굴곡 있게 살려주었다. 찬의 OK를 듣고 원래 옷으로 갈아입으려는데 찬이 팔을 확 잡아끌었다.

"찬아? 이거 벗고 가야지."

"벗을 거면 왜 이 난리를 쳤게? 여기 맞는 코트 좀."

찬의 명령에 직원은 재깍 고급스런 은빛의 퍼 숄을 내밀었다.

찬은 세은 어깨에 대강 두르고 여전히 팔꿈치를 쥔 채 차로 향했다. 차에 올라서도 세은은 영문을 몰랐다. 찬을 채근해도 찬은 자기 하고 싶은 말만 했다.

"여자들은 옷 사주면 좋아하던데."

"사준다고? 미쳤어! 이게 얼만데!"

"마음에 안 들어? 그래도 어머니 샵에선 그게 제일 나아. 최소 제값은 하니까."

"그런 문제가 아니잖아. 왜 이런 옷을 사줘? 난 어울리지도 않을뿐더러 입고 나갈 데도 없어."

찬은 세은의 턱을 잡더니 이리저리 휙휙 돌렸다. 찬의 눈동자는 감정사의 것처럼 무심하기만 했다.

"피부 관리 좀 하지 그랬어. 바탕이 나쁘진 않은데."

자존심이 살짝 상했다.

"그래도 매주 마사지는 꼬박꼬박 한다 뭐."

"마사지를 받는 게 이래? 샵을 바꿔."

집에서 팩을 한다는 의미였다, 세은은. 하긴, 찬의 뽀얗고 맨들맨들한 뺨을 보니 피부 관리 운운하는 게 이해가 되었다.

"너도 따로 관리를 받아? 피부 정말 좋다."

"천연이야. 그런 걸 왜 받아."

"나보곤 받으라며."

"받을 만하니까 받으라지."

옥신각신하는 사이 또다시 차가 멈췄다. 세은은 이제 두려웠다. 차 밖에는 헤어살롱이란 간판이 우아하게 걸려 있는 샵이 기다리고 있었다. 세은은 살짝 겁에 질렸다. 예전에 자기에게도 투자가 필요하다며 이촌의 유명한 샤기컷 전문점을 찾아가 이만오천 원짜리 컷을 한 게 머리에 한 유일한 사치였다. 헤어스타일은 예뻤지만 그 효과는 딱 이 주 갔다. 머리카락이 다시 자라니 삐죽삐죽 제멋대로 뻗쳐서 세은의 손재주로는 도무지 관리가 되지 않았다. 그 뒤로 머리에 돈 쓰기를 포기했다. 이 주마다 한 번씩 이만오천 원을 들이면 한 달에 오만 원의 돈이 나간다. 그런 걸 세은은 사치라고 부른다.

한데 지금은 컷 한 번에 이만오천 원으로는 끝날 것 같지 않은 헤어살롱이 입구를 열어젖힌 채 세은을 맞이하고 있었다. 세은은 찬의 힘에 질질 끌려 안으로 들어갔다. 헤어살롱 치고는 너무나 단정한 스타일의 남자 미용사가 찬과 세은을 맞이했다.

찬의 요구는 매우 간단했다.

"이 드레스에 맞춰서."

"알겠습니다."

보조 미용사가 건넨 가운을 걸친 세은은 자기 용건만 밝히고 사라져 버린 찬을 원망하며 남자 미용사의 안내에 따랐다. 세은은 촌스러운 걸 잘 알면서도 말을 안 할 수가 없었다.

"저기, 죄송한데요, 저는 이런 비싼 곳은 부담스럽거든요. 소란스럽게 해서 죄송해요. 그냥 가, 가볼게요."

"그럴 리가요. 도련님은 이런 일로 농담하진 않으시는데요."

여기서도 도련님이라고? 여긴 아버지 샵인가?

"도련님이라뇨?"

미용사는 능숙하게 세은을 널찍한 거울 앞에 앉히더니 의자를 살짝 높였다. 남자의 손길이라고는 믿어지지 않을 만큼 산뜻하고 섬세한 손길이 세은의 두피를 살짝살짝 건드렸다. 그러더니 보조 미용사에게 이것저것 지시하곤 어느새 화장도구 일체와 함께 나타난 여자에게도 뭔가 소곤거렸다. 여자는 세은의 앞에 얼굴을 불쑥 내밀더니 유심히 세은을 살폈다. 세은은 어색해서 더듬거리며 인사를 날렸다. 여자는 세은의 인사에 싱글 웃더니 인사를 받았다.

"우리 샵 사장님이 도련님 어머님이세요."

그 어머니, 정말 능력도 좋다. 땅값 비싸기로 유명한 곳에 드레스샵과 헤어살롱을 동시에 운영하고 있다니. 세은이 대꾸할 틈도 없이 메이크업을 담당한 여자가 세은의 얼굴을 서늘한 액체를 묻힌 솜으로 싹싹 닦아내기 시작했다. 그 뒤로 세은은 자기 얼굴을 손질하는 여자에게 방해가 될까 봐 말도 못하고 꼼짝없이 가만히 앉아 있었다.

대략 한 시간은 됐을까. 머리를 만지던 남자가 먼저 손을 떼고 거의 비슷한 시기에 여자도 떨어졌다. 여자가 비켜나니 거울 속 세은의 새로운 모습이 드러났다. 세은은 저도 모르게 뺨과 머리를 더듬거렸다. 그러자 어느새 나타난 찬이 세은의 손을 찰싹 쳐냈다.

찬은 세은을 찬찬히 훑더니 처음으로 미소를 그렸다.

"본판은 나쁘지 않았다니까."

찬이 안내한 곳은 세은의 빈약한 상상력으로는 상상도 못했던 곳이었다. 일단, 특이하게 생긴 건물이었다. 육면체 건물의 측면 두 쪽이 통유리로 마감되어 불빛이 환한 실내가 고스란히 들여다 보였다. 이미 많은 사람들이 건물 안을 오가고 있었다. 세은이 집을 나선 지 네 시간째 되던 때였다. 주변은 이미 완벽하게 어둑했고 세은은 쫄쫄 굶어 지친 상태였다. 덕분에 건물과 건물 안 인간들의 화려함에 여느 때보단 주눅이 덜 들었다. 이젠 될 대로 돼라 랄까.

세은이 차 안에서 배고프다고 하니 찬은 거 안됐다며 거기 밥은 별로였다고 알 수 없는 말을 중얼거렸다. 그러더니 이곳에 데려온 것이다. 차에서 내리니 붉은 카펫이 깔려 있고, 누군가가 카메라 플래시를 팡팡 터뜨리고 있었다. 경호업체 사람들이 사진기를 터뜨리는 사람들 앞에 버텨 안으로 출입할 수 없게 막았지만 찬과 세은에게는 공손하게 머리를 굽혔다.

찬과 세은의 앞에는 유명 여자 모델이 워킹을 하듯 우아하게 걸어가고 있었다. 세은은 저도 모르게 입을 막았다.

"찬아! P야, P! 뒤태도 정말 예쁘다."

찬은 세은의 손을 확 끌어 자기에게 팔짱을 끼게 했다. 살짝 비틀거려 찬 쪽에 몸이 쏠린 세은에게 찬은 심드렁하게 경고했다.

"소란 피워봐. 콱 내쫓을 테니."

세은은 입을 꼭 다물었다. 하나, 이미 유명 연예인을 보고 들뜨기 시작한 세은은 여기저기 정신없이 두리번거렸다. 찬이 다시 한 번 끌어당겨졌다.

"EM이랑 아무렇지도 않게 어울렸잖아. 면역된 거 아니었어?"

혹시 재민의 생일파티에서 연예인들을 보고도 세은이 침착해서 이곳에 데려왔던 건가? 세은은 생긋 웃으며 찬의 귀에 속삭였다.

"EM도 사실 볼 때마다 떨려. 그러니까 팬 하지."

찬은 머리를 긁적긁적 긁었다. 건물 입구에서 정장을 한 여자가 손님들의 코트를 받았다. 코트를 벗으니 드러난 어깨와 등이 삽시간에 시려왔다. 그러고 보니 등이 허리까지 패여서 속옷도 벗어야 했다. 홀터넥 드레스의 가슴 부분에 패드가 덧대어져 있어 그나마 버티는 것이다. 우아하게 웨이브 진 머리카락 몇 가닥이 얼굴을 가볍게 훑었다. 등 중간까지 흘러내리는 밋밋한 생머리를 미용사는 어떤 요술을 부렸는지 굽슬굽슬거리는 업스타일로 바꿔놓았다. 앞머리를 잘라낸다 했더니 볼륨 있게 살짝 부풀려서 관자놀이를 덮는 웨이브 진 머리카락과 조화를 이루게 했고, 우아하게 틀어 올린 머리카락에는 찬이 어딘가에서 구해온 은색 나비 비녀가 꽂혀 있었다. 나비는 그 꼬리가 길게 늘어져 세은의 귀까지 흘러내려 왔다.

메이크업을 담당했던 여자는 어떤 마법을 부려놨다. 속꺼풀만 있어 화장하기 곤란했던 눈에 은빛 베이스를 깔고 속눈썹 가까이의 눈꺼풀에만 골드를 입혀놨다. 그러다 눈밑에 그레이로 그러데이션을 줘 청순하면서도 신비한 매력을 뿜어내게 했다. 한참 얼굴을 매만지더니 얼굴 윤곽도 더 또렷해진 것 같고, 눈동자도 더욱 초롱초롱해진 것 같다. 항상 동그란 얼굴이라 불만이었는데 지금은 굉장히 갸름해 보인다. 세은 입장에서는 마법이랄 수밖에 없었다.

세은이 찬과 함께 홀에 들어가니 저만치에 아름다운 은백색의 차 두 대가 나란히 무대에 전시되어 있었다. 깔끔하고 정갈한 글씨체로 된 현수막이 오늘이 해외 유명 차 브랜드의 오토 쇼라는 것을 알려주었다. 차에 관심이 많은 연예인은 물론이거니와 이 차를 유지할 만한 재력을 뽐내고 싶은 인간들과 그런 인간들을 보러 몰려온 인간들이 태반이라고, 찬이 처음으로 친절하게 알려주었다.

"덧붙이자면 오늘의 정식 초청 게스트는 K와 SI야."

K는 유명한 탤런트였고, SI는 벌써 칠 년이나 아이돌계의 최정상을 달리는 꽃미남 그룹이었다. SI의 나이는 이제 세은보다 하나 둘 많은 나이가 됐지만 그래도 여전히 십대 소녀팬들의 우상이었다. 세은 세대의 이십대 팬층도 만만찮게 두터웠다. 세은이 그럼 K와 SI를 볼 수 있겠다고 순진하게 대구하니 찬은 픽 웃는다.

"그리고 이번에 SI에게 누구 씨가 곡을 줘서 그 감사의 뜻으로 오늘 파티에 초청되었지."

거의 동시에 세은의 눈에 검은색 정장과 검은색 셔츠를 받쳐 입은 키가 훤칠한 남자가 잡혔다. 은형이었다. 은형이 이번에 SI에게 곡을 줬다는 걸 세은은 처음 알았다.

"은형 형 팬이라면 이미 눈치 챘을 거라 생각했는데."

"몰랐어. 혹시 채은형 때문에 날 데려온 거야? 내가 채은형 팬이라 보여주고 싶어서?"

찬은 왼쪽 눈썹만을 치켜올려 읽을 수 없는 눈빛으로 세은을 살폈다. 세은은 주변 사람은 다 알지만 찬만 모르는 사실이 있음을 떠올렸다.

"몰랐구나. 나 그때 응급실에 실려갔던 사고로 채은형이랑 얽힌 기억은 싹 다 날아갔어."

"뭐? 그게 가능해?"

세은은 드러난 뽀얀 어깨를 으쓱했다. 어둑한 실내와 푸르스름한 조명 때문에 어깨가 더욱 뽀얗게 드러났다.

"나도 모르지. 하지만 사람들은 내가 채은형과 친했다고 하고, 난 채은형에 대한 건 하나도 기억 안 나니까 그런가 보다 하는 거야."

"그래서 재민 형이……."

"재민 씨가 왜?"

찬은 알 수 없는 말만 하더니 이번에도 제대로 된 대꾸는 하지 않았다. 세은은 찬의 허리를 간질였다. 어울리지 않게 무게 잡던 찬이 깜짝 놀라 꽥 소리를 질렀다. 그 덕분에 주변 사람들의 시선이 찬에게 쏠렸다.

"왜 그래!"

"뭐가 뭔지 설명 안 해주면 더 간질인다?"

"유명인 많다고 둘레둘레 거리더니. 이렇게 이목 끄는 건 좋아?"

"네 말대로 여길 보나 저길 보나 유명인투성이인데 이 정도로 이목을 끌겠어? 어쨌든 바른대로 불어. 날 위해서 여기 데려온 거야? 내가 채은형 팬인 거 알고? 아이고, 웬일로 이렇게 예쁜 짓을 했지,

우리 찬이가? 그런데 실망시켜서 어떡해. 난 채은형보다 SI나 K 볼 생각에 더 설레는데?"

찬은 세은의 손을 자기 허리에 감아 확 당겼다. 찬의 입가에 의미를 알 수 없는 미소가 피어올랐다.

"EM만 보면 설레서 팬 한다는 사람 어디 가셨나. 그걸 나보고 믿으라고? 은형 형 기억 잃었다는 것도 다 수작 아냐?"

수작. 누구 씨가 했던 말과 똑같았다. 세은은 팔을 풀려고 했지만 찬은 이미 알고 있던 바대로 생긴 것과 달리 무척이나 힘이 셌다.

"너도 수작이라고 하니? 아니거든. 그냥 채은형 보고 설레기 싫어서 그런다."

"어째서? 기억을 다 잃었다며?"

"기억은 다 잃었지만 내가 한 일까지 다 지워지는 건 아니야. 세상이 내가 무슨 짓을 했는지 알려주더라. 그래서 채은형 볼 낯이 없기도 해. 하지만 그 이상으로 화가 나. 내가 저한테 해준 게 얼만데, 팬심 이상의 마음으로 해준 거라고 해도 그렇지, 조금쯤은 고마워해야 하잖아? 근데 채은형은 내가 기억을 잃었다니까 그것도 작전이냐고, 무슨 수작이냐고 하더라. 화나잖아. 저가 잘나면 얼마나 잘났다고 내가 기억상실까지 들먹여 가며 자기한테 수작을 부리겠냐고. 그런 거만하고 제 잘난 맛에 사는 인간은 이제 웃돈 얹어주고 준데도 사양이야."

찬은 혀를 끌끌 찼다. 세은은 예민해져서 무슨 의미냐고 되물었다.

"세상에는 제 복을 제 발로 차내는 인간도 많다는 의미지."

적어도 세은 마음은 이해해 주는 것 같아 안심이었다. 세은은 그런 의미로 팔을 풀려 했지만 찬이 막았다.

"쉿, 지금 자기한테 이목이 집중된 거 알아?"

"그럴 리 있어?"

"눈 뒀다 뭐 해."

찬의 말에 세은은 못 이기는 척 주변을 둘러보았다. 여자며 남자며 할 것 없이 세은과 눈들이 부딪쳤다. 나중엔 세은이 수줍어져 고개를 수그렸다.

"고개 들어. 그럴 자격 있어."

"왜 저렇게 쳐다보지? 내가 그렇게 소란 피웠나? 아, 내가 너한테 엉겨 있으니까 누군가 싶은가 보다. 이것 좀……."

"거울 보고 느낀 것 없어? 세은은 오늘의 신선하고 참신한 뉴페이스인데다 꾸민 보람이 있을 만큼은 예뻐. 자신을 갖고 고개 들어. 이 바닥 인간들은 수줍음과 겸손은 절대 미덕으로 치지 않아. 자신감 없는 쓰레기로 여기지."

무슨 놈의 바닥이. 세은은 가볍게 한숨을 뱉고 턱을 들었다. 시선을 드니 찬이 만족스런 미소를 보였다.

"좋아. 그럼 인사나 나눠볼까?"

찬은 세은을 끌어 홀의 중심부로 다가갔다. 이미 신차 오픈 예식은 끝이 났는지 관계자들은 연단에서 내려와 있었다. 찬은 서슴없이 그곳에 다가가 매끈한 미중년에게 인사를 건넸다. 미중년과 그 뒤를 따른 직원들은 다들 찬을 보며 의아해했다. 세은 역시 당황스러운 건 마찬가지였다. 이 미중년이 뭐 하는 사람인지 가슴에 찬 명찰만 봐도 알겠다. 이 파티의 주최자인 것이다. 이 해외 차 수입자거나 한국지사 사장쯤 될 것이다.

"계성 사장님 대신 참석했습니다. 계찬이라고 합니다."

찬은 VJ라고 하지만 말끝을 얼버무린달까, 씹는달까, 불분명하게 발음하는 버릇이 있었다. 하지만 미중년에게 인사할 땐 말끝까지 똑부러졌다. 미중년 옆에는 K와 SI, 그리고 은형이 모여 있었다. 세은은 은형에게 시선을 주지 않았다. 지금은 찬이 더 신경 쓰였다. 그리고 기분 탓인지 주변의 이목이 찬과 더불어 세은에게까지 쏠린 것 같았다.

"아아, 계성 사장님. 참석 못하실 줄 알았는데 아드님을 보내셨군. 반가워요."

미중년은 계성 사장님의 안부를 묻는 등 찬과 예의상의 대화를 나누었다. 찬이 계성이란 아버지의 성함을 입에 올리자마자 주위 사람들의 눈이 달라졌다. 세은은 찬의 아버지가 꽤 영향력 있는 인물인가 보다 생각했다. 그리고 당연하게도 미중년은 세은에게도 관심을 두었다.

"같이 오신 분은?"

찬은 자연스레 세은의 허리에 팔을 둘렀다. 등의 맨살에 찬의 손가락이 닿았다. 소름이 쭉 돋았지만 세은은 힘껏 미소 지었다. 등과 옆구리 부분에 다른 사람의 손이 닿은 건 때 밀어줄 때 엄마의 손을 제외하곤 정말 오랜만이었다.

"이세은이라고 합니다. 저희 아버지 회사에서 탐내는 인재고요."

"에, 아, 이세은이라고 합니다."

찬의 아버지가 대체 무엇 때문에 탐을 내는지 모르고, 세은은 금시초문이었지만, 찬이 세은이 이 자리에 적합한 인물임을 드러내기 위해 거짓말을 지어냈으리란 생각에 절로 입 끝이 허물어졌다. 그래도 애써 다시 끌어 올렸다.

"오, 그래요? 반갑군요. 성재욱입니다."

성 사장이 파티에 대한 소감을 물었다. 세은은 솔직하게 대답했다.

"굉장히 호화롭고 멋진 파티예요. 특히 조명이 어둑해서 좋네요. 제가 무슨 실수를 해도 다른 사람은 잘 못 알아챌 것 같아서요."

성 사장이 호탕하게 웃었다. 성 사장은 세은의 어깨를 툭툭 치더니 최고의 칭찬이었다며 파티를 더욱 재밌게 즐기길 바란다고 인사를 남긴 뒤 다른 손님들 쪽으로 이동했다. 세은은 찬의 팔에 꼭 매달렸다. 찬이 허리 부근에 올린 손가락으로 세은의 맨살을 쓰다듬었다. 세은이 기겁하며 허리를 꼿꼿이 세웠다.

"계찬!"

"성 떼고 불러. 잘했어, 성 사장은 세은이 마음에 든 모양이야."

"다 끝났으면 뭐 좀 먹자."

"아직."

"이세은 씨라고요?"

누군가 끼어들었다. 그리고 그 누군가는 세은이 죽어 혼령이 되어서야 가까이서 한번 볼까 싶었던 SI 리더였다. 세은은 눈앞이

번쩍거리는 기분이었다. 찬이 세은의 옆구리를 살짝 꼬집었다. 세은은 그제야 정신을 차리고 리더가 내민 손을 맞잡았다.

"R이에요. 반가워요."

"대한민국 여자 중에 R 씨를 모르는 사람이 어디 있겠어요. 정말 반갑습니다."

"'저 팬이에요' 라고는 안 하시네요."

R의 미소는 친숙했지만 눈앞에 펼쳐지니 완전 별천지였다. 어쩜 이렇게 녹아내릴 듯 웃을 수 있을까! 너무 멋지다!

마침 웨이터가 음료를 들고 서빙을 하고 있었다. R은 잔을 들어 세은에게 하나 건네고 자기 것도 들었다. 찬은 마저 인사하고 올 테니 기다리라며 사라졌다. 세은은 무려 R과 단둘이 남게 되었다!

"팬이에요, 정말은."

"그런 것치곤 시큰둥해요. 제 체면 생각해서 팬이라고 한 거죠?"

음성도 참 근사하다! 세은은 정말 홍알홍알 녹아버릴 것 같았다. 게다가 R은 세은을 다른 사람에게서 보호하려는 듯 살짝 자기 쪽으로 당기기까지 했다. R이 닿았어! 세은은 스스로 속으로 외친 함성에 저도 모르게 풋 웃어버렸다.

"왜요, 정말 말로만 팬이었던 거예요?"

"아니요. 정말 팬이긴 한데, 제 자신이 웃겨서요."

"웃기다니, 어디가요?"

R이 세은을 찬찬히 훑는다. 유독 가슴 사이의 골에 시선이 머물렀다고 하면 자의식 과잉일까? 그러나 세은은 남자 눈빛을 한 R 덕

에 꽤 흡족해졌다. 찬이 만세! 눈 튀어나오게 비싼 드레스며 헤어살 롱이며 메이크업도 만세!

"R씨의 행동 하나하나에 민감해져선 속으로 꺅꺅거리고 있었거든요."

"내가 뭘 했더라, 아, 이런 거?"

R은 그러며 은근슬쩍 세은의 허리를 집었다. 세은은 숨이 넘어갈 뻔했다. 이 손을 그대로 둬야 해 쳐내야 해? 마음은 반반이었다. 너무 쉽게 보이고 싶지 않다는 마음 반, 만난 지 얼마나 됐다고 바로 손을 뻗어오냐 빈정대는 마음 반. 사실 반이 더 있었다. 이대로 못 이기는 척 스킨십을 즐기고 싶은 마음 반.

세은은 유혹을 뿌리치며 R에게서 살짝 떨어졌다. R의 손이 자동으로 떨어져 나갔다.

"제가 허리가 좀 민감해서요."

R은 순하게 웃었다. 하지만 가늘게 뜬 눈동자 너머에는 남자로서의 흥미가 이미 가득했다. R이 건배를 제의해 두 사람은 잔을 부딪쳤다. 음료는 술이었다. 알코올에는 센 편이지만 이미 배고프다는 신호음조차 끊긴 지 한참이라 술이 들어가니 단숨에 알딸딸해졌다. 게다가 R의 관심까지.

R이 채 뭐라 말하기 전 같은 SI 멤버 중 가장 세은의 취향에 가까웠던 MU가 다가왔다. R보다 키는 작을지 몰라도 세미정장에 가볍게 재킷을 걸친 모습이 한숨 나오도록 멋있었다.

"여기 있었어? 아, 아까 이름이……."

"세은, 이세은이요. 반가워요, MU 씨."

MU도 가볍게 악수를 청했다.

"흠, 날 알아요?"

세은은 입을 가리고 웃었다.

"설마 MU 씨를 모를까요. 전 여자 아닌가요?"

"아니, 어디 다른 행성에서 떨어졌나 했지. 그게 아니라면 내가 이런 미인을 놓칠 리 없으니까."

와우! 세은은 빈말이라도 충분히 기분이 좋았다. R과 MU에게 둘러싸이니 싫어도 사람들의 이목이 집중되었다. MU는 음악이 흥겨운 것으로 바뀌니 슬쩍 어깨로 리듬을 타기 시작했다. 누가 아이돌 아니랄까 봐, 누가 댄스그룹 아니랄까 봐, 살짝살짝만 움직여도 정말 태가 예쁘게 났다. 세은은 눈을 동그랗게 뜨고 MU를 쳐다보았다. 그사이 R이 또 살짝 다가왔다. 세은의 어깨에 R의 가슴팍이 닿았다. 세은은 이번엔 피하지 않았다.

"MU는 예쁜 아가씨만 보면 잘 보이려고 춤추거든요."

세은도 R의 흉내를 내며 목을 길게 빼고 귓속말하는 시늉을 했다. R은 슬그머니 고개를 기울여 왔다. 저 각도면 아무리 세은이 용을 써도 가슴골이 R의 시야에 또렷이 펼쳐질 것이다.

"전 평소에 MU 씨 춤 좋아했어요."

"그럼 난?"

R이 몸을 바로했다. 세은은 내심 한숨 돌리며 짐짓 고민하는 척을 했다.

"음, R 씨가 어떻게 췄는지 가물가물한데요."

R이 눈을 흘기며 매혹적으로 미소 짓더니 자기 잔을 세은에게

내밀었다. 세은은 기꺼이 잔을 들고 음악에 동참한 R을 지켜보았다. R과 MU는 서로 눈을 맞추더니 마치 미리 맞춰온 사람처럼 똑같은 동작을 시작했다. 오른쪽으로 두 스텝, 왼쪽으로 세 스텝, 그러더니 휙 돌아 땅을 짚는다. 그들의 히트곡 중 하나에서 가장 유명했던 안무였다. 세은은 저도 모르게 환호했다. 하지만 세은만이 아니었다. 어느새 두 사람의 SI 멤버에게 모든 이목이 집중되었다. 사람들은 세은처럼 SI 멤버에게 환호를 날렸다. 세은은 양손에 든 잔 때문에 박수를 칠 순 없었지만 이미 많은 사람들이 박수를 치며 SI에게 성원을 보내고 있었다.

세은은 날아갈 것처럼 기분이 좋았다. 깔깔 웃고 환호하느라 곁에 누가 가까이 다가왔는지도 모를 정도였다.

"여기서 뭐 하는 거지?"

나직하고 솜털을 곤두세우는 차가운 목소리였다. 시끄러운 환호와 박수와 음악 소리 가운데서도 남자의 목소리는 또렷하게 귓속을 파고들었다. 세은은 이 목소리를 알고 있었다.

은형. 어둠에 녹아들 듯 검은색 일색인 그였다.

세은은 그를 보자 어쩔 수 없이 가슴이 쿵 내려앉았다. 이것이 팬의 비애인가 보다. 어떤 유명 연예인을 봐도 설레고 들뜨고 기쁜 건 어쩔 수 없다. 그러나 EM의 은형을 봤을 때만큼의 떨림은, 누구에게서도 맛보지 못했다.

하나, 그건 이미 옛말이어야 했다. 세은은 은형의 음악은 좋아하더라도 은형 개인에 대한 호감은 사라진 다음이었다. 아직도 기억을 잃기 전처럼 은형이라면 벌벌 떨고 졸아들 필요가 없는 것이다. 은형도 일개 인간이었다. 다른 인간보다 특출한 재능이 있다지만 그도 숨 쉬고, 잠자고, 눈코입귀 달리고, 때론 아프기도 한, 평범한 인간이었다. 세은은 도도히 턱을 치켜들었다.

"파티를 즐기고 있는데요."

"언제부터 일개 팬이 참석해도 좋은 파티가 됐지?"

일개 팬. 세은은 치가 떨렸다.

"그 일개 팬 덕분에 지금의 인기와 지위를 얻은 걸로 아는데요. 그 일개 팬을 이렇게 소홀히 대해도 되나요?"

은형이 움찔했다. 세은은 기분이 상해 근처 테이블에 잔을 내려놓은 채 돌아서려 했다. 하지만 어느새 R이 다가와 세은을 붙잡았다.

"어디 가려고?"

R이 친근하게 말을 놓았다. 하지만 이미 은형 때문에 기분이 상한 세은은 R의 녹아내릴 듯한 미소를 보고도 아무 감흥도 느낄 수 없었다.

"일행을 찾아보려고요. 춤 멋졌어요."

R은 세은 앞을 막았다. 세은은 드레스에 맞춘 힐을 신은 자기보다도 머리 하나는 큰 R에 가로막혀 오도 가도 못하는 신세가 되었다.

"같이 찾자. 여기 별로 익숙하지 않잖아. 내가 안내할게."

MU는 분위기를 타 다른 손님들과 어울려 신나게 춤을 즐기고 있었다. 사실 혼자 있고 싶었지만 은형 때문에 계속 기분을 망친 채로 있고 싶지도 않았다. 세은은 R의 호의를 감사히 받아들였다.

R은 자리를 뜨기 직전 은형을 발견했다.

"은형아, 너 간다고 안 했냐?"

은형과 R은 동갑으로 알고 있었다. 은형이 곡을 줬다고 하니 그 덕에 친해진 모양이다. 은형은 바지 주머니에 손을 꽂은 채 미동도 하지 않았고, 세은은 결코 은형 쪽에 시선을 던지지 않았다.

"내가 갔으면 좋겠나 보지?"

세은이 익히 알고 있는 말투였다. 정말 곱게 말하면 손해 보는 줄 아는 인간이 채은형이었다. R도 당황한 것 같았다.

"몸도 안 좋아서 인사만 하고 간다고 했잖아."

"괜찮아."

그러더니 은형이 휙 돌아선다. R이 오히려 당황해서 세은에게 변명을 했다.

"은형이가 사실 좀 아팠거든. 오늘도 우리 일이 아니었음 안 왔을 거야."

"SI에게 채은형 씨가 곡을 줬다는 얘긴 들었어요."

R은 이제 당연하다는 듯 세은의 허리에 팔을 둘렀다. 세은도 이제 와 몸을 빼진 않았다.

"응. 우리 사장이 일부러 은형이한테 부탁한 거라. 공식 행사장에서 함께 얼굴을 비치면 뭔가 더 이득이라고 생각했는지 꾸역꾸역 오늘 자리에 은형이도 부르더라고."

마치 SI가 은형의 이름값 덕을 본다는 느낌이었다. 세은은 명목상으로 찬을 찾기 위해 천천히 홀을 가로지르고 있었다.

"SI가 새로운 모습을 보여주기 위해서 채은형 씨 곡을 받은 건 꽤 좋은 선택이라고 생각해요. SI는 지금껏 R&B적인 모습은 전혀 보여주지 않았고 사람들도 별로 기대하지 않았잖아요. 하지만 평소 SI 리드보컬 H 씨라면 R&B도 충분히 소화하리라 생각했어요. 다른 멤버들도 트레이닝을 해서 기본만 더 탄탄히 쌓으면 무난하게 화음을 이룰 수 있을 테고요. 그렇게 SI가 채은형 씨 곡으로 성공을 이루면 채은형 씨한테도 이득이 될 테니, 채은형 씨는 공식 행사에 불러준 SI에게 오히려 감사해야 될 거예요."

R이 갑자기 휙 휘파람을 불었다. 세은은 의아해서 R을 올려다보았다. R은 그 자리에 멈춰 세은의 앞에 섰다.

"다른 여자들처럼 채은형보다 SI가 더 멋져요, 보다 훨씬 믿음직한걸?"

위로가 됐다면 다행이다. 세은의 솔직한 생각이기도 했다.

"계성 사장이 탐내는 인재라더니 빈말이 아니었나 봐."

대체 무슨 분야로 탐낼까? 바코드를 실수없이 한 번에 찍는 인재? 물건 진열을 최단시간 내에 해내는 인재? 세은은 떨떠름한 미소를 지울 수 없었다.

두 사람은 이층으로 향했다. 이층은 일층 홀이 내려다보이는 복도를 지나면 전혀 새로운 공간으로 이동하게 되어 있었다. 밖에서는 이 건물 하나만 단독으로 서 있는 줄 알았는데 복도를 따라가니 또 하나의 건물이 복도 하나로 연결되어 있었다. 복도는 바닥까지 유리로 되어 있어 아찔했다. 술 한 모금으로 알딸딸해진 세은은 불투명한 유리 너머로 보이는 바깥 풍경 때문에 저도 모르게 R에게 매달렸다. R은 그 기색을 눈치 채고 세은을 확 밀치는 시늉을 했다. 세은은 깜짝 놀라 꺅 소리치며 R에게 더 힘껏 매달렸다. R은 껄껄 웃고 세은도 어처구니가 없어 따라 웃었다.

옆의 건물은 비교적 잔잔한 음악이 나왔다. 조명도 아까보다는 밝았지만 여전히 어슴푸레하긴 마찬가지였다. 너른 홀이 펼쳐질 줄 알았는데 아늑한 거실 같은 곳이 드러났다. 사람들은 보이지 않아도 거실과 연결된 다른 방들에선 소곤대는 사람들의 기척이 들려왔다. 이런데 찬이 있을 것 같진 않았다.

"뭐 좀 마실래?"

세은은 R의 제안에 배를 쓰다듬었다.

"사실 배가 많이 고픈데 먹을 건 없을까요?"

R은 기분 좋게 웃더니 기다리라며 어디론가 사라졌다. 세은은 기다리는 동안 창가에 다가갔다. 옆 건물의 수런거림이 두터운 유리벽에 걸러져 아련하게 들려왔다. 창밖엔 도심의 야경이 널따랗게 펼쳐졌다. 유리벽에서의 한기로 목덜미가 선뜩해 왔다. 하지만 반짝이는 모래알을 뿌린 듯 반짝이는 야경 때문에 창가에서 벗어나기가 싫어졌다. 세은은 겸사겸사 힐을 벗었다. 익숙하지 않은 높이와 예쁘지만 절대 실용적이지 않은 힐 때문에 발이 저려왔다. 염치 불구하고 창틀에 걸터앉아 무릎 위까지 내려오는 치마를 걷어 발을 주물렀다.

인기척이 느껴졌다. 세은은 재빨리 신발을 찾아 신었다. R인가? 세은은 반사적으로 미소 지었지만 나타난 사람은 은형이었다.

은형이 독감에 걸려 입원한 동안 세은은 마를 간 것과 호박찜과 간이 약하고 소화가 될 만한 음식을 만들어 혜영 편에 보냈다. 세은이 보냈다는 말에 건드리지도 않고 돌려보냈지만. 세은은 운영진에게 경과보고를 하고 이제 자기는 손 떼겠다고 했다. 그 말에 혜영조차 더는 조르지 않았다.

그 뒤에 혜영을 통해 듣자니 참 우스운 게, 세은이 처음 갈은 마를 보냈을 때만 해도 은형은 정말 물만으로 연명했다고 했다. 하지만 갈은 마를 유일하게 한입 먹었다더니 그 다음에는 매니저 동규나 주변 사람을 닦달해서 마를 갈아오게 하고, 위를 따스하게 감싸줄 죽이나 수프를 끓여오라 지시하고, 간은 어디까지 하라고 소상하게 명령을 내렸단다. 그리고 먹고 토하든 비위가 상해 한입 먹고 한 시간을 기다리든 꾸역꾸역 다 먹었다고.

혜영은 세은의 음식이 도움은 안 됐을지언정 은형이 다시 밥을 먹게 된 계기는 되었다며 아주 도움이 안 된 건 아니라고 좋아했다. 세은이야 그렇게 오기를 부리며 세은이 했던 메뉴대로 다시 음식을 만들어 먹을 거면 편하게 세은이 해준 요리를 먹고 말지라고 생각했지만.

그렇게까지 세은의 도움은 거절하고 세은이라면 끔찍해서 한 공간에서 같은 공기를 마시는 것도 끔찍하게 여기는 남자가 왜 이곳에 나타났는지 모르겠다. 남자는 세은을 발견하고도 그 자리에 굳은 듯 서 있었다. 세은은 한숨을 내쉬며 창틀에서 일어났다. 저 남자와 맞대면해 속이 뒤집어지느니 자기가 피하는 게 나았다.

세은이 그를 스쳐 지나려는 순간 남자의 목소리가 스산하게 울렸다.

"왜였지?"

주어, 목적어 빼고 묻는 질문에 대답할 재주는 없었다. 세은은 반사적으로 그를 올려다보았다. 흐릿한 복도 조명을 등진 남자의 얼굴은 짙은 그림자가 드리워 읽을 재간이 없었다.

"넌 생색내지 못해 안달이었잖아. 그런데 왜 동규 형을 시켜 했던 것들은 지금껏 말하지 않았어?"

세은은 재민의 생일날 재민이 말해주었던 것들을 떠올렸다. 동시에 살짝 혼란이 왔다.

"내가 동규 씨 시켜서 뭘 했다고요?"

은형의 몸이 세은 쪽으로 반쯤 열렸다. 드러난 남자의 표정은 혼란과 경멸이 혼합되어 있었다.

"아직까지도 그 연극이야? 나에 대한 기억을 잃었다는?"

이 남자는 근본적인 오류를 저지르고 있었다. 세은은 그 점은 확실히 집고 넘어가야겠다는 생각이 들었다.

"몇 번이나 말하지만 사실이에요. 채은형 씨, 채은형 씨가 얼마나 잘났고, 내가 채은형 씨를 어떻게 좋아했는지는 모르지만, 사람이 이러면 안 되는 거 아닌가요? 나라고 하면 생질색하면서도 내가 해준 것들은 또 받아 챙겼다면서요. 내가 싫었다면 내가 해준 것들까지 다 마다했어야 하지 않아요? 왜, 난 싫어도 내가 해준 것들은 마음에 들었었나 보죠? 하지만 내가 해준 것들을 받아주면 내가 계속 쫓아다닐 거란 생각은 안 들었나요?"

"네가! 네가 동규 형을 시켜서 한 거였잖아! 난 고작 저번 달까지만 해도 동규 형이 해준 걸로 알았어! 네가 해준 거였으면 먹지도, 보지도, 듣지도 않았어!"

세은은 참 가슴이 아팠다. 왜 자기가 동규를 시켰는지 알 것 같았다. 이 남자가 좋은데, 미치도록 좋아서 뭐든 해주고 싶은데, 이 남자는 세은이 해준 거라면 절대 거들떠보지도 않을 테니까, 어쩔 수 없이 남에게 부탁했을 것이다.

그렇게까지 은형을 보살피고 싶었고, 위하고 싶었고, 사랑하고 싶었던 마음을 이해해 주길 바라는 건 세은의 과한 욕심일까? 세은은 서글퍼졌다. 바보 같은 자기 때문에, 바보 같은 자기가 삼 년이나 목숨 걸고 사랑했던 남자의 실체 때문에. 이렇게 이기적이고 남 생각은 눈곱만큼도 못하는 남자를 사랑했다. 팬으로서, 남자로서, 되돌려 받을 수 없는 사랑임을 누구보다 잘 알면서도, 속이 타들어가도, 뒤집어져도, 그저 이 남자 하나가 행복하길 바라며 순정을 바쳤다.

하지만 세은은 결국 참을 수 없었던 거다. 이 남자를, 마지막의 마지막에선 드디어 포기했던 것이다. 이 남자에 얽힌 기억만을 완벽히 지운 지금이 그 증거였다. 세은은 진심으로 이 남자에 얽힌 기억이 다신 돌아오지 않기를 기도했다.

"다행이네요. 이젠 누구를 시켜서든 내가 직접이든 채은형 씨한텐 아무것도 안 할 테니까요."

남자의 눈이 비웃음으로 일그러졌다.

"그래서 내가 입원한 동안 꼬박꼬박 음식을 갖다줬나?"

"그래서 내가 기억을 잃은 척, 수작을 부린다고 생각했군요. 말로는 기억을 잃었다면서 실제로는 행동이 변한 게 하나도 없으니까. 하지만 왜 내가 내 이름을 밝혀 음식을 해다 줬는지에는 생각이 안 미쳤나요?"

남자의 표정이 한순간 흔들렸다. 세은은 바보같이 슬퍼져서 눈물이 날 것 같았다. 스스로가 불쌍하고 한심하고 그리고 다시 죽도록 불쌍해서였다. 되도록 기억을 잃기 전에 이 모습을 보았다면 좋았을 것이다. 그럼 가슴이 얼마나 찢어지든 채은형의 실체를 똑똑히 알고 완전히 단념할 수 있었을 테니까.

아니면 기억을 잃는 극단적이 방법이 아니라면 채은형의 본질을 알고도 나는 채은형을 포기하지 못했을까? 문득 그 말이 정답일지 모른다는 불안감이 들었다. 그런 걸 사랑이라 부르기엔 사랑 그 자체를 모독할 것만 같았다. 세은은 채은형을 사랑했다고 생각하지 않았다. 남자로서 채은형이 자기를 돌아봐 주길 바랐는지 모르지만 채은형을 향한 자신의 감정을 사랑이라 표현하기엔 지나친 것들이 너무 많았다.

아마 집착 혹은 미련이었을 것이다. 이루지 못하는 것에 대해 더욱 과해지는 집착, 혹은 이렇게 퍼붓다 보면 언젠가 날 돌아보리라는 미련. 무엇이든 서글펐다. 그렇게 퍼부었던 자기도, 그런 세은의 본질적인 마음을 눈치 채고 끝까지 거부했던 은형도. 세은은 이제 알게 된 이 미련한 감정을 받는 쪽인 은형은 진작 눈치 챘을 것이다. 그러니 더 미워했겠지, 더 싫어했겠지. 이해가 된다. 그리고 이해가 되는 만큼 이 남자가 싫었다.

"내가 해준 걸 알면 채은형 씨가 안 먹을 걸 알았기 때문이에요. 그래도 왜 해줬냐고요. EM 팬클럽 운영진 대표로서 의무적으로 했던 거였어요. 언니 동생들이 채은형 씨가 너무 걱정된다면서 힘들게 부탁하니까 한 거라고요. 하지만 정말은 난 무엇이든 더 이상 채은형 씨한테 해주기 싫었어요. 그래서 내 이름을 밝히라고 했죠. 역시나, 음식이 고스란히 돌아왔을 때 정말 기뻤어요, 알아요? 채은형 씨만 나에게서 해방된 줄 알죠. 아니요! 나 역시 채은형 씨에게 해방되었어요! 나야말로 자유라고요!"

결국 눈물이 한줄기 흘러내렸다. 다행히 몸을 돌린 순간이라 은형은 못 보았을 것이다. 세은은 허벅지를 꼬집었다. 울긴 왜 우는가, 이미 저 인간 때문에 흘릴 만큼 잔뜩 흘렸을 게 아닌가. 그러니 기억을 잃고 새 출발을 한 지금에서까지 눈물을 흘리지 말자. 내 눈물 한 방울도 저 인간을 위한 것이면 아까우니까.

세은은 앞 건물로 이동하는 복도에서 R과 마주쳤다. R은 뭔가 잔뜩 들고 오는 중이었다. 세은은 R을 보고 반사적으로 굳어졌다.

"왜 나와요? 내가 너무 오래 걸렸나? 생각해 보니 나도 배가 고파서."

그 덕분에 R이 들고 있는 음식들이 눈에 들어왔다. 세은은 R에게서 접시를 하나 받아 들었다. 다행히 자연스레 미소가 흘러나왔다.

"우리 내려가서 먹어요. 아까 찬이가 밑에서 기다리라고 했는데 깜박했던 거 있죠."

"그러지 말고 조용한 데서……. 은형이? 너 언제 올라왔냐?"

세은은 일부러 R의 가까이 가 섰다. R은 빈손으로 능청스레 세은을 감쌌다. 은형의 표정이 조금 경직되었다. 하지만 아마 세은의 느낌일 것이다.

"간다고 인사하러 왔다."

R이 피식 웃었다. R의 움직임이 일으키는 미미한 진동이 세은에게도 고스란히 전해졌다. 세은은 거기에 힘을 얻어 더욱 꼿꼿이 은형을 노려보았다. 은형의 시선은 결코 R의 눈높이 아래로 떨어지지 않았다.

"언제 그렇게 인사를 챙겼다고. 이젠 아프지 마라."

"곡이 늦어져서 미안했다."

"무슨 소리. 너 죽다 살아난 거 다 아는데. 잘 가라."

은형은 그렇게 그들을 스쳐갔다. R은 새삼스레 손가락을 딱 퉁겼다.

"이런, 은형도 소개해 줄 걸."

R이 세은을 내려다보았다. 세은은 무릎이 살짝 후들거렸다. R이 잡아주는 게 천만다행이었다. 미소는 다소 비딱해졌지만 적어도 웃을 여유는 있었다.

"사실 먼 기억 속에서 저랑 채은형 씨는 꽤 친했었어요."

"흐음? 먼 기억 속에서?"

세은의 눈이 차갑게 반짝였다.

"네. 이젠 잊혀진 기억이지만요."

R은 아리송해했다. 세은은 드디어 미소다운 미소를 만들 수 있었다.

"밥 냄새 맡으니까 내가 얼마나 미치게 배고팠는지 떠올랐어요. 우리 이거 구경만 할 거예요?"

R은 역시나 녹아내릴 듯한 미소로 세은을 에스코트했다. 세은

은 R의 친근하며 은근한 스킨십에도 이제 당황하지 않았다. 그래, 국내에서 손꼽히는 유명 연예인이라 해도 저도 밥 먹고, 화장실 볼일 보고, 여자 보면 남성성을 드러내는 일개 남자일 뿐이다. 그 동안은 연예인이라고 너무 추켜세우거나 세은 혼자서 너무 우러러보았다. 까놓고 보면 그들도 세은도 단점 범벅인 인간일 뿐인데.

세은은 가슴을 퉁 쳤다. 기죽을 것도 없고, 졸 것도 없다. 이 사람들 눈에 잘 들고 싶어 애를 쓸 필요도 없고 실수할까 봐 허둥거릴 필요도 없다. 자신과 여유, 그게 없으면 이 바닥에선 쓰레기 취급당한다고 하지 않은가. 그러나 지금의 세은을 보고 쓰레기 취급할 사람은 아무도 없었다. 또한 세은을 쓰레기 취급할 사람이 나타난다면 세은은 결코 가만히 당하고 있지만은 않을 것이다.

살아가는데 가장 필요한, 가장 중요한 무언가를 깨우친 기분이었다. 이런 자리를 마련해 준 찬에게 감사를, 그리고 가장 큰 공헌을 한 은형에게도 깊은 감사를.

이것으로 우리 사이는 영영 끝이다, 채은형.

흔적 I _8

세은이 EM 팬카페에 접속해 놓고 다른 창으로 웹서핑을 하
는데 쪽지가 날아왔다. 'Gyu'에게 온 쪽지로, EM 매니저 동규였
다. 세은은 반가운 마음에 쪽지를 열어봤다.

〈세은이 맞지? 나 재민.〉

카페에 가입한 지 약 사 년 남짓, 그동안 은형의 아버지라고 사
칭한 사람, 카페에 관한 온갖 건의사항과 건의사항을 빙자한 욕설
을 퍼부은 사람, 뜬금없이 작업을 거는 사람, 가볍게 이것저것 물
어오는 사람 등등 정말 온갖 사람을 접했다. 하지만 그중 누구도
스스로를 재민이라고 칭하는 사람은 없었다. 게다가 쪽지를 보낸

이의 아이디는 분명 동규의 것이었다.

〈정말 재민 씨예요? 저 세은이 맞아요.〉

바로 답장이 날아왔다.

〈백투더현실이 뭐야. 너 아닌 줄 알았잖아.〉
〈바꾼 지 한참 됐습니다. 나한테 도통 관심이 없구나. 작년에 바꿨어요.〉

쪽지가 오가는 게 답답했던지 재민은 세은에게 1:1 대화를 신청했다. 세은은 기꺼이 대화 요청을 수락했다.

Gyu〉〉 닉네임 바꾼 줄을 모르고 은묘 사라졌다고 징징댔지.
백투더현실_은〉〉 감사하네요.
Gyu〉〉 안 믿는 거? 팬의 자세가 안 돼 있어. 내가 팥으로 메주를 쑨대도 믿어야지.

세은은 엄청 비웃었다. 재민이 세은의 비웃음에 실제로 살짝 삐칠 정도였다.

백투더현실_은〉〉 팥으로 메주를 쑤는 줄 알면 고쳐 줘야 진정한 팬이죠. 어디서 망신살 뻗치면 어떡해요.

Gyu》 내가 은묘 찾은 건 진짜라고. 오랜만에 은묘 글 검색했더니 하나도 안 걸리잖아. 남은 걱정돼서 여기저기 수소문했구만.

백투더현실_은》 고마워요. 관심 가져줘서.

Gyu》 거꾸로 됐어. 팬이 나한테 관심을 가져줘야지.

솔직하게 투덜거리는 재민이 마냥 우습기만 했다. 연예인이란 원래 이래야 하나 보다. 관심을 받는 게 당연하고 자기가 누군가에게 관심을 보이면 그 누군가는 고마워해야 한다 생각하는 게. 아마 며칠 전까지의 세은이었다면 자기를 찾아 수소문했다는 재민의 말로도 충분히 고마워했을 것이다. 지금도 재민이 말로든 진짜든, 자기를 찾았다는 게 고맙긴 해도 깊은 감동을 느낄 정도는 아니었다.

Gyu》 A 파티에 갔었다며. 찬이랑.

그곳에 모였던 연예인과 유명 스포츠 스타들, 유명인들을 생각하면 소문이 늦게 퍼진 편이랄까. 파티에 다녀온 지 벌써 사흘은 지났다.

R의 관심을 한 몸에 받는 호사를 누리며 밥을 먹던 세은을 찬이 낚아채었다. 찬은 대뜸 세은에게 어디 갔었냐며 타박이었다. 세은이 채 대꾸할 틈도 안 주더니 갑자기 여기저기 끌고 다녔다.

처음 인사한 사람은 K방송국의 어느 직책 높은 PD라고 했다. 찬은 강퍅하게 말라선 눈매가 날카로운 중년의 남자에게 세은을 인사시켰다. 직책 높은 PD라는 말을 듣지 않았어도 한 자리 꿰찼을 거라 미루어 짐작할 수 있었는데 엄청나게 오만한 태도에 옆에서 우스갯소리를 해도 콧방귀도 뀌지 않는 거만함을 내보이고 있었다. 주변 사람들은 그래도 그 PD의 비위를 맞추려고 있는 말 없는 말 꺼내들었다.

그만한 대우를 받아도 부족함이 없는 사람인진 모르지만 너무 떠받들려져서 인간으로서의 위치마저 까먹은 사람 같았다. 세은은 그래도 찬에게는 중요한 사람일지 모른단 생각에 우선은 웃으며 인사했다.

PD는 세은을 흘긋 보고 넘기더니 찬이 계성 사장의 아들이라 밝히자 찬에게는 지대한 관심을 보였다.

"계성 사장님께는 항상 신세를 지고 있지. 아들이 연예 활동을 시작했다더니 그게 계찬 군이었군. 왜 알려주지 않았나. 미리 알았다면 계찬 군을 위해 자리를 마련했을 텐데."

굉장히 호의적이다. 그리고 세은이 비딱하게 봐서 그런지 조금쯤 가식적으로 보였다. 찬은 여전히 여느 때와 달리 깍듯한 태도를 유지했다.

"아버지께서 사업을 물려받길 바라셔서요. 눈에 띄게 활동할 생각은 없습니다. 대신 이 친구가 앞으로 최 PD님께 신세를 질 것 같습니다."

최 PD가 드디어 세은에게 미미한 관심을 보였다. 세은은 놀라서 찬을 돌아보았다.

"호오, 이 아가씨가?"

"아버지 회사에서 스카우트하려는 인재거든요. 지금은 영 낚이질 않지만요."

"계성 사장님이! 어느 분야 말인가?"

"매니지먼트지만, 그건 다 이세은 씨 대답 여하에 달려 있습니다."

야, 계찬! 뻥이 너무 세! 세은은 그 뒤로 최 PD의 엄청난 관심을 갖게 됐다. 경력을 물었을 땐 정말 곤혹스러웠다. 매니지먼트 쪽에서 세은의 경력이 뭐가 있겠는가. 스토커에 가까운 팬 생활을 삼 년 한 것 빼곤. 그나마도 하나도 기억 못하는데. 하나, 찬의 대답은 가관이었다.

"유명 가수의 견습 매니저를 삼 년간 했습니다. 콘서트 전문이라고 할까요. 성격이나 성품이 까다롭기로 둘째가라면 서러울 형이었는데 이세은 씨는 거의 완벽하게 입맛을 맞춰주곤 했지요. 이세은 씨 재능은 현장에서 더 빛을 발합니다. 상대가 원하는 것을 한 발 앞서 미리 준비하거든요. 얼마나 알뜰살뜰 보살피던지 결국 제가 아버지께 추천하게 될 정도였습니다."

세은은 명치가 콕콕 쑤셨다. 찬은 은형 얘기를 하는 것이다. 유명 가수라고 에둘러치지만 찬과 세은이 그 유명 가수가 은형이라는 걸 모를 리 없었다. 찬의 이야기에 최 PD 부근에 모여 있는 사람들이 술렁거리기 시작했다. 가시방석이 따로 없었다. 세은은 앉지도, 서지도, 도망가지도 못하고 어정쩡하게 서 있었다. 찬이 발꿈치로 세은을 툭 치기 전까지 세은은 혼이 쏙 빠져나가 있었다.

찬의 주의에 문득 정신을 차리니 은형이 가까이 다가와 있었다.

최 PD는 저 은형조차도 무시할 수 없는 사람인지 돌아가 보겠다고 인사하는 참이었다. 최 PD는 젊은 사람이 벌써부터 병으로 골골대는 거 아니라며 돌아가도 좋다고 허락했다. 은형은 가볍게 목례하고는 돌아섰다.

정신이 번쩍 났다. 찬이 왜 뻥을 심하게 튀기는지 모르지만 한 번 보고 말 사람들이 태반이다. 자기 잘난 맛에 사는 인간으로 가득 찬 이곳에서 주눅 들지 않고 쓰레기 취급받지 않으려면 아랫배에 힘 단단히 주고 찬이 준 기회를 이용하는 게 제일이다.

"유명 가수라면?"

최 PD는 그냥 넘어가려 하지 않았다. 하지만 이번에도 찬이 능숙하게 저지했다.

"이세은 씨에게 OK를 받으면 그때 밝히겠습니다. 지금은 한참 꼬드기는 중이라 이세은 씨 비위에 맞지 않는 말은 삼가고 있거든요."

"자기 경력을 비밀에 붙이다니 드문 일인데."

세은은 생글 웃었다.

"저는 제가 돌보는 사람과 계약 관계라고만 생각하지 않아요. 제 가족처럼 여기고 심지어 가끔은 제 몸처럼 챙기거든요. 제가 그 사람을 떼어놓고 계성 사장님 회사로 옮긴다는 건 어떻게 보면 그 사람을 배신하는 게 되니까요. 일이 어떻게 될지 모르니까 그 사람 귀에 이상한 소문이 들지 않게 조심하고 있습니다."

말이 되나? 되겠지? 이래야 세은이 누구와 엮였는지 최대한 숨길 수 있단 말이다. 다행히 최 PD도 수긍하듯 고개를 끄덕였다.

우선 계성 사장의 아들인 찬의 말이고 장소가 장소니만큼 더욱 깊이 파고들진 않는 것 같았다. 최 PD가 뭔가 더 묻기 전에 찬이 더 인사할 데가 있다며 시기적절하게 빠져나간 것도 한몫했다.

찬은 그 뒤로도 어느 라디오 프로그램의 PD, 어느 쇼 프로그램의 PD 등 방송국 관계자를 주룩 소개해 주었다. 여기저기 이동하는 틈틈이 보통의 파티에 연예인이 와르르 몰려든 건 드문 일이며 오늘따라 몰려든 이유는 이 파티의 주최자인 성재욱 사장이 방송국 쪽에 인연이 깊어 K방송국 고위층이 참석했기 때문이라고 했다. 세은은 그들을 보며 힘의 역학구도랄까, 먹이사슬을 그려볼 수 있었다. K방송국 고위층이 참석하면 그 밑의 PD 및 방송 관계자들도 참석하고, 그들에게 잘 보이고 싶은 연예인들도 대거 참석하게 되는 구도. 그래서 고개를 돌릴 때마다 악 소리 나는 유명인들이 흩어져 있었던 것이다.

중간에는 R에게 잡혀 셋이 함께 이동하기도 했다. R과 함께 있는 효과 또한 대단했다. R이 알고 같이 다니는 건지 찬은 그 효과를 노리고 같이 다니는 걸 묵인한 건지 몰라도, 세은은 졸지에 파티에서 가장 이목이 집중되는 한 사람이 되어 있었다. 한쪽에는 무엇 때문인지 모르지만 세가 막강한 계성 사장의 아들이, 한쪽에는 SI의 리더인 R이, 그리고 세은 자신은 매니지먼트 계의 여신쯤으로 소문이 부풀려진 상황에서 주목받지 않기가 더 힘들었다.

나중에 세은은 몇몇 연예인들이 세은에게 인사하러 오는 진귀한 경험도 했다. 좋다 이거다. 세은은 반은 자포자기하는 마음으로 파티를 마음껏 즐겼다. 되도록 술은 삼간 게 어떤 말실수를 할지 몰라서였다.

R은 헤어질 즈음해선 세은에게 연락처를 주었다. 세은은 얼떨 떨해서 R의 연락처를 받았다. R은 찬이 먼저 차로 돌아가는 틈을 타 세은의 뺨에 가볍게 입을 맞췄다.

차에 오른 세은은 아직도 뜬구름 속을 허우적거리고 있었다. 찬은 시간을 확인하더니 하품을 늘어지게 했다.

"신났지?"

신나게 해준다더니 그 말 그대로였다. 파티에서 은형과 마주칠 줄은 몰랐지만 찬도 몰랐을 터였다. 재민의 생일 때 세은과 은형의 관계를 들었다면 둘 중 한 사람이 참석하는 모임은 피했으리라 생각하다, 찬이 과연 그렇게까지 신경을 썼을까 하는 의심도 들었다.

"응. 정말 재밌었어."

"은형 형 봐도 아무렇지 않더라?"

세은은 파티장 이층에서 있었던 일을 떠올렸다. 말할까 말까 고민하다가 그게 뭐 별일이라고 숨기냐 싶어 간략하게 그때 일을 말해주었다. 찬은 시트와 퍼 코트에 몸을 안락하게 묻었다. 무릎을 접어 가슴에 끌어안은 찬에게선 유명한 PD나 사업가 앞에서 당당하고 똑부러지게 행동하던 어른스러움을 찾아볼 수 없었다. 그리고 이게 세은이 익히 알고 있는 찬이기도 했다. 세은도 조금쯤은 허파에 든 바람이 빠져나가는 것 같았다.

"흐응, 아주 아무렇진 않은가 보네."

"나? 아주 덤덤하진 않지. 그렇게까지 날 싫어했구나, 또 그렇게까지 이기적인 남자였구나 생각하면."

찬이 시트에 팔꿈치를 올려 관자놀이를 살짝 괬다. 면면히 살피는 눈치랄까, 갑갑해하는 눈치랄까, 세은은 고개를 갸웃했다.

"은형 형 말한 거야."

"채은형이?"

세은은 씁쓸하게 웃었다. 그럴 리가. 세은이 떨어져 나간 것도 믿어지지 않아 몇 번이고 수작 걸지 말라던 인간인데. 오늘쯤에나 간신히 믿으려나 싶다.

"난 재밌는 사실을 하나 알아냈는데."

채은형 이야기에 더는 솔깃하고 싶지 않았다. 세은은 그보다 더 걱정되는 화제를 꺼냈다.

"근데 매니지먼트, 그 얘기 뭐야? 내가 너희 아버지 회사에서 탐내는 인재라고 거짓말해도 돼?"

"실컷 즐기고선?"

세은은 입이 열 개라도 할 말이 없었지만 먼저 시작한 건 찬이었다.

"실컷 즐겼으니까 책임을 져야지. 전후사정 좀 알고 제대로 대책 세우려고."

"그 인간들 언제 또 볼 것 같아?"

아마 죽기 전에 백만분의 일의 확률로 한 번? 로또 1등 당첨되는 확률에 육박할 것이다. 세은이 고개를 절레절레 저었다.

"다신 안 볼 사람들이라고 거짓말해도 된다는 거야?"

"나한테 생각이 있으니까 좀 기다려."

세은은 잠시 멍해졌다. 찬은 어린아이처럼 스륵 머리를 기대왔다. 맨어깨에 찬의 부스스한 머리카락이 흩어졌다. 간지러웠지만 세은은 기꺼이 어깨를 대주었다. 어리광 부리고 터무니없이 제멋대로에 약간 시건방진 게 찬의 매력이었고 이제 와 깨달은 것이 세은은 찬과 같은 타입에게 너무나 약하다는 사실이었다. 찬이 해준 것도 해준 것이지만 또 한편으로는 점점 찬을 귀엽게 여기는 자신이 있었다. 나이 차이가 꽤 나는 것도 한몫할 것이다.

찬이 왜 이렇게까지 세은에게 잘해주고 친해지려는지는 잘 모르겠다. 찬의 한순간의 변덕일수도 있고 정말 세은과 같은 친구나 누나가 필요했던 것인지도 모른다. 어느 순간 촛불이 꺼지듯 찬의 관심이 훅 꺼져 버릴 날이 올지도 모른다. 그때를 생각하면 쓸쓸하지만 관계란 건 어느 한쪽의 일방적인 끝으로 단절되는 건 아니니까. 그때가 되면 세은이 지금 찬이 했던 노력을 기울일 생각이었다. 찬은 함께 있으면 즐겁고 손은 많이 가지만 정도 많이 가는 아이니까. 이런 동생 하나쯤 있어도 좋지 않을까 싶었다.

"찬아, 아까 밥은 먹었어? 너 뭐 먹는 거 못 봤는데. 배고프지 않아? 네가 그렇게 안 먹어서 마르는 건가 보다."

찬이 뭐라고 조그맣게 중얼거렸다. 귀 기울이니 '잔소리쟁이'라고 꿍얼거린다. 세은은 찬의 뺨을 꼬집어 쭉 늘였다.

"아, 아얏! 아프잖아!"

"누님이 걱정해 주니까 잔소리쟁이가 어째? 좋아. 우리 편의점에 도착만 해봐. 삼각김밥 두 개랑 베지밀 한 병을 비우게 할 테니."

"지금이 몇 시인지 알아? 난 대낮에도 삼각김밥 두 개는 못 먹어!"

세은은 눈을 동그랗게 떴다.

"거짓말이지! 나도 앉은자리에서 세 개는 먹는다. 아우, 아우. 마르는 데 다른 이유가 있었던 게 아니야. 네가 그렇게 안 먹으니까 키도 작지!"

"키! 내가 키 때문에 얼마나 시달리는데 키 얘기야!"

버럭버럭 소릴 지르고 성질을 내도 꼭 치와와가 캉캉대는 것 같았다. 세은은 웃으면 안 되는데 저도 모르게 풋 웃어버렸다.

"웃어? 남은 있는 대로 성질나게 만들어놓고, 웃어?"

"알았어. 키 얘기는 취소, 사과할게. 미안, 미안. 하지만 네 또래 다른 남자애들이 얼마나 먹어치우는지 알아? 너도 그 반만큼만 먹어봐라. 여기저기에 근육이 제대로 잡힐걸?"

찬은 아예 세은 쪽으로 돌아앉아서 발로 세은의 허벅지를 밀었다. 세은은 기함을 했다.

"너! 아무리 이게 네가 준 옷이라지만 흙발로!"

"경고한다! 계찬이라고 부르지 마, 키 얘기 꺼내지 마, 근육 얘기는 더더욱 꺼내지 마!"

이 신경질적이고 까다로운 왕자님이 제대로 삐쳤나 보다. 세은은 쿡쿡 삐져나오는 웃음을 간신히 참고 경건하게 고개를 끄덕였다.

"알았어, 명심할게. 계찬이라고 안 부르고, 키 얘기도 안 꺼내고, 근육 얘기는 더더욱 안 꺼낼게. 그러니까 삼각김밥이랑 베지밀 먹어야 해?"

"그러니까 베지밀은 왜 나오냐고!"

세은은 머릿속을 살짝 뒤적였다. 사실 키에 좋다며 베지밀을 추천하려던 거였다. 우유는 차게 먹으면 밤에 탈날 수 있지만 온장고에는 항상 베지밀을 넣어두니까.

"콩은 완전식품이랬어. 그리고 난 삼각김밥에는 베지밀이 최고더라고."

"으엑, 어떻게 된 입맛이야. 삼각김밥엔 콜라지."

세은은 순간 살짝 헷갈렸다. 세은 역시도 삼각김밥엔 언제나 콜라나 혹은 사이다였다. 근데 언제부터 삼각김밥에 베지밀이 제격이라고 생각하게 됐지? 거의 동시에 불쾌함이 치밀었다. 헛구역질을 삼킨 세은은 이 징조가 은형과 얽힌 기억을 떠올리려 할 때의 감각이라는 걸 기억해 냈다. 세은은 여전히 툴툴대는 찬을 방치하고 눈을 꾹 감았다.

정말 어디까지 한심해지려는 거니, 이세은. 채은형이 얼마나 좋다고 네 입맛까지 바꿨어. 삼각김밥에 베지밀이라니, 유치원 점심도 아니고. 그렇게 먹고 좋아하는 채은형도 우습긴 마찬가지였다.

세은은 찬이 여전히 삐쳐 있든 말든 자기 용건을 꺼냈다. 이 옷과 아직 찬의 어머니 드레스 샵에 있는 원래 옷은 어쩌면 좋겠냐는 용건이었다.

"가지고, 버려."

"가지고, 버리다니. 이 옷은 가지고 내 원래 옷은 버리라는 거야?"

"그 옷 좀 버린다고 사는 데 지장있어?"

하지만 아직도 멀쩡한 옷인데! 드레스 샵 위치만 정확히 알려준다면 가지러 가겠다고 대꾸했다. 산 지 이삼 년은 됐지만 외출할 때 애용하는 청바지와 코트였다. 받쳐 입었던 터틀넥은 작년 겨울에 친구들이 선물해 준 옷이었다. 신발은 또 어떻고! 새 옷을 받은 대가로 일상생활을 뭉턱 도려내야 하다니, 세은은 꼭 되찾아야 한다고 나섰다.

"이 드레스의 발끝에도 못 미치는 돈이야. 그렇게 아까워?"

"돈 문제가 아니야! 나 그 신발 없으면 내일 슬리퍼 신고 가게 나가야 한다고. 그 코트가 없으면 당장 밖에도 못 나가. 그 터틀넥은 친구들이 선물해 준 거고, 그 청바지는 제일 마음에 들었던 청바지야. 이 옷 도로 돌려줄 테니까 내 옷 돌려줘."

찬은 정말로 이해하지 못했다.

"왜 그렇게 그 옷들에 집착해? 이 드레스가 마음에 안 들어?"

세은은 숨을 고르고 찬을 차근차근 설득해 나갔다.

"물론 이 드레스는 환상적이야, 정말 마음에 들고. 너 아니었음 난 정말로 꿈도 못 꿨을 드레스야. 정말로 고마워. 하지만 이건 어느 특별한 하루를 위한 옷이야. 나에게는 일상생활, 평범한 생활을 영위할 옷이 더 필요해. 어느 특별한 하루는 말 그대로 하루지만 일상생활은 그 하루를 뺀 남은 나날이야. 이건 단순한 계산이야. 찬이 너한테는 어느 때의 옷이 더 필요하겠어?"

찬은 완전히 납득진 못해도 어느 정도 수긍은 했다. 결국 찬이 원래 옷을 돌려주기로 결정하니 이거야 원, 날개옷 돌려받은 선녀 심정이었다. 막상 옷 문제가 해결되고 나니 지금 입은 드레스가 또 마음에 걸렸다. 정말 받아도 되는지, 이렇게 큰돈을 함부로 써도 되는지, 물론 어머니의 샵에서 산 물건이지만. 세은 엄마의 말에 따르면 부모 자식 간이라도 돈 문제는 명확해야 한다고 했다.

하나, 찬은 드레스 가격에 관한 문제는 전혀 신경 쓰지 않는 눈치였다. 세은의 원래 옷을 돌려받는 일로도 여태 싸웠는데 이 드레스 문제로 또 언성 높이고 싶지 않았다. 결국 세은은 마음을 조금 돌리기로 했다.

"이 드레스 정말 고마워. 평생의 보물로 삼을게. 어느 멋진 도련님이 선물해 준 거라고 딸이랑 손녀한테 두고두고 자랑할 거야."

찬은 무심하게 듣는 듯하더니 어깨를 가늘게 떨며 히끗거렸다. 그걸 웃음이라고 이해하기까지 시간이 조금 걸렸다.

"그걸 손녀한테까지 자랑한다고, 평생 보물로 삼는다고. 세은, 오버가 심해."

"난 정말인데? 봐봐. 부모님 집에 기생하며 아르바이트로 근근이 연명하는 내가 언제 이런 값비싼 드레스를 사보겠어. 물론 못 사진 않을 거야. 내 월급을 몇 달치 쏟아 부으면 살 순 있겠지. 그래도 난 그 돈으로 어묵을 하나 더 사먹으면 먹었지 이 드레스를 사진 않을걸? 이 드레스를 볼 때마다 오늘 밤이 떠오를 거야. 찬아, 나 오늘 정말 행복했어. 그냥 내 기분이지만 주인공이 된 것 같았다니까? 학예회에서도 주인공 역할 한번 못 맡아본 나인데."

찬의 표정이 어두웠다. 세은은 자기가 말한 것 중에 뭔가 잘못된 게 있나 싶어 조심스러워졌다.

그사이 차는 세은 집 앞에 도착했다. 야간 아르바이트생은 세은을 마지막의 마지막까지 알아보지 못하다가 세은이 푸핫 웃으며 이름을 부르자 그제야 알아보았다. 찬은 약속대로 삼각김밥 두 개와 콜라를 먹었다. 베지밀은 죽어도 못 먹는다고 고집을 부려서였다. 세은도 찬 옆에서 삼각김밥을 두 개 홀떡 해치웠다. 기사 분에게도 주라고 남은 삼각김밥을 몽땅 싸서 보냈다.

세은은 찬의 배웅을 받아 집으로 들어갔다. 집에서는 새벽 세 시가 돼서야 귀가한 세은 때문에 엄마가 펄펄 날뛰고 있었다. 거기에다 요란한 차림새까지. 세은은 날이 밝을 때까지 잔소리를 들어야 했다. 지금 차림새에 대한 해명을 요구받았지만 세은은 곧 돌려줘야 할 옷이고 잠시 빌렸을 뿐이라며 얼버무렸다.

엄마의 화가 풀릴 때까지 거의 온종일 편의점을 대신 보는 나날이 시작되었다. 세은은 방금도 밤 열 시부터 새벽 여섯 시까지 야간 업무를 보는 아르바이트생과 교대하고 막 들어온 참이었다. 손님이 많든 적든 계속 서서 해야 하는 일이고 잠시도 가만있을 사이 없이 여기저기 쓸고 닦고 정리해야 해서 하루 열두 시간 업무는 정말 힘들었다.

막 컴퓨터를 켜고 습관적으로 EM 팬카페를 훑어본 뒤 다른 일을 하는 동안 재민에게서 연락이 온 것이다.

파티에 간 걸 안 건 누구를 통해서였을까? 은형은 아니리라 짐작했다. 은형이 먼저 세은을 화두로 꺼내는 걸 상상하기 어려웠다. 세은은 어떻게 알았는지 물었다.

Gyu〉〉 완전히 휩쓸고 다녔더만 뭘. 여기저기 소문이 쫙 퍼졌어. 계성 사장님네 비밀병기라며?

와, 소문이란 정말. 소문이 부풀어지는 것을 보면 언제든 감탄하고 만다. 어느새 비밀병기까지.

백투더현실_은〉〉 아주 이름난 매니저로 되어 있죠? 한 귀로 듣고 기꺼이 한 귀로 흘렸으리라 믿어요.
Gyu〉〉 왜, 세은이라면 잘해낼 텐데. 참, 나 부탁이 있어.

부탁이라? 재민이 뭔가 세은이나 팬클럽 운영진 쪽에 요구한 전례가 없었다. 세은은 몸을 좀 더 모니터에 바짝 들이댔다.

Gyu〉〉 지금부터 23일까지 아르바이트 안 할래?
백투더현실_은〉〉 무슨 아르바이트요?
Gyu〉〉 GL 콘서트 때 우리도 게스트로 참가하거든. 찬미 조수가 갑자기 일을 그만둬서 도와줄 사람이 필요하다네. 그래서 세은일 추천했어.

찬미는 세은보다 두 살 아래의 EM의 스타일리스트였다. 기본적으로 미용 자격증도 갖추었지만 손재주가 좋은 아가씨라 EM의 메이크업, 헤어, 코디를 훌륭하게 해내었다. 항상 보조 한 명을 대동하고 EM 뒤를 쫓아다녔던 게 기억난다. 23일까지는 이제 일주일밖에 안 남았다. 세은은 솔직히 EM 일이니 무급으로라도 돕고 싶었다.

백투더현실_은〉〉 찬미 씨가 알아서 조수를 구하지 않을까요?

Gyu〉〉 네가 몰라서 그래. 이번 조수 애도 찬미가 통사정을 하고 붙잡아도 뛰쳐나갔다고, 다 그 채은형 때문에.

백투더현실_은〉〉 채은형 씨가 왜요?

Gyu〉〉 은형이가 극단적으로 흰색을 좋아하잖아. 근데 그 조수애가 하얀색이 아니라 좀 더 누리끼리한 색으로 옷을 구해왔어. 그랬더니 은형이 놈이 네 눈에는 이게 흰색이냐고, 색깔 구별도 못하는 인간이 대체 무슨 자격으로 코디 일 하겠다고 뛰어든 거냐고, 돈 모아서 얼굴 뜯어고칠 생각 말고 색맹 교정이나 받으라고.

아마 모니터 너머에서 재민도 똑같이 한숨을 폭 내쉬고 있을 것이다.

백투더현실_은〉〉채은형 씨가 그렇게 까다로워요? 그렇다고 무책임하게 뛰쳐나간 조수한테도 문제는 있네요.

Gyu〉〉 원래 그렇게까지 날카롭진 않았는데. 요즘은 정말 근처에 가까이만 가도 베이겠어. 그나저나 할 수 있어? 나 지금 심각하게 묻는 거야.

세은은 더더욱 망설여졌다.

백투더현실_은〉〉 저는 더 못 참을 거 아니에요. 채은형 씨가 저 싫어
하잖아요.
Gyu〉〉 팬이 사랑해 주는데 싫어하는 놈이 잘못이지. 그리고 은형이
도 이젠 세은이가 기억 잃은 것도 믿는 눈치던데.

세은의 심장이 달각거렸다. 그날의 일침이 효과를 본 것인가.
세은의 기억은 사라졌어도 세은에 대한 은형의 감정까지 사라진
건 아니지 않은가. 여전히 불편할 거다. 세은이 계속 미적거리자
재민이 조바심을 냈다.

Gyu〉〉 내가 알바비는 후하게 쳐달라고 할게. 은형이에 대한 소문이
퍼져서 지금부터 해야 할 일이 산더미인데 조수를 구할 수 없다고 찬미
가 얼마나 난리인지 몰라. 세은이만 좋다면 은형이 입은 내가 막을 테니
까 걱정 마. 오빠 믿지?

이럴 때만 오빠란다. 언니들이 나이 어린 EM 멤버들을 '씨'라
고 호칭해서 세은도 어느새 '씨'란 호칭이 입에 붙었다. 문득문득
재민이가 '오빠가' 어쩌고저쩌고 할 때면 오히려 적응이 안 될 정
도였다.

백투더현실_은〉〉 저 때문에 채은형 씨가 더 화를 낼 수도 있어요. 비협조적으로 나올걸요?

Gyu〉〉 그놈은 프로야. 아무리 개인적인 감정이 있다고 해도 그 감정 때문에 일을 망칠 놈이 아니야. 게다가 내가 왜 세은이한테 연락한 건데. 그놈이 조금만 덜 성깔을 부렸어봐. 찬미 조수하겠다고 덤빌 애들이 몇인데.

백투더현실_은〉〉 제가 그것 때문에 도망가면요?

Gyu〉〉 내가 세은이 근성 알잖아. 뭐, 다 잊어버렸다고 해도 근본적인 기질이 어디 가겠어? 그리고 세은이가 도망가긴 어딜 도망가. 도망가 봐야 이 오빠 손바닥 안이야.

어쨌거나 정말 손이 부족하긴 한가 보다. 이렇게 열심히 설득하다니. 엄마에게 일당이 두둑한 알바를 하겠다고 하면 좀 봐주시려나. 파티 날 이후로 지금까지 쥐 죽은 듯 살긴 했다. 세은도 끌리지 않는다면 거짓말이었다. 일이 얼마나 힘들든 가까이서 EM을 볼 수 있고 겸사겸사 GIL의 콘서트도 공짜로 관람할 수 있고, 무엇보다 EM의 라이브를 들을 수 있다. CD보다 라이브에 더욱 강한 EM이었다. 그래서 EM 콘서트라고 하면 물불 가리지 않고 쫓아다니는 것이다.

GIL의 콘서트에 EM이 나온다는 걸 알고 티켓을 예매했다는 팬들도 부지기수였다. 아마 반은 GIL 팬, 반은 EM 팬이 판을 칠 것이다. 세은도 실은 EM 팬클럽 운영진들과 콘서트 2회차를 예매한 상태였다. 마음 같아선 하루에 2회씩, 4회차를 모두 보고 싶은 마음이 굴뚝같았지만 분명 돈 지랄, 시간 지랄이라고 엄마가 한소리 하실 것이라 그나마 참은 것이다.

그것을 돈을 들이지 않고 오히려 돈을 받으며 즐길 수 있다니! 세은은 순간 뭐 씹은 표정을 했던 은형의 얼굴을 벅벅 지워 버렸다. 아무렴 어떤가. 이건 세은이기에 온 기회였다. 부모님 집에서 아르바이트 하는 세은이 아니었다면, 시간을 유동적으로 뺄 수 있는 세은이 아니었다면, 재민은 결코 부탁하지 않았을 것이다. 세은은 결국 재민의 제의를 수락했다. 마치 마지못한 듯한 수락이었지만 은형과 개인적으로 부딪치는 것을 제외하고는 쌍수 들고 환영할 만한 일이었다.

재민이 내일 당장 SOO 사무실에 출근하라며 찬미의 연락처도 알려주었다. 콘서트며 사무실이며 하도 들락거렸더니 찬미나 찬미 이전의 코디들과도 친해졌던 세은이었다. 세은이 찬미보다 나이가 많은 데도 불구하고 세은을 감수하겠다는 걸 보면 정말 사람 구하기가 힘든 모양인가 보다.

재민은 용건이 끝나자 잽싸게 대화창을 나가 버렸다. 세은도 대화창을 껐다. 플래시 배너들이 획획 움직이는 브라우저를 멍하게 응시하자니 재민이 마지막으로 한 말이 걸렸다.

Gyu〉〉 은형이가 찍소리도 못하게 해주자고.

재민은 세은이 기억을 잃었다는 걸 잠시 잊어버린 걸까? 기억을 잃은 세은이 은형의 비위를 맞출 수 있을 리 없잖은가. 그 당시 기억을 떠올리려 해도 속이 매스꺼워지는 판국에.

　그래도 재민이 추천한 거니까, 세은을 믿고 맡긴 거니까, 세은은 주먹을 불끈 쥐었다. 열심히 할 테다. 대체 얼마나 힘든진 모르겠지만. 그런 의미로 지금은 예매한 티켓을 양도하거나 취소해야겠다. 세은은 티켓을 대표로 예매했던 회장 미정에게 전화를 넣었다.

　다행히 찬미가 필요한 건 조언자나 협력자가 아니라 심부름꾼이었다. 간혹 모르는 용어가 튀어나올 땐 되묻기도 하지만 그 외의 것은 토 한 번 달지 않고 재깍 움직였다. EM은 GIL 콘서트에서 의상을 한 번 갈아입는다. 그에 맞춰 머리끝부터 발끝까지 꾸며야 하는데 세은은 찬미가 지시한 의상을 찾으러 돌아다니는 게 일이었다. 한 사람당 필요한 의상은 고작 두 벌이었지만 은형과 재민이 요구하는 이미지에 맞춰야 하다 보니 최소 네댓 벌의 의상을 준비해야 했다. 그나마도 두 사람 마음에 들지 않으면 고스란히 퇴짜였다.

　세은은 그 덕에 옷 구경은 실컷 했다. 남성복이 이렇게 다양하고 다채롭다는 것도 처음 알았다. 같은 색상, 같은 디자인이라도 옷감에 따라 느낌이 다르고, 같은 먹색이라도 명도에 따라 또 느낌이 달랐다. 은형이 원한 건 먹색 빈티지 진에 흰 남방과 흰 재킷, 또 하나는 GIL과 듀엣 할 때 필요한 의상이었다. GIL과 너무 겉돌지 않으면서 GIL에게 눌리지 않을 만한 의상을 찾아오라고 했다. 재민은 어깨에 딱 맞아떨어지지만 캐주얼한 느낌도 살아나는 재킷과 비니와 후드 티, 그리고 짙은 색 진을 요구했다. 재민 역시도 GIL과 따로 듀엣을 하는데 GIL의 의상이 붉은색이라 했으니 자기 것은 검은색으로 뽑아달라고 했다.

GIL의 콘서트이지만 GIL은 신인상을 받고 이제 갓 2집을 낸 가수일 뿐이었다. EM의 지원과 지지도가 필요하리란 소속사의 판단으로 EM은 게스트이지만 EM의 4집 타이틀과 후속곡, GIL과 각각의 듀엣 등 총 여섯 곡을 부르게 됐다. 그래서 각기 두 벌씩이 필요하단다.

열심히 옷을 구하러 다니는 중 찬미에게서 하지만 두 벌 중 한 벌만 입고 공연할 수도 있다는 말에 세은은 저도 모르게 앓는 소리를 뱉었다. 이렇게 발이 부르트도록 돌아다니며 옷을 구했는데 그중 한 벌은 소용없을지도 모른다니. 은형이 굳이 옷을 갈아입을 필요가 있냐고 제동을 걸었단다. 그래도 은형이 언제 다시 변덕을 부릴지 몰라 미리 두 벌씩 구해놓는 거라고.

찬미가 그동안 미리 브랜드와 디자인을 뽑아놓은 덕에 세은은 찾으러 다니기만 했는데도 힘들었다. 비슷한 디자인으로 코디를 하고 EM 두 사람에게 보여주면 누구는 이게 별로다, 누구는 이게 좋다, 그 자리에서 퇴짜를 받을 때도 있어 다시 처음부터 시작해야 했다. 세은은 한 번은 두 번째 퇴짜를 받았을 때 저도 모르게 투덜거렸다.

"무대 오르기 직전에 옷을 보여주면 안 돼? 그럼 별수없이 입을 거 아냐."

찬미가 어깨를 토닥거리며 바람 빠지는 듯한 웃음을 냈다.

"어림도 없지. 은형 오빠 성질 몰라서 그래? 그냥 자기 옷 입고 무대 오른 다음에 내 모가지를 댕강 자를걸?"

세은은 찬미의 어깨를 꾹꾹 세게 주물러 주었다. 찬미가 앓는 소리를 내면서도 등을 내주었다.

"밥 벌어먹고 살기 힘들다, 그치?"

"그렇지 뭐. 그래도 별 시답잖은 걸로 태클 걸진 않잖아. 나 전에 있던 데서는 자기 반지를 내가 훔쳤다고 얼마나 몰아세웠는데. 근데 결국 그 반지가 그 인간 집에서 발견됐던 거 있지."

세은은 더욱 꾹꾹 주물렀다. 남의 돈 받고 살기 힘들다는 건 알지만 이 바닥은 모든 것이 인간관계에서 시작되고 끝나기 때문에 더 고달픈 것 같았다. 찬미는 그렇게 잘렸지만 결국 EM 전속 스타일리스트가 된 셈이니 전화위복이라고 했다. 씩씩한 찬미 덕분에 세은도 힘을 받아 다시 일에 매진할 수 있었다.

찬에게서도 연락이 왔다. 세은이 새로 하는 아르바이트를 말하니 찬이 콘서트 때 놀러오겠단다. 찬과 놀아줄 시간 없다고 딱 잘라 말했지만 찬은 아랑곳하지 않았다. EM 시중이며 찬미 심부름이며 찬이 간수까지, 세은은 그래도 찬이 온다니 콘서트 중간 중간 쉴 때 심심하진 않겠다고 생각했다.

콘서트 당일이 되었다. 지난 닷새간 힘들었던 보람은 있었다. 부지런히 발품 판 옷으로 EM 두 사람은 멋지게 돋보였고, EM도 무척 흡족해했다. 다만 이날 이때까지 의문인 것은 은형이었다. 찬미의 조수로 일하게 됐다고 인사했을 때는 놀란 눈치긴 했지만 재민이 바로 무마한 다음부턴 세은에 대한 어떤 감정도 내비치지 않았다. 세은이 일 때문에 이것저것 물어볼 때면 착실하게 꼬박꼬박 대답했다. 우스갯소리 하나 던지지 않고 입가에 웃음기 역시 한 조각도 걸리지 않았지만, 적어도 세은을 일부러 걸고 넘어가거나 무시하진 않았다. 일에 있어선 프로라더니 재민의 말이 맞는 것 같았다.

덕분에 처음에는 은형과 부딪칠까 봐 맘 졸이던 세은도 나중에는 적어도 마음만은 편히 일할 수 있었다. 일은, 빈말로라도 편하다고 할 수 없었고.

하지만 오늘, 내일이면 다 끝이다. 콘서트 당일에 세은은 정작할 일이 없었다. 찬미나 EM 역시 세은에게 큰 기대를 하진 않았다. 옷은 혼자서도 잘 입고 매무새 정리나 좀 거들까? 메이크업, 헤어, 세은이 건드릴 게 없었다. 특히나 은형은 까다롭고 깔끔떨기로 소문이 난 사람이라서인지 더더욱 손이 가지 않았다. 아프고 난 다음이라 예전보다 부쩍 마른 것 같았고, 점심으로 제공된 도시락에는 손도 대지 않았지만 세은이 터치할 사항은 아니었다.

다만 리허설 때도 물 한 모금 마시지 않은 걸 봤을 땐 조금 걱정이 되긴 했다. 세은은 차마 티를 낼 순 없어 찬미에게 괜찮은지 물었다. 찬미는 벌써 이 년째 EM 멤버와 손발을 맞추고 있었다.

"매 콘서트 전에는 물도 잘 안 마시려고 하더라고."

3집에서는 술과 관련된 노래가 후속곡에 나와 콘서트 중엔 진짜로 무대에서 술잔을 기울인 때도 있었다. 찬미 말대로라면 빈속에 술을 들이부었다는 뜻이다. 그래서야 속이 남아나겠나 싶었다.

"그래도 이렇게까지 아무것도 안 먹는 건 처음 봐. 동규 오빠가 못 챙기신 건가? 예전엔 우유랑 바나나랑 같은 걸 갖다주시기도 하던데."

세은은 내심 뜨끔했다. 그것 역시 '아마도' 자신이 해다 준 것이리라. 세은은 새삼 콘서트 전에 아무것도 못 먹는 건 또 어떻게 알아서 그런 걸 해다 바쳤는지 궁금해졌다. 동규에게 이것저것 부탁해서 동규가 수락한 걸로 봐선 정보원은 동규가 100% 확실했다. 동규는 또 어떻게 구워삶았나. 세은은 갈수록 한숨만 나왔다.

출연은 MC까지 포함해 고작해야 삼십 분일 테니 다행이랄까? 하지만 저녁에도 2회 콘서트가 남았는데 그사이 뭔가를 먹으려고 할까? 콘서트 전엔 예민해져서 아무것도 못 먹는다면 1, 2회 콘서트 사이에 한 시간의 차이가 있다고 해도 뭘 먹으려 들 것 같지 않았다.

그렇지만 세은이 걱정할 바는 아니었다. 은형도 역시나 세은의 걱정 같은 걸 바라지 않을 것이다. 팬과 스태프의 일원으로서의 걱정일지라도. 세은도 맘 졸이고 발 동동 구르며 걱정되는 건 아니었다. 저러다 쓰러지지만 마라 할 뿐이지.

1회 콘서트가 시작되었다. GIL의 팬클럽이 중앙 좌석을 선점한 가운데 5,000여 석의 올림픽 홀이 관객으로 그득 찼다. 이층의 일부는 통제했다 해도 티켓이 매 회 매진이었다고 하니 약 4,500명의 관객이 모인 것이다. 항상 저 일부에 속해 있다가 스태프의 일원으로 관객을 바라보니 느낌이 또 달랐다. 세은이 공연에 기여한 바는 극히 미미하지만 그래도 가슴이 벅차오른달까, 보람이 느껴진달까. 이런 맛에 공연을 하는지도 모른다. 굉장히 설레고 기뻤다.

찬도 그렇지만 팬클럽 운영진도 2회 공연을 보러 온다고 했다. 콘서트는 뭐니 뭐니 해도 저녁 공연이라면서. 세은은 재민에게 팬클럽 운영진이 온다는 걸 알리고 얼굴이라도 보여줄 수 없냐고 요청했다. 재민은 잠깐이라면 될 거라더니 2회 콘서트 시작 전에 올림픽 홀 측면에 있는 입구로 오라고 했다. 세은은 팬클럽 운영진이 이미 이 근처에 모여 2회 공연이 될 때까지 기다리고 있다는 걸 알고 있었다. 그들에게 1회 공연 끝날 즈음에 맞춰 미리 와 있으라고 연락을 넣었다. 재민 씨밖에 못 볼 테니 실망하지 말라고. 은형이 콘서트 때문에 얼마나 예민해졌는지 봤기 때문에 굳이 은형을 부르고 싶지 않았다. 재민도 은형을 데려오겠다고는 하지 않았고.

막상 콘서트가 시작되니 은형의 얼굴이 창백해졌다. 준비 기간 동안 찬미가 기존의 은형 치수만으로 옷을 구하다가 정작 은형의 바지 치수가 두 치수나 줄어 부랴부랴 새로 사이즈를 찾아와야 했다. 요즘은 마른 게 유행이라 다행히 맞는 치수를 구할 수 있었지만 찬미는 저 키에 이 사이즈라면 말라도 너무 마른 거라고 혀를 내둘렀다. 죽다 살아났다고 하더니 정말 그런가 보다고.

거기다 콘서트 준비하는 틈틈이 은형을 봐왔지만 재민이 과자나 도시락을 뜯고 있을 때 은형이 뭔가 먹는 것을 본 적이 없었다. GIL은 은형의 프로듀싱으로 데뷔한 가수였다. 그 때문에 EM의 게스트 참여 이상의 신경을 써왔을 것이다. 안 그래도 예민한 사람인데 이것저것 신경 쓸 게 많으니 그 신경이 끊어질 듯 예리해졌을 것이다. 그 신경으로 밥을 먹는다는 건 상상하기 힘들고. 세은은 아티스트란 참 힘든 업이라며 고개를 절레절레 흔들었다.

은형이 무섭게 창백해지는 걸 보니 정말 쓰러질까 걱정이었다. 은형은 무대 뒤에서 GIL의 멘트, 라이브, 음향, 하나하나를 온 감각을 곤두세운 채 지켜보고 있었다. 세은은 소리 죽여 은형에게 다가갔다. 다들 은형이 얼마나 예민해지는지 알아서 보통은 근처에도 잘 얼씬거리지 않았다. 아까도 잘만 움직이고 있던 스태프 하나에게 왜 이렇게 꿈지럭거리느냐고 호통을 쳐댔었다. 그 뒤로 더더욱 스태프들은 은형 눈에 띄지 않으려 안간힘을 썼다. 덕분에 무대 뒤는 살얼음판처럼 살벌해졌다.

"괜찮아요?"

은형은 세은 쪽을 거들떠보지도 않았다. 무대 위와 관객석에서 쏟아지는 소리의 홍수에 잘 안 들리는지도 모른다. 세은은 은형을 살짝 건드렸다. 은형이 흠칫 놀라 돌아보았다. 세은을 알아본 그의 눈에 어떤 번뜩임이 스쳤다. 그러나 그는 곧 무대로 시선을 돌렸다.

"쓰러질 것 같아요."

"신경 쓰지 마."

처음으로, 세은이 일한 뒤 처음으로 은형에게서 감정이 실린 말을 들었다. 세은은 은형의 말에 질리거나 겁먹을 법도 한데 아랑곳 없이 들고 있던 보온병을 내밀었다. 날이 꽤 쌀쌀했기 때문에 미리 보온병에 뜨거운 물을 담아왔다. 대기실에 대기하면 보온병이 필요없지만 세은은 GIL의 무대를 즐기고 싶어 무대 바로 측면에 자리를 잡았기 때문에 언제든 몸을 덥힐 수 있도록 따뜻한 물을 준비했다. 무대 뒤에는 전혀 난방이 이루어지지 않기 때문이었다. 찬미에게 이미 허락을 받은 사항이기도 했다. GIL의 노래 대부분은 은형이 만들었기 때문에 엄청나게 세은 취향이었다. GIL의 팬이라기엔 은형의 노래라 사랑하는 마음이 더 커서 팬이라 자처할 수 없어 그렇지.

은형이 받을 생각을 안 하자 세은이 직접 컵에 뜨거운 물을 따라 은형 손에 쥐어주었다. 은형이 무대를 생각해 왈칵 소리는 못 지르고 이를 부득 갈았다.

"됐다고."

"이것만 마셔요. 그럼 다신 방해 안 할 테니까요."

"너 대체……."

세은은 그새 추워져 발을 살짝 굴렀다. 이 남자는 긴장하면 추위도 못 느끼는 건가? 그런 것치고 손은 얼음장처럼 차가웠다. 몸이고 속이고 꽁꽁 얼었을 테지. 저래서야 당장 쓰러진대도 당연하다고 고개를 끄덕이고 말 것이다.

"날 쫓아내고 싶다면 얼른 마셔요. 난 사실 여기보다 저쪽을 좋아하니까."

은형은 눈빛을 살벌하게 번뜩이며 뜨거운 물을 쭉 들이키려 했다. 세은은 아차 싶어 냉큼 은형이 팔을 잡았다. 은형의 온몸에서 짜증이 무럭무럭 피어올랐다.

"뜨거우니까 살살 마시라고요. 아니면 혀고, 입천장이고 다 데일걸요."

은형은 그제야 김이 모락모락 오르는 컵 안을 들여다보았다. 그는 이맛살을 있는 대로 찌푸리더니 고작 한 모금 마셨다. 세은은 양보하지 않고 기다렸다. 은형의 턱이 불거졌다. 진짜 열받았나 보다. 그는 뜨거운 걸 참고 한 번에 컵을 쭉 비웠다. 세은은 그가 컵을 내동댕이치기 전에 잽싸게 뺏어 들었다. 그리고 약속대로 쪼르르 무대 반대편으로 달려갔다.

빈 컵을 병에 다시 끼운 뒤에야 자기가 한 짓에 대한 후회가 밀려왔다. 내가 왜 또 그 인간한테 간섭했을까? 왜 그 인간이 으르렁거려도 물러서지 않았을까? 아마 인간에 대한 최소한의 동정 때문일 것이다. 어두운 무대 뒤에서도 한눈에 알 만큼 파리했으니까. 저러다 또 쓰러지면 EM을 보러 온 팬들과 팬클럽 운영진들에게 미안해지니까. 그리고 그 인간이 으르렁거려 봐야 세은보다 더 싫어할 사람이 없다는 걸 아니까. 이제 와 새삼 뭘 겁내겠는가. 극도로 싫어하는 상대라는 걸 세은이 아는데 거기다 더 싫어진다고 새삼 상처받을 것도 없었다. 당장 잘려도 그만이었고, 맞을 것 같진 않았고. 어떤 독설을 들어도 '널 위해도 바락질이냐!' 하고 넘어갈 자신도 있었고. 사실 은형이 독설을 내뱉으면 도망갈 생각이었지만.

무대 반대편에 오니 그 너머의 은형이 보였다. 세은은 은형의 약을 올리려고 손이라도 흔들어줄까 하다 이쪽을 의식도 안 할 것 같아 그만두었다. 대신 기다리고 고대했던 GIL의 무대에 흠뻑 빠져들기 시작했다.

병상을 털고 일어나 지금껏 제대로 식사를 한 때는 손에 꼽았다. 은형은 이젠 공복감과 어지러움을 당연하게 받아들이고 있었다. 공복감도 갈수록 무뎌져 음식을 먹어야겠단 신호도 요즘에는 거의 없었다. 가끔 가다 밥을 안 먹은 지 꽤 됐단 생각이 들면 한술 뜨긴 했다.

콘서트 즈음에 다다르면 항상 나타나는 증상이었다. 더군다나 이번 콘서트는 EM의 것도 아니고 은형이 손수 키워낸 GIL의 공연이었다. 마치 자식의 공연과 같은 느낌이랄까, 자신이 처음부터 끝까지 관여한 무대임에도 그 무대에 자기가 서지 않는 건 처음이었다. GIL을 더욱 엄하게 트레이닝시켰지만 아직도 부족한 게 곳곳에 보이고 아직도 콘서트는 무리일 것만 같았다. SOO 사장의 고집이 아니었다면 은형은 결코 이번 콘서트를 기획하지 않았을 것이다. 이제 갓 2집을 낸 신인 가수다. 그런데 무슨 콘서트란 말인가.

하나, 연말에 2집을 낸 직후 GIL은 신인가수상을 받았다. SOO 사장은 이 여파를 몰아 콘서트를 열겠다고 맘을 굳혔다. 은형도 그런 시기상으로는 나쁘지 않다고 생각하지만 GIL 자체만으로 봤을 땐 아직 일렀다.

아파서 누워 있던 시간을 허비했기 때문에 남은 한 달간, 은형은 정말 죽을 각오로 GIL 콘서트에 매달렸다. 위가 따끔따끔 신호를 보내면 젤포스 하나, 베지밀 하나로 연명했다. 사실 밥 먹는 시간조차 아까웠다. GIL에게는 체력 관리를 위해 억지로 밥을 먹일 때도 은형은 편곡과 콘서트 기획에 매달렸다.

오늘은 콘서트 당일이다. 그 어느 때보다 정신을 바짝 차려야한다. 아는데, 사실 기절하리만치 피곤했다. 아직 뻗을 때가 아닌데, 정말은 어디 산 깊은 곳 동굴에 들어가 열흘은 기절하듯 자고 싶었다. 밥도 못 먹었지만 잠도 못 잤다. 눈을 붙여도 깊은 잠에 빠져들지도 못했다. 그래서 더 입맛이 없어 밥을 피하는 악순환이 계속되었다.

이번 GIL의 콘서트는 그 증상이 더 심했다. 난생처음 남의 콘서트를 이 손으로 만들어야 한다는 부담감 때문이었을까? 자신의 콘서트와는 달리 신경 써야 하고 조율해야 할 것이 산더미라서 그랬나? 은형은 정말 끊어지기 직전의 연줄의 심정이었다. 조금만 더 긴장해 버린다면 실이 뚝 끊어져 연이 하늘로 치솟든 땅으로 곤두박질치든 나 몰라라 하게 생겼다.

거기다 그 여자, 이세은.

왜 내가 그 여자가 나타날 때마다 신경을 곤두세워야 하지?

은형은 자신이 세은에게 신경을 쓰면 재민이 즐거워한다는 걸알기 때문에 일부러라도 세은에 대해 왈가왈부하지 않았다. 그렇지만 아무리 일에 빠져 있어도 여자는 계속 신경에 거슬렸다. 나타날 때도, 나타나지 않을 때도.

어느 때든 여자가 나타나 '은형 씨, 기억이 돌아왔어요'라며 다시 예전의 그날들로 돌아가자고 할 것만 같았다. '내가 어떻게 은형 씨 기억을 잃을 수 있겠어요'라며. 혹은 여자가 계단에서 떨어졌던 때의 기억을 떠올려 은형을 원망할지도 모른다고.

여자를 떨쳐 냈는데 조금도 후련해지지 않았다. 여자가 마음이 식어 돌아선 게 아니라 기억을 잃어 돌아섰다는 납득할 수 없는 이유 때문이었다. 기억을 잃었다는 건 언제든 돌아올 수 있다는 뜻 아닌가. 그때의 감정을 모두 떠올려 다시 엉겨온다면…….

하나, 한 가지만은 확실했다. 파티 때 여자의 선언도 그렇고 지난 닷새간 여자의 행동을 봐도 그렇다. 여자는 지금은 확실히 은형에게 관심이 없었다. 언제든 돌아보면 자신에게 끈끈하게 달라붙던 그 시선이 이젠 없었다. 그리고 그 사실은 분하게도 파티 때 여자의 항변 때문에 깨닫게 되었다.

"채은형 씨만 나에게서 해방된 줄 알죠. 아니요! 나 역시 채은형 씨에게 해방되었어요! 나야말로 자유라고요!"

자기야말로 자유라고? 그런 우스운 소리가 또 어디 있을까? 누가 사랑해 달라고 했던가? 누가 따라다니라고 했던가? 엄청나게 오만한 소리라는 건 안다. 게다가 상대는 EM의 팬이었다. 자기의 말 자체가 어불성설이라는 걸 안다.

그래도 은형은 기가 막혔다. 항상 자신을 향하던 질긴 시선이 변질됐음을 깨달았을 때였다. 여자는 팬클럽 운영진이 되었고, 다른 어느 팬들보다 은형에게 가까운 위치에 서게 되었다. 그리고 그때부터 낯 뜨겁기 그지없는 러브레터가 시작되었다.

처음부터 그 여자가 싫었던 건 아니었다. 하루에도 두세 개씩 올라오는 편지를 보고 주변 사람들이 놀려도 그러려니 넘어갔었다. 한데 여자의 글은 점점 수위가 높아졌다. 자기 마음을 알면서 왜 답을 안 해주냐느니, 가끔은 은형의 연락처를 알아내 늦은 밤에 연락을 하고 싶다느니, 우연히 마주쳐 술 한 잔 기울이며 친구가 되고 싶다느니. 재민이 지나가는 말로,

"작업 거는 것 같다?"

라고 하지 않았어도 은형은 충분히 느끼고 있었다. 은형은 가수였다. 연예인이었다. 눈에 번쩍 띄는 미인이 팬이라며 매달려도 일단 팬인 이상은 조심하고 거리를 두는 게 정석이었다. 한데 여자는 그렇게 거리를 두는 은형을 야속하다고 했다. 이해를 하지 못하고 있었다. 그리고는 원망했다.

적반하장이었다. 팬으로서의 위치를 잊은 게 누군데 남자로서 답하지 않는다고 원망을 한단 말인가. 여자가 일반 팬이었다면 묵인하고 넘어갔을 것이다. 하지만 여자는 팬클럽 운영진이었다. 아무리 은형이 제멋대로인 구석이 있다고 해도 팬 무서운 줄은 알았다. 마냥 좋아서 목숨 걸고 좇아다니는 것도 팬이요, 한 번 아쉽게 했다고 두 번 봐주지 않고 냉정하게 등 돌리는 것도 팬이었다. 일단 연예계에 몸담은 이상 팬들의 반응에 민감해지지 않을 수 없었다. 여자는 팬, 그중에서도 팬클럽 부회장, 은형 입장에선 더더욱 조심스럽게 거리를 두어야 할 대상이었다. 마음 가는 대로 멋대로 굴 수 없는 대상이었다. 그리고 그 사실은 여자도 틀림없이 잘 알고 있었다.

은형은 여자가 틀림없이 자신의 지위를 이용하고 있다고 믿었

다. 팬클럽 운영진의 입김은 엄청나다. 여자가 아무리 엄청나게 민망한 글을 올려도 단지 팬클럽 운영진이기 때문에 다른 팬들은 오히려 여자 편을 들었다. 그 마음 이해하고 공감한다는 덧글이 수두룩했다. 만약 여자가 일반 팬이었대도 다른 팬들은 쉽게 공감하려 들었을까? 튀려는 수작 아니냐며, 왜 나이도 먹을 만큼 먹었으면서 가수를 남자로 보느냐고, 제정신 차리라고 오히려 한 소리 하지 않았을까? 단지 운영진이기 때문에 특혜를 받는 것이다. 은형은 그 점도 괘씸했다.

은형을 남자로 보며 온갖 감정을 절절히 토로하는 면도, 팬클럽 운영진이란 지위를 이용하는 면도, 그를 대할 때면 마치 하늘을 섬기듯 벌벌 떠는 면도, 몽땅 싫었다. 정작 은형과 눈도 못 마주치면서 공연 중에는 오직 은형만을 바라본다. 싫은 사람의 기운은 싫어도 재깍 알 수 있는 법이던가, 여자의 시선이 어디에 꽂혔고, 다른 곳으로는 한 번도 흐트러지지 않는다는 걸 알게 되었다. 그게 집착 같아서 은형은 무서웠다. 보통 멤버가 둘이면 이 사람도 보고 저 사람도 보기 마련인데 그 여자는 미련할 정도로 은형만 보았다. 그건 기쁨 이전에 공포였다.

지금이야 여자가 왜 자기 마음을 몰라주냐는 원망이 조금은 이해가 된다. 그만큼 알게 모르게 받아왔으니까. 그 여자의 마음의 표시를, 성의를. 그렇게 해댔으니 자기에게 조금도 관심을 보이지 않는 은형이 원망도 되었겠지. 하지만 은형은 갑갑했다. 그렇게 해대도 은형이 자기를 돌아보지 않음을 왜 여자는 몰랐을까? 무려 삼 년이다. 그동안 은형이 돌아봐 줄 가망은 눈곱만큼도 없다는 걸 깨쳐도 여러 번 깨쳤을 텐데 왜 여자는 삼 년이나 질질 끌었을까?

사랑이라서, 라고 생각하지 않는다. 집착과 헛된 희망이라고 생각한다. 간혹 팬과 사귀는 연예인도 있다고 한다. 하지만 은형은 팬을 건드릴 생각은 터럭만큼도 없었다. 그 여자든 아니든 팬은 그저 팬으로 남아주었으면 하는 게 가장 큰 바람이었다. 가끔은 자기의 마음가짐을 여자에게 알려줄까 하다가도 그 여자라면 '그래도 난 달라요' 할 것 같아 그만뒀다. 그래도 자기에게는 가망이 있다고 믿을 게 틀림없어서.

그 여자에게 어떤 희망이 될 만한 언질이나 메시지를 전했다면 또 모르겠다. 은형도 일말의 죄책감을 느꼈을 것이다. 하나, 전혀 없었다. 여자의 시선이 가수를 향한 것에서 남자를 향한 것임을 느낀 순간부터 오히려 더더욱 경계했었다. 그런데도 여자의 감정은 깊어만 가고 그 감정은 그를 피로하게만 하니 여자의 감정이 모두 다 사랑이었다고 믿어지지 않았다.

반은 오기, 반은 습관, 반은 미련, 반은 허황된 희망, 그것들이 여자를 밀어붙였을 것이다. 여자가 이제라도 정신을 차렸다는 건 은형에게도 환영할 만한 일이었지만 여자에게도 분명 이로운 일일 것이다.

그렇게 생각하면 여자 역시 해방되었다고 자유라고 소리쳤던 게 이해는 된다. 서로에게 좋은 일이라고 좋게 좋게 생각하고 넘어가려 했다. 그래도 문득문득 치미는 욱한 마음은 여자에게 하도 시달린 게 많아서라고 치부했다.

한데 그 여자의 시선이 달라졌다. 끈적끈적하고 끈질기고 집요하고 처연함의 구렁텅이에 빠진 눈빛이 완전히 사라졌다. 동경하는 가수도, 좋아하는 남자도 아니고 그저 일개 사람을 보는 듯한 시선이었다. 기억을 잃으면 인격도 변하나? 아니면 이게 원래 여자의 성격인가? 재민도 사실은 인간관계에 있어 꽤나 까다로운 사람이었다. 그런데도 이상하게 세은이라면 싸고돌고 챙기려 들었다. 은형이 세은에게 매정하게 구는데 대한 반발만은 아닐 것이다. 재민은 은형의 입장에 가깝지 세은의 입장에 가까운 게 아니니까. 세은에게 재민을 끄는 어떤 매력이 있다는 뜻인가? 거기까지 생각해도 세은에게 매력은 무슨 매력이냐고 비웃던 자기였는데.

자기도 해방되었다고 좋아했던 여자가 오늘은 왜 걱정스레 말을 걸었던 거지? 왜 성질을 부려도 꾸역꾸역 뜨거운 물을 마시게 했던 거지? 뜨거운 물을 마시니 좋든 싫든 바짝 긴장한 신경이 아주 조금쯤은 누그러진 듯했다. 그리고 웬일로 살짝 공복감도 돌았다.

기억을 잃음과 동시에 은형에 대한 감정도 지워 버린 여자였다. 처음으로 소릴 지르며 대들고 은형을 일 관계로만 대하던 여자였다. 혹시 그 모든 걸 다 잊어도 은형을 대하면 남자로서 좋아하는 감정이 또 생겨나는 건가?

갑자기 위가 콱 죄어왔다. 어림도 없다. 절대로 싫다. 결단코 안 된다. 다시 그런 일을 겪을까 봐? 은형은 이젠 여자가 무슨 수를 써도 절대 여자 페이스에 넘어가지 않겠노라 다짐했다.

잠깐 생각에 잠겼다 생각했는데 GIL이 무대 위에서 EM을 부르고 있었다. 어느새 재민도 다가와 있었다. 재민은 은형의 멍한 얼굴을 보더니 등을 툭 떠밀었다.

"무슨 생각을 그렇게 하냐? 얼른 나가."

은형은 애써 미소를 꾸며 천천히 걸어나갔다. 음향이며 조명, GIL의 라이브며 각 섹션별 조율 상태를 체크했어야 했는데! 은형은 이를 갈았다. 여하간 저 여자랑 얽히면 뭐든 뜻대로 되는 게 없다. 무대 저편에 여자의 모습이 어둑하게 드러났다. 여자와 눈이 마주치진 않았다. 은형은 순간 욱했다.

"안녕하세요. EM입니다."

재민의 멘트가 시작되었다. 은형은 반사적으로 명치에 한 손을 올려 가볍게 허리를 굽혀 인사했다. 입으로는 정해진 멘트를 떠들었지만 자꾸만 위가 따끔따끔 쑤셔왔다. 뜨거운 물이 오히려 공복감을 각인시킨 모양이었다. 참지 못할 정도는 아니었지만 자꾸만 울컥거렸다.

이 울컥거림은 공복감에서 오는 건 아니다. GIL이 무대에서 내려갔다. 은형은 자리를 잡아 반주가 흐르는 동안 짧게 생각했다. 그저 저 여자 때문에 신경질이 난 것이다. '왜?' 라고 묻는다면 '그냥, 그 여자 자체가!' 라고밖에 대답할 수 없는 이유로 인해.

재민의 파트가 시작되었다. 은형은 감정에 몰입했다. 그럼에도 여자의 시선은 느껴지지 않았다. 무대에 오르면 조명이 그를 비추는 게 당연하듯 너무도 당연하게 그에게만 꽂혔던 시선이. 하나, 다음 순간 은형은 프로의 모습으로 돌아가 가슴을 파고드는 선율에 귀를 기울였다. EM을 보러 온 팬들을 위해, 이 콘서트를 즐기기 위해 돈을 들인 모든 관객을 위해, 그들이 들인 시간과 돈이 전혀 아깝지 않도록. 단 한 명의 관객을 제외한 채.

흔적II _9

세은은 EM 로드 매니저인 승행이 바쁘게 뛰어가는 걸 보았다. 뭐가 그렇게 급한지 모르지만 방해가 될까 봐 한 걸음 비켜주었다. 한데 키가 훌쩍 크고 빼빼 마른 승행은 세은을 급하게 불렀다.

"왜? 숨넘어가겠다."

승행은 4집 때 새로 고용된 로드 매니저였다. 로드 매니저를 삼사 년 해야 한 연예인의 메인 매니저가 될 수 있다고 했다. 3집 콘서트까지 함께했던 EM의 전 로드 매니저는 현재 GIL의 메인 매니저로 활동 중이었다.

세은은 기본적으로 매니저들과는 친하게 지내와서 사석에선 승행과 누나 동생 하는 사이였다. 승행은 군을 전역한 뒤 이제 일 년째 로드 매니저 노릇을 하고 있었다.

"저기, 은형 형, 뭐 먹어요?"

세은은 그걸 왜 자기에게 묻냐고 되물으려다 혹시 승행은 세은이 기억상실증이라는 걸 모를지도 모른다는 데 생각이 미쳤다.

"나야 모르지. 동규 씨가 알지 않아?"

"실장님이 혹시 모르니까 누나한테 물어보라고 해서요."

1회 공연도 막바지로 치닫고 있었다. EM의 순서가 막 끝난 차이기도 했다. 은형이 먹을 걸 찾는 모양인데 대기실에 수두룩하게 널린 게 사실 먹을 것들이었다. 도시락이며 과자며 빵이며 과일이며, 누구 굶어 죽을까 봐 참 많이도 싸왔다고 혀를 내둘렀었다. 그래도 그중엔 채은형이 먹을 건 없는 모양이다. 언뜻 삼각김밥에 베지밀이 생각났지만 엄한 걸 알려줘서 승행이 혼나게 하고 싶진 않았다. 승행은 쩔쩔맸다. 저 모습을 보니 은형이 배가 고프다고 대기실에서 한 건 한 모양이다. 그러게 진작 밥 좀 챙겨먹지, 누가 자기를 굶겼어? 왜 자기 잘못 갖고 남을 달구치느냐는 말이지. 세은은 결국 미안하다며 승행을 돌려보냈다.

거의 동시에 팬클럽 회장인 미정에게서 연락이 왔다. 1회 공연이 거의 끝날 즈음인 것 같아 올림픽 홀 주변을 어슬렁거리고 있단다. 세은은 대기실에 가 찬미를 거들고 미정 일행과 합류하기로 했다.

과연 대기실은 살얼음판이었다. 찬미는 세은에게 왜 이제 오냐며 눈치를 주었다. 세은은 EM 무대를 보다 자기도 모르게 넋이 빠져서 왜 그 자리에 있었는지도 까먹었었다. 그 사실을 그대로 보고할 순 없어서 미안하다고 거듭 사과했다. 대기실의 냉랭한 분위기는 모두 은형에게서 비롯되었다. 재민이 찬미나 동규에게 우스갯소리를 해도 분위기는 풀리지 않았다. 은형은 무슨 일인지 세은을 보고 쏘아 죽일 듯 노려보다 시선을 홱 돌렸다. 세은은 찔끔했다. 저렇게 쳐다보면 은형이 기분 나쁜 이유가 세은 때문이라고 주변 사람들이 오해를 하지 않은가!

아니나 다를까, 찬미가 다시 눈짓을 주었다. 세은은 정말 모르는 일이었다. 그사이 눈치없이 세은의 핸드폰이 띨롱띨롱 울렸다. 미정이 대기실 근처까지 왔다는 문자였다. 은형이 먹을 것까지 챙겼다는 내용도 있었다. 세은의 기억으론 재민은 고기가 들어간 음식은 모든지 좋아했다. 불고기 김밥을 은형에게도 안 주고 혼자 다 먹었던 적도 있었다. 재민은 고기가 준비되고 음식 양이 많으면 아무것도 꺼리지 않았다. 그러니 은형이 먹을 것을 챙겨왔다는 건 은형의 취향에 맞춰 뭔가를 만들어왔단 뜻일 것이다.

세은은 찬미에게 살짝 양해를 구했다.

"어딜 가려고. 언니, 여기 사람들이 편한 건 알지만 언니는 일하러 온 거야."

찬미 말이 백번 옳다. 하지만 세은은 찬미를 살살 달랬다.

"팬클럽 운영진이 이 앞에 있대. 채은형 씨 먹을 걸 따로 싸왔다는데, 그것만 들고 올게."

찬미도 세은이 누구보다 은형의 입맛을 잘 맞춘다는 걸 알고 있었다. 혹시 세은이 친구들에게 부탁해서 은형이 먹을 걸 싸왔나 싶어 지금은 왜 얼른 안 나가냐고 세은을 등 떠밀었다. 애도 아니고 배고프다고 심통이라니. 찬미는 정말 은형을 이해할 수 없었다.

세은은 후닥닥 달려가 경호업체 사람들에게 스태프 명찰을 보여주고 그 사람들 틈을 통과했다. 아직 콘서트 도중이라 밖에는 팬클럽 운영진들밖에 없었다. 그들은 세은을 알아보고 반갑게 손을 흔들었다.

"세은아, 여기!"

"언니! 많이 기다렸죠. 근데 지금 빨리 들어가 봐야 해요. 채은 형 씨 먹을 걸 싸왔다고요?"

미정, 정미, 숙희, 혜영, 화연, 수진, 모두 모여 있었다. EM의 오랜만의 공연이라 지방에서 빠짐없이 올라온 것이다. 하지만 그들과 반가움을 나눌 틈도 없이 세은은 은형의 도시락부터 챙겼다.

"세은이 아니면 은형 씨 챙겨줄 사람 없잖아. 그래서 평소에 은형 씨 먹는 삼각김밥이랑 베지밀이랑, 치즈빵 사 왔어."

미정이 봉투를 내밀었다. D제과 로고가 선명히 박힌 비닐봉투였다.

"지금 채은형이 배가 고파서 대기실 분위기가 엄청 살벌하거든요. 우선 이것 좀 먹이고 재민 씨 데려올게요."

"은형 씨를 데려와서 먹이면 안 되고?"

세은도 그렇게 하고 싶은 마음이 굴뚝이었다. 하지만 세은이 먹을 걸 들고 가서 은형을 먹인다는 보장도, 이 음식들로 은형의 마음이 풀린다는 보장도 없었다. 그러느니 끌고 나와 운영진들 앞에서 한 입이라도 먹으라고 닦달하는 게 나을 것이다. 프로의식이 어쩌고 했으니 여느 팬들도 아니고 운영진이 챙겨준 음식이라면 먹는 시늉 정도는 하지 않겠는가. 그러나 결정적으로 세은이 나가자고 부탁하면 은형이 나올 것 같지 않았다.

"미안해요. 재민 씨한테 말은 해볼게요. 내가 재민 씨는 꼭 데려올게요. 조금만 더 기다려 줘요."

세은이 봉투를 들고 안에 들어가니 승행은 아직도 편의점을 헤매는지 돌아오지 못하고 있었다. 세은은 석유난로 앞에서 인상 벅벅 쓰며 살벌한 기운을 뿌리는 남자 앞에 다가갔다. 은형은 세은이 부스럭 소리를 내자 예민하게 노려보았다. 세은은 우선 빵을 꺼내 쭉 내밀었다.

"우선 먹어요. 이건 먹는다면서요? 채은형 씨 먹으라고 EM 팬클럽 운영진이 사 왔어요."

재민이 시기적절하게 쏙 끼어들었다.

"와, 이거 은형이가 먹는 빵이잖아? 다들 잘 아네. 역시 대단하다니까."

재민이 의자를 끌어와 은형 앞에 앉더니 대신 빵을 받아 포장을 뜯었다. 꿈쩍도 않는 은형은 아랑곳없이 재민은 빵을 은형 손에 쥐어주고 자기도 한입에 쏙 집어넣었다. 재민은 우물거리면서 세은에게서 봉투를 받았다.

"삼각김밥에, 베지밀에. 삼각김밥은 고추장불고기? 전주비빔밥?"

재민이 이번에도 삼각김밥의 포장을 북 뜯어 삼각김밥 한쪽을 크게 베어 먹었다. 항상 생각하지만 재민은 아이돌 외모를 한 채

먹는 건 참 복스럽게 잘 먹는다. 저러고도 살 안 찌는 거 보면 체질인 건지 따로 관리를 하는 건지. 재민이 다른 한 꼭짓점을 베어 먹으니 은형이 움직였다. 은형은 자리에서 일어나 뜨거운 물이 나오는 보온병에 다가갔다. 뜨거운 물을 종이컵에 반쯤 붓고 미지근한 생수를 첨가했다. 종이컵을 들고 온 은형은 다시 자리에 앉아 빵을 뜯기 시작했다.

사람들 입에서 동시에 한숨이 새어나왔다. 재민이 은형을 툭 쳤다.

"고맙다고 해야지."

은형은 무뚝뚝하게 보일락 말락 고개를 끄덕여 보였다. 재민은 입가에 김 부스러기를 묻히고서도 천진난만하게 세은을 향해 웃어 보였다.

"우리는 지금 나갈 수 없으니까 누나들을 들어오라고 할까? 안 그래도 밖은 추울 텐데. 동규 형, 괜찮지? 다들 아는 사람들이잖아."

동규는 선뜻 대답하지 못했다. 아무리 팬클럽 운영진이라도 GIL과 함께 쓰는 대기실에 들이기가 내키지 않는 모양이었다. GIL은 이제 잠시 뒤면 기자들과 함께 대기실에 돌아올 것이다. 하지만 재민이 약간 토라진 듯 칭얼거렸다.

"아니면 추운데 우리가 나가?"

결국 동규가 졌다. 잠시 후 동규와 승행과 함께 EM 팬클럽 운영진들이 들어왔다. 승행은 그사이 동규에게 연락을 받았는지 빈손이었다. 재민은 환하게 웃으며 그들을 환영했다. 은형 역시도 언제 그랬냐는 듯 입가에 미소를 띠고 있었다. 아무리 편한 사람들이라 해도 그들이 팬이고 은형이 가수인 이상 아주 긴장을 풀 순 없는 모양이었다. 프로의식 운운하더니 겉멋으로 한 말은 아니었나 보다.

"다들 추운데 왜 이렇게 일찍 왔어. 여기 와서 몸 좀 녹여요."

재민은 반말과 존대를 섞어가며 친근하게 인사를 건넸다. 다들 EM과 11월에 있던 5주년 기념식 이후로 처음이라 너무 좋아했다. 은형이 빵을 뜯는 걸 보고 혜영이 기뻐하며 나섰다.

"오빠가 좋아하는 거 맞죠? 우리 동네에 새로 생겨서 사 왔어요."

"응, 좋아해. 고맙다."

혜영은 뽀얀 얼굴을 살풋 붉혔다. 정미도 베지밀 A는 자기가 고른 거라며 한몫 거들었다.

"베지밀 먹는 건 아는데 A인지 B인지 헷갈리더라고요. 결국 두 개 다 샀네."

"A가 단맛이던가?"

재민이 끼어들었다. 은형은 고개를 저었다. 은형이 잡은 건 A, 담백한 맛이었다.

"전에 은형 오빠가 검은 콩 두유 먹는 거 보고 제가 담백한 맛이라고 했는데 언니들이 안 믿는 거예요."

혜영이 귀엽게 투덜거렸다. 운영진 중에서 가장 어리고 동시에 가장 예쁘면서 애교가 많은 사람이었다. 혜영이 투덜거리니 정미가 혜영을 툭 쳤다.

"그래도 결국 두 개 다 사자던 건 너였어."

세은은 내심 따뜻하게 데운 베지밀이 좋았을 거라 생각했다. 세은은 문득 고개를 들다 숙희와 눈이 마주쳤다. 세은이 의아해서 눈을 동그랗게 뜨자 숙희는 고개를 살짝 흔들었다.

짧은 면회 시간이 끝난 뒤 세은은 팬클럽 운영진을 배웅했다. 찬이 2회 공연은 보러 온다고 했는데 아직 감감무소식이었다. 운영진은 GIL이 들어오기 직전에 나가야 했지만 GIL을 못 봐서 아쉬워하진 않았다. 세은은 그들을 배웅하고 다시 안으로 들어갔다.

EM을 봐서 다들 기분이 들떠 있는 와중에 가장 나이가 많은 숙희와 미정은 일행보다 조금 뒤떨어져 걸었다. 2회 공연이 시작될 때까지 근처 찻집에 있자는 데 의견이 모아져 자리를 이동하는 중이었다.

"세은이었으면 베지밀을 뭘 사야 하는지 고민하지 않았을 텐데."

미정이 씁쓸하게 중얼거렸다. 차가운 바람이 매섭게 몰아쳐 몸을 한껏 웅크려야 했다. 숙희가 미정의 팔짱을 꼈다. 그것만으로도 추위가 조금 덜해진 기분이었다.

"아직 기억은 안 돌아온 것 같대."

숙희가 친근한 경상도 억양으로 대꾸했다. 미정은 고개를 끄덕여보였다.

"평소에는 동규 시켜서 은형이 전용 도시락도 챙기고 간식도 챙기더니 오늘은 하나도 없더라. 다행이라 해야 하나, 난 도통 적응이 안 된다."

숙희와는 열 살 이상 차이 나는 동규와 EM이었다. 미정도 그들과 두세 살 연상이라 EM이 없는 자리에서는 호칭 없이 부르곤 했다.

미정도 마찬가지였다. 은형을 위해 뭔가 만들고, 마련하고, 준비하는 건 어느 순간부터 당연하게 세은 몫이었다. 누구보다 먼저 은형을 위해 아이디어를 짜내기도 했다. 모두 은형에게 도움이 됐다고 할 순 없겠지만 동규 말에 따르면 반수 이상은 은형도 만족했다고 했다.

"은형인 우리끼리 있을 땐 잘 떠들다가도 세은이만 오면 말수가 적어졌잖아요. 세은이가 은형이가 자기 싫어하는 거 아니냐고 할 때마다 정말 그렇다고 대답하고 싶을 때가 얼마나 많았는데요. 세은이 생각하면 이게 차라리 잘된 거다 싶어요."

"아무리 세은이가 해준 걸 세은이가 해준 것인지도 모르고 받았다 해도. 애가 그렇게 좋아하는데 살갑게 대해주면 안 되나. 왜 그렇게 세은일 냉대했나 모르겠다."

"그 속을 누가 알아요. 세은이도 세은이지. 자기가 해주는 거 상대가 싫어한다 싶음 그만둘 것이지 왜 몰래몰래 해줘요, 해주긴. 그냥 맘 접고 가수로만 볼 것이지. 자기가 어디가 모자라. 더 좋은 남자 얼마든지 만날 수 있는 걸 왜 몰라."

숙희가 미정의 팔을 다독였다. 미정은 긴 한숨을 내쉬었다.

"세은이가 기억 잃었다는 것도 무슨 수작이냐고 몰아붙였다는데 오만정이 다 떨어지더라고요. 세은이 싫어하는 줄은 알았지만 사람 보는 눈도 없나. 세은이가 아픈 거 지어내서 동정표 사려는

앤가. 하도 세은이가 좋다 좋다 했더니 채은형 이것이 간덩이가
커졌구나 싶은 게……."

　재민의 생일 때 있었던 일은 정미를 통해 운영진들도 알게 됐
다. 기본적으로 EM팬이니까 더 심한 말은 안 했지만 내심 은형에
대해 실망한 것도 사실이었다. 그들은 세은이 은형에게 해준 걸
다 알고 있기 때문일 것이다. 세은이 바라는 건 그저 은형과 편하
게 대화하는 거였다. 세은은 은형이 자기를 피하는 것 같다며 자
기가 뭘 권하면 은근히 다 뿌리친다며, 그래도 해주고 싶은데 어
찌해야 할지 모르겠다고 했다. 동규를 통해 전하는 게 어떻겠냐는
아이디어를 낸 건 미정이었다. 선물 한두 개쯤 동규를 통해 전달
하기 일쑤라서 제안한 방법이었는데 세은은 그 방법을 십분 활용
했다.

　생일 선물처럼 뭔가 특별한 걸 해준 게 아니다. 세은은 그저 날
이 추우면 은형이 추울세라 감촉 좋은 장갑을 사고 도톰한 머플러
를 샀다. 무대에 오른 은형의 안색이 안 좋거나 여느 때보다 말라
보이면 고민에 고민을 거듭해 건강식을 만들었다. 비가 오는 날은
유독 수족 냉증이 있는 은형이 걱정이라며 두툼한 양말을 준비했
다. 재민이 전날 은형과 신나게 마셨다고 지나가듯 말했을 때 세
은은 보온병에 북엇국을 끓여왔다. 세은의 마음을 생색내고 싶어
서가 아니었다. 그저 좋아하니까, 좋아하는 사람이 더 따뜻하고,
더 건강하고, 그래서 더 행복해지길 바라니까 한 일들이었다. 누
가 시킨 것도 아니고, 강요한 것도 아니었다. 마음이 일러서 한 일
들이었다. 그걸 알기 때문에 은형 때문에 세은이 상처받고 힘들어

해도 누구 하나 말릴 수 없었다.

　은형이 세은을 냉대할 때면 엄청나게 마음 아파하면서도 세은이 챙겨주었던 건강주스를 다 비웠다는 말을 들으면 세은은 행복해했다. 어쩜 저렇게 바보같이 은형의 행복만 바랄 수 있을까 한숨도 나오고 감탄도 했었다.

　정미는 단호하게 세은이 기억을 잃은 건 세은에게는 잘된 일이라고 했다. 은형 때문에 꼬박 삼 년을 가슴앓이 해온 걸 봐왔으니까. 이젠 새출발 할 때도 되었다고. 하지만 미정은 겉으로 내색하진 못했어도 세은이 기억을 잃었기 때문에 분명 잃은 것도 있으리라 생각했다.

　은형으로 인해 얻던 행복, 그 행복으로 인한 충만함. 세은은 정말 신기할 정도로 은형의 행복에 진심으로 행복해했다. 세은은 은형이 불규칙한 생활 습관으로 자주 위가 따끔거려 온단 말에 양배추를 베이스로 한 샐러드를 만들어다 동규에게 안겼었다. 그때 미정도 같이 움직였었다. 동규에게 비밀 거래라도 하듯 샐러드 통을 건네고 둘은 행사장 관객석으로 이동했다. EM이 무대에 오른 직후 세은은 한숨 쉬듯 읊조렸었다.

　"언니, 좋아하는 사람이 행복하면 나도 행복하다는 거 정말인가 봐요."

　목소리에 녹아 있던 아릿한 감정, 그때 세은은 정말 행복해 보였다.

　지금의 세은은 그때의 한숨과 눈물, 가슴에 그득한 멍울과 생채기는 잊었을지 모른다. 그러나 그 때문에 세은은 분명 더 큰 무언가를 잃었을 것이다. 미정은 세은이 안쓰러울 따름이었다.

"언니들, 놓고 갈 거예요!"

혜영이 저 앞에서 발을 동동 구르며 숙희와 미정을 불렀다. 둘은 세은에 대한 걱정은 떨치고 부지런히 일행들에 합류했다.

GIL의 첫 콘서트가 끝난 직후 각종 TV 매체와 연예섹션 기자들이 우르르 몰려왔다. 그들도 다들 돌아간 후에도 GIL은 반쯤 넋이 나가 있었다. 힘든 두 시간 삼십 분의 콘서트도 모자라 기자들까지 상대해야 했으니 피곤한 것도 당연했다. 그러나 은형이 다가가자 GIL은 빠릿빠릿하게 자세를 갖춰 앉았다.

세은은 은형이 GIL에게 수고했다는 한마디쯤은 해주리라 생각했는데 은형은 곧장 1회에서의 실수부터 꼬집어냈다. 동선, 음정의 불안함, 과잉 액션 등등. 세은이 보기에 GIL은 첫 콘서트치곤 매끄럽게 잘 진행했는데 은형이 너무 엄격한 것 같았다. 하지만 GIL의 표정은 오히려 편안해 보였다. 은형이 여느 때의 모습이라 오히려 안심한 눈치였다. 아니면 저 정도 코치는 GIL이 생각한 것보다 덜한 수준이든지. 누구에게든 편하게 구는 사람은 아니구나, 세은은 혀를 찼다.

2회 공연 시간이 다가오는 가운데 드디어 찬이 등장했다. 찬은 대범하게도 대기실 안에 당당히 나타났다. 재민이 찬을 보더니 기가 차다는 듯 웃었다.

"여긴 어떻게 온 거야?"

"재민 형이 불러서 왔다고 했지."

찬은 말은 그렇게 하면서 세은 가까이에 왔다. 세은이 익히 아는 화려한 모습 그대로였다. 오늘은 매끈거리고 번쩍거리는 군청색의 짧은 재킷에 검은 목티와 검은 스키니진을 입었다. 찬은 그렇게 입어도 전혀 어색함이 없이 잘 어울렸다. 세은은 EM보다 더 무대의상다운 걸 입었다며 배시시 웃어버렸다.

"세은, 기다렸어?"

"응, 언제 올지 몰라서. 근데 안 추워? 이거 보온은 돼?"

세은은 재킷을 만져 보곤 절대 보온 안 된다고 결론을 내렸다. 찬은 갑자기 재킷을 흘긋 내리더니 안에 입은 걸 보여주었다. 찬의 어깨가 고스란히 드러났다. 목티는 소매가 없었다. 세은은 기가 질렸다.

"감기 걸려! 아무리 남자애라지만 좀 든든하게 입어."

세은은 그러면서 목에 두르고 있던 머플러를 풀었다. 찬이 칭얼거리든 말든 세은은 찬의 목에 목도리를 둘둘 말아주었다. 코트를 입고 다니기 불편해서 둘렀던 머플러지만 세은도 도톰한 파란색 터틀넥을 입어 목이 시리진 않았다.

재민이 둘을 보더니 갑자기 말을 잃었다.

"둘이 언제 그런 사이가 된 거야?"

"사이는요, 그냥 친구예요."

세은은 자기와 찬의 사이를 오해하는 재민이 오히려 더 어처구니가 없었다. 찬도 세은의 허리에 팔을 두르며 동의했다.

"응, 우린 친구."

세은은 허리께가 간지러워 찬의 손을 떼어냈다. 그러다 의외의 인물과 눈이 딱 마주쳤다. 하나, 그는 눈이 마주치기 무섭게 고개를 돌렸다. 반사적으로 고개를 들었다가 세은과 눈이 마주친 모양이었다. 채은형이 일부러 세은을 볼 리는 없을 테니.

"너희 A 파티에도 같이 왔었지? 은형이도 갔었는데, 봤어?"

"인사는 했어요. 재민 씨는 왜 안 왔어요?"

"나야 무슨 연고가 있었어야지."

말투가 조금 비딱했다. 그날은 SI 때문에 은형도 특별히 초대되었다고 했다. 하지만 은형과 한 팀인 재민을 부르지 않아 내심 마음에 담아둔 모양이다.

"하긴, 재민 씨는 와봐야 재미없었을 거예요. 내가 파티 주인공이었거든요. 모든 남자들이 다 날 한 번 더 보려고 계속 다가오는데 얼마나 귀찮던지. 채은형 씨도 그래서 먼저 간 거잖아요. 경쟁에서 이길 자신이 없으니까."

재민이 키득거렸다. 은형은 일찌감치 돌아갔고, 재민은 안 왔고, 유일한 증인은 찬인데 그는 이 대화에 흥미가 없었다. 그러니 거짓말 좀 보태서 뻥을 튀긴다고 누가 뭐라 하겠는가?

"진짜 안 가길 잘했네. 세은이가 주인공인 파티? 세상에, 거기물이 얼마나 구려서."

"괜찮아요. 그런 파티 있음 또 갈 거야. 물이 구릴수록 꼭 참가해야 내가 더 빛을 발하니까."

"얼씨구. 코에 바람이 단단히 들으셨어."

세은은 일부러 더 턱을 도도하게 들었다. 그러다 또 은형과 눈이 마주쳤다. 은형의 눈에 스민 모호한 표정에 세은이 더 헷갈렸다. GIL이 뭔가 말하니 은형의 시선이 자연히 GIL에게 돌아갔다.

갑자기 어깨가 무거워져 돌아보니 찬이 체중을 실어 기대고 있었다. 세은은 비틀거리지 않으려고 등에 힘을 주었다.

"졸려."

찬은 그 한마디였다. 정말 눈을 감고 꼼짝도 안 한다. 찬미가 재민에게 다가와 메이크업을 고치기 시작했다. 세은도 슬슬 일을 시작해야 한단 뜻이었다.

"찬아, 나 일해야 해. 졸리면 차에 돌아가서 자."

"싫어. 무릎베개 해줘."

"찬아. 야, 찬! 나 놀러온 거 아냐!"

안 그래도 찬미의 눈빛이 심상치 않았다. 찬은 슬쩍 눈을 뜨더니 아예 세은을 와락 껴안았다. 세은은 어처구니도 없고 사람들 앞이라 당황도 해서 말문이 막혔다.

"재워줘."

이 녀석이 왜 평소에 안 하던 어리광을! 평소에는 턱짓으로 세은을 부리던 녀석이 말이다. 세은의 어깨에 떨어진 찬의 뺨이 어쩐지 뜨끈한 것 같았다. 세은은 장난기 없이 찬을 떼놓고 찬의 이마를 짚었다. 따끈따끈했다. 난로에 가까이 있어서만은 아니었다.

"너 감기 기운 있니?"

"몰라. 졸려."

찬은 그러더니 무작정 자려고만 했다. 세은은 재빨리 의자를 몇 개 연달아 붙여 찬을 눕혔다. 찬은 다리 뻗을 자리를 확인하더니 슬그머니 다리를 폈다. 세은은 자기 코트를 가져와 찬에게 덮어주었다. 가벼운 미열이지만 미리 약을 먹이면 좋을 것 같았다. 아니면 집으로 돌려보내서 쉬게 하거나.

"찬아, 집에 갈래? 집에서 편하게 쉬는 게……."

"싫어."

두 번 권할 수도 없는 단호한 어조였다. 고집쟁이. 세은은 결국 재민에게 허락을 얻어 찬일 눕혀놓고 찬미를 거들기 시작했다. 이 대기실이야 EM과 GIL만 쓰는 곳이라 두 팀이 무대에 오르면 텅 빌 것이다. 콘서트가 끝날 즈음엔 찬이 일어나기만을 바랐다. 세은은 수진이 평소 두통이 심해서 진통제를 들고 다닌단 말을 기억하곤 열을 떨어뜨리는 데도 효과가 있는지 전화로 물었다. 미열에는 효과가 있을 거란 답에 수진이 공연장에 도착하면 약을 하나 받기로 했다.

1회 공연을 치른 다음이라서인지 2회 공연 준비 때는 그나마 여유가 생겼다. 의상을 챙기고 재민의 흐트러진 헤어스타일과 메이크업을 수정하는 걸 돕다 보니 수진이 도착했다는 연락이 왔다. 세은은 관객석까지 가 약을 받았다. 운영진들이 혹시 EM이나 세은이 아픈 건 아닌지 걱정해서 냉큼 안심시켰다. 공연이 시작하기 직전이라 더 많은 애기를 나누진 못하고 고맙다는 인사만 남긴 채 대기실로 향했다. 그러다 무대 뒤에서 최종 점검을 하던 은형과 마주쳤다.

세은이야 그런가 보다 하고 은형을 지나쳐 가려 했다. 한데 은형이 갑자기 세은을 잡았다. 은형과 닿은 건, 과거에는 있었는지 모르겠지만 세은의 기억 속에선 처음이었다. 그리고 정말 바보처럼 심장이 덜컥 내려앉았다.

"아무한테나⋯⋯."

"네?"

"결국 성격이었단 거지."

은형은 알 수 없는 말을 뱉더니 그대로 손을 풀었다. 빨리 대기실로 가야 하는데 세은은 거짓말처럼 굳어졌다. 심장이 너무 아프게 뛰었다. 빠르게 뛰어 아픈 게 아닌, 뭔가 질적으로 다른 아픔이었다. 뇌의 기억은 말끔히 지워져도 심장에 아로새겨진 감정은, 적어도 그 흔적은 남아 있는 것인가?

너무도 아스라한 슬픔이 심장을 에워쌌다. 심장 박동 소리가 둔탁해졌다. 하나, 세은은 꿋꿋이 등을 돌렸다. 심장이 뛰었던 건 너무 의외의 사태라 놀라서일 테고, 그가 잡은 곳이 화끈거리는 건 그저 기분 탓일 터다. 슬픔이란 건 몸의 기억일 뿐이다. 뇌가 지워버린 기억을 몸이 기억해서 안타깝고 여린 슬픔을 피어올린 것이다.

'그래, 삼 년이나 그렇게 사랑했다는데 내 몸에도 뭔가 흔적은 남아 있겠지.'

기억도 잊고, 감정도 지웠지만, 지난 삼 년이 사라지는 건 아니다. 몸 어딘가에는 틀림없이 채은형이란 인간을 사랑했던 기억이 남아 있을 것이다. 그게 부지불식간에 떠오른 것일 터다.

대기실에 돌아오니 찬은 여전히 잠들어 있었다. 종이컵에 찬이 마실 물을 따르던 세은은 콘서트가 시작됨을 알리는 관객들의 환호성을 들었다.

채은형에 대해 아무렇지도 않은 줄 알았다. 지난 삼 년간 자신의 행태를 부끄러워하고, 채은형에게 미안해하고, 채은형의 얕은 깊이를 알게 되고, 채은형이란 남자에 대해 알게 되며, 혹시 남아 있을지도 모를 미련까지 다 털어냈다고 생각했다. 채은형과 EM이 만들어낸 음악은 좋지만 그뿐이라고. 채은형 개인에게는 전혀 관심이 없다고.

하지만 팔을 잡고도 세은 쪽은 전혀 돌아보지도 않던 은형은……. 뭔가에 화가 난 것 같았다. 상처받은 것 같았다.

상처? 세은은 기가 막혔다. 대체 뭐가 불만이라서? 세상에 자기 하나만 잘났고 자기밖에 안중에 없어도 상처는 받나 보지?

자조적인 한숨이 새어나갔다. 채은형이 아무리 밉다 밉다 하지만 그도 사람이었다. 상처는 당연히 받을 수 있다. 한순간 채은형 때문에 너무 혼란스러워 격해지고 만 것이다.

아직도 손이 덜덜거렸다. 아직도 심장이 파르륵 떨렸다. 아주 잠시였을 뿐인데 그가 닿은 후의 여파는 너무나 컸다.

세은은 손톱이 손바닥에 파고들도록 주먹을 꾹 쥐었다. 더 생각하지 않을 것이다. 채은형이 화를 내든 말든, 상처 입든 말든, 세은과는 전혀 상관없었다. 더는 채은형에게 휩쓸려 자신의 시간을 쓸모없는 것으로 만들지 않을 것이다. 더는 채은형이라는 일개 연예인에게 마음을, 정성을, 사랑을, 세은의 온 전부를 바치지 않을 것이다. 바보 같은 짓거리는 삼 년으로 충분했다. 삼 년도 넘쳐 났다. 그러니 이젠 단 일 초의 시간도 채은형으로 인해 헛되게 쓰지 않을 것이다.

세은은 심호흡을 하며 평정을 되찾았다. 지금은 찬에게 집중할 때였다. 부디 약효가 잘 들길 바라며 세은은 약의 포장을 뜯었다.

1, 2회 공연을 성황리에 마치고 SOO 소속사 사람들은 뒤늦은 저녁을 먹으러 이동했다. 다음날 공연을 위해 적당히 자제하겠지만 술도 빠지지 않았다. GIL은 아직 십대고 내일의 주인공이라 저녁만 먹이고 돌려보냈다. 은형과 재민은 술에 강하고 술을 즐기는 편이라 어디든 술자리에서 일찍 자리를 뜬 적은 없었다.

새벽으로 기운 쌀쌀한 밤의 어느 즈음, 동규가 태우는 담배를 부럽게 쳐다보던 재민이 '에잇!' 하더니 술잔을 쭉 비웠다. 공연이 있을 때는 금연하기로 은형과 약속한 걸 떠올린 모양이다. 은형은 술은 몸은 해치지만 담배는 목을 해친다며 콘서트든 어느 공연에서든 담배만큼은 못 태우게 했고 자신도 피우지 않았다. 원래는 금연령을 내리고 금주령까지 내렸다가 재민이 미쳐 죽기 일보 직전에 이르러서야 간신히 금주령만 해제했다.

다들 어느 정도 취한 상태였다. 재민은 안주로 나온 알탕을 뒤적이더니 후룩 한술 떴다.

"세은이는 천성적으로 남을 잘 챙기는 것 같더라."

은형이 있는 술자리에서 겁없이 세은 이야기를 입에 올릴 사람은 재민밖에 없었다. 은형은 이번에도 무관심으로 일축했다. 은형과 한 테이블을 쓰는 사람들은 이제 세은 이야기가 나와도 은형이 민감하게 굴지 않은 데다 술도 적당히 들어가 있어서 한 마디씩 거들기 시작했다.

"말은 그래도 계찬인가 뭔찬인가랑 사귀는 거 아니에요?"

"그 꼬맹이 추울까 봐 냉큼 목도리도 풀러주더라 뭐."

"계찬이 자식도 세은이 잘 따르더만. 사내자식이 고양이 새끼처럼 새침하게 굴더니 세은이한테는 덥석덥석 잘도 달라붙데."

찬미도 일찌감치 GIL과 함께 돌아간 다음이었다. 세은은 찬이 감기에 걸린 것 같다며 함께 저녁을 들지도 못했다.

"세은 누나가 이번 콘서트 공짜로 본다고 좋아하더니 2회 공연 때는 대기실에만 있던데요."

승행까지 덧붙였다. 은형도 알고 있었다. EM이 의상을 갈아입으러 대기실에 돌아갔을 때 세은은 찬의 옆에 꼭 붙어 앉아 있었다. 은형은 내심 기도 안 찼다.

아무리 기억을 잃었다고 해도 고작 서너 달 전까지도 은형이 좋다고 죽고 못 살던 여자였다. 한데 기억을 잃음과 동시에 기다렸다는 듯 새 남자를 만들었다. 그럴 거면서 왜 삼 년이나 질질 끌었나 모르겠다. 진작 새 남자 만났으면 자기도 좋고, 은형도 좋고, 얼마나 좋단 말이다. 이렇게 울컥거리지도 않고. 은형은 알 수 없는 이유로 지금도 여전히 세은 이야기만 나오면 울컥, 울컥, 세은 생각만 해도 울컥, 울컥이었다. 그저 싫었다, 그 여자 존재 자체가. 그저 신경에 거슬렸다, 그 여자의 모든 것이.

"이제 와 말하지만 난 세은이가 평생 은형이 하나만 볼 줄 알았다."

동규가 재민과 잔을 부딪친 뒤 쭉 비우며 말한다. 동규의 말에 다른 사람들도 순순히 수긍하는 분위기였다. 은형은 자기도 모르게 혀를 쯧 찼다. 어디서 그런 저주를!

"삼 년이야, 삼 년. 죽을 만치 좋아 결혼해도 삼 년이면 넌덜머리난다는데 삼 년간 꾸준히 은형이 내조를 한 거 아냐. 너무 집요하잖아. 다른 사람한텐 눈도 안 돌리고."

재민이 잔을 들자 동규가 채워주었다. 동규는 이참에 미뤄둔 이야기를 다 하려는지 계속 세은이 이야기를 꺼냈다.

"처음엔 저러다 말겠지 했지. 이거 해다 주고 저거 해다 주고 하는 거. 은형이가 알아주길 바라지 않는다고 해도 사람 맘이 어디 그래? 그래서 기껏해야 몇 달 가면 내가 업어주겠다고 했다. 근데 삼 년이나 간 거야. 지금에야 말하지만 세은이한테 그만두라고 한 적도 있었다. 어차피 은형이는 알아주지도 않을 텐데 뭐 이렇게까지 하냐고. 세은이는 그만두라는 말이 더 힘들다더라. 피해되는 게 아니면 계속하게 해달라더라. 자기도 바보 같은 거 아는데 자기 때문에 은형이가 조금 더 행복해진다면 그걸로 충분하다면서. 그래서 나도 세은이 말리는 거 그만뒀지. 그리고 세은이라면 아마 평생 은형이를 사랑할 거라고 자연히 믿게 됐다."

재민이 세은 편을 드는 건 간간이 보았지만 동규까지 나설 줄 몰랐다. 하긴, 동규도 세은을 딱하게 여기는 마음이 있었으니 삼 년이나 세은의 부탁을 들어주었던 것일 테다. 은형은 그렇지만 울컥했다. 은형이 세은을 싫어해 피할 때 동규는 그래도 팬이니까 잘 봐주라고 했었다. 다른 사람도 아니고 동규 말이라 은형은 싫어도 꾹 참고 최대한 세은을 팬으로서 대하려고 했다. 그마저도 세은의 농간이었다. 세은이 동규를 포섭했기 때문이다.

"채은형."

동규가 대뜸 잔을 쿵 내려놓았다. 동규는 꽤 많이 취했다. 술 좋아하고 먹을 거 좋아하고 너무 단순해서 헛웃음도 나오지만 그 때문에 더 듬직할 때도 있던 형이었다. 이런 형이 그토록 섬세하고 꼼꼼하게 은형을 챙겨주리란 게 어불성설인 걸 깨달았어야 했다. 남자답고, 무뚝뚝한 게 남자의 미덕이라 생각하고, 조금 둔한 면도 있는 동규가 진지하게 은형을 불렀다. 은형은 마지못해 고개를 들었다. 동규는 술 때문에 흰자위까지 빨개져 있었다.

"세은이가 왜 그렇게 싫으냐? 이미 지난 일이니까 이유라도 알자. 혹시 세은이가 해준 거 알았으면 네 마음이 돌아설 여지가 조금이라도 있었겠냐?"

은형은 기가 막혔다. 자기편이라 철석같이 믿었던 동규마저 세은을 편들고 나섰다. 돌아보니 어느새 주위 사람들도 동규의 말에 집중하고 있었다. 여기에 내 편은 없는 건가?

EM과 벌써 사 년째 호흡을 맞추는 밴드의 멤버들 역시도 마찬가지였다. 그중 기타를 맡은 혜준이 그나마 은형 편을 들고 나섰다.

"근데 그건 너무 세은이란 사람 입장만 내세운 거 아닌가? 이것저것 많이도 해다 줬다지. 그래서? 정말 그 여자가 자기감정을 전하고 싶었다면 은형이가 거절하든 받아들이든 은형이한테 직접 그것들을 전했어야지. 하지만 그것도 아니라며. 그냥 지가 좋고 싶고 은형이를 위한다는 명분으로 해다 바친 거라며. 결국 그 여자는 자기만족이었단 거잖아. 은형이가 행복하길 바라서 뒷바라지했다는 마음은 갸륵해. 그래, 나도 그 점은 인정해. 하지만 아무리 생각해도 음험해. 은형이가 받아주지 않으니 뒷공작을 해서 뒷바라지를 하고 혼자 만족하고. 근데 그 여자가 해다 바치는 거 은형이만 몰랐지 다 그 여자 짓인 거 알았잖아. 그건 무슨 뜻인데? 은형이 주변 사람들이라도 편으로 만들겠다는 거 아냐? 주변 사람들한테 인정받아서 은형이한테 좀 더 손쉽게 다가가겠다는 수작 아니냐고. 그런 영리하다 못해 영악한 잔머리를 모두 인정한다는 거야? 난 솔직히 은형이가 정상이라고 생각해. 특히 그 게시판에 올린 글들 보면 더."

동규가 발칵 성을 냈다.

"세은이 그런 애 아니다! 정말 은형이 행복만을 생각한 애다. 넌 세은이 뭘 안다고 나서는 거냐!"

혜준도 지지 않았다.

"동규 넌 그 여자 뭘 그렇게 잘 알아서? 착한 척하고 나선 것도 다 작전일 수 있어. 너처럼 단순하고 무식한 인간을 속여 먹는 게 얼마나 쉬운 줄 아냐?"

"박혜준, 이 새끼!"

동규가 벌떡 일어났다. 재민이 같이 일어나 동규를 붙잡았다. 승행도 온몸을 던져 동규를 말렸다. 회식 자리는 순식간에 엉망이 되었다.

"세은이가 그런 영악한 애든 아니든, 삼 년이다. 넌 그런 얕은 마음으로 그 뒷바라지를 삼 년이나 할 수 있다고 생각하냐?"

재민이 혜준을 향해 날카롭게 대꾸했다. 혜준은 고개를 절레절레 저었다.

"그래, 삼 년이나 한 건 대단하다고. 하지만 은형이한테 알리기 싫었다면 주변 사람들한테도 비밀로 했어야지."

"내가!"

동규가 참지 못하고 결국 폭발했다.

"내가 말했다! 다들 나답지 않게 은형이 뒷수발 잘 든다고 해대서 내가 말했다! 세은이 그거 불쌍해서, 그 자식이 한 일 결국 아무도 모르게 돼버릴까 봐 내가 말했다고!"

참을 만큼 참았다. 은형은 상을 걷어 차버렸다. 앉은뱅이 나무 상이 요란하게 덜컹거렸다. 모든 사람의 이목이 은형에게 집중되었다. 은형은 재킷을 집어 들고 천천히 일어섰다.

은형의 성질머리에 잠깐 기죽었던 동규는 금세 원래의 흥분 상태로 돌아왔다.

"말해봐라. 왜 그렇게 세은이가 싫은 거냐! 세은이가 너한테 해준 것들 다 알고도 아직도 싫은 거냐?"

"내가 왜 이세은 입장을 생각해야 하는데!"

은형은 와락 성질을 냈다. 동규도 주춤했다.

"그 여자는 내 입장 생각해서 행동했어? 행동한 게 그거야? 형 시켜서 내 뒷바라지 하는 거? 누가 해달랬어? 내가 그거 없으면 죽어? 해달란 적도 없고 필요도 없어! 난 그 여자 없이도 스물다섯 살 때까지 잘살았어! 오히려 그 여자가 나타나서 그 후 삼 년간 난 안 받아도 될 스트레스를 받았어! 형은 그 여자가 안쓰럽겠지. 그 여자가 해다 바친 것들 때문에 그것도 모르고 그 여자를 무시하던 날 개자식으로 봤겠지! 그거야. 그 여자는 결국 내 주변 사람들로 부터 날 고립시키고 결국엔 싸우게 만들었어. 내가 행복하길 바란 다고? 행복하길 바랐다는 여자가 형과 날 싸우게 만들어? 내가 이 바닥에 사는 한 믿을 사람은 몇 없고 그중 하나가 형이었는데 다 신 형을 못 믿게 만들었어! 이게 내 행복이야? 우리 팀을 분열시키 고 내가 고립되는 게 그 여자가 말하는 내 행복이야?"

"그건 결과론일 뿐이야."

재민이 반박하려 했다. 은형은 그것을 단칼에 잘랐다.

"그 여자 편을 드는 것도 그 결과론 때문 아닌가? 결국 삼 년이 나 했고 결국 내 비위를 잘 맞추게 됐다는 것 때문에?"

은형은 자리를 박찼다. 곧이어 재민이 쫓아왔다. 시간은 자정을 넘겨 밤은 한참 깊고 선뜩해지고 있었다. 재킷을 입지 않은 몸에 살벌한 한기가 치밀어 올랐지만 은형은 재킷을 걸치지 않았다. 재 민은 택시를 잡으러 도로로 향하는 은형을 붙잡았다.

"그렇다고 이렇게 가버리면 어떡해? 가서 동규 형이랑 화해하 고……."

"놔! 나 지금 간신히 참고 있으니까!"

"왜 그렇게 예민한 건데!"

결국 재민도 버럭 소릴 질렀다. 은형은 마른세수를 했다. 날은 쌀쌀하고 뼛속까지 한기가 스미는데 얼굴은 뜨거웠다.

"넌 왜 세은이라면 그렇게 예민해지는데? 무시해. 지금까지처 럼 무시하면 되잖아! 왜 오늘따라 성질인데!"

"그 망할 이세은 때문에 쌈판이 벌어진 걸 보고도 그래? 내가 참다 참다 터져 버린 건 네 눈엔 보이지도 않던?"

"넌 싫으면 싫을수록 더 무시하는 성격이잖아! 정말 싫었으면 단 한 마디면 됐어!"

"동규 형 상태를 보고도 그래? 날 어떻게 추궁했는지 몰라서 물어? 저 동규 형이! 나한테! 이세은일 왜 싫어하는지 추궁하는 걸 보고도 그러냐고!"

은형은 바닥을 내갈겼다.

"내가 왜 그 여자 때문에 동규 형하고 싸워야 해! 내가 왜 그 여자 때문에 기분이 잡쳐서 성질을 부려야 해! 내가 왜, 내가 왜 그 여자한테 말려야 해! 짜증이 나, 성질이 나 죽겠어! 그 여자 생각만 하면 여기가 부글부글 끓어."

은형은 가슴을 탕탕 쳤다.

"그 여자가 나한테 매달릴 때 이미 충분히 신경질이 나 있었어! 근데 왜 날 잊었다는 여자 때문에 지금까지도 이렇게 열딱지를 내야 해! 왜 내가 그 여자한테 휩쓸려야 해! 그 여자가 뭔데, 대체 그 여자가 뭔데!"

은형의 고함은 발작에 가까웠다. 재민조차 은형의 상태에 겁을 먹고 움찔 물러섰다. 은형은 한동안 악악 고함을 지르다 기운이 다 했는지 허리를 굽혀 씩씩댔다. 은형의 고함에 식당 안 멤버들도 문에 달라붙었다. 차마 나오지는 못하는 모습을 보니 재민만 겁먹은 게 아닌 것 같았다. 야밤이라 동네 사람 다 깨운다고 말려야 하는데 재민은 몸이 움직여지지 않았다.

벌컥 몸을 일으킨 은형은 재민을 쏘아죽일 듯 노려보았다.

"내일은 일 때문에 참는다. 하지만 다신 그 여자가 내 근처에 얼씬도 못하게 해! 다신 아무도 내 앞에서 이세은 이야기도 못하게 해! 아니면 넌 내가 제대로 미쳐 버리는 꼴을 보고 말 거다."

은형은 택시를 잡아 그대로 사라졌다. 멀어지는 택시 뒤꽁무니를 보며 재민은 가슴을 쓸어내렸다. 은형이 예민하고 신경질적인건 알고 있었다. 성질이 보통이 아니란 것도 당연히 알고 있었다. 하지만 저렇게 폭발해서 발작적으로 고함을 지르는 건 처음 보았다. 사실은 정말 놀랐다.

"넌 그렇게 세은이가 싫은 거냐?"

재민은 고개를 털었다. 예민한 놈이니 싫은 데에 더 지랄해 댄건가.

재민은 기본적으로 세은을 측은히 여기는 마음이 있어서 세은이 기억을 잃은 걸 기회로 세은도 은형에게 무심해질 수 있다는 걸 은형에게 알리고 싶었다. 그래서 은형이 박탈감과 상실감을 느낄 수 있도록. 그렇다고 이 기회로 둘이 잘되길 노렸던 것도 아니었다. 은형이 세은을 얼마나 싫어했는지 알고 있으니까. 그저 은형이 인간으로서 최소한의 후회라든지 미안함을 느끼길 바랐던 것이다.

하나, 전혀 아니었다. 오히려 전보다 더 세은을 싫어하는 것 같았다.

여느 일반적인 놈이었다면 세은이 자기 기억을 잃은 게 싫어서 신경질이 난 거라 여겼을 것이다. 하지만 '그' 채은형이니까 세은이 떨어져 나간 뒤에도 여전히 세은의 일이 회자되는 것에 신경질이 난 것일 것이다.

하여간 정말 어려운 놈이었다. 재민은 세은이 은형에게 해줬던 모든 정성과 노력을 받아보고 싶었다. 찬미 조수로 세은을 추천한 이유이기도 했다. 사람을 당장 구하기는 어려운 데다 은형의 신경 질적인 성격은 이미 스타일리스트들 사이에 소문이 쫙 퍼져 몇몇 사람한테 자리를 제의해도 선뜻 하겠다고 나서는 사람이 없었다. 재민은 그 때문에 더더욱 세은이 적격이라고 밀어붙였다. 무책임 하지도 않고, 당장 일할 수도 있고, 무엇보다 은형의 성질머리를 잘 알지 않냐고. 찬미야 세은을 불러 오히려 은형의 성미에 불을 붙이는 거 아니냐고 질색했다. 거기에 재민은 언제 은형이 세은을 신경 쓰는 걸 보았느냐고 되물었다. 오히려 세은이야말로 은형의 쓸데없는 불평불만을 재울 훌륭한 처방전이 될 거라고 찬미를 설 득했다.

재민으로서도 모험이었지만 거짓말처럼 재민의 말은 그대로 실 현되었다. 은형은 세은을 신경 쓰지 않으려고 필요한 말 외의 것 은 입도 벙끗하지 않았다. 특유의 독설도 쏙 들어갔다. 은형이 너 무 얌전하다고 찬미가 겁을 낼 정도였다. 재민은 내심 기대감이 부풀었다. 세은은 바쁜 와중에도 상대방을 배려하고 세심하게 챙 기는 걸 잊지 않았다. 은형은 정말로 필요할 때 외엔 세은 근처에 는 가까이 가지도 않았다. 세은을 곁에 두고 예전 은형처럼 보살 핌 받을 수 있겠구나 꿈은 부풀어갔는데…….

오늘 뻥 터졌다. 저렇게 싫어해서야 어떻게 세은일 가까이에 두 겠는가. 정말 지지리도 도움도 안 되는 놈이라고, 재민은 혀를 끌끌 찼다.

주점 안은 분위기가 어두웠다. 이 뒷감당도 나보고 하란 거냐, 채은형. 재민은 어찌 됐거나 자리를 찾아 앉았다.

"채은형 지랄 쇼는 다 끝났어. 이제 우리끼리 한 판 늘어지게 놀아보자고. 거기 산만한 덩치로 쭈그려 있는 동규 형이랑 저기 왕따 직전에 몰린 혜준 형은 알아서들 화해하시고."

분위기는 곧바로 회복되지 않았지만 은형이 사라진 직후보단 확실히 많이 누그러졌다. 동규도 제정신을 차리더니 혜준 옆에 앉아 잔을 채웠다. 혜준도 못 이기는 척 슬그머니 잔을 들었다. 이럴 때 보면 동규가 덩칫값을 했다. 재민은 푸 한숨을 내쉬고 자기도 잔에 술을 채워 높이 들었다.

"오늘의 성공과 내일의 성공을 위하여!"

어쨌든 오늘 콘서트가 성황리에 마감된 건 사실이니까. 재민의 외침에 다들 이 자리의 의의를 새삼 확인했다. 그 뒤로 헤어질 때까지 무난하고 즐거운 분위기가 이어졌다. 그리고 그 자리에 모인 사람은 열이면 열 모두, 다신 은형의 성질을 건드리지 않으리라 다짐했다.

헛된 시간, 헛된 공 _10

*GIL*의 콘서트가 성황리에 막을 내렸다. 콘서트가 끝난
지 일주일이 지났지만 아직까지도 그때의 함성과 열광적인 반응
은 눈에 선했다. GIL은 첫 콘서트치고 실수 없이 콘서트를 주도했
고, EM은 GIL의 미숙한 부분을 매끄럽게 커버했다. GIL의 팬은
EM의 프로듀스 때문에 GIL에게 관심을 가지기 시작한 게 대부분
이었다. GIL의 실력을 믿고 EM의 프로듀스 능력을 믿는 팬들의
기대치를 얼마나 충족시키느냐가 관건이었는데, 매 회마다 비 오
듯 쏟아졌던 박수갈채와 함성, 공연이 완전히 끝났음에도 쉬이 자
리를 뜨지 못하던 관객들의 반응, 1회와 2회 콘서트가 끝난 후 한
번 더 보고 싶다는 온라인상의 반응 등등, SOO 측의 기대 이상의
반응이 쏟아졌다.

총 4회 콘서트가 끝난 뒤 피곤도 잊고 밤을 새며 자축했던 스태프와 GIL, EM도 대단했다. 세은은 사실 아직도 콘서트 뒤풀이의 후유증으로 고생이었다. 정말 날이 새도록 먹고 마시고 떠들더니 다음날 아침이 되어서야 간신히 헤어졌다. 학창 시절에도 밤이 새도록 술을 푼 적이 없어서 체력도 딸리지, 긴장이 풀리자 피곤이 몰려오지, 세은은 정말 집에 돌아가 뜨끈뜨끈한 방바닥에 몸을 지지고 싶어 죽을 지경이었다. 그걸 다음날 아침까지 꼬박 잡힌 데다 그전 일주일간 안 하던 일을 하느라 피로가 축적돼서 몸살을 앓지 않는 게 용할 지경이었다.

　그래도 다들 이번 공연의 성공에 얼마나 기뻐했는지 모른다. GIL이 전년도 신인상을 휩쓸고 2집 역시 굉장한 호응을 얻었지만 콘서트의 성공 여부는 또 다른 것이라고 했다. 이제 고작 2집을 발표한 신인이 보여줘 봐야 뭘 보여주겠나 하는 게 '돈 내고' 콘서트를 보는 일반적인 관객의 시선이라고. 그럼에도 4,500여 객석이 총 4회간 거의 꽉 채워졌다. GIL 스스로의 기쁨도 기쁨이지만 콘서트를 기획하고 감독했던 SOO 식구들의 기쁨도 엄청났다. 공연이 끝난 직후까지도 인상을 뻑뻑 쓰고 무대를 노려보던 은형조차 뒤풀이 때는 노골적으로 잘했다고 GIL을 칭찬했다. 물론 부족하고 모자랐던 점을 지적하는 시어머니 잔소리가 이어졌지만. 그런 이야기는 날 밝으면 하라고 재민이 시기 적절하게 커트해 뒤풀이는 화기애애하게 진행되었다.

　그때의 피로와 기쁨이 교차해 세은은 오늘도 흥얼흥얼, GIL의 노래를 흥얼거리고 있었다. 찬이 찾아온 건 그때였다.

"왔어? 감기는 이제 다 떨어졌고?"

"내가 앤가, 아직도 감기에 골골대게."

말은 저렇게 해도 세은은 찬의 열이 떨어지지 않아 정말 걱정했다. 찬을 데려다 주느라 찬의 집까지 들어갔으니까. 찬의 운전수는 약과 열 때문에 정신이 혼미한 찬을 보더니 처음으로 감정을 드러냈다. 안쓰러움보다는 화에 더 가까웠지만 그건 세은도 마찬가지였다. 세은과는 언제든 만날 수 있으니 아프면 집에서 푹 쉴 것이지, 찬은 분명 열이 있는 걸 운전수에게 숨겼거나, 운전수가 쉬라고 만류해도 부득부득 나왔을 것이다. 찬의 고집을 누가 말릴까.

처음에는 찬이만 운전수와 함께 집에 보내려고 했다. 하지만 찬이 열에 들뜬 와중에도 집에 가길 싫어해서 억지로 세은이 동승했다. 세은처럼 잔소리가 많은 사람이 옆에 있으면 싫어도 집에 가리라 생각해서였다.

그 뒤로 감기가 나았는지 연락했는데 연락할 때마다 다 나았다는 답이 돌아왔다. 여느 때는 제멋대로에 어리광도 잔뜩 부리면서 아플 때는 오히려 티를 안 내니 더 맘이 쓰였다. 세은은 그 여린 것이 이렇게 빨리 털고 일어났으리라 생각하지 않아 옷도 따뜻하게 입고 다니고, 물도 많이 마시고, 비타민제도 챙겨 먹으라고 잔소리를 했었다.

일주일 만에 나타난 찬은 많이 앓았는지 얼굴이 반쪽이 되어 있었다. 이젠 편의점에 오면 습관적으로 온장고에서 캔 커피를 꺼내 마시는데 세은은 이번만큼은 베지밀로 대신했다.

"또 베지밀이야? 난 콩 비린내 나서 싫어."

칭얼칭얼. 정말 다 나은 모양이었다. 세은은 애마냥 투덜거리는 찬을 무시하고 이젠 찬 전용이 된 이중 컵에 베지밀을 따랐다. 칭얼대면서도 컵을 내미니 순순히 받는다. 세은은 찬이 너무 귀여워서 싱글 웃었다.

"좀 지나면 익숙해져."

"익숙해질 때까지 먹으라고?"

"몸에 좋아."

찬은 투덜대더니 숨을 참고 베지밀을 꿀꺽꿀꺽 삼켰다. 세은은 베지밀을 잘 마신 찬이 어린이에게 '참 잘했어요' 도장을 찍어주고 싶었다.

"이젠 숙제 검사하자."

찬이 의기양양하게 숙제 검사 운운한다. 열이 나 집에 데려다 준 다음날인가, 찬이 대뜸 연락을 해선 'SI'의 기사를 스크랩하라고 했다. 세은이 미처 대꾸할 틈도 없이 전화가 끊어졌다. SI의 기사라니, 대체 어디에 쓰려는 건지 모르겠다. 찬이 나름대로의 부탁인가 싶어서 착실히 기사를 스크랩하긴 했는데 양이 너무 방대했다. SI의 이번 신곡에 대한 기사가 대부분이었고 어느 행사에 참석한 포토 뉴스도 입이 떡 벌어질 정도로 많았다. 고작 일주일간의 기사였지만 SI의 이름값을 확인했다고 할까, 한 토크쇼에 출현해 '사실 1집으로 활동 접을 줄 알았다'는 심경 고백마저 기사화되고 있었다. 인터넷으로 기사 검색을 했기 때문에 기사에 대한 세상의 반응을 덧글을 통해 바로바로 접할 수 있었다. 하지만 몇 십에서 몇 백까지 줄줄이 달린 덧글을 모두 읽진 못했다. 만약 공정한 평이나 좋은 반응들이 대부분이었다면 즐거운 기분으로 읽었을지 모르겠다. 하나, 대체 기사를 코로 읽었나 싶은 생뚱맞은 반응에서부터 SI에게 어떤 사무친 원한이 있기에 이딴 말을 해대는 건가 의심이 되는 반응까지, 하나하나 집어내 사이버수사대에 고발해 버리고 싶었다.

"스크랩 기준을 말해주지 않아서 우선은 죄다 모아놓긴 했어. 포토뉴스까지 포함하면 일반 잡지 하나쯤은 너끈히 만들걸?"

"신곡 반응은 어때?"

세은도 EM의 채은형이 던져 준 곡이라 그 부분이 가장 신경이 쓰였다. 세은의 귀에야 채은형의 곡이니까 당연히 좋았지만 SI 골수팬들은 생각이 다른 듯했다.

"반반이야. SI의 새로운 모습을 좋아서 너무 좋다가 반, SI답지 않다, 이미지 변신에 실패했다가 반."

"세은이 듣기엔 어땠어?"

세은은 SI의 신곡을 떠올리느라 잠시 이맛살을 찌푸렸다. 분명 노래 자체는 절절하니 좋고 SI의 가창력은 세은이 기대한 이상이었다. 거저 가수 생활 칠 년을 한 게 아닌지라 SI만의 색이 잘 살아나도록 노래를 소화한 것도 좋았다.

하지만 채은형의 색깔이 너무 짙어서일까, SI의 기존의 이미지가 너무도 견고하기 때문일까? 섹시하고 도발적인 다섯 남자가 헤어진 연인을 원망하며 '너처럼 내 마음도 삭을 수 있다면, 돌아선 너처럼 나도 널 등질 수 있다면, 내 남은 숨이 다한대도 아깝지 않을 거야' 라고 절절히 노래하는 게 영 어색했다. 기존의 SI다운 노래였다면 아마도 원망은 하되 미련과 원한이 뚝뚝 떨어지진 않았을 것이다.

노래 자체의 완성도도 좋은데 SI의 이미지에 부합되지 않으니 이질감이 느껴지는 것이다. 그건 아마도 무대 위에서 SI가 너무 밋밋하기 때문도 있을 것이다. 화려한 댄스 실력을 뽐내는 그들이 칙칙한 색깔에 너무도 정중한 정장을 입고 얌전히 서서 노래만 불렀다. 그리고 청순하고 얌전한 이미지에서 섹시하고 도발적인 변신을 감행하면 성공할 확률이 비교적 높지만 그 반대 이미지로 향하면 성공 확률이 뚝 떨어지는 그 세계 법칙도 적용되었을 것이다.

세은은 무대에 선 SI와 최근 토크쇼에 출현할 때면 무작정 조신하게만 입고 나타나는 SI를 볼 때마다 셔츠단추 네댓 개를 확 풀고 싶은 충동에 휩싸였다. 그건 다른 팬들의 반응도 마찬가지였다.

"보컬 트레이닝은 참 잘 받았고 실력도 한층 성숙해졌는데 외모는 퇴행했어. 이제 이십대 후반에 성숙한 매력이 물씬 살아나도 부족하지 않을 남자들이 칙칙한 아버지 양복을 입고 나오잖아. 항상 핫팬츠에 배꼽은 훤히 내놓는 섹시한 여가수가 난데없이 치렁치렁하고 칙칙한 색깔 드레스를 입고 나타난 느낌이랄까? 이미지를 바꾸려고 너무 무리한 느낌이었어."

말해놓고 나니 대부분이 불만이라서 세은은 황급히 덧붙였다.

"하지만 정말 노래는 좋아. 익숙한 목소리로 색다른 노래를 부르니까 TV를 보지 않고 노래만 들으면 낯설면서도 친숙한 느낌에 더 귀를 기울이게 돼. 노래 자체도 좋고."

찬은 듣는 둥 마는 둥이었다. 세은은 괜히 열심히 얘기했나 싶어 무안해졌다. 얘기가 다 끝나니 찬이 살짝 턱을 들었다.

"면허 있어?"

"운전면허? 응."

"장롱면허 아냐?"

솔직히 운전대에서 손 뗀 지 이 년째지만 장롱면허라 할 정도는 아니었다. 처음에 면허를 따고 운전에 적응해야 한다며 근 일 년 넘게 아버지 차를 몰고 다녔다.

"전혀."

"1종이야, 2종이야?"

부끄럽지만 면허를 딸 때 두 번째 회사가 문을 닫았다. 2종 오토를 따려던 세은은 두 번째 회사마저 망하자 덜컥 겁을 먹었다. 그래서 먼 훗날의 생계를 위해 세은은 1종 보통을 땄다. 그럼 적어도 트럭 노점상 정도는 하겠지 하는 계산에서였다.

"1종 보통."

"좋아. 세은, 알바 해라."

편의점 알바를 열심히 하라는 건지 다른 알바를 말하는지 영 아리송했다.

"무슨 알바?"

"GIL 스타일리스트 조수 했었지? 아버지 회사에서 알바생을 구하는데 너무 어린애가 아니었음 하더라고."

"스타일리스트 조수를 하라고?"

찬은 새삼 세은을 머리끝부터 발끝까지 슥 훑더니 코웃음을 쳤다. 세은은 그런 찬이 참으로 예뻐 뺨을 잡아 쭉 늘였다. 찬은 놀라서 파드득 떨어졌다.

"아파!"

"사람을 그렇게 훑어보라고 누구한테 배웠어?"

"아니, 그럼 자기가 스타일리스트 조수 알바를 하기에 적당하다고 생각해?"

"TV나 EM 스타일리스트를 봐도 다 나처럼 하고 다니더라!"

"감각있는 인간들이 시간 없어서 못 꾸미는 거랑 감각이 없어서 되는 대로 걸치는 거랑 같아?"

진짜 저 녀석! 세은이 본격적으로 카운터를 넘어가 찬을 쫓아가려 하자 찬이 대뜸 저만치 멀어졌다.

"SI 전담 매니저 보조!"

카운터는 허리 높이에서 고정되어 있어 밖으로 나가려면 앉은 뱅이걸음을 걸어야 했다. 세은은 카운터를 채 넘어가지 못하고 쪼그린 채로 굳었다. 찬은 세은의 시선에 맞춰 쪼그려 앉았다. 후딱 도망갔던 사람답지 않게 생글생글 웃고 있었다. 찬이 웃는 경우는 드물었지만 웃으면 정말 천사처럼 보이는 아이였다.

"SI 전담 매니저 보조라고?"

"싱글 낸 뒤로 전담 매니저가 죽으려고 해서 눈치 빠르고 몸이 잰 알바생을 붙여주기로 했어."

세은은 그 자리에서 그대로 입을 헤 벌렸다.

"너희 아버지 SI 소속사 사장님이셔?"

"그 비슷한 거."

비슷한 건 뭘까. 예전 파티 때 찬이 아버지 이름을 대면 눈빛이 변하던 유명인들을 봐왔다. 심상찮은 인물인 건 알았는데 그 SI의 소속사 사장일 줄은 몰랐다. SI의 소속사 KG라고 하면 국내의 원조격 아이돌 U의 소속사이자, 현재 배출해 내는 가수들마다 족족 연말 대상이란 대상은 휩쓰는 어마어마한 엔터테인먼트 회사가 아닌가. EM이 대상을 탄 것도 그 해에 KG에서는 신인들만 내보냈기 때문이란 소리도 있었다. 대상을 탈 만한 가수나 그룹은 해외로 막 진출시키던 때였다고. EM의 팬의 입장에서는 엄청 화가 나는 소리이긴 했지만 여하간 그런 말이 돌 정도로 KG 소속 가수들은 실력이며 외모며 인기며 정말 쟁쟁했다. 거의 마약 수준으로 빠져든다고 할까. 세은의 취향하고는 조금 달라서 오빠부대나 언니부대에 편승하진 않았지만 KG 소속 가수들의 노래는 대부분 알고 있었다.

"일당 칠만 원씩 해서 차비랑 식대 제공. 알바 기한은 최소 오개월."

일당 칠만 원이라니, 가장 힘들다는 막노동판 하루 일당에 맞먹었다. 세은이 하루 종일 편의점에서 일한다 해도 칠만 원을 받긴 어려웠다. 거기에 차비와 식대까지 제공이라. 나쁜 조건은 아니었지만 대체 얼마나 힘들기에 일당이 저렇게 센가 싶었다.

"매니저 보조라는 거, 다른 매니저들한테 시키면 안 되는 거야?"

"보조가 무슨 보조일 거 같아? 도시락 사 와라, 간식 사 와라, 커피 타와라, 이거 치워라, 저거 잘 보관해라, 이 보조야. 말 그대로 시다라고. 그걸 월급 받고 정식 매니저가 된 인간들한테 시키긴 아깝지. 그 인간들이 하려고 들지도 않고."

"난 그런 일 할 수 있을 것 같아?"

"왜, 너무 하찮은 일이라 하기 싫어?"

솔직히 말해서 EM 스타일리스트 찬미 보조로 일할 때 사실 속이 상한 것도 있었다. 세은의 나이 스물여덟이었다. 이 나이대의 여자들이라면 이미 자리를 굳히고 승진하고도 남았을 것이다. 한데 자기는 이십대 초반 애들이나 할 법한 조수 노릇을 하고 있으니 스스로가 한심했던 것도 사실이었다. 연예인 좋다고 보수나 일의 내용 따위 생각 안 하는 철부지도 아니었으니까. 그래도 일은 정말 열심히 했다. 자기를 소개해 준 재민이 욕먹게 하지 않으려고. 그리고 일을 하다 보니 재미도 있고 보람도 있어서. 그저 자기 입장이랄까 현재 위치가 아쉬웠을 따름이었다.

SI 전담 매니저 보조라면 또 비슷한 딜레마를 겪지 않을까.

"세은도 그런 과였어? 아무리 필요한 일이라도 그게 하찮고 힘들면 발을 빼는? 왜, 체신머리에 맞지 않아? 세은 자신이 그렇게 아까워?"

찬의 목소리는 정말로 냉골이었다. 고드름이 뚝뚝 분질러져 떨어져 나갈 것 같았다.

"내가 잘못 봤네. 이 얘기 없던 걸로 해. 나 간다."

찬이 벌떡 일어났다.

세은은 망설이다 결국 찬을 쫓아갔다. 차에 막 오른 찬이 문을 닫으려는 걸 세은이 막았다.

"왜 그렇게 말하는 거야. 그래, 솔직히 내가 한심했어. 내 나이가 몇 개인데 아직도 이런 일밖에 못하나 해서. 네 눈엔 부모님 편의점에서 한가롭게 용돈벌이 삼아 일하는 것처럼 보였는지 몰라도 정말은 속이 상해. 남들은 직장에서 인정받고 안정도 찾고 결혼 상대자도 구하는데, 난 변변한 직장도 없이 부모님 가게나 거들고 있으니까. 그래서 좀 망설이면 안 돼? 내 일인데 날 좀 아까워하면 안 돼? 네가 제안한 건 고마워. 하지만 내가 아무리 속없어 보인다고 해도 이 정도 생각은 해!"

세은은 씩씩대다가 차 문을 쾅 닫았다. 마음이 쩌릿해 왔다. 정말로 이런 현실에 안주해도 되나, 아무리 소소한 것에서 기쁨과 행복을 찾는 성격이라지만 부모님은 세은을 볼 때마다 한숨을 내쉰다. 정말 이 상태로 괜찮은 건가. 동네 사람들은 세은 보고 효녀라고 하지만 뒤에서 뭐라 하는지 알 게 뭔가. 한창 팔팔 날며 일해야 할 젊은 시절을 이렇게 주저앉아 보내도 되나, 내 젊음이 아까운 게 아닐까, 불치병에 걸린 사람은 단지 '내일'을 꿈꾼다는데 '내일'이 창창하게 보장된 난 이 시간을 이렇게 헛되이 보내도 되나…….

차라리 확 나이를 먹었으면 좋겠다 소망한 적도 있었다. 이 젊음을 누군가에게 줄 수 있다면 필요한 사람에게 줘버리면 좋겠다고. 하지만 이렇게 사는데도 어떤 의미가 있을 거라고, 그래도 행복해질 수 있을 거라고, 세은은 믿고 살았다. 가끔 바보 같다며 스스로를 한심해해도 갈수록 괜찮아질 거라고 위로했다.

가끔은 좋아하는 가수들처럼 음악적인 재능이 있어서 창작활동을 했으면 좋겠다고도 생각했다. 그래서 작곡은 무리더라도 작사에 도전한 적이 있는데 자기가 봐도 너무 평범하고 무미건조해서 그만두었다.

찬의 한마디가 그런 모든 기억과 상처를 헤집었다. 세은은 애를 상대로 너무 화를 냈다고 생각했지만 침울하게 가라앉는 마음은 떠오를 생각을 안 했다.

"세은."

짤그랑 소리와 함께 찬이 목소리가 들렸다. 세은은 찌릿한 통증이 번진 명치를 슬슬 문지르곤 천천히 돌아섰다. 찬이 쫓아올 줄 몰랐지만 세은이 먼저 사과해야 할 것이다.

"소리 질러서 미안해. 괜히 너한테 분풀이했어."

"알바 해. 그게 세은한테도 좋을 거야."

역시 찬은 사과하지 않았다. 기대도 안 했기 때문에 실망할 것도 없었다. 찬은 어려서인지, 아니면 너무 자신감이 팽만해서인지, 어지간한 일에선 잘못을 인정하지 않았다. 열이 펄펄 끓어 콘서트장을 찾았을 때도 귀찮게 해서 미안하다는 예의상의 인사조차 안 하던 아이였다.

"생각해 볼게."

세은이 할 수 있는 최대한의 대답이었다. 다시 짤그랑 소리와 함께 찬이 사라졌다. 세은은 카운터에 돌아왔다. 이 와중에도 손님은 하나도 없었다. 부모님 편의점에서 일하는 걸로는 역시 가계에 보탬이 되지 않을 것이다. 애초 세은에게는 선택권이 없었는지도 모른다. 세은은 길게 한숨을 뱉어냈다.

SI의 전담 매니저는 삼십대 후반의 체격이 꽤 좋은 남자였다. 김용권이라 밝힌 남자는 무엇보다 세은의 나이가 마음에 든 듯했다.

"나이가 있으니만큼 애들 보고 열광하진 않겠지? 애들을 좋아하던 가수로 보지 말고 일감으로 생각해. 다른 스태프들하곤 차차 인사하기로 하고."

그 뒤부터는 사정도 봐주지 않고 마구잡이로 부려먹었다. 말이 좋아 전담 매니저 보조지, 다섯 명의 스타일리스트 팀과 SI 개인 매니저들의 잡일꾼이었다. 각오하고 시작한 일이었지만 정말 앉아 숨 돌릴 틈 없이 뛰어다녀야 했다. SI의 스케줄에 따라 밤낮이 바뀐 생활은 기본이었고, 한밤중에도 SI가 원하는 야식을 사러 뛰어다니고, 다른 스태프들의 심부름을 위해 뛰어다니고, 집에 돌아가는 건 고사하고 다리 쭉 펴고 잠들기도 힘든 생활이었다.

그래도 해볼 만했다. 고작 일주일이었지만 EM 스타일리스트 찬미를 쫓아다닌 경험도 있고, EM을 쫓아다니며 알음알음 주워들은 소리가 많아서 연예계 돌아가는 생리랄까 특성도 파악했었고, 기본적으로 누군가에게 도움이나 보탬이 된다면 행복해지는 성격이라 나름의 보람도 찾을 수 있었다.

SI라는 화려한 가수의 이면을 볼 수 있는 것은 일종의 보너스랄까. 리더인 R은 한눈에 세은을 알아보았다. 그리고 왜 연락을 안

했냐며, 드디어 자기네 회사에 영입된 거냐며 눈을 밝혔다. 이에 대해 찬에게서 경고를 받은 게 있어 세은은 그대로 말했다.

찬은 이 바닥이란 없어도 있는 척, 해도 안 한 척, 안 해도 한 척, 포장하는 게 중요하다고 했다. 찬은 세은의 매니지먼트 실력을 과장되게 부풀린 것을 십분 활용하라고 했다. 괜히 눈치없이 '저 사실은 일개 팬이에요'라며 초를 치지 말라고. 그럼 이 바닥 인간들은 단칼에 세은을 '값어치 없는 인간'으로 폄하할 것이라고 했다. 세은은 체질에 맞지 않는 뻥을 치며 '찬의 부탁으로 이곳 분위기를 익히려 왔지만 이건 비밀로 해달라'고 대답했다. R은 현재 쉬고 있는 연예인 목록을 머릿속에서 검색하는 듯했지만 세은은 다른 스태프의 부름으로 그 자리를 모면할 수 있었다.

R은 파티 때 보여줬던 가벼운 모습은 거의 보이지 않았다. 역시 리더답다고 해야 할지, 쉴 틈도 없이 매니저와 스케줄을 상의하고 멤버들을 단합시키고 관리했다. 세은을 함께 일하는 동료로 인정해서인지 결코 여자로 대하지 않았다. 시시껄렁한 농담이라도 건네지 않을까 기대했는데 상상 이상으로 성실하고 진지하게 세은을 대했다. 함께 일하는 스태프들은 절대 건드리지 않기로 유명하다는 걸 후에 가서야 알았다. 덕분에 세은은 더욱 충실히 일에 매달릴 수 있었다.

MU는 대부분 이어폰을 귀에 꽂고 있었다. 그 역시 토크쇼에 나오면 한 입담을 자랑했기 때문에 은근히 기대했는데 필요한 말이 아니면 거의 하지 않았다.

다른 멤버들도 비슷했다. 기본적으로 자기 세계에 갇혔다고 할까, 예상 외로 다들 꽤 예민했고 그만큼 신경질적이었다. 뭐 하나 마음에 차지 않으면 내동댕이치려는 걸 가까스로 참는 게 보일 때도 있었다. 그렇다가도 카메라만 이쪽을 향하면 다들 거짓말처럼 분위기와 표정이 바뀌었다. 완벽한 스타의 모습이라고 해야 할지, 솔직한 모습대로 살 수 없어 불쌍하다고 해야 할지, 갈피를 잡기 어려웠다.

일을 시작한 지 석 달이 흘렀다. 세은의 업무는 대체적으로 어디로 튈지 모르는 얌체공 같았는데 석 달을 헤매고 나니 일정한 패턴이 보였다. 일의 흐름을 파악하고 반복적인 패턴을 발견하니 요령도 생겼다. 덕분에 SI가 갑작스런 변덕을 부리지 않는 한도 내에서 대강의 요구는 한 발 앞서 반응할 수 있게 되었다.

가령 MU의 경우 항상 MP3P로 음악을 들으면서도 항상 기계를 아무 데나 던져 놓곤 했다. 다른 스태프들이 챙길 정신이 있을 땐 챙기지만 챙긴다고 해도 누가 챙겼는지 몰라 MU가 플레이어를 돌려받을 때까지 한참이 걸릴 때가 많았다. 그건 그나마 챙겼을 때 이야기고 챙기지 못할 경우에는 대기실을 이 잡듯이 뒤져서야 간신히 발견하곤 했다. 한 번은 대기실 쓰레기통에 던져진 걸 발견한 적도 있었다. MU는 쓰레기통에서 발견된 MP3P를 보고 신경질적으로 다시 쓰레기통에 던져 넣었다. 그렇게 MP3P를 못 챙기면 혼이 나는 건 세은이었다. 세은은 결국 MU에게 부탁을 했다.

"앞으로 MP3P는 저한테 맡기세요. 제가 잘 간직하고 있을게요."

말은 그렇게 했지만 세은이 심부름 때문에 자리를 비웠을 때 MU가 플레이어를 찾는다면 낭패였다. 세은은 그래서 꾀를 냈다. 자기가 나갈 때면 차에다가 MP3P를 놓고 가는 것으로. 그래서 MU가 MP3P를 찾으면 운전석 기어가 있는 홈에 넣어두었다고 알려주었다. 그 뒤로 MU는 스태프를 시켜 몇 번 세은에게 전화를 했다가 아예 차에 가서 MP3P를 가져오라고 지시했다. MP3P를 가져오는 시간도 만만찮게 걸리지만 대기실을 홀떡 뒤집어 MP3P 찾거나 대체 누가 보관하고 있냐고 여기저기 들쑤시는 것보단 훨씬 나았다.

다른 멤버인 A는 가끔 K제과의 티라미스 케이크를 찾았다. 세은이 보기엔 극도로 예민할 때나 피로가 누적되었을 때 찾는 것 같았는데 문제는 K제과가 타워팰리스점과 서초점밖에 없단 사실이었다. 한밤중에 찾을 때도 난감한데 지방에 내려갔을 때 찾는다면 정말 손 쓸 도리가 없었다. 자기도 억지인 걸 알면서도 A는 꼭 K제과의 티라미스 케이크만 찾았다. 그래서 먹지 못할 때면—먹지 못할 때가 대부분이지만—밥도 잘 안 먹었다. 그 때문에 잦은 병치레를 하고 심지어는 지방에 내려간 사흘간 물밖에 마시지 않아 응급실에 실려갔어도 고집을 꺾지 않았다. 때문에 세은은 A가 케이크를 찾지 않을 때조차도 꼬박꼬박 대여섯 판씩 숙소에 재어놓았다. 티라미스는 특성상 쉽게 상하기 마련이었지만 그 한 조각을 못 먹어서 A가 병원에 실려가는 것보다 상한 케이크를 버리는 게 나았다. A는 티라미스 케이크 타령을 하면서도 거의 한 조각도 채 먹지 않았다. 워낙 입이 짧은 사람이라 그 정도도 많이 먹는 거라고 했다. 그나마 먹는 게 다행이라며 세은은 차 안 미니 냉장고에 한 조각씩 보관했다. 지방에 내려갈 때면 전날 밤을 꼴딱 새워 피로해 죽을 지경이라도 SI의 숙소에 들러 꼭 케이크를 챙겼다.

어떤 멤버는 옷 장식에 고집을 부리고 어느 스타일리스트는 특정 브랜드만을 고집했다. 이 바닥은 고집없는 사람은 살아남지도 못하는지 모두 어느 정도의 똥고집들이 있었다. 세은은 그들의 특성을 하나하나 파악해 가며 그들이 유독 고집하는 부분을 한발 앞서 준비해 놓았다. 그러니 뛰어다닐 일도 훨씬 줄고, 가만히 앉아 있을 틈도 생기고, 사람들이 세은을 보는 눈도 점점 달라져 갔다.

EM을 위해 준비했던 맛집 리스트도 큰 도움이 되었다. 피곤한 사람들일수록 잘 챙겨먹어야 한다는 신조로 세은은 아무 데서나 먹자는 일행을 부추겨 맛집을 찾아 골목골목을 누볐다. 처음에는 신경질을 내며 그냥 아무거나 먹자고 대들던 일행들은 세은이 고집한 메뉴를 먹고 나선 반응이 달라졌다. 피곤해도 세은이 권하는 음식은 먹는 쪽으로. 특히 양고기가 유명한 곳에서 한 끼 푸짐하게 해치운 뒤부터 더 그랬다. 세은이 밥을 먹으며 단지 한 마디만 했을 뿐인데 말이다.

"중국에선 보양식으로 양고기를 먹는데요. '본초강목'에 양고기가 '정력과 기운을 돋우고 비장과 위를 튼튼하게 한다'고 해서요."

그중 일행들 귀에는 특히 '정력'이 또렷하게 잘 들렸던 것 같다. 그날 그 식당 양갈비는 동내고 온 것 같으니 말이다.

석 달도 지나 넉 달로 접어드니 완연한 여름이 되었다. 6월인데도 너무 더워 허덕이는 나날이었다. 신곡을 발표하며 이미지 변신을 시도했던 SI는 후반부로 갈수록 더 좋은 반응을 얻었다. 초반에 너무 무겁게만 나가던 분위기를 탈피해 무대 의상이라든지, 곡의 분위기를 조금 가볍게 만든 것이다. 채은형의 도움으로 곡 작업을 새로 했다고 하지만 세은이 은형과 마주친 적은 없었다.

세은이 알바를 하겠다고 했을 때 부모님의 반응은 시큰둥했었다. 결국 알바였기 때문이다. 그러다 점점 집에 돌아가는 시간이 줄어드니 잔소리가 늘어났다. 엄마는 남자들이 섞여 있는 일행들과 툭하면 밤을 새우고 들어오니 걱정이 이만저만이 아니었다. 하지만 함께 일하는 남자들은 연예계에 발을 들인 순간부터 웬만한 여자는 거들떠보지도 않았다. 세은은 자기 외모가 중급 정도라고 생각했는데 연예인에 비하면 하급에서도 최하급에 속했다. 연예인이 비교 대상이니 할 말은 없지만 그 덕분에 남자들에게서 필요 이상의 관심을 받지 않는 것도 사실이었다. 엄마에게 몇 번이고 얘기하지만 엄마는 언제나 몸조심하라며 전화를 끊었다. 엄마는 결국 엄마인 것 같다. 엄마 눈에야 딸이 예쁘고 귀하죠, 세은은 쿡쿡 웃고 말았다.

EM 팬클럽 운영진에게는 몇 달간 쉬겠다고 얘기했다. 너무 오래 쉬는 것 같으면 아예 운영진을 탈퇴할 고민도 했는데 언니 동생들이 단번에 붙잡았다. 어차피 EM의 활동도 없는 시기인데 운영진이 뭐 그리 바쁘겠냐고. 하지만 3월 14일이 채은형의 생일이라 바쁘지 않을 리 없었다. 그래도 언니 동생들은 괜찮다며 운영진을 그만두겠단 생각은 아예 접으라고 으름장을 놓았다. 세은은 언니 동생들의 배려에 진심으로 감사했다.

채은형의 생일 이후로 석 달이 지났다. 생일 선물 접수라든지 깜짝 이벤트는 잘 진행되었다고 했다. 미정이 전해준 소식이었다. 근데 채은형이 계속 쿨럭거리던 게 걱정이었다고도 했다. 꽤 마르고 예민한 데다 자기 몸 귀한 줄 모르니 감기를 달고 사는 게 당연했다. 감기 정도로 그쳐서 오히려 고맙다고 해야 할 것이다. GIL의 콘서트 때가 떠올랐다. 그렇게까지 자기 몸을 혹사하며 일만 해대는 인간은 처음 보았다. 세은은 자기 입으로 프로의식 운운하면서 몸 관리도 못하는 인간이라고 혀를 찼다. 그러자 미정이 갑자기 말을 그쳤지만 세은은 곧바로 이유를 떠올리지 못했다.

"내가 너무 말이 심했나요? 그래도 좋아하는 가수가 아프다는데……."

[아니야. 나도 그렇게 생각했어. 다만 네가 챙겨줬을 땐 은형 씨가 거의 아프질 않아서…….]

세은은 심정이 복잡했다. 미정은 그럼 채은형이 감기 걸린 이유가 세은이 안 챙겨줘서라고 생각하는 건가? 세은의 생각은 달랐지만 굳이 내색하진 않았다. 미정은 은근히 세은이 기억을 잃은 걸 안쓰러워해 왔다. 세은이 괜찮다고 할수록 착잡해하기에 정말 괜찮은데도 괜찮단 내색을 하지 못했다.

[참, 동규 씨가 일을 그만둘지도 모른다더라.]

"어머, 왜요?"

정말 의외였다. 매니저가 천직인 것처럼 보이진 않았지만 동규는 정말 그 일을 좋아하고 열심이었다. 혹시 다른 곳으로 스카우트되는 건가? 그렇다면 축하할 일이지만 미정의 목소리는 어두웠다.

[아버님이 시골에서 농사를 지으시는데 너무 연로하셔서 걱정이더라고. 땅을 팔고 부모님이 올라오시면 좋을 텐데 그 땅이 개발제한 구역으로 묶여 있다네. 게다가 부모님은 동규 씨가 내려와서 농사일을 거들었음 하는 모양이고. 동규 씨가 생각보다 부모님께 약한 것도 있어서 고민하더라고.]

동규가 세은의 부탁을 번번이 들어준 것도 마음 어딘가 여린 구석이 있어서였을 것이다. 동규를 보면 험상궂고 새카만 데다 덩발도 좋아서 겁먹기 딱 좋지만 알고 지내면 마음 여린 구석도 많고 정도 많은 사람이었다. 한 번 내 사람은 끝까지 지켜낼 뚝심도 있는 사람이랄까, 그런가 하면 못 말리게 둔한 면도 있지만 말이다.

동규의 둔한 면을 떠올리니 살짝 울렁증이 일었다. 세은은 잠시 말을 멈추고 호흡을 골랐다. 동규의 둔한 면은 알고 있지만 구체적인 에피소드를 떠올리려 하니 머리가 찌릿하게 아파왔다. 은형과 관계된 기억이라서인가 보다. 속이 이렇게 울렁거리고 두통이 밀려올 때면 가끔은 무서웠다. 난 기억을 잃은 지금이 너무 편하고 좋은데 이런 증상이 계속되면 언젠가 모든 기억이 일시에 돌아올 것 같아서. 그럼 채은형을 향한 그 바보짓을 또다시 시작하게 될까 봐.

미정이 그 당시의 세은을 어떻게 생각하기에 지금의 세은을 안쓰러워하는지는 세은이 알 바 아니었다. 세은은 정말로 지금이 좋았다. 채은형에게 매달리지 않고, 채은형 생각에 하루를 시작하고 마감하지 않고, 채은형과 조금이라도 접할 기회를 엿보느라 머리를 짜내지 않는 지금이. 기억이 돌아오지 않는다고 자신의 지난 행태를 모르는 건 아니었다. 세은의 성격과 채은형의 반응과 자신이 해왔던 일들의 증거와 증인 덕분에 대체 자신이 어떻게 살아왔는지를 짐작할 수 있었다. 아마 지금 짐작하는 것 이상으로 채은형한테 집착했을 터였다. 그 생각만으로도 정말 갑갑했다. 때문에 채은형에게 마음 기울이지 않는 지금이 얼마나 편안한지 모른다. 세은은 부디 이 상태가 지속되길 간절히 바랐다.

동규가 만약 그만두게 되면 미리 알려달라고 말하고는 전화를 끊었다. 그 뒤로도 한참 시간이 흘렀지만 아직 동규가 그만두었단 소식은 못 들었다.

찬은 간간이 잘하고 있느냐는 연락을 해왔다. 받을 때가 반, 못받을 때가 반이었지만 찬은 전화를 안 받는다고 신경질을 내진 않았다. 이럴 때는 또 어른스러워서 마음이 놓인다. 찬의 아버지가 사장임을 감안하여 적정한 수준에서 일에 대한 푸념도 늘어놓고 고민도 털어놓았다. 찬은 그보다 더 심한 일화들을 들려주며 세은을 달랬다. 이럴 땐 찬이 꼭 오빠 같았다. 여전히 편식쟁이라는 말에 세은이 버럭 화를 내는 걸로 전화를 끊긴 해도.

6월이 되어 SI는 후속곡을 발표했다. 이 곡 역시 채은형에게 받았다는데 세은이 이번 싱글앨범에서 가장 좋아하는 곡이기도 했다. 빗방울이 생각나는 락 발라드 풍이라고 할까, 타이틀곡에서 키운 실력으로 락의 내지르는 듯한 창법까지 소화하는 SI였다. 다만 SI는 기본적으로 아이돌이고 대중가수이다 보니 정통락을 구현하진 않았다. 정통 락은 아닐지라도 일반 대중에게는 '너무 좋아!' 정도의 반응은 기본으로 뽑아낼 수 있는 대중가요였다.

후속곡의 인기가 급상승할수록 세은은 훨씬 더 바빠졌다. 하루에도 몇 번씩 여기저기 방송국을 뛰어다녀야 했고, TV, 라디오, 공연, 기타 특별 출연 등등 일주일을 하루같이 살 때가 대부분이었다. 하루도 쉬는 날이 없는 데다 날이 점점 더워져 SI는 물론 대부분의 스태프들은 탈진 상태였다. 거기에 세은에게는 또 다른 일이 떨어졌다.

"스케줄을 짜라고요?"

"대강의 아우트라인은 잡아놨으니까 세밀한 시간 조정이라든지 이동 시간 같은 거 정리해 봐."

용권은 다른 매니저들에게 시키는 일을 대뜸 세은에게 맡겼다. 그 직전에 용권 밑의 매니저 하나가 급성장염에 걸려 입원한 차였다. 세은은 사람이 하나 줄어 숨이 막히도록 바빠질 것 같아 더욱 신경을 곤두세우고 있었는데 용권이 떠맡긴 일을 보니 기가 차 한숨도 나오지 않았다.

"하지만 이 일을 하면 제 원래 일을 할 사람이……."

"사람 하나 더 쓸 거야."

그렇다면 매니저 급으로 한 사람 데려와 스케줄을 짜게 하는 게 더 옳지 않을까? 세은이 건의하려 했지만 용권이 딱 잘라 말했다.

"모르나 본데 난 매니저 양성 과정 밟은 애송이 쓸 마음 없어. 현장에 부딪쳐 깨지면서 책임도 지고 수습도 해보면서 일을 배워야지, 인턴이랍시고 면책 받는 거 재수없어."

"다른 더 좋은 매니저들도……."

"아, 할 거야, 말 거야?"

용권이 버럭 짜증을 냈다. 세은은 결국 두 손 들었다. 용권이 보기와 달리 무척이나 신경질적인 사람이란 걸 알고 있었다. 커다란 덩치에 맞게 동규가 둔한 면이 있었다면 용권은 살이 쪘다고 모두 둥글둥글한 성격은 아니라는 단적인 예였다. 용권의 작은 눈이 번뜩일 때면 누구도 그 앞에서 반론을 펼치지 못했다. 신경질적인데다 지랄맞은 성격의 소유자여서였다. 그런 용권도 SI들에게는 성질을 죽이고 맞춰주지만 그 외의 스태프에게는 용서가 없었다. 사장 앞에서도 본색을 드러낸다는데 할 말 없었다.

세은은 결국 일을 수락하고 용권이 던져 준 스케줄 초안을 가다듬어 갔다. 용권은 굉장한 악필인데다 생각나는 모든 건 죄다 적어놓는 타입이라 처음에는 대체 어디부터 손을 대야 할지 알 수 없었다. 남들 다 쓰는 PDA라도 쓰길 권했지만 자기는 죽어도 아날로그란다. 용권이 엄청난 기계치란 걸 알게 된 건 용권의 집에는 그 흔한 데스크탑 하나 없다는 얘기를 들은 다음이었다.

기존의 스케줄표를 참고로 초안을 가다듬고 지난 넉 달간의 경험을 살리니 정리하는 일은 생각보다 수월하게 풀렸다. 다만 시간

안배가 문제였다. 이동 경로를 아무리 짜내도 시간이 촉박했다. 그렇다고 세은 마음대로 스케줄을 없앨 수도 없었다. 하루는 대체 왜 24시간이란 말인가, SI에게만은 특별히 48시간을 주시면 안 될까. 그럼 이동 경로는 생각 안 하고 넉넉히 밥까지 챙겨 먹으며 일할 수 있는데. 이런 살인적인 스케줄을 맞추느라 연예인들의 교통사고가 심심찮게 기사화되는 모양이었다. 대략적인 스케줄만 알고 함께 다닐 때부터 느낀 바였지만 세은이 직접 스케줄을 정리하자니 더욱 뼈저리게 와 닿았다.

처음에 세은이 짠 스케줄을 보고 용권은 엄청나게 성질을 냈다. 세은 딴에는 최선을 다해 머리를 굴렸는데 용권이 집어낸 부분은 하나도 고려하지 못했다. 스케줄이 나오기까지의 과정은 누구에게도 배운 적 없으니 뭐가 생략되고 뭐가 가감되었는지 몰랐기 때문이다. 세은은 결국 엄청나게 깨지고 다시 스케줄을 짜게 되었다.

스케줄이란 건 언제 어디서든 더해지고 취소될 수 있는 것이라 오늘 완벽하게 만들었다고 내일도 완벽하단 법이 없었다. 그리고 A사의 프로그램 출연으로 시간이 꽉 차더라도 B사에서 더 좋은 프로그램 출연을 제시하면 어떻게든 시간을 빼야 했다. 거기까지 간신히 해낸다고 또 끝나는 것도 아니었다. SI는 SI대로 어느 프로는 MC가 마음에 안 드네, 다른 패널들 중 누구와는 궁합이 죽도록 안 맞아 싫으네, 엄청나게 요구사항이 많았다. SI는 게다가 다섯이라 다섯 모두가 만족하기는 하늘의 별 따기였다. 나중에는 왜 신께서 인간에게 자유의지를 주셨는지 원망할 지경이었다.

하나, 그것도 한 달간 죽어라 일하고 나니 은근히 재미있었다. A사와 B사의 알력이라거나, SI가 어느 특정 패널을 꺼려하는 이유라거나, KG에서 SI에 끼워 팔기 하려는 신인 가수의 사정이라거나, 일반인으로서는 도저히 알기 힘든 뒷이야기를 알게 되어서였다. 그만큼 구린내 나는 이야기도 많았지만 사람 사는 곳 어디든 냄새 안 나겠나 하는 생각으로 받아넘길 수 있었다.

그동안 제일 신기했던 건 이 일이 어느 정도 익숙하단 사실이었다. 가수는 무대를 준비하기 위해 고군분투한다면 팬은 그 가수를 조금이라도 더 좋은 자리에서 보기 위해 고군분투했다. 출연 예정 시간보다 몇 시간이나 일찍 공연장에 도착하는 건 기본이요, 가수에게 전해줄 선물이며 음식을 바리바리 싸가고, 가수를 응원하기 위한 판넬과 현수막 제작, 응원도구 제작 등등 팬도 정말 할 일이 많았다.

그런 준비들과는 정반대의 입장에서 준비를 하는 거라 겹치는 게 뭐가 있으랴 싶었지만 공연장이나 음악프로의 무대에 익숙한 것도, 분위기를 읽을 수 있는 것도, 가수와 스태프를 세심하게 챙기는 것도, 모두 EM의 팬 생활을 오랫동안 해온 덕분이었다. 기억은 안 나더라도 채은형을 챙기던 게 이미 몸에 배어 있는지 SI를 더욱 세심하게 챙길 수도 있었다. SI가 세은의 소소한 배려에 은근히 감동하던 걸 기억하고 있었다. 채은형에 목매고 죽어라 쫓아다녔던 시간들, 싫다는 사람에게 억지로 떠안기던 선물이며 음식이 아주 헛된 시간과 헛된 공은 아니었던 모양이다.

GIL과도 몇 번 마주쳤다. GIL은 세은을 어렴풋이 기억하고 있었다. GIL의 첫 콘서트 때 세은이 EM과 함께 일했던 게 기억나는 듯했다. 아직 신인이라서인지 세은을 알아보고 꼬박꼬박 먼저 인사하기도 했다. 그건 아마 채은형에게 확실하게 배웠을 것이다. 채은형 본인은 제멋대로에 이기적인 인간이었지만 어디까지나 사석에서의 이야기였다. 철두철미하게 연예계 룰을 지키며 트집잡히지 않도록 행동했다. 인사는 먼저 한다, 인사는 누구에게든 한다, 프로다운 모습은 잃지 않는다 등등. 채은형이 GIL의 콘서트 때 GIL이 기자와 동료 연예인들을 대하는 모습을 보고 가장 엄하게 혼냈던 게 기억났다. 나이 어리다고 봐주는 곳이 아니다, 여자니까 어리니까 봐주겠단 생각 따위 때려치워라, 그렇게 무른 사고로 버틸 수 있는 곳이 아니다 등, 콘서트 내용이나 노래에서의 실수보다 더욱 매섭게 다그쳐 댔었다.

GIL도 후속곡으로 활동해서 SI와 함께 출연할 때가 많아졌다. 각종 음악방송을 비롯해 케이블 방송 프로그램에도 함께 출연했다. 그리고 혹시나 하는 예상대로 한 케이블의 음악프로에 SI와 GIL과 채은형이 동시에 섭외되었다. SI와 GIL 모두 채은형의 곡으로 음악프로 순위 1, 2위를 다투고 있었다. 채은형이 일반 프로듀서라면 모를까, EM의 멤버이기도 해서 최근 기사에는 은형의 이름이 심심찮게 오르내리고 있었다. 정규 방송국이라면 잘 모르지만 케이블 방송국이나 라디오 프로에서는 SI와 GIL과 은형을 동시에 섭외하는 일이 있을 수도 있겠다, 짐작했었다. 화제성은 아무튼 충분하니까.

그러니 이날이 오는 게 어찌 보면 당연했다. 스튜디오에 도착해

SI의 준비를 돕자니 채은형이 도착했다는 소식이 들렸다. R이 채은형과 유독 친했던 게 떠올랐다. 도착했다는 말을 전한 스태프가 나가고 잠시 뒤 은형이 SI의 대기실로 들어왔다.

네가 아니어도 _11

"**신**수가 훤하다?"

은형은 R이 요새 얼마나 일이 많은지 잘 알고 있었다. 타이틀곡을 편곡할 때 함께 작업할 시간이 턱없이 부족했던 걸 겪기도 했지만 SI가 기본적으로 어떤 스케줄을 소화하는지 잘 알고 있었기 때문이다. R은 그 무식하게 엄청난 스케줄을 소화하면서도 웬만해선 힘들다 내색하지 않는 성격이었다. 하지만 벌써 사 년 정도두텁게 친분을 쌓아온 은형은 R이 얼마나 고달파하는지 낯빛만보고도 알아맞혔었다.

한데 지금의 R은 혹시 스케줄이 줄어 숙면을 취했나 싶을 정도로 멀끔했다. R은 자기 눈 밑을 톡톡 두드렸다.

"다크서클이 발꿈치까지 내려갔거든? 무슨 소리?"

빼어난 스타일리스트의 솜씨로 다크서클이 완벽하게 감춰졌던지 R이 너스레를 떠는 건지 둘 중 하나였다. 게다가 픽하면 입원을 반복하던 A도 최근에는 입원했다는 말이 없었다. 갈수록 살이 빠지는 건 사실이었지만 언제나 밥도 못 먹어 골골대던 꼴은 아니었다. 오히려 눈빛은 또렷하고 생기가 있어 보인다고 할까. A가 케이크를 먹는 걸 보고 단걸 먹어서 피로가 빨리 풀리나 싶었다. MU는 은형을 보더니 MP3P를 꺼내 한 여자에게 건넸다. 여자는 허리춤에 찬 주머니에 익숙하게 MP3P를 넣고는 다시 구석으로 사라졌다. MU는 은형을 보더니 씩씩하게 인사했다.

"형, 잘 지냈지? 되게 오랜만인 것 같다."

"4월쯤 봤던가? 그때는 아예 파김치 상태더니 다들 보약이라도 먹었어? 쌩쌩한데?"

"이 일에도 이골이 났잖아. 촬영 직전이라 불사르는 거지 차에 돌아가 봐, 다들 시체야."

팔 년이나 했으니 페이스 조절하는 것쯤은 일도 아닐 것이다. 유독 건강하달까, 생생해 보이는 건 팔 년째에 접어들어 특별한 비법을 터득해서인가? 은형은 쿨럭 잔기침을 했다. 어디 그런 비법이 있다면 은형이 제일 먼저 배우고 싶었다.

"그러는 형은 계속 쉬었으면서 왜 이렇게 골골대. 형은 바쁜 게 체질인가 보네."

"충분히 바빴거든?"

은형은 신곡 작업을 하느라, 의뢰 들어온 일을 처리하느라, SI만큼 돌아다니진 않았대도 정말로 바빴다. 일에 한 번 매달리면 끼니를 거르는 건 기본이고, 지쳐 쓰러지기 전엔 침대에 들지도 않으니 건강은 갈수록 악화일로였다. 게다가 잔기침이 떨어지지 않아 요즘엔 쌀알보다 약알을 더 많이 먹어댔다. 뭘 씹을 힘도 없어서 죽이나 수프로 연명하느라 그것들도 이젠 질렸다. 이럴 때 입맛을 착 당기는 뭔가가 있었다는 데 생각이 미친 순간 은형의 시선이 구석 쪽에 얌전히 앉아 있는 여자를 향했다.

여자는 다른 스태프들이 움직이는 걸 살피다가 누군가 행거에 쭉 걸어놓은 의상을 점검하자 그 곁에 다가갔다. 은형은 여자가 움직일 때야 겨우 눈을 뗐다.

"혹시 기억나냐? A 파티에서……."

R이 작년 연말에 있던 파티 이야기를 꺼냈다. 잊을 리 없었다. 은형은 그 이후로 몇 번이나 그 상황을 곱씹었는지 모른다. R은 은형이 A 파티에서의 여자와 스태프로 일하는 여자가 같다는 걸 말하고 싶은 듯했다. 은형은 대강 고개를 끄덕였다.

"이만 가볼게. 조금 있다가 보자."

이곳 대기실이 유독 공기가 안 좋은 건지 은형은 자기 대기실에 돌아와서도 한참을 쿨럭거렸다. 폐가 오그라들도록 쿨럭거리자니 진이 다 빠졌다. 찬미가 메이크업을 하겠다며 얼굴을 들라는데 은형은 손을 내저었다.

"귀찮아."

"은형 오빠, 지금 막 입원했대도 믿을 얼굴이에요. 조금이라도 화장하는 게 나을 거예요."

하지만 얼굴에 슥슥 스치는 타인의 감촉을 참을 수가 없었다.

찬미는 스펀지나 붓을 사용하기도 하지만 기본적으로 손으로 직접 메이크업을 했다. 은형은 찬미가 화장품 케이스를 열자 훅 끼쳐온 분 냄새에 다시 쿨럭거렸다. 찬미도 그걸 보고 한발 물러섰다.

"감기가 지독히도 안 떨어지네. 약은 먹어요?"

은형은 의자에 반쯤 널브러졌다. 목을 가눌 힘도 없어 축 늘어지니 정말 세상에 하등 쓸모없는 쓰레기가 된 기분이었다. 아프면 이게 지랄이다. 온갖 잡다한 생각이 끊이지 않고 그 잡다한 생각은 몽땅 다 지옥까지 뚫을 듯 삽질하는 것으로 결론이 난다는 것. 왜 아프면 죽어도 긍정적인 생각이 안 나는 건지 이유를 모르겠다.

"먹어."

"병원에서 정밀 검사를 받는 건……"

은형은 그냥 눈을 감았다. 찬미는 더 잔소리 하지도 못하고 돌아섰다. 늘어진 상태에서도 쿨럭, 기침이 났다. 몸이 들썩이고 옆구리가 결렸다. 은형은 이맛살을 자글자글 일그러뜨렸다.

그 여자, 얼마 만이더라.

생일파티를 거하게 해주겠다고 큰소리 탕탕 친 재민은 지섭의 가게를 통째로 세내 유빈의 동료 모델들을 잔뜩 빌렸다. 생일파티를 거하게 한다는 게 얼굴도 모르는 잡다한 인간들을 잔뜩 부르는 거냐, 은형은 속으로 빈정거렸다. 게다가 주인공이 은형으로 바뀌었을 뿐 재민의 생일파티 때와 별다른 차이 없는 파티였다. 은형은 예의상 한두 시간 정도는 자리를 지키기로 했다.

은형이 앉은 테이블에 찬이 다가왔다. 찬은 대뜸 은형의 옆에 앉더니 '생일 축하해'라고 건성으로 인사했다. 은형 역시 건성으로 인사를 받았다. 얼굴이나 간신히 알려진 VJ라고 생각했는데 사실은 계성 사장의 아들이란다. KG의 창립자이자 실질적인 오너인 계성 사장은 이 바닥의 큰손 중 하나였다. 90년대와 2000년대를 통틀어 음반시장을 장악하고 있다고 할까. 꽤나 유능하며 수단 좋은 사내였다. 그 사람의 아들이란 것이 소문이 퍼져 계찬은 어느 모임에서든 초대 손님 1순위에 올랐다.

은형은 습관적으로 잔기침을 뱉어내고는 양주를 스트레이트로 속에 들이 부었다. 속이 화끈하게 저리며 뜨끈한 것이 번져 갔다. 당분간 기침을 잠재우지 않을까 기대해 보았다.

"형."

옆에 앉기만 했지, 인형처럼 가만히 있던 찬이 돌연 은형을 불렀다.

"엄마가 있어?"

찬이 뜬구름 잡는 소릴 잘하는지는 몰랐다. 은형은 한쪽 무릎을 접어 소파에 느긋하게 기댔다. 다시 잔기침이 쿨럭 일었지만 술기운은 날카로운 신경을 누그러뜨렸는지 그다지 거슬리지 않았다.

"있지."

"사이 좋아?"

중학생 때부터 음악에 미쳤던 은형은 결코 효자가 아니었다. 부모님이 고등학교까지 졸업하면 그 후에는 하고 싶은 일을 하도록 허락하겠다고 으름장을 놓지 않았다면 은형은 현재 중졸이었을 것이다. 고등학생 때도 거의 집에 들어간 적 없는 데다 고등학교 졸업 후에는 아예 서울에 올라와 재민과 자취를 시작했다. 엄마와 친하냐고? 질문 자체가 우스웠다.

"난 엄마가 없어."

계성 사장에게 몇 명인가 부인이 있는 걸로 알고 있었다. 그중 몇 번째 부인이 찬을 낳았는지 의문이었다. 분명한 건 작년에 디자이너라던 부인과 또 한 번 헤어졌으니 친모와 함께 살고 있는 건 아니라는 사실이었다.

"생일이면 낳아주신 부모한테 제일 감사해야 하는 거래. 그 부모가 날 낳고 버렸더라도, 한 번도 곁에 있지 않았어도, 그래도 감사해야 한대."

계찬은 왜 이런 이야기를 나한테 할까? 무슨 의도로?

이런 이야기를 아무한테나 쉽게 하는 놈이 아니라는 것 정도는 안다. 은형은 눈을 아프게 문질렀다. 피로가 풀리지 않고 누적되기만 해 눈을 뜨는 것도 고역이었다.

"세은이 해준 말이야. 형은 엄마한테 감사해?"

세은. 은형의 몸이 반사적으로 굳어졌다. 찬은 짐짓 천진난만하게 은형을 보고 있었다. 은형은 찬의 표정에 속지 않았다. 계성 사장의 아들로 태어나 자랐다는 건 계찬에게 '순진함'이란 터럭만큼도 존재하지 않음을 뜻한다.

은형은 찬을 노려보았다. 찬은 피식 웃더니 원래의 퇴폐적이리만치 허무한 표정으로 돌아갔다. 어째서 스무 살 남짓한 어린 녀석이 저런 표정을 지을 수 있는지 모르겠다.

"우리 엄마가 세은 반만 닮았다면 난 감사할 거야."

"무슨 말이 하고 싶은 거냐."

"고맙다고."

찬은 싱글 웃었다. 웃고 있어도 섬뜩했다. 여느 여자들 이상으로 예쁘장한 외모면서 결코 만만히 볼 수 없는 무언가가 있었다. 하지만 누군가에게 순순히 기가 죽을 은형도 아니었다.

"뭐가?"

"세은을 싫어해 줘서."

"뭐?"

찬은 자리를 툭 털고 일어났다.

"덕분에 나에게도 기회가 생겼어."

그날은 3월 14일, 은형의 생일이었다. 소속사를 통해 계속 일이 들어오는 실정이라 은형은 간간이 SOO 사무실을 들렀다. 3월 14일, 생일에 한 번도 사무실에 들른 적 없던 그는 오늘 따라 SOO 사무실을 찾았다. 그게 낮의 일이었다.

실장이 잠시 자리를 비운 사이 은형은 응접실 겸 회의실에 갔다. EM 팬클럽 운영진 중 간호사라던 수진과 막내 혜영이 자리를 지키고 있었다. 두 사람은 은형을 보고 진심으로 놀라워하고 직접 생일 축하한다며 준비해 둔 선물을 내밀기도 했다. 혹시 만날지 몰라 들고 다녔다면서.

생일이 하필이면 화이트 데이라 선물에는 드문드문 달달한 사탕이나 초콜릿이 껴 있기도 했다. 하지만 은형은 단것이라면 질색이었다. 그가 단 음식 중 가장 잘 참을 수 있는 건 베지밀 B 정도? 그것도 베지밀 A가 없을 때에 한한 경우였다.

하지만 몇 년 전부터인가 생일날에 떡 케이크를 받기 시작했다. 선물 중에 달달한 음식들도 사라졌다. 화이트 데이라고 무작정 떠안기던 사탕바구니가 사라졌다. 한데 응접실의 절반 이상을 가득 채운 선물들 중에 그 사탕바구니 몇 개가 눈에 띄게 놓여 있었다. 팬클럽 운영진들의 선물은 간절기에 입을 수 있는 가벼운 재킷이었다. 딱히 은형의 마음에 드는 디자인은 아니었지만 운영진들 앞이라 빙긋 웃으며 고맙다고 받았다.

"오늘은 둘뿐이에요?"

은형은 시간이 아무리 지나도 팬들에게 말을 놓는 걸 잘 못했다. 팬들과 거리를 두기 위해 만든 습관이기도 했지만 그들이 팬이고 자기는 가수라는 사실을 잊지 않게 하기 위한 경고의 의미이기도 했다. 어느 팬들은 그런 모습이 오히려 깍듯하고 예의 발라서 좋다며 입을 모았다.

"네. 어제는 정미 언니랑 혜영이가 했었어요."

가무잡잡한 얼굴에 복스러운 인상의 수진이 대답했다. 혜영은 이틀 연속 선물 받기 담당인 것 같았다. 은형은 가벼운 미소를 그렸다.

"혜영 씨가 이틀 연속 왔구나. 바쁠 텐데 수고가 많아요."

혜영의 하얗고 뽀얀 얼굴이 화륵 달아올랐다.

"아니에요. 세은 언니는 매년 해왔던 일인데요."

은형의 눈치를 본 건 오히려 수진 쪽이었다. 그래도 은형은 미소를 잃지 않았다.

"그러고 보니 세은 씨가 안 보이네요. 요즘 바쁜가 봐요."

수진이 왜 저렇게 놀라워하는지, 혜영이 왜 대답하기 직전에 머뭇거렸는지, 은형은 무시하고 넘어가기로 했다. 혜영은 살짝 수진의 눈치를 보았다.

"세은 언니 요즘에 다른 알바를 시작했어요. SI의 매니저 보조인데 이제 일한 지 이 주일 정도 됐어요."

SI의? 대체 누구와 선이 닿아서? 은형은 문득 A 파티 때 세은과 찬이 함께 참석했던 걸 떠올렸다. 계성 사장의 아들 계찬의 짓이라면 충분히 가능했다.

"매니저 보조라니 별로 편하진 않겠네요."

"안 그래도 그 일 때문에 운영진도 사퇴하려고 했어요."

순간 머릿속이 새하얘졌다.

"그만뒀다고요?"

"아뇨, 미정 언니랑 저희들이 꽉 잡았죠. 세은 언니 없으면 안 돼요. 그동안 얼마나 일을 잘했는데요. 세은 언니 없으면 팬클럽도 잘 돌아가지 않을걸요?"

혜영이 조잘조잘 떠들어댔다. 혜영이 이렇게 말이 많은 사람인지도 처음 알았다.

"작년이었다면 세은 언니가 먼저 은형 오빠 생일 선물을 지정했을 텐데. 워낙 세은 언니가 해오던 일이라 다들 깜박한 거 있죠."

"내 생일 선물을 지정해요?"

수진이 그제야 정색을 하고 나섰다.

"지정이랑은 좀 달라요. 은형 오빠가 워낙에 단걸 못 먹으니까 화이트 데이라고 단것들을 준비하지 말라고 미리 알려주는 거예요. 웬만한 팬들은 알고 있지만 알고 있어도 까먹거나 새로 온 사람들은 모르는 게 대부분이니까요. 기껏 선물을 샀는데 은형 오빠가 한 입도 못 먹으면 속상하니까 미리 다른 선물을 준비하라고 알려주는 거예요. 세은 언니는 세심한 데도 있고 자기도 팬이니까 다른 팬들의 마음을 잘 아는 거죠."

수진이 똑 부러지는 말투에 은형은 잠시 멍해졌다. 혜영도 황급히 수진의 말에 동의했다.

"맞아요. 세은 언니는 정말 그런 거 잘 챙기더라고요. 나도 좀 배워야 하는데."

그 뒤로 실장이 돌아와 은형은 실장의 방을 찾았다. 공기가 바뀌자 다시 기침이 났다. 담배에 불을 붙이던 실장은 안쓰럽다는 듯 한숨을 내쉬었다.

"감기, 아직도야?"

"담배 꺼주세요. 목이 더 아파지니까."

"까다롭기는."

실장은 다시 한 모금 깊이 들이마시더니 은형의 지시대로 담배를 지져 껐다. 은형은 연기가 코끝을 감돌아 다시 잔기침이 나려는 걸 억지로 참았다.

회의가 끝날 때까지 계속 쿨럭거리는 은형 때문에 처음에는 안

쓰러워하던 실장조차 급기야 짜증을 냈다.

"몸 관리도 프로의 기본이야. 정 네가 못하겠음 사람을 쓰든지."

"내 공간에 낯선 사람이 있으면 작업 못해요."

"진짜 빌어먹을 성질이야. 왜 한동안 괜찮다가 다시 이 난리냐고. 동규 씨가 못해줘?"

"동규 형은 여전해요."

"그럼 왜 갑자기 약해진 거야. 내가 정말 보약이라도 해다 바쳐?"

"감초 알레르기 있어요."

실장이 버럭 성질을 내려는 걸 은형은 간신히 도망쳐 나왔다.

그런 뒤에 생일파티에서 찬에게서 고맙다는 인사를 들으니 속까지 쓰려왔다. 고맙다고? 자기에게 기회를 줘서? 무슨 기회? 그 여자를 넘겨받을 기회? 그런 기회는 언제든, 얼마든지 활짝 열어놓고 있었다. 그 여자는 은형이 보내서 간 게 아니었다. 가라 가라, 고사를 지내긴 했지만 은형이 직접 내쫓은 적은 없었다. 자기 멋대로 은형에 대한 기억만 싹 지운 채 자기도 힘들었다고 버럭 소릴 치고는 제 발로 사라진 것이다. 그러니 고맙다는 인사 따위 받을 이유가 없었다.

받지 않아도 될 인사를 받아서인가 은형은 점점 속이 쓰려왔다. 결국 그 밤, 지사제를 사러 오밤중에 약국을 돌아다니는 것을 끝으로 스물아홉 번째 생일이 막을 내렸다.

GIL의 콘서트 이후 처음이었다. 콘서트 첫날엔 쓸데없는 참견을 하더니 이튿날에는 아는 척하지도 않던 여자였다. 첫째 날 뒤풀이 때 있었던 사건을 누가 여자에게 경고했나 싶을 정도로 여자는 은형에게 참견하지 않았다. 콘서트를 모두 마치고 뒤풀이를 할 땐 남자들이 합심해서 그를 여자에게서 떼어놓았기 때문에 여자와 마주할 일도 없었다.

그 뒤로 지금 처음 보는 것이다. 지난 삼 년간, 무려 삼 년간, 하루도 빠짐없이 게시판에 글을 도배하고, 그를 보기 위해서 부산까지도 쫓아왔던 여자가, 지난 오 개월간 조금도 얼굴을 비치지 않았다. 그뿐인가, 오 개월 만에 마주친 여자는 그를 보고도 조금도 아는 척 하지 않았다. 아는 척은커녕 그가 있는 곳으로는 시선도 주지 않았다.

은근히 부아가 치밀었다.

네가 뭔데 날 무시해? 무시해야 할 사람은 오히려 내 쪽 아니야? 아니, 그 쪽에서 먼저 모른 채 나왔다면 난 반가워해야 할 상황 아닌가? 날 발견한 그 여자가 강아지처럼 눈을 밝히며 쪼르륵 달려오리라 예상했었나? 파티의 그날, 은형에게서 해방되어 자유라고 소리쳤던 그 여자가?

왜 SI의 대기실을 찾아갔던가. 은형은 격하게 얼굴을 비볐다. 짜증이 치밀었다. 은형은 욕설을 내지껄이곤 대기실을 박차고 나갔다.

딱히 갈 곳이 있어 나온 건 아니었다. 그저 신선한 공기, 넓은 공간이 필요했다. 발길 닿는 대로 돌아다니다 간이 테라스를 발견했다. 비공식적인 흡연 구역인지 담배를 물고 있는 두 남자가 보였다. 은형은 무조건 문을 열고 나갔다.

여름이라 바깥은 아직도 훤했다. 형광등의 부신 빛만 보다가 따끈따끈한 햇볕을 쬐니 좀 살 것 같았다. 소원하는 대로 신선한 공기는 없었지만 깊어가는 여름을 알리듯 따끈한 바람이 휙 그어졌다. 은형은 그것으로도 충분히 안정을 되찾을 수 있었다.

다시 테라스 문이 열리고 두 남자가 건물 안으로 사라졌다. 은형은 간이 테라스에 마련된 정자 밑 벤치에 길게 누웠다. 편안히 잠을 잔 것도 한참 전이었다. 여름이 되도록 미열이 올랐다 내리기를 반복한 데다, 작업에 한 번 매달리면 잠을 잊어 작업이 끝난 후에 몰아서 자 버릇 했고, 무엇보다 자는 동안에도 기침이 나 자다 말고 일어나는 게 수차례였다. 에어컨 영역에서 벗어나니 금세 더워졌다. 그래도 은형은 눈을 꾹 감고 버렸다.

테라스 문이 다시 열린 건 그 즈음이었다. 휴우, 길게 내쉬는 한숨 소리가 들렸다. 은형은 무시한 채 여전히 눈을 감고 있었다. 발걸음 소리가 이쪽으로 가까이 다가와도 무시했다. 발걸음 소리가 바로 가까이에서 뚝 멎었다.

"내가 대체 왜……."

익숙한 목소리였다. 은형은 사람의 목소리를 빌어먹게도 잘 기억했다. 그리고 이 목소리는 지난 삼 년간 지긋지긋하게 들었던 목소리였다. 이세은이었다. 은형은 몸을 뒤척여 여자의 목소리에서 벗어나려는 무의미한 움직임을 시도했다.

"채은형 씨, 녹화 시작 십 분 전이에요. 다들 채은형 씨를 찾고 있어요."

은형도 녹화 시간이 가까워졌다는 걸 대강 눈치는 채고 있었다. 하지만 지금의 이 휴식이 너무 꿀맛 같아 꼼짝도 하기 싫었다.

"SI는 이 직후에 또 녹화가 있어서 여의도로 날아가야 해요. 일분도 지체할 시간이 없다고요."

"나보고 SI한테 맞추라고?"

은형은 기가 막혀 저도 모르게 일어났다. 그게 정말 이세은이 한 말인가? 세상사는 이유가 은형 하나뿐인 것처럼 굴던 여자가? 한 번도 은형이 거슬려할 만한 말을 한 적도 없으면서? 그저 이 여자가 하는 말 자체가 거슬렸지만 누구보다 그의 비위를 거스르지 않으려 노력한 것은 알고 있었다. 그런 노력 자체가 더욱 비위 상했지만.

여자는 은형의 말을 듣고 있지도 않았다. 전화기를 붙잡고 허리춤에 손을 댄 채였다.

"찾았어. 응, 여기 삼층의 간이 테라스. 네가 올래? 내가 심부름 중이라 더 여기 있지 못할 것 같아서."

여자는 갑자기 은형을 흘끗 쳐다보았다.

"아니, 내 말은 안 통하네. 네가 데려가는 게 낫겠다. 아니야, 이 정도 일로 무슨. 그럼 조금 있다가 보자."

여자는 그대로 건물 안으로 사라지려 했다. 은형은 허겁지겁 여자를 따라갔다. 여자가 문을 열기 직전 은형이 여자의 팔을 홱 낚아챘다. 여자는 은형의 힘을 못 이겨 핑글 돌아섰다.

"무슨 짓이에요?"

"너야말로 무슨……."

세은은 힘껏 은형을 뿌리쳤다. 졸지에 허공에 내팽개쳐진 그의 손은 그대로 고정되었다. 여자는 다시 전화를 받더니 뭐라뭐라 대꾸하고 건물 안으로 사라졌다.

은형은 스스로를 믿을 수 없었다. 내가 먼저 저 여자한테 손을 댔다고? 근처에 오기만 해도 벌레 보듯 진절머리를 쳤던 내가? 어째서?

괘씸해서였다. EM, 그리고 자기의 팬이었던 여자가, 그를 얼러서 스튜디오로 데려가기는커녕 SI의 시간을 뺏는다고 짜증을 냈다. SI에게 맞추라고 훈계를 했다. '나'의 팬이면서! '나'한테 인생을 몽땅 걸었던 주제에! '나'의 반응 하나하나에 울고 웃었으면서!

왜 이렇게 세상사가 불합리하게 느껴지는지 모르겠다. 잠시 가라앉았던 짜증과 두통과 기침이 왜 또다시 밀려오는지 모르겠다. 그저 신경질이 났다!

그를 찾아온 건 찬미였다. 찬미는 은형을 발견하고 막 뭐라 하려 했지만 은형의 눈빛을 보고 입을 다물었다. 은형은 찬미를 무시하고 대기실로 돌아갔다. 짜증이 난다, 화가 치민다, 신경질이 나 죽겠다! 정말 이대로 뭔가를 부숴 버렸으면 소원이 없겠다!

그날은 녹화 내내 성질을 내지 않으려고 기를 쓰는 게 전부였다. GIL의 2집에 대한 콘셉트, SI에게 전혀 다른 분위기의 두 곡을 준 의도 등에 대해 자세한 설명을 부탁받았다. GIL에게는 무한한 잠재력이 있어 내가 발견한 그중의 한 면을 추려낸 것뿐이고, SI라면 그 정도의 곡은 소화할 수 있으리라 믿었기 때문이라고 답했다. SI에 대한 대답이 조금 까칠해서였는지 MC와 다른 패널들의 표정이 약간씩 경직됐지만 은형은 대답을 번복하지 않았다.

녹화가 끝나자마자 R이 은형의 어깨에 팔을 둘렀다.

"하마터면 얼어 죽을 뻔했다? 너 사실 우리한테 불만있었냐?"

은형은 남은 시간 동안에도 SI에게 호감을 가졌는지 사실은 반감을 가졌는지 확실하지 않은 위험한 답변만 늘어놓았다. R과 은형이 친하다는 건 이미 소문이 퍼졌기 때문에 MC와 패널들이 가까스로 '친해서 더 까칠하게 군다' 는 식으로 받아넘겼다. 하지만 R까지 속진 않았다.

"여의도에 날아가야 한다면서. 바쁘실 텐데 여기서 날 상대할 틈이 있냐?"

"그건 또 어떻게? 아니, 너 왜 이렇게 날이 섰어?"

"그런 거 없어."

대기실이 있는 복도에 도착하자 세은이 R에게 다가왔다. R은 세은에게서 익숙하게 컵을 받아 내용물을 쭉 비웠다. 달콤하고 서늘한 냄새가 났다. 은형은 반사적으로 코를 킁킁거렸다.

세은은 전에 MP3P를 넣었던 가방에서 종이컵을 꺼내 새로 한 잔을 따랐다. 그러더니 그 컵을 은형에게도 내밀었다.

"딸기 주스예요. 감기에 걸렸을 땐 비타민 보충이 중요하니까……."

은형은 여자를 무시하고 그대로 지나치려 했다. 하지만 어깨에 둘러진 R의 손을 뿌리치려다 여자가 내민 손까지 치게 됐다. 앗 하는 사이에 여자가 들고 있던 컵이 바닥에 떨어졌다. R도, 은형도, 여자도, 고스란히 굳어졌다.

먼저 움직인 건 세은이었다. 세은은 깊은 한숨을 내쉬었다.

"네, 주제넘은 참견이었죠. 하지만 싫다고 말하면 이젠 알아들어요. 굳이 보여줄 필요 없어요."

은형은 번쩍 정신을 차렸다. 여자를 무시할 의도이긴 했지만 여자의 성의를 짓밟을 생각은 아니었다.

"아니, 난……."

은형이 채 뭐라 할 새도 없이 여자는 바닥에 주저앉아 그 조그만 가방에서 티슈를 꺼내 바닥을 닦기 시작했다. GIL과 다른 SI의 멤버 무리가 그들에게로 다가왔다. R은 은형에게만 들릴 만큼 나직하게 중얼거렸다.

"좀 심했다."

R은 세은 곁에 쭈그려 앉았다. 세은은 괜찮다고 얼른 이동할 준비를 하라며 R을 대기실로 들여보냈다. 은형은 여자를 노려보았다. 하나, 여자는 조금도 은형 쪽을 쳐다보지 않았다.

'R의 팔을 치우려고 움직였던 거였어! 조금만 머리를 굴리면, 아니, 내 쪽을 좀 더 주의 깊게 보았다면 바로 알 수 있는 사실이잖아! 이쪽을 봐, 날 봐! 내가 거짓말을 하는 것 같아? 너한테 잘 보이자고? 내 쪽을 봐! 내가, 내가 널 보고 있잖아!'

여자가 고개를 들었다. 하지만 여자의 시선 끝에 은형은 없었다. 여자는 SI 일행들을 맞이하고 있었다.

은형은 사과도, 변명도 할 수 없었다. 그는 결국 벽을 쿵 내려치곤 자기 대기실로 돌아갔다.

"은형 형 왜 저러지? 아까부터 되게 예민하던데."

MU가 다가왔다. 세은은 바닥을 대강 닦아내고는 쓰레기를 근처 쓰레기통에 버렸다. 세은에게는 MU의 질문에 대답해 줄 답이 없었다.

정말이지, 살다 살다 저런 인간은 처음 보았다. 세은이 싫으면 싫다고 하면 그만이지 왜 자존심 상하게 손을 쳐내냔 말이다. 아무리 세은이 SI의 스태프라지만 곁에 있는 은형을 무시하기가 뭣해서 먹지 않겠냐고 권한 것뿐이었다. 먹기 싫다고 했다면 당연히 다른 멤버들에게 주었을 것이다. 왜 그 아까운 걸 버리냔 말이다.

성질머리도 진짜 사납고 재수없었다. 세은은 SI 일행이 대기실에 들어가기를 기다렸다. 재수없다고, 진짜 어처구니없다고, 밉다고, 그딴 남자 질색이라고, 계속 되뇌었지만 결국 코끝이 찡하게 저려왔다. 세은은 눈가를 힘껏 문질렀다. 물기 한 방울 남아나지 않도록.

내가 왜 아픈 건데. 다시 찔끔 눈물이 새어나오려 했다. 세은은 뺨을 찰싹찰싹 쳤다. 자존심이 상해서다. 다른 사람에게 하던 것처럼 습관적으로 참견하다가 호되게 당해서다. 언젠가 이 성격 뜯어고쳐야 했는데 미루고 미루다가 오늘 같은 수모를 당한 거다. 그러니까 아픈 거다. 하지만 이젠 두 번 다시 채은형에게 참견한다면 진짜로 성을 갈아버릴 것이다.

　세은은 대기실에서 자기를 부르는 목소리에 부리나케 달려갔
다.

반향 _12

가사와 노래를 다 들은 클라이언트 측에서 동시에 한숨을 내쉬었다. 은형은 기본적으로 누가 자기 작품을 건드리는 걸 죽도록 싫어했다. 누구와 작업을 하든 수정에 대한 요청은 당연히 들어온다. 하지만 대부분 은형의 고집대로 일이 진척되었다. 은형은 일에 있어선 철두철미했기 때문에 그의 고집과 주장은 아무 근거 없는 생짜배기 똥고집이 아니었다. 은형 나름으로 자기 곡을 소화할 가수에 대해 분석하고, 상대방이 제시한 콘셉트에 맞춰 곡을 만들어낸 것이다. 상대방이 요구하는 건 그 일관된 흐름으로 완성된 작품을 누덕누덕 누더기로 만드는 짓거리뿐이었다. 때문에 은형은 일을 받으면 기가 막히도록 완벽하게 해내 누구도 싫은 소리를 못하게 만들었다.

이번 작업은 SOO의 사장과 형제지간이라 할 수 있는 UH 엔터테인먼트 사에서 의뢰해 왔다. CF라는 남성 트리오 그룹으로 이미 1집에서 함께 작업한 적 있는 친구들의 싱글 앨범에 대한 의뢰였다.

은형은 가볍게 쿨럭였다. 그 소리에 UH의 실장이 멋쩍게 웃어 보였다.

"은형 씨가 몸이 안 좋아서 사실 걱정했었는데 정말 부질없는 걱정이었네요. 이건, 음, 혹시 EM의 5집에 들어가려던 곡은 아니겠죠?"

UH의 실장은 가끔 실없는 소리를 할 때가 있었다. 하긴, 이 바닥에서 실없는 소리 할 줄 모르는 인간이 어디 있겠냐만은. 은형이 다시 쿨럭거렸다. 은형의 기침이 멎을 때까지 대화는 잠시 중단되었다.

함께 곡을 들었던 CF는 반쯤 넋이 나간 표정이었다. 고작 스무 살 남짓의 꼬마들이었는데 은형을 거의 신처럼 우러러보고 있었다. 은형은 그것도 언짢아 CF 쪽에서 시선을 거뒀다.

"저희 앨범에서 남은 떨거지를 드린다는 말씀이신가요?"

UH의 실장이 사색이 되어 손을 내저었다.

"무슨 말씀을요! 채은형 씨 명성은 익히 들었고, 이전에도 큰 도움을 받았지만, 이번 곡은 더욱 특별해서 하는 말입니다. 샘플링만 듣고 이렇게 넋이 나간 건 처음 같습니다. 정말 대단하십니다, 채은형 씨."

CF도 마치 기다렸다는 듯 은형을 찬양하고 나섰다. 은형은 그들의 온갖 화려한 미사여구에 속이 거북해질 따름이었다. 이젠 익숙해질 때도 됐는데 아직까지도 클라이언트를 마주 대하는 건 어색했다. 여느 때였다면 이쯤 해서 SOO의 실장이라거나 동규에게 나머지를 맡겼을 터였다. 하지만 오늘 동규는 재민의 라디오 방송이 있어 따라갔고, SOO의 실장은 이미 안면 있는 사이들이고 신곡 파일만 넘기면 될 일이니 안 오겠다고 했다. SOO의 실장의 효율적인 일처리를 사랑했던 은형이었다. 지금은 너무나 효율적인 실장이 원망스러웠지만.

은형이 다시 기침을 했다. 이 정도 기침을 해대면 알아서 꺼져줄 것이지 괜찮냐고 물으면서도 계속 자기 얘기들을 주절댔다. 은형은 지겨웠다. 이번 곡 때문에 꼬박 사흘을 밤새웠다. 최소 두어 달은 기다려야 할 줄 알았는데 일주일 만에 곡이 완성되었던 것 또한 그들에게는 감동 사항이었던 것 같았다.

CF도 나쁜 가수는 아니었다. 다만 GIL이라든지 SI 등에게서 받는 '반짝임'이 덜할 뿐이다. 하나, 그 '반짝임'도 기획사의 수단에 따라 얼마든지 갈고닦일 수 있기 때문에 어느 기획사에 소속되어 있느냐가 중요했다. UH는 작은 기획사지만 CF에게 거의 목을 매는 실정이니 어떻게든 돌파구를 열려 들 것이다. 그리고 지금 건넨 곡이 그 돌파구가 되어줄 게 틀림없었다. 이 패턴이면 UH 실장은 또다시 트레이닝 어쩌고 운운할 것이다. 은형은 당장 시작하자고만 하지 말아주길 바랐다.

"노래, 다시 들어봐도 될까요?"

실력은 가장 떨어지지만 미모 면에서는 CF 셋 중 가장 으뜸인 막내가 우물쭈물 말을 붙였다. 은형은 말없이 CD를 돌렸다. 처음에는 예의상 라이브로 직접 들려주었지만 다시 한 번 노래를 부르자니 목이 허락지 않았다.

『행복하겠다면서, 행복하겠다면서. 이렇게 울리고 돌아섰니, 이렇게 아프려 날 지웠니. 행복하겠다고 했잖아, 마지막 약속이었잖아. 원망하지 않을게, 미워하지 못해. 돌아와. 너 혼자 울게 하려고 보낸 거 아냐, 아파서 한참 미워했지만 사랑이 삭질 않아. 돌아와, 돌아와…….』

요청한 곡은 두 곡이었다.

『좋아한다고, 사랑한다고, 너밖에 안 보인다고, 믿어달라던 너였지. 잠이 들어도, 꿈속에서도, 항상 너뿐이라고, 알아달라던 너였지. 나에게 알려줘. 언제까지 믿으면 될까, 언제까지 알고 있으면 될까. 너의 사랑의 시한은 이미 지난 지 오래인데. 이제라도 말해줘. 나 이제, 그만두어도 된다고. 너를 믿는 짓을, 너를 기다리는 짓을. 이제 네 꿈의 주인은 내가 아니라고.』

각각 '이 맘이 삭기를'과 '거짓말쟁이'였다. 대체 갓 이십대에 접어든 애들한테 얼마만큼 슬픈 실연의 상처가 있을지 모르지만 UH 측에서 '사랑의 실연'을 주제로 노래를 만들어달라고 했다. 은형은 요청대로 노래를 만들었을 뿐이다. 노래를 들어보고 싶다던 막내는 정말 심취해서 노래를 들었다.

"마음에 들어?"

막내가 눈을 꼭 감고 음을 흥얼거리는 모습을 보니 안 물을 수 없었다. 막내는 정말 남자 녀석이라고 믿기지 않을 만큼 긴 속눈썹을 팔랑 뜨며 열심히 고개를 끄덕였다.

"형은 정말 천재예요!"

그다지 듣기 싫은 칭찬은 아니었다. 속 빈 강정 같던 아까의 칭찬보다야 훨씬 듣기 좋았다. 이 바닥 물을 먹어 순수함은 거의 잃은 녀석들이라고 해도 은형 역시 진심에서 우러나온 칭찬과 그렇지 않은 것을 구분하는 안목 정도는 있었다.

"진짜 절절해요. '이 맘이 삭기를' 은 노래하고 제목이 모순돼서 더 절절하고요, '거짓말쟁이' 는 말하는 쪽의 감정이 확확 와 닿아서 진짜 제 일 같아요. 어떻게 이런 노래를 만드세요? 다 경험에서 나오신 건가요?"

경험이라. 은형은 조금 들먹들먹하던 마음이 순간적으로 쑥 내려앉았다. 은형은 대꾸도 않고 트레이닝에 대한 일정을 잡아갔다. CF의 막내는 자기가 뭔가 은형의 심기를 건드렸다고 생각했는지 입을 꾹 다물었다. 어떻게 보면 딱한 녀석들이다. 스무 살 때의 은형은 세상에 무서운 것 없고, 거칠 것도 없었다. 그만큼 세상을 몰라서 더욱 기고만장하게 날뛰었었다. 하지만 CF의 세 녀석은 너무도 빨리 어른이 돼야 했고 세상물정에 빠삭해야 했다. 그러니 자기감정에만 취하지 못하고 이 바닥의 실력자 앞에서는 눈치를 보는 것이다. 녀석들의 입장과 심정을 헤아리면서도 은형의 기분은 풀리지 않았다.

UH 사람들이 돌아간 뒤에도 불편한 심기는 가라앉지 않았다. 기침을 시작한 뒤로 입에도 못 댔던 담배 생각이 간절했다. 담배를 물면 기침이 더 심해지고 가래가 끓기 때문에 억지로 멀리하고 있었다. 하지만 지금만큼은 도무지 참을 수 없어 엔지니어 팀에게 담배를 빌렸다.

담배를 한 모금 빨고 훅 내뱉자마자 미친 듯이 기침이 터져 나왔다. 은형은 왜 그동안 담배를 멀리했었는지 또 하나의 이유를 간신히 떠올렸다. 한심해서였다. 허약하고 나약해 빠진 몸 때문에 담배조차 제대로 태우지 못하는 자기가 한심해 미칠 지경이었다. 결국 한 모금 간신히 피운 담배를 신경질적으로 비벼 껐다.

경험에서 나온 얘기냐고? 경험을 해야만 곡을 만들 수 있다는 건 삼류나 하는 짓거리다. 그런 걸 나보고 했냐고? 그럼 1집부터 4집까지, 그리고 현재 5집 앨범이며 GIL, SI 등등에게 주었던 곡들이 모두 경험에서 나왔다고 말하는 건가?

하지만, 은형은 가까스로 기침이 진정된 가슴을 쓸어내리며 눈을 꾹 감았다. '이 맘이 삭기를'은 모르지만 '거짓말쟁이'는 경험이었다. 명백한 배신감과 분노에 휩싸여 간신히 자신을 다스리고 다스려 만든 곡이었다.

〈스물일곱…… 어려운 나이입니다. 사랑에 빠지면 무엇을 잃을지 잘 알면서도 아직 사랑에 빠지는 걸 제어할 나이가 되진 못했습니다. 하긴, 언제인들 사랑에 빠지는 걸 제어할 수 있을까요. 다만 사랑에 무뎌지는 건 아닌가…… 생각해 봤습니다. 언제쯤에야 사랑에 무뎌질 수 있을까요. 아니…… 그런 날이 과연 나에게 올까요. 여기, 당신이 있는데.〉

작년 EM 5주년 직전 그 여자가 올린 글이었다. 재민이 신이 나서 읽어댔었다. 은형은 은묘, 이세은이라고 하면 지긋지긋했지만 한 가지만은 인정했다. 이세은과 그는 어딘가 코드가 맞는다. 은형이 무언가를 감동적으로 느끼면 이세은 역시 그 부분에서 감동을 느꼈다. 세은이 올린 글에는 간간이 어떤 공연에 대한 느낌도 있었는데 그 여자가 느꼈던 감상평은 은형이 썼음직한 내용들이었다. 그럴 때면 소름이 돋긴 했지만 한두 번도 아니고 꼬박 삼 년간 겹쳐지다 보니 코드만은 일정 부분 겹친다고 인정하게 되었다.

은형은 세은의 글을 들으면서 속으로 치를 떨었다. 그의 나이 스물여덟에 비슷한 생각을 했더랬다. 이제 누구나 그를 어른으로 보고 어른 대우를 하지만 사랑에 있어서 '어른'이란 무의미한 게 아닐까 하는. 스물여덟의 그를 세상은 어른이라 하나 사랑 앞에 스물여덟이란 그저 숫자에 불과하지 않을까. 하지만 일개 숫자라고 몰아붙이기에는 살아온 세월의 무게가 고스란히 담겨 있기 때문에 아주 가볍게 취급할 수도 없었다. 사랑이 무언지 알고, 스스로의 감정을 조율할 수 있는 어른이 됐지만, 정작 사랑과 대면한다면 감정을 조율해 왔던 키가 제대로 작동할 수 있을까, 하고 생각했었다.

누가 보면 세은이 그의 머릿속에 들어갔다 나온 줄 알 것이다. 그러나 이 사실을 재민에게 알리면 재민은 또 입 싸게 말하고 다닐 게 뻔해서 한 번도 밝힌 적은 없었다.

'여기, 당신이 있는데' 라던 여자에게 묻고 싶었다. 그는 조금도 움직이지 않았다. 그의 자리는 언제나 이곳이었고, 앞으로 움직일 생각도 없다. 근데 지금 넌 어디 있는 거냐? 영원히 내 곁에서 지켜볼 것처럼 굴던 여자야, 넌 지금 어디 있는데?

통쾌하게 비웃고 싶었다. 그렇게 질척질척하게 사랑한다 매달려 놓고 하루아침에 등 싹 돌린 사람은 누구인가? 영원은 믿지 않는다면서 은형을 보고 감히 영원을 품게 되었다던 사람은 누구냐? 은형이 제 명에 못 살아 무덤에 드러누우면 그곳까지 하루가 멀다 하고 찾아올 것처럼 군 사람이 대체 누구냔 말이다!

은형은 파란 쓰레기통을 뻥 걷어찼다. 휴게실에서 난 시끄러운 소리에 누군가 다가왔다. 은형은 그 사람을 밀치고 작업실 밖 폭염 속으로 걸어나갔다. 쿨럭쿨럭, 그 와중에도 지긋지긋한 기침은 떨어지지 않는다. 은형은 문짝이 떨어져 나가라 차 문을 열고 털썩 차에 몸을 실었다. 도무지 기분이 풀리지 않았다. 자기가 왜 이런 기분을 느껴야 하는지, 왜 통쾌하게 비웃긴커녕 비웃음을 당하는 것만 같은지, 아무리 생각해도 답이 나오지 않았다!

"결혼?"

재민이 스포츠신문을 은형 앞에 털썩 내려놓았다. 두 사람은 5집 앨범 작업을 위해 작업실에 모였다. 은형은 거의 작업실에서 살고 있었고 TV는 아예 멀리했다. 작업을 시작할 땐 정말로 세상과 담을 쌓기 때문에 재민이 신문을 던져 준 후에야 유명 MC의 결혼을 알게 되었다.

"다음 주야."

개인적으로 친분이 있는 MC는 아니었다. 문제는 축가 제의가 들어왔단 것이다. 은형은 가볍게 콜록거렸다.

"기침이 많이 죽었다. 다음 주에는 낫겠지?"

"낫게 해야지."

은형은 머리를 긁적였다. 이 MC가 명예욕이 높은 건 알고 있었고 재민과 코드가 맞아 친하게 지내는 것도 알고 있었다. EM 정도가 돼야 자기네 결혼식의 축가를 부를 수 있다고 생각하는 모양이었다. 축가 의뢰는 몇 번이고 받아보았기 때문에 은형은 순순히 그 일을 수락하고 5집 앨범의 작업에 열중했다.

다행히 축가를 부를 날이 되어선 목 상태가 꽤 호전되었다. 근반년 만에 감기가 낫는 모양이다. 은형은 이제 감기, 병원, 약이라면 넌덜머리가 났다. 때는 한여름이었지만 결혼식은 시원한 실내에서 치러졌기 때문에 은형도 큰 불만은 없었다.

유명 MC의 결혼이다 보니 정말 많은 사람들이 참석했다. EM은 당연히 신랑에게 인사를 먼저하고 신부가 정말 예쁘다며 칭찬을 늘어놓았다. 신랑의 입이 귀에 걸렸다. 은형이야 속으로 결혼이 그렇게 좋으냐고 혀를 찼지만 두 사람이 무탈하게 오래오래 살길 바란다는 인사는 진심이었다. 오늘의 신랑에게서 EM이 축가를 부른다는 소식을 들었는지 연예 리포터들이 달려왔다. 은형은 익숙하게 웃어 보였다. 누군가 은형이 감기를 앓는단 소문을 듣고 안부를 물었다. 은형은 조금 후에 확인시켜 드리겠다며 능숙하게 자리를 피했다.

EM의 지정석에 앉기까지도 많은 시간이 걸렸다. 연예계에 발을 들인 지 오 년, 어렴풋이 아는 후배부터 결코 무시할 수 없는 선배들까지, EM도 은근히 발이 넓어 인사를 주고받느라 정신이

없었다. 가까스로 자리에 앉았어도 같은 테이블 사람들과 인사해
야 하지, 인사하러 오는 후배들을 상대해야 하지, 은형은 벌써부
터 녹초가 되었다. 은형이 버라이어티 프로그램을 기피하는 것도
이렇게 번잡하게 일일이 사람을 상대하는 게 싫어서였다. 음악 프
로그램이나 콘서트 때는 필요한 만큼만 사람을 상대하면 되었다.
축가만 끝나면 빠져나가고 싶은 마음이 굴뚝이었지만 신랑신부와
지인들과의 촬영 때까지 기다려야 할 것이다. 웨딩사진에 은형이
빠진 걸 신랑이 안다면 이 다음의 연예계 생활은 두고두고 힘들
테니까. 그만큼 영향력이 막강한 MC였고 그만큼 뒤끝도 한정없
이 많은 MC였다.

그들의 테이블에 뒤늦게 나타난 SI들이 인사를 하러 왔다. 은형
은 지난번 케이블 방송국 때의 일도 있어 일부러 반갑게 그들과
인사를 나누었다.

"감기가 다 나았나 봐?"

"덕분에."

R의 친근한 인사에 은형도 웃음으로 대답했다. 오늘은 SI 멤버
들뿐인 것 같았다. 반사적으로 그들 무리를 슥 훑은 후에야 은형
은 편안하게 마음을 놓을 수 있었다.

"아, 여기다."

은형의 테이블 바로 맞은편, 이름표가 놓인 자리에 선명한 초록
색 원피스를 입은 여자와 눈에 익은 부스스한 머리칼의 남자가 자
리를 잡았다. 남자는 의자를 끌어 앉으려다 은형을 발견하고 옆에
앉은 여자의 어깨를 감쌌다. 여자가 자연스레 이쪽을 쳐다보았다.

"와, 세은이 아냐!"

"정말? 세은이야?"

EM과 인사를 나누던 SI가 맞은편 테이블을 보고 깜짝 놀랐다. 그들의 관심사가 된 초록빛 원피스의 여자, 세은은 수줍은 미소를 띠고 이쪽으로 다가왔다.

"여긴 웬일이야?"

"제 파트너로 참석했어요. 반갑습니다."

부스스한 머리칼의 남자, 찬이 싱글싱글 웃으며 인사를 청했다. SI 멤버들은 찬이 계성 사장의 아들이기 때문인지 평소 이상으로 친근한 모습으로 찬을 대했다. 거기에 세은이 찬의 파트너로 이 자리에 참석했기 때문에 그들의 관심은 당연히 세은에게 쏠렸다.

"말해봐, 찬이랑은 아는 사이였어?"

초록빛 공단 원피스에 청순한 하얀 볼레로를 걸치고 긴 머리카락을 총총 땋은 세은은 수줍으면서도 조금도 굽힘 없는 태도로 SI를 대면했다.

"네, 친구예요."

"세은이라고?"

재민이 뒤늦게 세은을 알아보았다. 은형은 자리에 꼼짝없이 굳어 있었다. 재민이 몰라보는 것도 당연했다. A 파티 때의 세은을 은형 역시도 몰라볼 뻔했기 때문이다. 분장과 조명, 옷과 헤어스타일의 변화로 여자들이 어떻게 변신하는지 알던 은형이었다. 하지만 이 여자가 이렇게 변할 거라고는 정말 상상도 못했었다.

언제나 긴 머리는 부스스하게 풀고 청바지에 평범한 티셔츠나 걸치던 여자였다. 자기 딴에는 멋을 부린다고 화장을 했어도 거의 티도 안 나던 여자였다. 연예인들의 화려한 미모를 보다가 세은을 보면 저도 모르게 싱거워 입맛을 다시곤 했다.

하나, A 파티 때의 세은은 화려하고 압도적이었다. 색기가 강한 여자는 결코 아니었다. 하지만 평소에는 찾을 수 없던 당당함과 원래부터 화려했다는 듯 도도한 모습은 눈을 끌기에 충분했다. 은형은 어처구니가 없었지만 문득문득 여자가 눈에 꽂혔던 게 사실이었다. 자꾸 자극을 받으니 화가 나서 쫓아간 것도 있었다. 그 당시에는 정말로 여자가 기억상실증이라는 저질 연극을 하고 있다고 믿기도 했다.

지금의 세은은 A 파티 때의 화려함은 없을지 모르나 그 이상으로 청초하고 신비로웠다. 눈가에 미세하게 반짝거리는 펄 때문에 눈동자가 더욱 또렷하고 반짝였고, 그동안 살이 더 빠졌는지 초록빛 원피스 안의 몸매는 가늘고 애처로웠다. 피부는 창백하리만치 새하얗게 강조되었고, 허리가 잘록한 원피스와 살짝 부푼 치맛단 밑의 가는 두 다리는 톡 부러질 것만 같았다. 여자가 신고 있는 앞코가 둥글고 흰 구두까지도 여자의 청초함을 빛내고 있었다.

A 파티 때 여자의 머리를 돋보였던 건 나비 장식이었다. 지금 여자의 매력을 강조하는 건 목에 장식된 새하얀 꽃이었다. 거기에 여자의 수줍은 듯한 미소까지 어우러져 같은 테이블의 하객들이 술렁거리는 게 은형의 눈에도 보였다. 무엇보다 이 여자가 계찬과 함께 나타난 것이 가장 큰 이슈일 것이다.

재민이 세은과 인사를 나누고 있었다. SI는 SI대로 재민이 어떻게 세은을 아는지 궁금한 눈초리였다. 은형은 내심 기다렸다. 저 여자가 사실은 EM의 팬이라고 밝혀지기를. 지금 SI가 받고 있는 배려들은 은형이 받았던 것의 10분의 1도 채 되지 않을 거란 사실을.

재민이 사실을 밝히기 직전 이번에도 찬이 선수를 쳤다.

"세은은 사실 EM 팬클럽 출신이에요. SI 형들도 눈치 챘겠죠? 세은의 일솜씨가 보통은 아니라는 거."

찬의 화술은 교묘했다. 찬의 주장을 이미 SI들이 생각하고 있었다는 것처럼 꾸며 말했다. R은 뭐가 그리 좋은지 활짝 웃었다.

"맞아. 세은이 이 일을 처음 하는 사람치고 꽤 능숙해 보인다 했어. 칭찬에 박한 용권 형도 세은이만은 인정했으니까."

R이 저렇게 단순한 놈인지 몰랐다. 그만큼 찬의 입김이 세단 뜻일 것이다. 사장의 한마디로 쉽게 잘릴 수 있는 위치에서 사장의 아들의 비위를 상하게 하는 짓을 감히 저지르진 못할 것이다. 은형은 잘 아는 만큼 R의 현재 모습을 측은히 여겼다.

"김용권 실장님한테 세은을 추천한 것도 저였어요. 세은이 일을 잘했다니 다행이네요."

일부러 밝힌 것이다. 은형은 찬을 노려보았다. 영악한 놈이었다. 자기의 입장을 십분 파악해 200% 활용하는 놈이었다. 그리고 그 입장을 활용하고 있는 이유는 모두 이세은을 위해서였다. 이세은은 그 사실을 다 알면서도 찬의 옆에서 깜찍하게 '난 아무것도 몰라요'라는 듯 웃고 있었다. 은형은 기가 막혀 코웃음을 쳤다.

그러자 찬이 그제야 은형을 알아봤다는 듯 은형에게 다가왔다.

당연히 세은도 함께였다. 은형은 일부러 자리에서 일어났다. 찬이 절로 은형을 올려다보았다. 그럼에도 아랑곳없이 놈은 활짝 웃었다.

"오랜만이네, 형. 잘 지냈어? 감기는, 다 나은 것처럼 보이는데."

은형은 절로 세은 쪽을 노려보았다. 하나, 여자는 그가 노려보는데도 눈 하나 깜짝하지 않았다. 여자는 살짝 목례를 했다.

"감기가 다 나으셨다면 다행이네요. 축가를 부르신다고 들었어요. 오랜만에 EM의 라이브를 듣는다고 생각하니 결혼은 남이 하는데 제가 다 들뜨네요. 기대하고 있을게요."

SI도 찬과 여자도, 모두 제자리로 돌아갔다. 곧 식이 시작되려는 듯 실내가 어두워지고 버진로드에 조명이 집중되었다. 재민이 은형에게 슬쩍 귓속말을 던졌다.

"세은이 봤냐? 난 진짜 몰라봤다. 여자의 변신은 무죄라지만 저건 거의 탈피 수준 아냐? 세은이가 예쁘다고 생각한 적은 없었는데 오늘 보니까 예쁘네."

"시끄러."

은형의 면박에도 기죽지 않는 놈이 있다면 그게 재민이었다. 그래서 둘이 한 팀을 하는 거라던 동규의 말이 생생했다.

"새삼 아깝지 않냐? 꾸며서 저렇게 예쁠 줄 알았음 잡아보는 건데."

"서재민."

은형의 경고에도 재민은 자기 하고 싶은 말은 전부 지껄였다.

"요즘 안 보인다 했더니 SI네랑 일하고 있었다고? 세은이가 무슨 일을 하지? 넌 알고 있었냐? 맞다, 얼마 전엔 SI네랑 같이 녹화도 했었잖아. 거기서 세은이 못 봤어?"

"입 닥치라고!"

은형이 결국 테이블을 쾅 내려쳤다. 주변 사람들의 시선이 일순 은형에게로 쏠렸다. 은형은 오직 재민을 노려보고 있었다. 재민이 그제야 은형의 상태를 파악하고 입을 다물었다. 은형은 찬물을 벌컥벌컥 들이켰다. 어디선가 '킥' 웃음소리가 났다. 은형은 즉각 고개를 돌렸다.

찬이었다. 이쪽을 흘끔거리며 세은에게 뭔가 속삭이고 있었다. 세은은 찬의 말에 짐짓 웃음을 지우고 찬의 옆구리를 툭 쳤다. 찬이 좋다고 키득거렸다. 세은도 참는 듯하다 결국 어깨를 잘게 떨며 소리 죽여 웃었다.

은형은 하마터면 잔을 내던질 뻔했다. 감히 날 비웃어? 너, 이세은. 네가 뭔데!

신랑 신부가 입장하고 식은 반은 축제 분위기 속에서 진행되었다. EM의 축가가 이어지니 취재진이 EM 쪽으로 달려왔다. 은형은 감정을 잡고 재민과 함께 화음을 이뤄 나갔다. 신부에게 향하던 은형의 시선이 어느새 세은 쪽을 향하고 있었다. 세은은 이쪽을 보고 있었다. 예전처럼 은형을 바라보고 있었다.

은형은 반사적으로 오싹 소름이 돋았다. 그 여자가 그를 바라볼 때면 언제나처럼 익숙하게 소름이 돋았다. 무대를 설 때면 어디든 그 여자의 시선이 그를 쫓아왔다. 은형은 속으로 여자를 한참 비웃었다. 아까는 은형을 만난 감동 따위 없는 듯 무슨 관계자인 양 의례적인 관심을 표해놓고, 막상 노래를 시작하니까 은형에게 푹 빠져선 정신을 차리지 못한다. 그래 놓고 날 잊었다고? 나 없이 살아보겠다고? 참도 가능하겠다.

은형이 다시 신부 쪽으로 시선을 돌릴 즈음 팔을 덮었던 소름이 어느새 가라앉았다. 간주가 진행되는 동안 은형은 반사적으로 세은을 찾았다. 하지만 세은은 그에게 등을 돌린 채였다. 같은 테이블에 앉은 하객과 무언가 대화를 나누는지 찬과 함께 열중해 있었다. 간주가 한참 흐르는 동안 재민이 두 사람의 결혼을 축하하는 멘트를 날렸다. 하객들의 박수 속에 2절이 시작되었다. 그러나 세은의 시선은 돌아오지 않았다.

두 번째다. 저 여자가 그를 무시한 건. 그가 보고 있는데도 여자는 그를 보지 않았다. 항상 무대에 오르면 간주 때가 제일 곤혹스러웠다. 무대 바로 앞자리는 조명이 비추는 범위 내라서 누가 앉았고 누굴 보고 있는지 또렷이 보인다. 가만히 서서 노래를 부르는 은형이라 간주 때 시선을 들라치면 자기를 똑바로 직시하고 있는 팬들과 눈이 마주치곤 했다. 재민은 오히려 그 순간이 재밌고 짜릿하다는데 은형은 고개를 들면 대부분 이세은일 때가 많은지라 가장 난감한 시간이었다. 그는 일부러 간주 때 고개를 숙이거나 눈을 감는 척했다. 그래도 여자의 시선은 오롯이 느껴졌지만 적어도 모르는 척할 수가 있었기 때문이다.

저 여자가 그의 팬이라며 나타난 순간부터 지금까지 한 번도 빠지지 않았다. 저 여자는 기가 찰 만큼 맨 앞자리를 확보했으며 언제나 언제나 그만을 바라보았다. 다른 사람들의 시선도 대부분 그를 향했을지 모른다. 하지만 은형이 의식하는 건 언제나 저 여자의 시선이었다. 싫은 사람의 시선은 싫어도 느껴지는 법이다. 그 시선이 느껴질 때면 이젠 보지 않아도 그 여자가 왔음을 알 수 있었다.

한데 그 이세은이 간주가 끝나가도록 그쪽은 한 번도 보지 않았다. 2절에서 재민의 파트가 시작되었을 때 눈을 감는 척하며 다시 세은 쪽을 보았지만 세은은 이쪽을 보지 않았다. 노래 부르는 재민을 보고 있었다. 은형의 명치가 갑갑하게 조여왔다. 재민의 파트에도, 은형이 마이크를 내리고 있어도 언제나 그만을 봐왔던 세은이었다. 은형의 파트가 시작이 되니 그제야 여자의 시선이 돌아왔다. 여자는 그와 눈이 마주쳤는데도 태연히 앉아 있었다. 놀라지도, 감격스러워하지도 않았다. 여자는 마치 신인 가수의 무대를 관람하는 프로그램 관계자처럼 보였다.

후련하다, 몇 번이고 생각했지만 저 여자는 정말로 나를 잊었다. 진심으로 후련하다······.

하객들의 열화와 같은 박수 속에서 EM은 자리로 돌아갔다. 사회자의 재치있는 멘트로 다시 한 번 자리에서 인사를 한 뒤, 스포트라이트는 다시 신랑 신부에게로 돌아갔다. 자리에 앉자 재민이 다른 사람에게는 들리지 않을 정도로 조용히 속삭였다.

"너 괜찮냐? 아직 덜 나은 거야?"

"내가 왜."

"집중을 못하잖아. 무대에서 그러는 거 처음 봤다."

은형은 뜨끔했다. 항상 무대에 진지하라고 바락바락 소릴 질렀던 건 은형이었다.

"괜찮아. 아직 덜 나은 거 같다."

"그래. 그놈의 감기 오래도 간다."

감기 탓일 것이다. 은형은 양가의 부모님께 인사하는 신랑 신부를 스쳐 세은에게 시선을 돌렸다. 어둑한 시야 안에서도 선명한 초록빛 원피스를 입은 세은은 눈에 확 들어왔다. 찬에게 뭔가를 말하고 찬의 답에 고개를 끄덕이고 집중해서 신랑 신부를 지켜보았다. 세은은 식이 끝날 때까지 한 번도 은형 쪽을 돌아보지 않았다.

예의 그 익숙한 후련함이 몰려왔다. 시원한 에어컨으로는 도저히 흉내도 내지 못할 후련함이었다. 하지만 그 후련함이 지나간 자리는 왜 이렇게 욱신거리는지, 왜 그 후련하게 텅 빈 속에 신경질이 꿈틀꿈틀 자라는지. 은형은 지끈지끈 저리기 시작한 머리를 꾹 눌렀다.

이제는 돌아갈 시간이 되었다. 세은은 화장실에서 습관적으로 손목시계를 확인하다 허전한 팔목을 보고 가볍게 한숨을 내쉬었다. 세은이 차고 다니는 검은 손목시계가 이 옷에 얼마나 안 어울리는지 아느냐고 찬이 빽빽거리는 덕분에 핸드백 속에 넣어두었다. 이제 돌아갈 때니까 옷차림에 맞든 아니든 상관없겠지. 세은은 시계를 꺼냈다.

이 드레스는 얼마였더라. 찬의 예의 그 '인형놀이'가 다시 시작되고 마지막에 이 드레스가 낙찰되었을 때 세은은 내심 딸이나 손녀에게 자랑할 거리가 하나 더 늘었다고 중얼거렸다. 찬이 왜 세은을 자꾸 꾸미려 들고 공식석상에 데려가는지 모르지만 이 일도 두 번째가 되니 나름 적응이 되었다.

SI도 사진만큼은 꼭 찍고 돌아가겠다고 했으니 지금쯤 식이 끝나길 목 빼고 기다리고 있을 것이다. 세은은 식장에 돌아가 찬에게 인사하고 얼른 SI 스태프가 모여 있는 차로 돌아갈 생각을 했다.

손목시계를 팔목에 차려 고개를 숙이고 화장실을 나오다 누군가와 쿵 부딪쳤다. 세은은 얼결에 한 두 걸음 물러났고 상대는 반사적으로 세은을 잡아주었다. 세은은 고맙다며 고개를 들었다. 은형이었다. 순간 지금까지 보였던 평정심을 무너뜨릴까 봐 걱정이었지만 세은은 곧 눈을 내리깔고 그를 지나치려 했다.

하지만 그가 더욱 억세게 세은의 어깨를 잡았다. 아직 식이 끝나지 않아서인지 로비는 한산했다. 세은은 다시 한 번 그를 지나쳐 가려 했다. 그래도 여전히 남자는 손을 풀지 않았다.

"이제 손 놓으셔도 안 넘어질 거……."

"짜증이 나."

순간 머릿속이 어찔했다. 어디선가 들었던 말이었다. 똑같은 톤의, 똑같은 신경질이 가득 담긴 음성으로, 언젠가 들었던 말이다. 세은은 흔들리는 눈빛으로 은형을 올려다보았다.

"왜 자꾸 내 앞을 알짱거리는 거야?"

빙글빙글 돌던 머릿속이 곧 제자리를 찾았다. 세은은 기가 막혔다. 은형의 그 한 마디 덕분에 그를 뿌리칠 힘이 생겼다.

"입이 비뚤어져도 말은 바로 하랬어요. 내가 언제 채은형 씨 앞을 알짱거렸다고 그래요?"

"그럼 네 식으로 이걸 운명이라고 부를 건가? 너도 원하지 않는다면서 왜 자꾸 내 앞에 나타나는 건데?"

지독했다. 어쩜 이렇게 자기중심적일 수 있을까? 만약 아직까지 이 남자를 사랑했다고 해도 방금 그의 말 하나로 오만정이 다 떨어졌을 것이다. 세은은 이제 완벽하게 그를 뿌리쳤다.

"상대할 가치도 없군요."

세은은 돌아섰다. 아무래도 찬에게는 먼저 간다는 연락을 남겨야겠다. 그때 남자가 세은을 잡아끌었다. 세은은 남자의 강한 힘에 끌려 다시 한 번 남자의 가슴에 코를 박았다.

"채은형 씨!"

"상대할 가치도 없다? 나보고?"

"무슨 짓이에요, 이거 놔요!"

"내가 채은형이야! 네가 그토록 매달리던 채은형이라고!"

이 남자가 대체 무슨 생각인지 모르겠다! 미친 건가? 미쳐서 이 난리인가? 그래, 댁이 채은형이고 내가 이세은이라서 당신 눈앞에서 꺼져 줬잖아! 당신이란 사람, 내가 꺼지기만을 바란대서 내가, 내가……!

까만 어둠이 찾아왔다. 순간적으로 세은은 눈을 질끈 감았다. 방금, 무언가 생각나려 했다. 무언가 떠오르려 했다. 당신이 채은형이고 내가 이세은이라서……. 세은의 머리가 깨질 듯 쑤셔왔다.

그를 밀치던 세은의 팔에 힘이 빠져나갔다.

다음 순간 무언가 딱딱한 것이 입술에 부딪쳐 왔다. 세은은 눈을 부릅떴다. 코앞에 채은형의 얼굴이 초점도 잡히지 않을 만큼 가까이 놓여 있었다. 세은의 심장이 미친 듯이 파닥였다. 남자가 강제로 입술을 벌렸다. 강압적으로 세은의 두 팔을 옭죄었다. 세은은 꼼짝없이 입술을 내주었다.

남자의 혀가 세은의 치열 안쪽을 파고들었을 때야 간신히 제정신으로 돌아왔다. 세은은 정말로 필사적으로 몸부림을 치며 남자의 정강이를 걷어찼다. 남자가 둔탁한 통증에 욕설을 내뱉으며 세은을 내동댕이쳤다. 세은은 주춤주춤 뒤로 물러섰다. 그와 본의 아니게 힘겨루기를 한 탓에 머리카락이 완전히 산발이 되었다. 흐트러진 머리카락이 얼굴에 들러붙었다. 세은은 축축해진 뺨보다 아직 그의 타액이 남아 있는 입술을 북북 문질렀다.

"난 당신이 원하는 대로 했어. 당신이 원하는 대로 당신 곁을 떠났고, 당신에 대한 기억을 지웠고, 내 의지로 당신을 찾지 않았어. 그 대가가 이거야?"

정말로 바보 같았다. 세은은 기가 차 웃음밖에 나오지 않았다. 이세은, 너 대체 저 남자한테 얼마나 우습게 보였던 거니. 너의 지난 세월은 대체 얼마나 한심했던 거야. 왜 저 남자가 널 이따위로밖에 대하지 못하게 했니. 좀 더, 조금만 더 널 아끼지 그랬어……. 저 남자 열 번 중하게 여길 때 한 번이라도 널 소중하게 여길 생각은 왜 못했니.

너는 왜, 저것밖에 안 되는 남자를 사랑한 거야…….

"내가 그렇게 싫다면 이젠 당신이 내게 오지 마. 날 찾지도 말고, 날 생각하지도 말고, 나에 대한 기억은 몽땅 지워 버려. 쉬운 일이잖아, 당신은 날 싫어하니까."

세은은 돌아섰다. 남자는 더는 쫓아오지 않았다. 정말이지 한심하고 비참하고 눈물겹도록 스스로가 안쓰러워서 견딜 수가 없었다.

다음번에 사랑을 한다면 내가 사랑하는 사람이 아니라 날 사랑할 사람을 사랑하자. 자기보다 날 더 아끼고, 중하게 여기고, 애틋하게 보듬어줄 사람을 사랑하자. 반푼이 같은 놈 말고, 지독히도 자기중심적이고 이기적인 놈 말고, 채은형이 아닌 놈으로 사랑을 하자.

나도 몰라 _13

눈이 많은 자리였고 초록빛 원피스의 여자는 계찬의 파트너로서 어느 정도 시선을 끌고 있기도 했다. 결혼식 다음날, 재민이 CF의 트레이닝을 봐주고 있던 은형을 불렀다. 두 사람은 텅 빈 휴게실에 마주 보고 앉았다. 재민은 담배를 물고는 은형에게도 권했다. 우선 기침은 멎은 상태라 은형은 담배를 한 개비 꺼냈다.

"어제 왜 먼저 간 거냐?"

은형은 간밤에 한잠도 이루지 못해 소파 등받이에 목을 기댔다. 재민은 담배 연기를 길게 뿜어냈다.

"뭐가 궁금한데."

"세은이."

은형은 살풋 실눈을 떴다. 하얀 판넬로 마감된 천장이 희끄무레하게 들어왔다. 은형은 가볍게 한숨을 내쉬었다.

"거기엔 기자들도 있었어. 다행히 사진은 안 찍혔다만, 너답지 않게 왜 그런 경솔한 짓을 한 거냐?"

왜냐고?

간밤 내내 은형이 스스로에게 던졌던 질문이다. 왜 그 여자를 건드렸냐, 왜 그 여자를 강제로 어찌해 보려고 했냐. 미쳤던 거지, 채은형. 다른 여자도 아니고 이세은을 돌아보게 하려고 윽박지르고 붙잡고, 키스하고……. 은형은 거칠게 얼굴을 비볐다.

음심이 일었다거나 여자를 원해서 한 키스는 아니었다. 차라리 발정해서 치한 짓을 했다면 자존심이 덜 상하겠다. 그는 그저 힘이 센 강자로서 약자인 세은을 굴복시키기 위해 키스란 수단을 사용한 것이다. 제정신으로 돌아온 다음에야 여자를 힘으로 굴복시키려 했던 자기를 깨달았다. 혐오와 비참함이 몰려왔다.

여자가 식이 끝나기도 전 살짝 일어나는 걸 보았다. 두 번 생각하지 않고 쫓았다. 이미 EM의 역할은 끝났다. 재민이 어디 가느냐고 물었지만 귓등으로 듣고 여자를 쫓았다. 둘만 남게 되면 아마도 뭔가 변하리라 기대했던 것 같다. 여자의 안색이 변하리라고, 눈빛이 예전 눈물진 그 눈빛으로 돌아올 거라고.

하지만 그를 보는 눈동자는 여전히 낯설었고 그를 보아도 여자의 뺨에는 홍조가 떠오르지 않았다. 여자가 대놓고 무시하려 하지 않았다면 그도 극단적으로 화를 내진 않았을 것이다. 어떤 용건이 있었던 것도 아니지만 해코지하러 쫓아간 것도 아니기 때문이다.

하나, 낯익은 미소 한 점 보이지 않던 여자는 너무나 쉽게 그를 무시했다. 아예 모르는 사람인 양 지나갔다. 결혼식 시작 전에는 어느 정도 예의라도 차리더니 둘만 있는 자리에선 그 정도도 하지 않았다.

내가 그렇게 싫어? 네가 어째서? 널 싫어해야 할 사람은 나야, 왜 네가 날 혐오하며 피하는 거지? 적반하장도 유분수다.

여자가 참을 수 없이 괘씸했다. 그래서 조금은 벌을 주고 싶었는지도, 아니, 조금은 분풀이를 하고 싶었는지도 모른다.

하지만…….

은형 스스로도 자신이 괴팍하고 예민한 데다 신경질적이라는 걸 잘 알고 있었다. 그나마 활동을 할 때는 주변에 보는 눈이 많아지기 때문에 좀 더 조심을 하지만 이렇게 쉬고 있을 때는 보다 더 제멋대로가 됐다. 그걸 받아주는 SOO 사람들이 있었고 SOO 사람들 앞이 아니면 은형도 그나마 조심을 했다. 그렇다고 여자에게 파렴치하게 대하거나, 약한 자를 힘으로 억누르려거나, 무능력한 사람을 조롱하는 인간 말종은 아니었다.

은형은 손끝에서 스멀스멀 타 들어가는 담배를 무심하게 쳐다보았다. 적어도 자기는 인간 말종까지는 아니라고 생각했다.

그런데 그 여자하고만 얽히면 어떻게 된 게……. 추잡한 본질이 어디까지인지 까발리기 시합이라도 하는 양 끝도 없이 더럽고 비참해진다. 현실은 이제 확연하다. 채은형이 죽도록 귀찮아하고 싫어했던 이세은은 이제 사라졌다. 채은형은 자유였고, 홀가분했고, 후련했다. 그리고 다신 이세은과 얽히고 싶지 않았다.

하나, 자기가 하는 행태를 돌아보면 돌아볼수록 낯이 뜨거워 참을 수 없어진다. 그를 잊었다며 돌아선 여자를 툭하면 건드리고, 시비를 붙이고, 어제는 급기야 억지로 잡아두기까지 했다. 내가 채은형이라고, 네가 그렇게 목매던 채은형이 바로 나라고, 그러니까 이제 원래 네 자리로 돌아오라고.

미쳤다고밖엔……

은형은 다 타버린 담배를 재떨이에 구겨 넣었다.

"이제 안 그럴 거다."

"세은이 가만둬라."

그만 자리에서 일어나려던 은형은 그대로 굳어졌다. 예전부터 기묘하게 세은 편을 들던 재민이었다. 세은 일로 은형을 놀리면 반응이 즉각적이라 재밌어서 더 세은이 타령을 한다고 생각했다. 하나, 재민은 언제나 농담 속에 진담을 흘리던 평소의 모습이 아니었다.

은형은 몇 번이나 재민이 세은 같은 여자가 있으면 결혼하겠다던 말을 기억해 냈다. 진짜 미친놈이라고, 그런 여자와 결혼하는 건 스스로 정신병원에 입원하는 짓이라고, 속으로 빈정거렸었다.

"안 그래도 너 때문에 기억까지 지웠어. 넌 세은이가 안쓰럽지도 않냐? 하긴, 지금이라도 안쓰러워할 놈이었다면 그동안 그딴 취급을 하진 않았겠지."

재민이 은형의 성미를 건드린 사실보다 세은의 입장을 진심으로 안쓰러워하는 게 더 놀라웠다. 은형은 도로 엉덩이를 소파에 붙였다.

"그 여자는 그냥 팬이다. 넌 유빈 씨도 있고……"

"무슨 소리야. 팬이니까 하는 말이잖아. 여기서 유빈이 얘기가 왜 나와."

아닌가? 은형은 중학생 때부터 재민을 알아왔다. 재민이 겉으로는 번지르르한 외모에 툭하면 농담으로 진심을 얼버무리는 성격이라 사람들은 재민을 가볍게 보았다. 하나, 사실 재민은 은형에 버금갈 정도로 예민하고 상상도 못할 만큼 보수적인 면도 있었다. 가볍게 이 여자 저 여자 만난 건 사실이지만 한 번도 스캔들을 일으키지 않았고, 지금 유빈과 만나면서부터는 다른 여자에게는 시선도 두지 않았다. 그리고 유빈과 사귄 지 올해로 오 년이 되어간다.

일개 팬일 뿐인 세은에게 가수 이상의 감정이 있다는 건 은형의 오해일지도 모른다. 다른 팬들에게는 안 그러면서 유독 세은에게만 매정하게 대했던 은형이 프로답지 않다고 탓하는 건지도 모른다. 그렇지만 계속 마음이 덜그럭거렸다.

"하여튼 이제 세은이는 네 일을 잊었으니까 웬만하면……."

"넌 왜 그렇게 그 여잘 신경 쓰는데?"

"팬이니까. 솔직히 그동안 뻔뻔스레 무시했던 네가 더 잘못됐던 거 아니냐?"

"나에겐 싫어할 만한 이유가 있었어."

"복에 겨운 소리."

재민이 툭 내뱉은 말로 은형의 짐작은 사실이 되었다. 재민이 주먹을 뿌득 소리가 나도록 쥐더니 머리를 마구 흔들었다.

"언제부터?"

은형은 믿을 수가 없어 되물었다. 재민이 유독 세은을 잘 챙긴다고는 생각했다. 하지만 은형이 무시하는 만큼 마음 쓰는 것이라 생각했다. 세은은 어쨌든 팬클럽 운영진이니까, 밑 보여 좋을 게 하나 없으니까. 언제나 팬들과도 격의없이 어울리던 재민이라서 세은을 생각하는 마음 씀씀이도 그의 일환이라고 여겼었다.

재민은 다시 담배 한 개비를 물었다.

"진짜 그런 거 아니다. 세은이 같은 여자랑 결혼하고 싶댔지, 언제 세은이랑 결혼하고 싶댔냐?"

지금 생각해 보면 재민은 세은이 동규를 시켜 은형에게 해주었던 것들 모두를 알고 있었다. 정말 알뜰살뜰히도 챙겼다. 동규의 보살핌인 줄 알았을 때 진심으로 얼마나 감격했었는지 모른다. 그런 보살핌을 받은 은형은 동규가 곁에 있다면 결혼할 필요가 없다고 생각했고, 그 보살핌을 누가 했는지 알았던 재민은 세은 같은 여자와 결혼하고 싶다고 한 것이다. 은형은 이제야 이해가 되었다.

"정말 세은일 좋아했다면 진작 낚아챘지. 너 같음 좋아하는 여자가 다른 남자 좋다고 지고지순하게 순정을 바치는 걸 삼 년이나 보고 있겠냐?"

은형은 재민의 말을 어디까지 믿어야 할지 알 수 없었다. 갑자기 어젯밤 이상의 혼란이 밀려왔다. 재민이 이세은을 좋아했다고? 은형은 설레설레 머리를 털었다. 그럴 리 없다. 이 바닥에 들어와 누구보다도 눈이 높아진 재민이었다. 꼭 성공하자던 이유 중에 집안 좋고 전문직에 종사하는 여자를 잡자는 것도 있었다. 유명 연예인들을 보면 아내들도 하나같이 집안이 좋고, 학벌도 좋고, 어느 정도 재산도 있는 전문직 여성들이 많았다. 재민은 속물이라도 좋다, 자기는 그런 여자 아니면 결혼 안 하겠다고 큰소리쳤었다. 게다가 이 바닥에 예쁜 여자들이 좀 많았어야지. 재민의 나이 이제 겨우 스물아홉이었다. 그 정도 나이에 예쁜 여자에게 질렸을 리도 없다. 이세은은 연예인들과 비교하면 비교 자체도 힘든 평범한 외모였다. 꾸며놓으니 봐줄 만은 했지만 그것도 최근 모습이지 않은가. 재민은 언제나 가장 평범하고 가장 수수한 이세은의 모습만 봐왔다.

"그냥 보기 좋았어. 맹목적으로 네가 좋다며 쫓아다니고 별의별 것 다 챙기고. 나한텐 그런 팬 안 생기나 싶었지. 세은이가 너한테 해주는 것들 다 나도 받아봤으면 싶었었거든. 근데 나만 이런 생각 해봤겠어? 동규 형 이상형도 세은이인 건 아냐?"

재민이 자리를 툭툭 털고 일어났다.

"뭐 하다 이야기가 이리로 빠진 거야. 여하간에 이젠 세은이 건드리지 마라. 넌 아무 감정도 없잖아. 막 데려다 놀기엔 불쌍한 애다."

재민은 먼저 휴게실을 나갔다.

혼자 남은 은형은 망연자실했다. 서재민은 은형이 생각하는 것 이상으로 거짓말에 능숙하든지, 스스로의 감정을 자각하지 못했거나 둘 중 하나다. 마지막의 마지막까지 세은의 편을 들었단 사실을 스스로는 알고 있나?

은형의 입술이 씁쓰레하게 비틀렸다. 재민의 감정이 어떻든 나랑 무슨 상관이라고? 이세은의 일이니 이제 은형과는 아무 상관이 없었다. 이러다 이세은이 재민의 부인이 된다면 그때나 관련이 될까. 순간적으로 신경이 곤두섰다. 은형은 초조하게 다리를 다닥다닥 흔들었다. 재민이 세은과 결혼을 한다고? 말도 안 된다. 재민은 그렇게까지 눈이 낮지가……

아니, 그 이전에, 은형이 싫어하는 여자와 재민이 결혼을 하진 않을 것이다. 은형과 재민은 한평생 볼 사람이었다. 이세은 때문에 관계가 어그러지는 걸 재민도 바라지 않을 것이다. 무엇보다 지금 재민에게는 유빈이 있었다. 재민은 여자관계에 있어선 보수적이라 이 여자 만나면서 다른 여자 마음에 품는 재주는 없는 놈이었다. 정말 세은을 좋아한다면 진작 유빈과의 관계를 끝냈을 것이다. 그제야 한숨이 놓였다.

'아무 감정 없다' 라……. 재민이 했던 말이 자꾸만 마음에 걸렸다. 그 여자가 한 말이랑 다르다. 그 여자는 은형이 자기를 싫어한다고 믿고 있었다. 그리고 아주 틀린 말도 아니었다.

하지만 은형에게는 싫은 사람을 건드리며 자학하는 취미는 없었다. 왜 자꾸 그 여자는 내 신경을 건드리는 걸까, 왜 난 자꾸 그 여자를 잊지 못하는 걸까. 생각하면 할수록 분통이 터지면서, 왜 생각하는 걸 그치지 못하는 걸까.

작고 조그맣던 여자였다. 보는 것 이상으로 마르고 작아서 깜짝 놀랐었다. 청신한 향이 나던 여자였다. 울고 있었지만 끝까지 뒤 한 번 돌아보지 않던 여자였다.

"내가 그렇게 싫다면 이젠 당신이 내게 오지 마. 날 찾지도 말고, 날 생각하지도 말고, 나에 대한 기억은 몽땅 지워 버려. 쉬운 일이잖아, 당신은 날 싫어하니까."

'아니잖아. 날 싫어하고 날 지워 버린 건 너잖아.'

울었었다, 그 여자. 우는 건 처음 보았다. 항상 조심스레 웃거나 무표정하다가도 그를 발견하면 반사적으로 미소를 그리던 여자였다. 게시판에다가는 '내 눈물의 샘' 어쩌고 해놨었지만 정작 그의 앞에선 한 번도 우는 모습을 보이지 않았었다.

그가 울렸다. 기어이 울리고 말았다. 부서질 것처럼 여리고 작은 몸보다도, 청신한 향이 감돌던 입술보다도, 그에게 내뱉었던 모진 말보다도, 눈물이 맺혀 똑똑 떨어졌던 작은 턱이 자꾸만 아른거렸다. 닦아주고 싶었다.

하, 나 실은 우는 여자에게 약했던 건가?

은형은 눈을 아프게 문질렀다. 휴게실 문이 살짝 열리고 CF의 리더가 조심스레 얼굴을 내밀었다. 은형은 오래 기다리게 해 미안하다며 연습실로 돌아갔다.

세은은 매끌매끌한 마룻바닥에 운동화의 밑창이 스쳐 끽끽대는 소리가 좋았다. 후욱, 후욱 숨을 내뱉으며 땀방울을 날리는 댄서들과 진지한 눈빛으로 전면 거울을 응시하는 SI도 참 좋았다. 오늘은 이미 하루 일정을 다 끝내고 MU와 백댄서들이 버라이어티 쇼에 선보일 안무를 연습하고 있었다. 시간은 이미 새벽 한 시를 훌쩍 넘기고 있었지만 MU와 댄서들의 동작은 조금의 빈틈도 없었다.

잠깐 휴식 시간을 갖자 세은은 미리 준비했던 스팀 타월을 MU의 어깨에 둘러주었다. MU는 뜨끈뜨끈한 타월의 감촉에 이제 익숙해져서 '시원하다' 타령을 했다. 비록 9월이지만 몇 시간이나 뜀박질을 한 다음 바로 냉수마찰을 하면 근육이 경직되어 부상 위험이 높아진다는 말에 스팀타월을 준비했다. 처음에는 투덜대고 때로는 신경질 내던 MU도 자잘한 부상이 사라지자 이젠 즐기는 수준이 되었다.

"피곤하죠?"

이온 음료 반통을 비운 MU를 보고 세은은 걱정스레 물었다. 스팀타월이 풀어준 어깨 근육을 세은은 꾹꾹 눌러 주물렀다. MU는 목을 반 바퀴 뒤로 돌려 피로를 털어냈다.

"뭘. 나야 이걸로 밥 벌어먹고 사는데."

MU는 일단 친해지고 나면 꽤 대하기 편한 사람이 되었다. 항상 이어폰을 귀에 꽂은 채 세상사에 무심한 듯 단절된 듯한 태도를 취해서 잘 몰랐었다. 함께 이동하고 동고동락한 지 이제 칠 개월째, MU도 군소리 없이 착실히 일하는 세은에게 어느 정도 마음을 열고 있었다.

"춤은 어때? 먹히겠어?"

SI의 춤꾼이라 하면 단연 MU였다. 그러다 보니 어느 버라이어티든 MU가 춤 실력을 보여주길 바랐다. 알고 보니 항상 이어폰을 귀에 꽂고 있던 것도 이미지 트레이닝을 위해서였다. 다음 프로그램에서 선보일 안무를 머릿속에서 짜고 몇 번이고 연습하고, 실제로 췄을 때의 오차를 줄여 연습 시간을 최소한으로 줄이는 것이다. 그 사실을 알게 되었을 때 세은은 MU를 존경하는 마음까지 생기기도 했다.

"되게 멋있었어요. 특히 중간에 간주가 느려지는 부분에서."

MU가 알아듣고 즉석에서 다시 그 부분을 선보였다. 세은은 짝짝 박수를 쳤다.

"거기, 거기. 정말 멋있어요."

"주력 부분이지. 세은인 감이 좋아."

"MU가 잘하니까 그러죠. 평소에도 잘 춘다, 잘 춘다, 알고 있었지만 실제로 보니까 완전히 감동이에요. 나도 배우고 싶어졌다니까요."

"해볼래?"

"에엑? 지금요?"

"응."

세은은 말 한마디로 천 냥 빚을 질 수도 있다는 걸 뼈저리게 깨달았다.

"아, 아니에요! 나 진짜 몸치라고요. 춤은 나중에, 진짜 나중에요."

"간단한 거야. 흉내 정도는 내잖아."

MU는 그러며 정말 현란한 동작으로 한 바퀴 휙 돌며 앉았다 일어났다. 세은은 결국 웃음을 터뜨리며 손을 내저었다. MU는 장난기를 거두고 실제로 클럽에서 먹히는 동작이라며 간단한 걸 알려주었다.

"정말 무릎만 굽히면 돼요?"

"리듬을 타서. 중심이동을 오른쪽 한 번, 왼쪽 한 번 하면서."

MU가 즉흥적으로 콧소리를 흥얼거리며 시범을 보였다. 손가락을 딱딱 튕기며 말 그대로 무릎을 살짝살짝 구부리는 것뿐인데 진짜 멋있었다. 세은이 따라 하니 무슨 수수깡 부러뜨리듯 뚝뚝 무릎이 구부러졌지만.

MU가 세은을 보고 한바탕 웃는 것으로 짧은 교습은 끝났다. 세은은 앞으로 자기를 기쁨조라고 불러달라고 했다.

누군가 TV를 틀었다. 다들 피곤해서인지 말도 잘 나누지 못했는데 TV 볼 정신은 있는 모양이다. 야심한 시각이라 정규 방송은 이미 다 끝났고 케이블 채널을 돌리니 대뜸 19금 영상이 떴다. 남자 여자 불문하고 '휘익' 소리를 내며 환호했다. 세은도 넋이 나가 보다가 금세 끝이 나버려 입맛을 다셨다. 다른 채널을 획획 돌리다 결국 음악 채널에 멈추게 되었다. 늦은 시간에 어울리게 잔잔한 음악이 흘러나왔다.

막 한 곡이 끝나고 연이어 잔잔하면서 어딘가 세련됐다 싶은 전주가 흘러나왔다. 세은은 MU가 연습을 끝내면 곧바로 집에 돌아갈 계산으로 짐을 챙기기 시작했다. 바지런히 가방을 꾸리던 세은의 손이 문득 멈추었다.

『좋아한다고, 사랑한다고, 너밖에 안 보인다고, 믿어달라던 너였지.』

성인 남자라 하기엔 풋풋함이 느껴지는 음성이었다. 어디서 들어본 듯한 목소리였지만 세은의 손을 멈추게 한 건 가사였다.

『잠이 들어도, 꿈속에서도, 항상 너뿐이라고, 알아달라던 너였지. 나에게 알려줘. 언제까지 믿으면 될까, 언제까지 알고 있으면 될까. 너의 사랑의 시한은 이미 지난 지 오래인데. 이제라도 말해줘. 나 이제, 그만두어도 된다고. 너를 믿는 짓을, 너를 기다리는 짓을. 이제 네 꿈의 주인은 내가 아니라고.』

"채은형……."

땀을 닦던 MU가 고개를 갸웃했다.

"은형 형? 은형 형이 왜?"

세은은 눈을 깜박였다.

"아, 아니에요. 노래가 어딘지 모르게 익숙해서……."

"CF 거야. 저거 작사 작곡한 게 채은형일걸?"

백댄서 팀의 리더 격인 남자가 알려주었다. 전에 언젠가 백댄서 팀의 몇몇은 댄스 학원 강사로 나가기 때문에 최신곡에 민감하다고 했었다. 그 덕분에 CF의 이번 신곡도 알게 된 모양이었다.

"근데 듣기만 해도 채은형 곡인 걸 알아?"

MU는 세은이 TV에 등 돌리고 있던 걸 알고 있었다. 세은은 입꼬리만이라도 올려 웃음을 지어 보였다.

"그냥요, 찍어봤어요."

"예전 EM 팬이었다더니 보통이 아니네."

MU 역시 저번 결혼식 때 참석했었다. 세은이 EM 팬이었다는 건 일부러 숨길 만한 일도 특별히 유념해야 할 일도 아니었다. SI 식구들의 반응은 대부분 '그랬어?' 정도였다. 세은은 어렵사리 고개를 끄덕였다.

휴식 시간이 끝나고 세은은 연습실 구석에 놓인 소파에 앉았다.

용권도 일찍 퇴근하고 세은과 로드매니저 한 명만 남아 있었다. 로드매니저도 담배를 태우겠다며 나가서 세은 혼자 멀뚱히 앉아 있었다.

최근에는 인터넷도 거의 하지 않았고 EM 팬클럽 운영진들과도 연락을 하지 못했다. 그래서 EM이 누구에게 곡을 줬는지 그 곡이 언제 발표되는지 전혀 모르고 있었다. 하지만, 세은은 자조적으로 웃었다. 그런 활자로 된 소식 정도는 안 봐도 된다. 그냥 듣기만 해도 바로 알지 않는가.

채은형에 대한 기억은 다 잃었다면서, 왜 잃게 됐는지도 모르지만 이상하리만치 기억을 되찾으려고도 안 하면서, 단지 채은형의 곡은 듣기만 해도 아는 거냐.

한심하다고 할까, 서글프다고 할까. 기억을 다 잃은 지금에도 채은형이 작곡한 곡은 집어낼 수 있었다. 그저 한 번뿐인 우연으로 넘기기엔 조금의 주저함도 없이 단번에 채은형의 곡임을 알아버렸다. 다 싫어서 기억을 몽땅 지워 버렸으면서 여전히 채은형에게 집착하는 스스로가 한심했고 한심한 것 이상으로 안쓰러웠다.

그렇게 사랑했었나, 나.

대체 무엇을, 왜 그토록 사랑했을까. 채은형이 세은에게만 유독 살갑게 굴거나 달콤했다면 이해도 되었으련만. 누구보다도 세은을 싫어했던 사람이고 자기감정을 숨기려고도 안 했던 사람인데 왜 그렇게나 사랑했을까. 아무래도 세은에게는 매저 기질이 있는 것 같았다.

저번 결혼식 때의 만남으로 자신이 왜 기억을 군이 찾으려고 안

했는지 어렴풋이 깨달았다. 채은형에게 목맸던 부끄럽고 창피한 기억만 가득일 게 뻔해서 일부러 기억하고 싶지도 않았다. 하지만 기억을 잃은 것 자체가 채은형에 관한 일뿐이었음을 기억해야 했다. 채은형을 잊고 싶었던 것이다. 아마도 세은의 심리 어느 부분에선가 채은형을 싹 다 지우고 싶다는 열망으로 채은형을 뇌리에서 깨끗이 지워 버린 걸 거다. 그 무의식은 기억을 다 지운 지금에서도 강력하게 작용해서 채은형에 얽힌 기억을 떠올리지 못하게 막고 있을 것이다.

사람의 감정이라는 건 어떤 기억에 기인해 발현하는 것 아니었던가? 기억을 모두 지운 지금은 채은형에 대해 아무런 감정도 없어야 정상 아닌가? 하지만 채은형 개인에 대한 기억은 없을지라도 채은형의 곡에 대한 기억은 고스란히 남아 있기 때문에 난 채은형에 대해 어떤 감정을 가지게 된 것일까?

채은형이 싫었다. 자신을 함부로 대하는 그가 정말 미웠다. 다신 마주치지 않을 것이기 때문에 억지로 싫은 감정을 떠올리려 하지 않았다. 역시나 눈 돌아갈 만큼 바쁜 일들이 채은형을 지우는 데 협조해 주었다. TV도 잘 보지 않고, 음악 프로그램 녹화 때는 SI의 순서에 딱 맞춰서 스튜디오에 들어갔다가 나오기 바빠 GIL의 노래도 듣지 못했다. 그래서 더더욱 채은형 일을 지울 수 있었다.

CF의 노래는, 그럴 리 없겠지만, 마치 세은 보고 하는 소리 같았다. 세은은 뺨을 세게 꼬집었다. 뺨이 얼얼해져 사고에 집중할 수 없는 게 기뻤다. 무슨 얼토당토않은 말이야. 채은형이 날 생각하며 노래를 만들다니. 아무리 노래를 만들기 위해 싫은 감정을 떠올려야 한대도 나만큼은 떠올리지 않을 인간이잖아.

난 대체 무슨 기대를 하는 걸까. 정말 나에게 한 말이길 바라는 걸까? 넌 정말 CF의 노래대로 채은형이 나에게 미련이 있다고 믿는 거니?

아니다. 절대 아니다.

채은형은 그럴 인간이 아니고 앞으로도 아닐 것이다. 세은이 폐 끼친 게 많다지만 정말 세은을 버러지처럼 보았던 사람이다. 그런 남자가 이제야 세은에게 미련이 남아 노래까지 만들었다? 지나가던 개미가 하품할 소리였다.

세은은 무릎을 탁탁 때리고 뺨을 찰싹찰싹 쳤다. 제발 정신 차리자. 피곤하니 이제 별별 생각이 다 드나 보다. 오늘은 일이 끝나자마자 그냥 뻗어 잘 것이다. 벌써 며칠째 새우잠을 잤는지 모른다. 오늘만큼은 달콤하고 달콤한 단잠에 빠져들고 싶었다.

재민은 일주일에 한 번씩 한 라디오 방송 프로의 레귤러로 참여하고 있었다. '재민의 음악사연'이란 이름으로 인터넷을 통해 사연과 신청곡을 받아 재민이 직접 기타를 치며 노래를 불러주는 코너였다. 이번에는 그 프로그램의 100회 특집 기획이라며 은형과 SI가 초대되었다. 공개방송으로 진행되었기 때문에 그 외의 여러 가수들도 참석했다.

R이 대기실에서 은형을 알아보고 곁에 와 앉았다. R은 곧 무대에 올라가도 좋을 만큼 완벽한 모습이었다. R이 곁에 와 앉자 세

은이 자연스레 따뜻한 김이 오르는 종이컵을 건넸다. R이 지난번 케이블 방송국 때의 일을 기억해서인지 직접 은형에게 마시겠냐고 물었다. 은형은 세은을 물끄러미 쳐다보았다. 이미 SI가 도착했을 때 둘러둘러 인사를 받았었다. 세은은 스튜디오에 도착해 지금까지 한 번도 은형과 눈을 마주치지 않았다.

"인삼차야. 쌉쌀한 게 좋아."

"그럼."

세은이 주머니에 꿰 찬 종이컵을 하나 꺼내 보온병에 담은 차를 쪼록 따랐다. 은형은 세은의 손가락에 닿지 않게 조심하며 컵을 받았다. 인삼 특유의 쌉쌀한 향이 올라왔다. 은형은 이 차를 알고 있었다. 추워지기 시작하면 언제나 동규가 준비해 줬던 차였다. 은형은 다행히 인삼이 받는 체질이라 보약 삼아 마시곤 했다.

"참, 세은이가 EM 팬이었다면서. 재민이는 세은이 알아보던데 넌 모르나?"

지난 결혼식 때는 R과 떨어져 앉아 긴 이야기를 할 틈이 없었다. 그때의 궁금증을 이제야 풀려는 모양이었다. 가수가 알 정도의 팬이니 엄청 극성이거나, 엄청 튀었거나 둘 중 하나라는 걸 R도 아는 것이다. 더군다나 로비에서의 일도 소문이 퍼졌을 테니 그게 사실인지 아닌지 궁금하기도 했을 것이다. 세은은 뭐라고 변명했을까?

세은을 흘끗 보았지만 표정은 변함없었다. 세은은 MU가 찾자 부랴부랴 그쪽으로 움직였다. 은형의 답에는 전혀 관심 없어 보였다.

인삼차는 따뜻했고 조금 달달했다. 조미료 맛의 달달함이 아니라 향긋한 벌꿀의 달달함이었다. 단건 정말로 못 먹는 은형이었지만 인삼의 쌉쌀함을 벌꿀이 은은하게 덮어주는 듯한 정도라 수월히 마실 수 있었다. 이런 미묘한 배합을 동규가 했다고 생각하다니, 이제 와 생각해도 우습다.

"알아. 팬클럽 운영진이니까."

"그 정도야? 세은이 대단한데. 지금은 너희를 보고도 잠잠한데? 옛날 얘기인가 봐."

옛날이라. 벌써 일 년 가까이나 된다, 세은이 기억을 잃은 지가. 그동안 기억이 돌아왔는지 여전히 잃은 채인지도 은형은 모르고 있었다. 알려고도 안 했다. 알려줄 사람도 없었다. 세은 일이라면 바락바락 성질을 냈는데 누가 감히 은형 앞에서 세은 일을 운운하겠는가. 하지만 은형과 한 번이라도 눈을 마주치려던 옛날과 지금을 비교한다면 기억이 돌아오지 않은 건 확실한 것 같았다. 아니면 돌아와도 이젠 무감해졌다거나. 은형은 자조적으로 웃었다.

"옛날 일이지."

"섭섭하겠네. 팬의 마음이 변한 걸 볼 때가 제일 서운한 법인데."

이제 십 개월도 더 지난 일을 가지고 '내가 왜 서운하냐, 얼마나 후련한지 아냐'고 버럭 성질을 부리기도 힘들었다. 그리고 이젠 딱히 후련하기만 한 건 아니라는 걸 어느 정도 자각하고 있었다. 후련한 것만은 아니다. 뭔가 더 있지만, 목에 걸린 가시마냥 그를 성가시게 하지만, 도무지 답이 떠오르진 않는다.

"건강은 어때? 전에 봤던 때보다 더 말라 보이는데."

R이 화제를 돌렸다. R은 재민처럼 대놓고 로비에서 세은과 있었던 일을 묻지 않았다. 세은이 변명을 잘했거나 은형을 찔러봐야 원하는 답이 나올 수 없으리란 생각에 일찌감치 포기한 것일지도 모른다. 그리고 은형과 함께 일했던 사람들은 은형의 심기를 건드리려 하지 않았다. 은형은 자기 이야기를 하는 걸 싫어하는 편이라 그 부분은 되도록 안 건드렸다. 그래야 후에도 함께 일할 수 있다는 걸 아는 것이다.

"넌 갈수록 좋아 보인다. 요즘 채널을 돌릴 때마다 나오던데."

"그러게 말이야. 이번에는 일이 좀 풀려서 그런가? 다 네 덕 아니냐."

R이 세은을 불러 차를 더 청했다. 세은은 아까 보았던 보온병보다 좀 더 작은 것을 들고 있었다. 들고 다니던 것은 이미 다 팔린 모양이었다.

"차 맛은 어때, 입에 맞아? 확실히 이게 효험은 좋아. 며칠 밤잠을 설쳐도 옛날만큼 피곤해 죽을 정도는 아니거든."

"좋네."

"세은이 특제 차야. 자기 마실 거라던 거 내가 뺏어 먹은 게 화근이었지. 인삼차라서 찝찝하게 쓸 줄 알았는데 은근히 달달한 게 맛이 좋더라고. 약도 되고. 이것뿐인가. 여름에는 식혜 해와, 생과일주스 만들어와. 전엔 아이스박스 이만한 걸 들고 다녔어. 우리 얼음물 주겠다고."

"응, 알아."

세은이 멈칫했다. R도 은형의 대답을 기묘하게 여겼다.

"안다고?"

은형은 순간 제정신으로 돌아왔다. R이 자랑 삼아 말하던 것들, 이미 은형이 받았던 것들이었다. 동규가 시골에서 갖고 온 것이라던 식혜와 수정과, 끼니를 밥 먹듯 거르는 걸 보고 허기라도 잊으라고 내밀던 딸기 바나나 주스, 더운 여름의 야외공연 때면 어김없이 준비되었던 얼음물과 차갑게 식힌 이온음료들, 날이 추워지면 꼬박꼬박 준비되었던 따뜻한 인삼차와 허브티. 다, 세은이 한 것들이었다. 그 생각이 떠올라 안다고 대꾸한 것이다. 은형은 헛기침을 했다.

"세은…… 씨가 우리 팬이었을 때 해주었던 것들이거든."

"이것 참. 부러워해야 해, 질투해야 해? 세은아, 뭐 더 참신한 거 없어? 은형이보다 더 잘 먹을 자신 있는데."

세은은 보일 듯 말 듯한 미소를 남기고 돌아섰다. R은 은형의 발끝을 툭 쳤다.

"재민이가 기특한 팬이 있다고 자랑하더니, 그게 세은이었냐?"

"아마도."

"대충 듣기에도 엄청나더만 그게 세은이었단 말이지. 올해 따라 뭔가 좀 잘 풀린다고 생각은 했는데. 그러고 보면 세은이가 온 뒤로 A는 입원하지 않았지, 애들은 신경질을 덜 부렸지, 이동도 깔끔하게 하고. 흐음."

"설마 그게 다 이세은 씨 때문이라고?"

R이 피식 웃었다.

"그렇기야 하겠어. 뭔가 잘 풀리려니까 풀린 거겠지. 그래도 세은이가 알게 모르게 일도 많이 거들었지. 너도 알잖아. 사람 하나 잘 쓰면 안 되던 일도 풀리는 거. 게다가 세은인 누가 시킨 것도 아닌 데도 이런 서비스까지 해줄 정도이고. 우리의 까탈 대마왕 용권 형도 세은이를 신임하는 거 같고. 아, 너 모르지. 우리 매니저 형이 전엔 MU 옆에 세은이만 두고 퇴근했었다?"

SI의 매니저 김용권이라면 연예계에서도 알아주는 능력자였다. SI를 발굴해 키워내기 이전에도 숱한 스타들을 발굴해 냈었다. KG 엔터테인먼트 주최, 가수 오디션 프로그램이 진행되었을 때 심사위원석을 꿰찬 위인이기도 했다. KG 사장의 오른팔 격이면서도 여전히 실무를 보는 활동가이기도 했는데 자기가 맡은 가수에게서 스캔들이 일어나는 꼴을 두고 보지 못하는 성미였다. 때문에 숨통이 막힌다는 원성을 듣더라도 가수들 뒤를 쫓아다니며 사고를 방지해 왔다. SI가 개별 활동을 할 때나 그룹으로 활동을 할 때 그들이 가는 자리는 웬만해선 다 쫓아다녔다. SI의 스케줄은 김용권의 스케줄에 맞춰야 한단 소리가 나돌 정도로 SI의 마지막 멤버가 숙소에 돌아갈 때까지 찰떡처럼 곁에 붙어 있기로 명성이 자자했었다.

그런 용권이 MU를 세은에게 맡기고 먼저 퇴근했다니 믿어지지 않았다. 아마 MU가 SI뿐 아니라 연예계 스타들을 통틀어 가장 모범적이고 바른생활을 하는 아이돌이라서일 것이다. 그렇지만 신기한 일인 건 사실이었다.

"MU가 너희 매니저 눈밖에 난 건 아니고?"

"눈밖에 났음 더 싸매고 다녔지."

그도 사실이다. MU가 골칫덩어리가 됐다면 용권은 전보다 더 심하게 MU를 통제하며 곁에서 떨어지지 않았을 것이다. 은형은 혀를 내둘렀다.

R도 이제 자기 멤버들에게 돌아가고 리허설도 얼추 끝이 났다. 은형은 SI와 같은 대기실을 사용해 계속계속 세은이 보였다. 이미 동규와 승행, 찬미와는 인사를 끝낸 세은이었다. 방송이 시작되기 십여 분 정도가 남았을 뿐인데도 세은은 바쁘게 대기실 안을 오갔다.

대부분 '뭐 좀 찾아봐' 정도의 심부름이었는데 세은은 그 말을 기다렸다는 듯 물건을 척척 꺼냈다. 화장실에 갔다 온 SI 멤버가 대본을 찾자 화장대 위, 스타일리스트의 가방에 깔려 있던 대본을 찾아 건넸다. 차를 요구하면 즉각 갖다주고 한꺼번에 이것저것 요구를 받아도 능숙하게 하나씩 처리해 갔다.

세은이 얼마나 능력이 있는지 지금으로선 잘 모르겠다. 하지만 세은이 움직이면 적어도 큰 소리는 일어나지 않았다. 보통 대기실에선 본방 직전의 긴장 때문에 더더욱 큰 소리가 오갔다. 사람이 기본은 열 명이 넘는 팀이라 오가는 사람, 떠드는 사람, 대본 연습을 하는 사람, 드라이어의 소음, TV를 방청하는 사람 등등 모두 제각각이었다. 큰 소리가 안 나는 게 오히려 이상한 것인데 SI 팀들은 너무도 조용조용히 일을 진행했다. 가장 바쁜 게 세은이었다. 그걸 보면 세은 하나면 웬만한 문제는 다 해결되는 것처럼 보였다.

적어도 무능하진 않다. 은형은 억지로 시선을 대본으로 내렸다. 아니, 무능하지 않은 정도가 아니다. 저 정도로 일을 처리하는 건 사실 은형도 지금껏 보지 못했다. 그와 함께 움직이는 건 고작 세 명이고 자기의 일이 명확히 분류되어 있는데도 동규는 툭하면 큰 소리를 쳤고, 승행은 툭하면 차와 대기실 사이를 오갔다. 찬미는 보조를 쓰지 않는 만큼 다른 사람의 부탁을 들어줄 여유가 없었다. SI가 휴식기라 아직까지 보조를 안 뽑은 것이다.

인원은 SI 쪽이 몇 배나 많은데도 SI 쪽이 훨씬 조용하다니. 은형은 그저 한숨이 나왔다.

녹화가 다 끝났다. 공개방송에 참가한 관객들의 반응이 꽤 호의적이었다. 재민은 함께 방송을 마친 진행자며 게스트며 스태프들에게 인사하고 대기실로 돌아갔다. 은형이 먼저 와 있으리라 생각했는데 오히려 SI들이 먼저 도착해 있었다. SI들은 재민을 보고 수고했다며 먼저 인사를 건넸다.

재민은 R에게 가 오늘 수고했다며 악수를 청했다.

"마침 잘 왔다. 이거 먹어. 세은이가 준비한 거야."

"이게 뭐야?"

손가락 한 마디 정도의 고운 연둣빛의 먹거리였다. 킁킁 향을 맡으니 희미한 솔 향이 풍겨왔다.

"다식. 다식 맞지, 세은아?"

"네. 송화가루랑 꿀을 섞어 빚어서 틀에 모양을 낸 거예요. 먹을 만해요."

"세은이 너 별 신기한 걸 다 익혔다."

재민이 한입에 꿀꺽하니 향긋한 향이 올라오며 달달한 맛이 입 안에 퍼졌다. 어딘가 낯선 맛이 감도는데 이게 송화가루 맛인가 보다. 딱히 맛있는 건 모르겠는데 단맛에 손이 하나 더 갔다. 피곤 할 때 단게 당긴다는 게 사실인가 보다.

"어제 재래시장에 들렀다가 맛있어 보여서 샀어요. 찬조는 매 니저님이 하셨는데 칭찬은 제가 다 받네요. 재만 씨, 커피 드릴까 요?"

세은이 이미 커피를 한 잔 따르고 있었다. 재민은 고맙다며 받 았다. 고풍스런 사각의 찬합에는 말린 대추 안에 호두를 넣은 먹 거리, 먹기 좋게 썰린 곶감, 꽈배기 비슷하게 생긴 유과, 통통한 은행열매 구운 것이 한가득이었다. 사 왔다고는 하지만 워낙 몸에 좋아 보이는 간식이고 요즘은 흔하게 볼 수 없는 먹거리들이라 자 꾸만 손이 갔다. 보니까 녹차를 마시는 사람도 꽤 되었다.

"완전히 진수성찬이네. 다들 밥은 안 먹어?"

"이건 간식. 밥 들어갈 배는 따로 있지."

먹다 보니 이게 또 별미였다. 죄다 단맛이라 칼로리가 걱정이었 지만 인스턴트식품도 아니고 단맛도 대부분 꿀이나 조청에 의한 맛이다 보니 건강에 유해할 것 같지도 않았다. 신이 나서 이것저 것 맛을 보는 재민을 R이 바라보며 쿡쿡 웃었다.

"왜, 전엔 세은이가 안 해주던?"

"응?"

"은형이가 그러던데, 세은이가 이것저것 챙기는 거 다 받아봤었다고."

재민은 단맛이 겉도는 커피는 물리고 새로 녹차를 받아 마시다 R의 말에 하마터면 입을 홀랑 데일 뻔했다. 대체 뭐에 먼저 놀라야 하는지 모르겠다. 은형이가 세은이 이야기를 했다는 것? 아니면 은형이한테 세은이 이야기를 해도 은형이가 성질을 부리지 않았다는 것? 세은이 이야기를 꺼내자마자 은형이 성질을 부리지 않았으니 R이 은형이 성질머리가 아니라 세은이 이야기를 태연히 할 수 있는 것이다. 물론 은형은 성질부릴 때 안 부릴 때를 가리긴 하지만 세은 일이라면 유독 민감해지는 게 사실이지 않은가.

"어, 언제? 지금?"

"아니, 녹화 전."

"너 은형이 앞에서 세은이 이야기를 한 거야?"

재민은 누가 들을세라 목소리를 낮추었다. R은 그게 뭐 대단한 일이냐는 듯이 태연했다.

"K형 결혼식 때 소문 때문에 그래? 둘이 원래 아는 사이였다며. 원래 남녀가 손끝만 스쳐도 결혼하네 약혼하네 난리인 바닥이잖아. 세은이도 말도 안 되는 소문이라고 했고. 그럼 굳이 세은이 이야기를 피할 이유는 없지."

R은 둘러둘러 소문을 들어서 은형이 세은에게 키스했다는 게 과장된 소문이라고 생각하는 모양이었다. 재민은 안심해야 할지,

기막혀해야 할지 갈피를 잡을 수 없었다.

알 수가 없었다. 은형은 왜 세은 이야기에도 태연했을까? GIL의 콘서트 때만 해도 세은이라면 길길이 날뛰었었다. 그로부터 반년 이상 흘렀으니 이젠 안정을 되찾은 건가? 눈에서 멀어지니 싫은 감정도 식은 건가?

그러고 보니 결혼식 다음날 세은의 이야기를 꺼냈을 때도 은형이 엄청 성질을 부릴 거라 예상했는데 의외로 조용히 넘어갔었다. 그때는 은형이 자기 잘못을 반성해 성질을 죽인 것이라 생각했다. 하지만 지금 R이 세은 이야기를 꺼냈다는데도 은형은 잠잠했다. 녹화하는 내내 잘 웃고, 멘트도 잘했고, 신경이 곤두섰다는 느낌 역시 전혀 받지 못했다.

호랑이도 제 말 하면 온다더니 은형이 동규, 승행, 찬미와 함께 돌아왔다. R이 은형을 불렀다.

"너 먹을 복은 있다. 세은이가 간식 좀 싸왔는데 와서 먹어."

재민은 살짝 긴장했다. 은형이 성격에 순순히 세은이 만든 간식을 먹진 않을 것이다. 그렇다고 성미를 드러내지도 않을 텐데, 무의식중에 긴장이 되었다.

"간식?"

"한과랑 곶감 그런 거. 누가 만들었는지 진짜 맛있다."

"한과?"

은형이 다가왔다. 재민은 은행꽂이를 물고 있다가 뭐가 남았나 싶어 찬합 통을 들여다보았다. 사람이 많다 보니 대부분의 찬합 통이 바닥을 드러내고 있었다. 재민은 세은이 은형에게 무엇을 해주었는지 대부분 기억하고 있었다. 별것 아니라고 생각했던 얼음물부터 몇 십만 원짜리 공연 티켓까지, 하지만 그중에 세은이 직접 만든 한과는 한 번도 없었다. 그리고 R의 뉘앙스는 꼭 세은이 직접 만들었다는 뜻 같았다. R이 의도한 건 아니겠지만 세은이 사 왔다는 걸 아는 재민에게조차 세은이 만들어주었다는 것처럼 들렸다.

은형은 다식을 하나 들더니 웃는 건지 찡그리는 건지 알 수 없는 표정을 살짝 지었다. 곧 그 표정도 사라졌지만 눈빛은 이전보다 더욱 어두워졌다.

재민이 뭔가 의아함을 느낄 새도 없이 은형은 다식을 내려놓았다.

"단건 잘 못 먹어서."

은형은 곧 자기 일행에게 돌아갔다. 은형이 돌아갈 채비를 해 재민도 그쪽으로 돌아가야 했다. SI 일행은 은형의 행동을 이상하게 여기지 않았다. 재민은 절로 세은 쪽으로 시선을 돌렸다. 세은은 빈 컵에 녹차를 부어주며 찬합 통이 비어가는 걸 흐뭇하게 지켜보고만 있었다.

재민이 일행에게 돌아가려 일어섰을 때 은형이 이쪽을 쳐다보고 있는 걸 발견했다. 그 시선은 재민을 비껴 SI 일행들 틈에 섞여 있는 세은에게 고정되었다. 아까 보았던 그늘진 시선이었다. 은형은 곧 몸을 돌렸다. 재민은 일종의 기시감이랄까, 굉장히 낯설면서도 어찌 보면 어디서 본 듯한 광경에 이질감을 느꼈다. 이 광경을 어디서 보았더라? 그보다 은형은 왜 세은일 보고 있던 거지?

은형은 정말로 독한 놈이라 세은이 곁에 있을 땐 실수로라도 세은 쪽으로 시선을 두지 않았었다.

재민은 고개를 갸웃하며 일행에게로 돌아갔다.

이건, 뭐야… _14

*SI*의 공식적인 활동이 모두 끝났다. 가요 프로그램마다 아쉬운 엔딩 공연을 마치고 실질적인 그룹 활동은 종료가 되었다. 그게 11월. 은형은 스포츠신문을 접었다.

지금은 벌써 12월이었다. SI가 활동을 접고도 약 한 달가량이 흘렀다. 다들 연말에 있는 시상식을 대비해 바쁘게 뛰어다녔다. GIL은 전년도에 신인상을 거머쥐었기 때문에 올해의 R&B 여자 가수 상을 수상하리라 기대를 모으고 있었다. EM의 공식적인 활동은 없었지만 은형의 개인 의뢰로 프로듀스 상 정도는 받게 되지 않을까, SOO의 직원들은 은근히 기대하고 있었다. SI의 타이틀 곡과 후속곡, GIL의 2집 앨범, CF의 싱글 등등 올해는 채은형의 해라고 해도 과언이 아니었다.

하지만 정작 은형은 자기가 상을 받게 되는데 별 관심이 없었다. 은형에게 중요한 것은 EM으로서 가요대상을 받는 일이었다. 그 외의 상은 감사하게 받고 말 일이다.

그리고 또 한 가지.

은형은 작업용 컴퓨터 앞에 앉았다. 보통은 작업할 때 외엔 거의 찾지 않는 컴퓨터였지만 지금 은형의 목적은 다른 것이었다. 포털 사이트 중 하나에 들어가 익숙하게 승행의 ID를 입력하고 팬카페에 접속했다. 은형과 재민, 동규의 닉네임은 많이 알려졌지만 승행이 닉네임은 알려지지 않은 편이었다. 덕분에 카페에 접속을 해도 귀찮게 쪽지를 보내거나 1:1 대화를 신청하는 사람은 없었다.

은형은 습관적으로 'TO EM' 게시판을 클릭했다. 새 앨범에 대한 기대와 기다림이 너무 길다는 글들이 올라와 있었다. 은형은 글을 하나하나 클릭한 뒤 다시 목록 창을 열었다. 작성자 이름을 주룩 훑어도 낯익은 닉네임은 거의 없었다. 은형이 낯익을 정도의 닉네임의 소유자라면 은형이 본명까지 알고 있는 운영진이 대부분이었다. 운영진은 팬이면서도 어떻게 보면 SOO 소속사의 입장을 반영하기 때문에 개인적인 활동은 거의 하지 않았다. 은묘가 특이했던 것이다.

어렵사리 검색어에 '은묘'를 쳤다. 하지만 걸리는 글은 하나도 없었다. 모두 삭제된 것이다. 근 삼 년간 그를 괴롭히던 글은 이제 하나도 보이지 않았다.

일상생활 이야기를 나누는 자유게시판에 들어갔다. 다시 '은묘'를 검색했다. 일 년 전의 글이 가장 최신 글이었다. 함께 접속해 있는 사람들 목록을 기웃거려 보았다. 운영진 중 막내가 접속해 있었지만 은형은 결국 아무것도 못하고 창을 끄고 말았다.

은형은 깊게 한숨을 내쉬었다.

동규가 작업실 안으로 들어왔다. 아직 EM이 활동을 재개하기 전인 요즈음, 부모님 건강 때문에 동규는 자주 고향을 다녀오곤 했다. 동규가 입 밖으로 이야기를 꺼내진 않았지만 사람들은 동규가 곧 고향에 내려가지 않을까 짐작하고 있었다. 앨범 작업은 조금 늦어져 내년 2월에나 발매될 것이라 동규에게 생각할 시간은 아직 충분했다.

"출출하지 않아? 야식이라도 시켜 먹을까?"

벌써 밤 열 시가 넘었다. 동규의 말에 승행이 반색을 했고, 소파에 늘어져 있던 재민도 부스럭대며 일어났다. 앨범 작업이 늦어진 만큼 연습을 제대로 해두자며 은형이 아침부터 붙잡아뒀던 멤버들이었다.

야식치고는 거한 닭도리탕과 생맥주가 배달되었다. 네 남자와 밴드 멤버는 거의 숨도 쉬지 않고 닭도리탕을 먹어치웠다. 그들의 화제는 대부분 이달 말에 있을 가요제전 시상식과 결혼한 지 고작 일 개월 만에 이혼하네 마네 말이 많은 연예인 커플이었다. 은형은 여느 때면 배를 채우고 자리에서 일어났을 테지만 지금은 자리를 지키고 앉아 있었다.

연예인 커플 중 누가 잘못했는지 마는지 서로 따지다가 승행이 TV를 켰다. 연속극이 방영되고 있었다. 승행이 채널을 이리저리 돌리다 결국 귀 좀 쉬게 하자는 동규의 말에 도로 TV를 껐다. 그들은 배를 두둑이 채운 뒤에도 다른 연예인들을 화제에 올리기만 했다.

"대상은 결국 SI가 타겠지?"

드디어 SI 이야기가 나왔다. 은형은 재민의 목소리에 귀를 기울였다. 승행은 먹은 자리를 치우고 있었다. 연습실에 모인 인간들은 닭도리탕 하나도 부족해 밥까지 싹싹 비벼 먹었다.

술이 들어가니 재민의 목소리가 살짝 잠겼다. 연습에 차질이 있을까 봐 걱정했던 은형이지만 지금은 신경 쓰이지 않았다.

"SI겠지. 올해 제2의 전성기네 어쩌네 말이 많았으니까."

동규가 맞장구쳤다.

"GIL이 대상을 타기엔 아직 부족할까요?"

승행이 느닷없이 GIL 이야기를 꺼냈다. 은형은 승행을 살짝 노려보았다.

"GIL도 내년이나 내후년 정도면 봐줄 만하지. 아, 하지만 내년은 안 되겠다. 우리 앨범이 있으니까."

재민이 소파에 다시 벌렁 드러누웠다. 승행이 키득거렸지만 부인하진 않았다.

결국 SI 이야기는 그걸로 끝이었다. 연습을 재개했지만 은형이 이전보다 날카로워져 다시 휴식 시간을 갖게 되었다.

은형은 잠시 바람 좀 쐬겠다고 나갔다. 남은 밴드와 재민은 어리둥절해 있었다. 기타리스트 혜준이 재민을 툭 쳤다.

"가봐야 하는 거 아니야?"

재민은 머리를 북북 긁었다.

"내가 간다고 해결되나? 저 자식은 밥 잘 먹고 왜 심통이야."

"얼마 전부터 쫓기는 사람마냥 초조해하긴 하던데요."

승행이 조심스럽게 덧붙였다. 재민은 그랬나, 하다가 그랬구나, 수긍했다. 은형이 신경질적이고 날카로운 건 하루이틀 일이 아니지만 최근에 와 그 강도가 심해졌다. 뭐가 불만인지 모르겠다. 앨범이 늦어진 것에 대해 새삼 초조해하는 게 아니라면. 하지만 앨범이 늦어진 건 은형의 고집 때문이기도 했다. 제멋대로인 기질이 강하지만 한 번 결정한 일에 뒤늦게 성질을 부리고 생떼를 쓰는 녀석은 아니었다.

재민은 결국 멤버들의 채근에 못 이겨 은형을 쫓아갔다. 재민은 추운 바깥에 서서 담배를 물고 있는 은형을 발견했다. 재민은 정말로 놀랐다.

"웬 담배야."

연습 때는 곧 죽어도 담배를 못 태우게 했던 은형이었다. 철두철미한 프로라고 빈정대면서도 재민은 할 수 없이 금연에 돌입했었다. 재민이 은형 몰래 살짝 피운 적은 있어도 은형이 피우는 건 처음 보았다.

"그냥. 갑갑해서."

대화의 물고는 은형 쪽에서 틀어주었다.

"뭐가 그렇게 갑갑한데?"

"몰라."

어디서 앙탈이냐. 재민은 으슬으슬 추워져서 바지 주머니에 손을 푹 집어넣었다.

"모르긴 개뿔을 몰라. 뭐가 불만이야? 왜 그렇게 안달인데?"

은형이 입을 다물기에 재민은 것 보라며 속으로 툴툴거렸다. 채은형이 언제 속 시원히 제 속사정을 말해준 적 있는 줄 아나. 본의 아니게 불알친구를 먹어서 평생을 곁에서 본 덕에 눈치로 다 때려 잡는 거지. 밴드 멤버들은 은형이 벌컥 화를 낼 때마다 재민을 내보내는 습관을 고쳐야 한다. 재민이라고 은형을 100% 다 어를 수 있는 게 아니다.

"너 혹시, 세……."

"세?"

은형이 도로 입을 꾹 다물었다. 재민은 갑갑했다. 세, 새? 새가 뭐 어떻다고?

"아냐. 들어가자."

여하간 어려운 놈이다. 은형은 그대로 다시 연습실로 돌아갔다. 재민은 발끝으로 땅을 톡톡 차곤 시린 공기 너머 하늘을 올려다보았다. 가로등 불빛 때문에 오히려 하늘이 잘 보이지 않았다.

"눈이나 와라."

은형은 집에 돌아왔다. 집이 추우면 괜히 더 짜증이 나 집에 나갈 때 보일러를 끄지 않고 나간다. 집은 역시 훈훈하고 바닥은 따뜻했다. 은형은 씻어야지, 하면서도 침대에 털썩 드러누웠다.

적막했다. 정말 아무 소리도 들리지 않았다. 냉장고의 희미한 웅웅거림만 들렸다. 여느 때라면 소록소록 잠이 올 텐데 지금은 잠이 들지도 않았다. 은형은 몸을 뒤척여 바로 누웠다.

이렇게 갑갑한 건 줄 몰랐다. 은형은 얼굴을 북북 문질렀다. 정말이지 귀에 솜 틀어막고, 눈은 칭칭 동여매이고, 입은 재갈이 물린 채 길 한복판에 버려진 기분이다. 아무리 귀를 열어도, 눈 씻고 찾아봐도 찾을 수가 없었다. 그의 입은 여태껏 그의 행태 때문에 도통 열릴 줄을 몰랐다.

이세은⋯⋯.

눈가에 주름이 잡혔다. 은형은 억지로 눈을 뜨려다 꾹 감아버렸다. 다른 사람들 틈에 섞여 헤실헤실 잘만 웃던 그 얼굴이 떠나지 않았다.

SI의 활동은 끝났다. 그럼 지금쯤 뭘 하고 있을까?

생각하지 않으려고 했다. 이세은의 일 따위 궁금하지 않다고, 내가 관심 써야 할 대상이 아니라고. 그러나 가만히 손 놓고 있을 때면 스멀스멀 세은이 무얼 하고 있을지 궁금해졌다. SI를 위해 여전히 일하고 있다면 집에 있는 틈을 타 또 한과 나부랭이나 만들고 있을 것이다. 손재주가 워낙에 많았던 여자였으니까 더 신기한 메뉴를 내놓을지도 모른다. R이 특히 인삼차를 좋아했던 걸 기억하며 다시 차를 끓일 수도 있다.

그러다 제정신으로 돌아오면 기도 안 찼다. 또 그 여자 생각을 하고 있었단 말인가? 어디서 죽든 살든 다 알아서 할 것을 왜 내가 궁금해한단 말인가? 그 여자라면 쉽게 죽지도 않을 거다. 하여간에 인복도 많아서 여기저기 도와주는 인간들이 지천이니까. 그런 생각을 하면 다시 슬그머니 짜증이 스몄다.

그 여자 주변에는 정말 사람이 많았다. 계찬부터 시작해 SI, 까다롭기로 소문난 김용권 실장, 그 이전을 거슬러 올라가면 재민, 동규, 승행, SOO 직원들. 팬클럽 운영진도 세은이라면 특히 더 싸고돌았던 것 같다. 인복이 많은 것도 많은 것이지만 자기가 또 그만큼 하기 때문도 있을 것이다.

때문에 그 외의 사람은 별로 필요로 하지 않을 것이다. 워낙 사람이 차고 넘치니 이제 와 새삼 더 필요한 사람이 있을까. 가령 은형이라는…….

은형은 숨이 막혔다. 난 그 여자가 날 필요로 해주길 바라는 건가. 내가, 그 여자에게 있어 필요한 사람이 되길 바라는 건가. 어디에 써먹게? 그 여자에게 필요가 되고 도움이 되면 내가 얻는 이득이 뭐라서?

아, 감기는 안 걸리겠네. 그놈의 인삼차, 효험이 워낙 뛰어났으니까. 자질구레한 병치레도 줄어들겠네. 그 여자가 챙겨주던 삼년간 앓아본 기억이 별로 없으니까. 영화나 공연들 중 뭘 봐야 할지 고민하지 않아도 될 거고 간이 너무 세고 조미료 범벅인 야식도 그만 먹게 될 거다.

아아, 그래, 난 그 여자가 자질구레하게 챙겨주었던 것들이 그리운 거구나. SI나 다른 인간들도 결국 그 여자가 암탉처럼 싸고돌고 하나하나 챙겨주는 게 좋은 걸 거다.

거기까지 생각하고 나면 스스로가 너무 치사하고 더러웠다. 넌 정말 그 여자의 필요도에 끌려 사람들이 그 여자 주변에 모이는 거라고 생각하는 거냐. 한 사람의 뮤지션으로서 다른 뮤지션들을 함부로 깔아뭉개지 않고 쉽게 투기하지 않는 걸 자부심으로 여겨 왔는데. 한 사람의 인간으로서 은형은 너무도 부족하고 모자란 사람이었다.

그렇다고 세은 주변에 사람이 모이는 걸 질투하는 것도 아니었다. 오히려 세은 주변에 사람이 모이는 걸 이젠 납득하는 수준에 이르렀다.

그럼 대체 난 뭐가 불만인 거지.

그래, 그거다. 그 여자 주변에 모인 사람들 중 대부분은 은형이 아는 사람들이었다. 그럼에도 그 여자의 소식은 실수로라도 은형의 귀에 흘러들어 오지 않았다. 은형은 지금 세은이 부모님 가게를 돕고 있는지, 아니면 다른 일을 찾았는지, KG에서 영입해 갔는지 전혀 모르고 있었다.

그 여자에게 새로 사랑하는 사람이 생겼는지도, 계찬이란 놈과 드디어 사귀게 되었는지도, 아니면 새로운 놈을 만나게 되었는지도, 전혀, 아무것도.

재민의 생일파티 때 의외의 인물이 참석했다. SI였다. 은형은 R과 MU 등을 보고 등을 곧추세웠다. 주인공을 비롯해 참석자들과 인사를 나누던 R이 은형 곁에 와 앉았다.

"잘 지내지? 오랜만인 것 같다."

말은 이렇게 했지만 저번 주에 있던 연말 가요 시상식에서 만났었다. 하지만 워낙 정신이 없어서 인사만 하고 말았다. SI는 기대대로 대상을 차지했고, GIL도 R&B 여자 부문 상을 수상했다. 그리고 프로듀스 상은 사람들의 예상대로 은형의 몫이었다.

"대상 축하한다."

"새삼. 너도 축하한다. 2년 연속 프로듀스 상이라니."

GIL이 신인상을 수상했던 작년과 SI가 대상을 수상한 올해 연속으로 은형이 프로듀스 상을 거머쥐었다. R은 두 번이나 수상해서 그러냐며 거만하다고 놀려댔다.

다들 연말 계획이니, 앨범 계획이니, 한참을 떠드는 동안 분위기가 무르익었다. 거하게 취한 재민이 은형과 R이 있는 곳에 와 편하게 자리를 잡았다. 재민은 올해도 지섭의 가게를 통째로 빌렸다. 자기는 지섭의 가게만 오면 너무 기분이 좋아진다면서.

"R, 너 이제 뭐 할 거냐."

R은 이미 은형과 실컷 앞으로의 계획을 떠들어댄 터라 그냥 웃어넘겼다. 재민도 R의 근황이 아주 궁금한 건 아니었다. R은 재민을 보더니 생각났다는 듯 은형을 툭 쳤다.

"너 세은이 알지?"

세은. 은형은 술이 반쯤 깨는 기분이었다.

"응."

태연해야 한다. 지금, 뭔가 어색하진 않겠지?

"요즘 뭐 하는지 알아?"

몰라서 묻는 건가, 아니면 화제를 시작하기 위한 반어법인가? 은형은 어쩔 수 없이 숨을 죽였다.

"KG 매니저 양성과정에 입문했어. 지금 JA의 로드로 뛰고 있을걸?"

 이건, 뭐야…   341

JA는 KG사의 여성 트리오 그룹이었다. 신인이긴 하지만 GIL과 어깨를 나란히 할 정도의 거물급 신인이었다.

"JA의 로드로? 세은이 힘들겠는데."

KG는 기본적으로 돈이 되는 건 뭐든지 한다 주의였다. 가수의 품격을 떨어뜨릴 일이 아니면 웬만해선 다 쫓아갔다. 그 덕에 신인가수가 급부상할 수 있다는 장점이 있지만 그 이상으로 수명이 일찍 줄어든다는 단점도 있었다. 하지만 지금까진 수명이 줄어드는 가수보단 그 덕으로 널리 이름을 날린 그룹이 대부분이라 다들 KG 사장의 능력을 격찬하곤 했다.

로드 매니저는 건장한 남성이라 해도 해내기 힘든 일이었다. 언제나 가수와 함께 지낸다는 장점이 있을지 모르지만, 시간이 돈인 가수로 인해 목숨을 내걸고 운전하고, 쉴 틈도 없이 뛰어다녀야 하고, 지리 감각이 밝지 않으면 미리 길목을 파악해 지름길을 찾아내야 했다. 운전하는 시간도 밤낮 가리지 않았다. 가끔 어느 연예인들은 로드 매니저를 개인 운전수처럼 멋대로 부리기도 했다. 공적인 업무 외에도 사적으로 로드 매니저를 부려먹는 걸 당연하게 여기는 바닥이었다. 연예인의 삶은 숨 쉬는 것 자체가 공적인 업무라고 한다면 할 말 없지만. 멋모르고 연예인이 좋다며 로드 매니저로 시작하는 사람의 대다수가 자기 개인 시간은 일절 없는 업무와 위험부담으로 일 개월도 채 채우지 못하고 그만두곤 했다.

그걸 세은이 시작했단다. 은형은 저도 모르게 끼어들었다.

"너희 팀에서 일한 경력이 인정되지 않아?"

R은 고개를 설레설레 저었다.

"세은이가 유능한 건 사실이지만 매니저의 주된 업무를 봤던 건 아니니까 밑바닥부터 기초를 쌓아가야 했던 거지."

"그래도 너희랑 거의 일 년을 일했잖아. 정상참작이 안 돼?"

"너 왕년의 팬이라고 챙기는 거냐?"

은형은 그제야 R을 몰아붙였다는 걸 깨달았다. 재민은 반쯤 취해 있어서 별로 의아하게 생각하지 않았다. 그나마 다행이었다.

"여자들이 쉽게 할 수 있는 일은 아니잖아."

"그렇지. 게다가 찬이라는 든든한 백이 있는데 말이야. 사실 이번에도 찬이 백으로 JA 메인 매니저쯤으로 시작하려고 했는데 세은이가 거절했대."

그 바보 같은 여자가, 그게 어떤 기회인 줄 알고 거절하는가? 은형은 기가 막혔다.

"제대로 해보고 싶다나? 로드 건너뛰고 메인으로 올라간 케이스는 거의 없으니까. 뒷말도 무서웠을 거야. 아무리 계성 사장 아들 백이라고 해도 낙하산을 곱게 볼 사람은 아무도 없으니까."

은형은 그래도 갑갑했다. 여태 계찬 백으로 여기저기 잘도 쑤시고 다녔으면서 왜 새삼스레 힘든 일을 자처하냔 말이다. 계찬이 안 도와주겠다고 했다면 몰라도. 로드 매니저가 좀 어려운 건 줄 아는 건가? SI들과 함께 움직이면서 대체 뭘 봤던 거지?

"그래도 용권 형이 그러더라. 괜히 몸 망가뜨리기 전에 적당한 선에서 빼낼 거라고. 찬이가 워낙에 세은이 소문을 좋게 낸 데다 세은이도 우리 팀에 있으면서 잘해줬으니까. 길게는 일 년, 짧게는 반 년 정도만 버티면 빼낸다고……."

"그전에 그만두면? 그럼 말짱 황이잖아. 대체 그 여자는 무슨 생각이야. 왜 제 복을 제 발로 걷어차?"

R은 빈 잔을 채우다 말고 고개를 갸웃했다. 은형은 그런 R의 기색도 알아차리지 못했다.

"진짜 이해할 수가 없네. 자기가 무슨 용가리 통뼈냐고."

"세은이도 뭔가 생각이 있어서겠지. 왜 그렇게 툴툴거려?"

"말이 돼? 여느 남자들이라도 힘들어서 뻗어버리는 걸 자처해서 하겠다는데."

"전에 보니까 그럭저럭 잘하는 것 같던데……."

은형은 R이 믿기지 않았다.

"넌 걱정도 안 돼? 너희 팀이었잖아. 세은이가 해다 준 건 다 받아먹었으면서 이럴 땐 나 몰라라냐?"

"어? 나?"

은형은 결국 자리를 박차고 나갔다. 남은 R은 영문을 몰라 은형이 사라진 자리만 멍하니 쳐다보았다. 재민은 그런 R의 잔에 자기 잔을 쨍강 부딪쳤다.

"저 녀석 왜 저래?"

"넌 언제 채은형을 이해한 적 있었냐?"

R은 고개를 털었다. 재민의 말이 맞았다. 이 세상에서 채은형의 복잡한 심리를 이해할 사람이 몇이나 있을까. R은 오히려 세은의 이야기가 나오기 전에 은형의 심사를 거스른 건 없었는지 돌아보았다.

재민은 은형이 앉았던 자리를 보고 술잔을 쭉 비웠다. 정말 알

다가도 모를 놈이다, 채은형. 재민은 술에 취해 은형의 말을 전부 다 알아들은 건 아니지만 은형이 진심으로 화를 내고 있다는 낌새는 눈치 챘다. 세은 일에 대해서 화를 냈다? 재민은 아무래도 자기가 너무 많이 마신 것 같다며 반성했다. 세은으로 인해 화를 낸 거겠지. 앞으로는 R에게 은형 앞에선 세은 이야기를 꺼내지 말라고 입단속을 단단히 해야겠다.

동규에게 알아봐 달라고 한 바에 따르면 JA의 마지막 일정은 K홀에서였다. 그 이후 일정은 없다고. 은형은 택시기사를 우선 보낸 뒤 가볍게 한숨을 내쉬었다. 은형은 24시간 편의점 앞이었다. 언제였던가, 재민이 정말 재밌어하며 '은묘가 우리 집 근처에서 편의점 한대'라고 알려주었다. 재민은 그 후 함께 이동할 일이 있어 재민의 집에 들를라치면 꼭 이 편의점 앞을 지나가게 했다. 저기가 은묘가 일하는 편의점이라고 만날 훔쳐보는 걸 당하기만 했지 직접 하려니 기분이 짜릿하다고. 그런 일이 몇 번 반복되자 은형은 싫어도 은묘, 세은의 편의점 위치를 알게 되었다.

동규는 은형의 부탁에 JA의 촬영이 몇 시에 끝났는지도 알려주었다. 계산대로라면 세은은 지금쯤 집에 오고 있을 것이다.

숨을 내쉴 때마다 흐릿한 김이 퍼져 나갔다. 추운 날씨였다. 한밤중에 싸늘한 바람까지 더해 체감 기온은 마이너스로 뚝뚝 떨어지고 있었다. 은형은 주머니에 손을 찔러 넣고 편의점 앞에 몸을 움츠리고 서 있었다.

차도에 차가 멈추고 문이 열리고 닫히는 소리가 났다. 은형은 살짝 고개를 들었다. 세은이었다. 세은은 힘들어 고개도 채 들지 못하고 비틀비틀 편의점 옆 건물 입구를 향했다. 세은이 비틀거리다 털썩 자리에 주저앉았다. 은형은 반사적으로 달려가 세은을 부축했다. 세은은 누군가의 존재를 느끼고 웃음으로 얼버무리려 했다.

"아, 저기, 고맙습⋯⋯."

화가 났다. 세은은 SI 팀에서 봤을 때 이상으로 깡말라 있었다. 분명 두터운 코트 위로 잡은 팔인데 한 줌에 쥐어질 것처럼 가늘었다. 이렇게 혹사당하고 있다니! 게다가 지금 시간은 두 시였다. 이 한밤중에 여자 혼자 택시를 탔다는 것도, 택시에서 내리자마자 바로 주저앉아 버릴 정도로 힘들어한다는 것도, 이렇게 말라 버린 것도 다 화가 났다. 은형은 여자를 일으켜 세웠다. 그가 조금만 힘을 줘도 여자는 바스라질 것 같았다.

"이 바보야!"

여자는 가물거리는 눈을 들어 은형을 확인했다. 그리고 자기 눈을 힘껏 비볐다. 여자의 눈 밑은 거뭇했고 뺨은 홀쭉했다. 화가 나고 안쓰러웠다. 은형은 여자가 다시 비틀거리자 두 손으로 힘껏 받쳤다.

"더 좋은 자리도 있었다면서, 얼마든지 경력에 보탬도 되고 편하게 할 수 있는 자리도 있었다면서! 왜 사서 고생을 해, 왜 바보같이 제 복을 발로 차!"

여자는 아무 대꾸도 없었다. 혼자 설 수 있다는 걸 보여주려는 듯 꿈지럭대는데 은형은 그게 더 신경에 거슬렸다.

"아무것도 하지 마. 대체 혼자 설 기운도 없으면서⋯⋯!"

"놔, 줘요⋯⋯."

여자가 처음으로 대꾸했다. 은형은 이를 악물었다. 여자가 꿈지럭대는 건 혼자 서려는 몸짓이 아니었다. 그를 밀어내려는 몸짓이었다. 은형은 더 화가 나 여자를 바짝 끌어다 댔다.

"그만두겠다고 해. 그딴 바보 짓, 당장 때려치우겠다고 해."

"뭘 말하는지 모르겠지만 제가 채은형 씨에게 폐 끼친 건 없을 텐데요."

힘들어 다 쓰러져 가면서도 딱딱 따지긴 제대로 따진다.

"네가 하는 일 그만두라고."

여자는 손바닥으로 그를 꾹 밀었다. 그 손엔 힘이 거의 들어 있지 않아 은형은 꿈쩍도 하지 않았지만 여자의 손이 닿은 곳이 저려왔다. 여자의 음성이, 몸짓이, 그를 쳐다보는 눈빛이 그를 완강하게 밀어내고 있었다.

은형은 여자를 살짝 흔들었다. 여자의 손이 삐끗 어긋나 그의 몸에서 떨어졌다. 은형은 충동적으로 여자를 끌어안았다.

"채은형 씨!"

여자가 기겁해서 외쳤다. 은형도 정신이 번쩍 나 여자를 확 밀쳤다. 여자는 비틀거리면서도 이번만큼은 쓰러지지 않았다. 여자의 눈빛은 경악과 불신으로 일그러졌다.

"대체 한밤중에 찾아와서 왜 어깃장을 놓는지 모르겠지만 술자셨음 곱게 드시죠."

차를 놓고 왔을 정도로 은형은 술을 마시긴 했다. 하지만 그가 이곳까지 달려와 쓰러진 여자를 부축하고 여자에게 경고한 모든 것이 술김은 아니었다. 그 모든 것을 술김으로 내모는 여자가 오히려 어처구니가 없었다.

"내가 술 때문에 이런다고?"

"꼬장 받아줄 사람이 필요해요? 죄송하지만 전 진작 졸업했거든요. 안녕히 돌아가세요."

은형은 돌아서는 여자를 확 잡아끌었다. 여자는 이번에도 힘없이 그의 품에 풀썩 들어왔다.

"채은형 씨, 나도 성질이란 게……."

"채은형 씨, 채은형 씨, 시끄러워."

"뭐라고요?"

은형도 하나 알고 있는 게 있었다. 그들의 팬들은 어지간해선 그들을 '오빠'라는 호칭으로 부르지 않았다. 남겨진 글을 보면 툭하면 '당신' 또는 '아무개 씨'라고 부르는 걸 볼 수 있었다. 다 이여자 때문이다. 이 여자가 매일같이 '당신' 타령을 하고 '은형 씨' 타령을 하니까 멋모르는 십대들조차 은형을 '은형 씨'라고 부르는 것이다.

그런데 이 여자는 더는 그를 '은형 씨'라고 부르지 않았다. 화가 났다. 생판 남인 것처럼 '채은형 씨'라고 부르는 이 여자가, 정말 화가 났다.

"넌 정말 도움이 안 돼……."

은형의 입술이 내려갔다. 차갑고, 다 부르튼 입술이었다. 하지만 은형은 스륵 눈을 감았다. 거칠고 차갑고 조금도 열리지 않는데도 은형은 이 입술이 좋았다. 부러질 듯 마른 몸도, 그의 품에 쏙 안기는 작은 체구도.

은형은 세은의 입술을 질겅였다. 세은은 충격 때문인지 꼼짝도 못했다. 은형은 살짝 입술을 떼어냈다. 차가운 숨이 서로의 뺨에서 부스러져 하얀 김을 토해냈다.

은형은 결국 세은을 억세게 안아 다시 한 번 입술을 내렸다. 세은의 입술은 조금쯤 미지근해져 있었다.

그들의 머리 위로 사락사락 싸락눈이 내리기 시작했다.

힘들어 _15

"세은 씨, 빨간 불!"

세은은 퍼뜩 정신을 차렸다. 그리고 반사적으로 브레이크를 밟았다. 뒤에서 작은 소란이 일었다. 세은은 얼른 몸을 돌려 거듭 사과했다.

"죄송합니다, 정말 죄송합니다."

"뭐예요, 진짜! 눈은 어디에 두고 다니는 거야!"

JA의 둘째인 MIRA가 신경질적으로 외쳤다. 세은은 쓴웃음을 머금고 다시 사과했다. 옆에 앉은 메인 매니저도 살짝 혀를 찼다.

"애들 안 그래도 예민해 있는데 세은 씨까지 왜 그래? 요즘 통 정신 못 차리는 것 같더라."

"죄송해요, 정말. 요즘 잠을 잘 못 자서 그런가 봐요."

"SI 때는 그렇게 잘 챙겨줬다면서. 남자 여자 차별하는 건 아니지?"

해가 바뀌고 세은이 JA팀에 합류한 지도 이 개월이 훌쩍 넘었다. 연말이며 연초, 행사장과 방송국을 돌아다니느라 진짜 미친 듯이 바빴다. 남들 다 잘 때도 혼자 운전을 해야 했고, 운전한다고 옆에서 함께 깨어주는 사람은 아무도 없었다. 장거리를 뛴 여독이 풀리기도 전에 다시 이동에 또 이동……. 하지만 정말 피로한 건 다른 이유였다.

JA팀에 와서 세은은 사사건건 JA팀과 부딪쳤다. JA 멤버들은 예전 그 누구 씨보다도 예민하고 성격이 급했고 안하무인이었다. 세은은 로드 매니저가 잡일꾼 역할도 겸한다는 걸 알고 일을 시작했지만 JA 멤버들은 해도 너무했다. 누가 먼저 A란 일을 시키면 다른 멤버들도 똑같이 해달라고 했다. 그들에게 필요하든 하지 않든. 그리고는 자기 일을 먼저 처리하지 않았다고 버럭 성질을 냈다. 세은이야 먼저 시킨 사람 순대로 처리한 거지만, JA 멤버들이 세은을 몰아세우면 이번엔 메인 매니저가 나타나 일을 그따위로밖에 처리하지 못하느냐고 구박했다.

JA 멤버들이 세은을 홀대하니 JA의 스타일리스트 팀이나 백댄서 팀들도 세은을 막 대하는 경향이 있었다. 세은을 안쓰러워하기보다 얼마나 잘났는지 두고 보겠다는 태도였다. 세은은 나중에야 SI는 정말 신사적이었다며 눈물을 삼켰다.

SI 때는 일이 손에 익자 개인 시간도 낼 수 있었는데 JA 때는 개인 시간을 조금도 낼 수 없었다. 화장실 다녀오는 것만으로도 근무 태만이 되어버려서 세은은 물도 최소한으로 마시는 습관을 들였다.

일은 여전히 고되고 사람들에게 치이는 건 갈수록 심해지니 세은도 지쳐 갔다. 그래도 자기가 처음에 너무 좋은 사람들을 만난 탓이라며 스스로를 북돋았다. 찬이 주었던 기회를 내치고 이 자리부터 시작한 건 자기의 선택이었다.

SI의 일이 끝난 뒤 세은은 찬에게 거하게 밥 한 끼 쏘았다. 찬의 평소 생활을 돌아보면 그다지 거하지 않을진 모르지만 세은에게 일 인분에 만팔천 원 하는 샤브샤브는 꽤 크게 쏘는 것이었다.

"있지, 나. 이 일 제대로 해보고 싶어."

찬은 종업원이 다 익혀서 건져 준 야채와 고기 중에 고기만 골라먹었다. 세은은 싱글싱글 웃으며 고기를 빼앗았다. 찬이 왈칵 화를 내도 야채를 다 먹으면 내 몫까지 주겠다며 고집을 꺾지 않았다. 찬은 울며 겨자 먹기로 야채를 흡수하듯 삼키더니 약속대로 세은의 몫까지 고기를 날름 다 집어갔다. 찬이 독한 놈, 정말 고기 한 점 맛보라고 주지 않았다. 세은은 툴툴대면서도 계속 웃음이 가시지 않았다.

"이건 이 일 소개해 준데 대한 답례야. 천직을 발견한 것 같아. 매니저 일이 이렇게 재밌는 건지 처음 알았어."

"그럼 JA 메인으로 들어가."

찬이 자연스레 JA의 메인 매니저 자리를 제안했다. 세은은 너무 놀라 입을 크게 벌렸다.

"내가 해도 돼?"

"안 될 게 뭐 있어. 전담도 아니고 그 밑인데. 뭐, 그래 봐야 로드보다 좀 더 편한 정도겠지만."

"하지만 다들 로드부터 시작하잖아. 최소 이삼 년이라고 들었어."

세은도 SI를 따라다니다 보니 많은 것들을 알게 되었다. 보통 매니저들은 로드 매니저 이삼 년을 하는 걸 기본으로 메인으로 승진하고, 메인에서도 경력을 쌓아 전담 매니저가 된다고 했다. 용권 같은 전담 매니저가 되려면 최소 십 년은 투자해야 한다는 말도. 물론 그건 큰 기획사의 일이고 작은 기획사에서는 로드 매니저만 따로 두고 메인 전담 구별 없이 매니저 한 명이 모든 업무를 처리해, 전담 매니저가 되기까지의 시간은 급격히 짧아진다.

"아냐, 정말 고맙지만 난 밑바닥부터 차근차근 해내고 싶어. 내 손으로 해냈다는 성취감이랑 가짜가 아닌 진짜 자신감을 갖고 싶어."

찬은 한동안 대꾸가 없었다.

"보통 쉬운 게 아냐. 세은이 생각하는 것 이상으로 궂은일이야."

"뭐, 나도 내 복을 내가 차는 건 알아."

"사실은 욕먹는 게 싫은 거지."

낙하산은 보통 홀대받기 마련이었다. 세은은 혀를 날름거렸다.

"그것도 있고."

"세은 맘대로 해."

삐친 게 아닌가 걱정이었지만 찬은 그 뒤로도 여느 때랑 다름없었다. 세은은 찬과 더 만날 시간이 줄어들어 섭섭하다고 너스레를 떨었다. 찬의 입가가 살짝 당겨진 것 같은데 금세 표정을 지워 버렸다. 세은은 찬의 부스스한 머리카락을 헤집어주었다.

하지만 정말 각오가 부족했다. JA의 메인 매니저는 자기 자리에 세은이 왔을 거란 사실을 알아내곤 처음부터 세은을 곱게 보지 않았다. 메인 매니저의 영향인지 JA의 기본 성향인지는 모르지만 JA도 세은을 편하게 대하지 않았다. 세은은 속으로 찬에게 거듭거듭 사과했다. 나 진짜 내 복을 뻥 찬 것 같아, 찬아. 진작 네 말 좀 들을 걸.

그래도 정말 고생만 있다면야 월급 한두 푼 받고 이 일을 계속할 수 있을까. SI와의 일로 보는 눈이 달라져서인지 연예계의 생리와 매니저의 역할을 더욱 또렷이 알 수 있게 되었다. 생각보다 체력이 딸려 메인 매니저를 졸졸 쫓아다니지 못하는 게 한이었지만 될 수 있으면 메인 매니저가 가는 곳은 쭉 쫓아다녔다. 하나라도 더 듣고 보고 배우기 위해. 메인 매니저는 그게 더 싫어 세은을 쥐 잡듯 잡았지만 세은도 그 부분은 물러설 수 없었다.

SI에서는 한 번도 자기 이름을 내걸고 인사할 수가 없었다. 용권이 어쩌다 방송 관계자들과 인사를 시켜주면 그게 다였다. 하지만 JA와 함께 움직일 땐 세은 역시 당당히 로드 매니저라며 이름을 밝혀 인사를 할 수 있었다. 로드 매니저라고 하면 대부분 무시하는 듯한 눈빛이 되지만 세은은 그래도 꿋꿋이 이름과 직함을 밝혔다. 아직 세은 이름을 부르는 사람은 없었지만 세은은 이름을 한 번씩 더 밝힐수록 기분이 좋아졌다. 언젠간 '이세은 매니저'라

불리고 말겠다면서.

그렇게 하루하루를 보냈는데.

메인 매니저는 세은에게 도시락을 사 오라고 심부름을 시켰다. 세은은 예전이었다면 꿋꿋하고 굳세게 대답했을 텐데 지금은 알 겠다는 대답이 고작이었다. 정말이지 피곤했다. 밤이며 밤마다 나 타나는 어느 원수 때문에 도무지 잠을 이룰 수가 없었다.

작년 말, 느닷없이 나타난 은형은 세은에게 당장 일을 그만두라 느니, 제 복을 제 발로 찼느니, 폭언을 퍼붓더니 급기야는 또다시 키스를 했다.

키스라니.

세은의 얼굴이 빨갛게 달아올랐다. 정말이지 얼굴 붉히고 싶지 않았다. 왜 그따위 남자에게 당한 일로 혼자 얼굴 붉히고 당황해 야 하냔 말이다. 정말로, 정말로 싫었다. 하지만 반사적으로 몸 전 체가 뜨끈뜨끈해지는 걸 막을 수가 없었다.

처음, 유명 MC의 결혼식장 로비에서 한 키스는 일종의 폭행이 었다. 세은은 바보가 아니었다. 자신을 원해서 하는 키스와 자신 을 억누르기 위해 한 키스의 차이 정도는 알았다. 이 남자는 세은 을 힘으로 억누르기 위해 키스란 도구를 사용했다. 그래서 깨끗하 게 지워 버렸고 다신 떠올리지 않으려 기를 썼다.

하지만 작년 말의 그 키스는…….

어쩜 사람의 입술이 그토록 부드러울 수 있을까 세은은 몽롱하 게 생각했다. 정말로 인정하기 싫었지만 그 매섭고 무시무시한 독 설을 퍼붓는 혀가 그토록 달콤하고 부드럽고 다정할 줄은 상상도 못했다.

　세은이 잘못이 있다면 그날 너무 힘들어 몸에 힘이 하나도 안 들어갔단 사실이었다. 어느 가요 프로그램의 인기투표에서 JA와 GIL이 맞대면하게 되었는데 생각 이상의 큰 차이로 JA가 패하게 되었다. JA는 자존심 상하고 상처 입은 울분을 모두 스태프에게 쏟아 부었고 그 가장 큰 피해자는 세은이 되었다. 사람을 잘못 써서 그러느니, SI를 그렇게 꼬실 시간이 있었다면 왜 JA를 위해서 방송 스태프들을 꼬시지 못했냐느니, 세은이 해왔던 모든 것을 멸시했다. 채은형 외에는 이렇게 상처 입힐 사람이 없다고 생각했는데 그건 우물 안 개구리의 편견이었다. 세상은 넓었고 채은형보다 더하면 더했지 못할 인간은 별로 없었다. JA가 대표적인 예였다.

　정말 이 일을 그만두어야 하나, 내가 한 일은 하등 소용이 없는 것이었나, 이 일을 천직이라고 생각했던 건 너무 성급한 판단이었나, 세은의 좌절은 바닥을 치고 있었다.

　사실은 은형에게 안 그래도 그만두고 싶다고 나라고 안 힘든 줄 아냐고 되쏘아주려 했다. 하지만 그에게선 확실한 알코올 향기가 풍겼다. 술에 취한 것이다. 세은은 기가 막혔다. 술을 먹고 꼬장 부릴 상대가 없어 나한테까지 찾아온 건가? 내가 그렇게 만만해? 세은은 홧김에 돌아서려 했다.

　하나, 너무나 따뜻했다. 은형의 품은 단단했고 그의 팔은 강인했다. 세은이 힘없이 서 있어도 쓰러지지 않을 만큼 강하게 끌어안고 있었다. 두터운 점퍼 너머로도 그의 단단한 뼈대를, 가슴을 느낄 수 있었다. 혐오해야 하는데, 싫다고 밀쳐야 하는데, 세은은 그 잠깐이라도 쉬고 싶었다. 생각하기를, 무언가를 느끼기를 그치고 싶었다. 그저 기대고 싶었다. 지금만은, 누가 뭐래도 날 안아준 이 품에서.

세은은 키스를 받아들였다. 마지막의 마지막까지도 세은을 원망하는 그 때문에 가슴은 저려 죽을 것 같은데 그의 입술은 그가 내뱉은 독한 말 이상으로 달콤하고 따뜻했다.

그가 왜 내게 이러는지 모르겠다. 그리도 모진 말만 해대면서, 그럴 자격도 없으면서 날 원망하면서, 왜 입술을 겹쳐 오는지. 왜 이토록 다정하게 어루만지는 듯한 입맞춤을 해오는지. 그저 그때는 너무 힘들었고, 너무 지쳐서, 그가 주는 한 점의 온기에 기댔던 것 같다. 그때는 누구든 손만 내밀어주면 고마웠을 때라, 누구든 다정하게 대해주면 눈물이 나올 것 같던 때라, 세은은 허물어졌던 것이다.

먼저 정신을 차린 건 세은이었다. 세은은 허둥지둥 은형을 떼어 냈다. 그리곤 뒤도 돌아보지 않고 집으로 달려들어 갔다. 그날 밤은 어떤 마법에라도 걸린 것처럼 숙면을 취했다. JA 때문에 상처 입었던 것도, 은형의 생떼도 싹 다 잊은 채.

문제는 그 다음날부터 지금까지 툭하면 은형의 키스가 생각난다는 것이다. 세은은 메인 매니저의 심부름으로 도시락을 사다 놓고 운전석을 뒤로 젖혔다. 촬영은 최소 세 시간은 걸릴 터였다. 당장 쫓아오지 않았다고 한소리 듣겠지만 곧바로 쫓아가도 한소리 들을 것이다. 지금은 생각을 정리하고, 아니, 그저 쉬고 싶었다.

눈을 감고 가물가물 잠에 빠져들려는데 별안간 꺄악! 함성이 들렸다. 세은은 허둥지둥 일어났다. 고작 삼 분 정도 잠들었을까? 세은은 여자들의 비명에 깨워줘서 고맙다고 툴툴거렸다. 세은은 늘어지게 기지개를 켜고 도시락을 들고 차 밖으로 나갔다.

1월 하순은 정말 눈물나게 추웠다. 3월 되면 봄이 오는 거 맞나? 3월까지는 아직 시간이 있어서 이렇게 추운 건가? 세은은 몸을 움츠리고 무거운 도시락을 짊어진 채 스튜디오로 향했다.

"뭐? 세은이라고?"

귀에 익은 목소리였다. 세은이 고개를 드니 은형이 제일 먼저 들어왔다. 은형이다, 머릿속에서 신호를 내리기 무섭게 세은은 확고개를 숙였다.

"어, 모른 척하기야? 근데 이게 다 뭐야. 이거 혼자 다 들고 가는 거야?"

재민이었다. 재민은 친절하게도 세은이 든 짐을 가져가 대신 들었다. 세은은 돌려달라고 했지만 재민은 들은 척도 안 했다.

"이거 엔간히 무거운데. 이런 걸 너한테 시킨단 말이야?"

"제가 할 일인데요. 옷 다 구겨져요. 이리 줘요."

"옷 구겨지면 찬미가 펴줄걸?"

"아이고, 감사합니다."

찬미도, 동규도, 승행도 있었다. 세은은 느닷없이 너무 반가운 사람들을 만나 콧잔등이 시큰해졌다.

"다들, 맙소사, 너무 반가워요. 다들 잘 지냈죠?"

"그렇지. 우리도 이제 새 앨범 들고 나오는 길이야."

"새 앨범! 벌써!"

세은이 외치자 재민이 서운하다는 듯 혀를 찼다.

"벌써라니, 최소 두 달 전엔 나왔어야 한다고."

세은은 새삼 미안해졌다. 팬클럽 운영진들하고도 최근엔 거의 연락을 못하고 지냈다. 밤낮이 바뀐 데다 인터넷도 못하고, 집에 들어가면 쓰러지는 게 고작이라 연락할 엄두도 못 냈다. 그래서 새 일을 시작하게 됐단 것도 알리지 못했고, EM 소식도 듣지 못했다. EM이 5집을 들고 나타났다면 팬클럽 운영진들도 지금 한창 맘이 분주할 것이다. 진작 운영진 자리를 내놓아야 했다.

"환경이 바뀌어서 너무 정신이 없었어요. 진짜 미안해요."

EM 일행이 우르르 몰려나오는 걸로 봐선 아까 여자들의 비명 소리의 주범이 EM인 것 같았다. 인기는 변함이 없구나, 세은이 다 뿌듯해졌다.

재민은 친절하게도 JA의 대기실까지 도시락을 가져다주었다. 세은은 정말로 고맙다고 인사했다. 세은이 대기실에 들어가니 JA가 막 분장을 마친 참이었다. JA와 그 스태프들은 EM을 보고 술렁거렸다.

"능력도 좋아라. EM까지?"

예의 그 빈정거림이 날아왔다. 내가 왜 저 소리 안 나오나 했다. 세은은 각오했던 바라 싱글 웃어 보였다.

"사실 EM 팬클럽 활동도 했었거든요."

"흐응, 그러셨어요. 과거가 참 화려하네."

메인 매니저는 JA를 어르고 달래 스튜디오로 올려 보냈다. 백 댄서 팀도 그들을 따라 움직였다. 스타일리스트 팀만이 남아 한숨 돌리고 세은은 그 뒷정리를 할 때였다. 대기실에 은형이 나타났다. 세은은 스타일리스트들이 황급히 담배를 끄고 허둥지둥 난리라 그제야 문 쪽을 돌아보았다.

세은은 너무 놀라 멍청하게 입을 벌렸다. 은형은 세은이 들고 있는 옷 뭉치를 보더니 곧바로 험악하게 인상을 구겼다.

"뭐 하는 거야?"

세은은 황급히 제정신을 끄집어 당겼다. 하지만 제정신이란 놈이 제자리를 잡으려 하지 않았다. 가슴에 뜨끈한 게 번지고 왼쪽 가슴이 쩌릿쩌릿 저려왔다.

"정리하는 거예요."

"이, 이리 주세요, 세은 씨."

스타일리스트들이 황급히 나섰다. 은형을 바라보는 그녀들의 눈에는 어쩔 수 없이 동경과 수줍음이 번져 갔다. 은형은 JA로서는 범접할 수 없는 대스타였다. JA의 스태프들도 대부분 신입이라 EM을 실물로 본 건 처음인 것이다. 세은은 그들의 심정을 십분 이해할 수 있었다.

은형은 스타일리스트들에게 살짝 턱짓을 했다.

"잠깐 자리 좀 비켜주겠어요?"

이제 갓 이십대 초반인 아가씨들은 어쩔 줄 몰라 하며 자리를 비워주었다. 세은은 대체 이 인간이 또 무슨 생짜를 쓰려고 이러나, 경계했다. 세은이 한 걸음 물러서자 은형의 얼굴이 더 험악해지며 넓은 보폭으로 다가왔다.

"아직도 그만두지 않았어?"

이 인간······. 세은은 한 달 전 일이 다시 코앞에서 재현되는 기분이었다. 일을 그만두라던 말이 술주정이 아니었던 거야? 세은은 은형이 술을 먹고 괜한 화풀이를 자기한테 한 거라고 철석같이 믿고 있었다.

"이제 막 적응해 가고 있는데요."

은형은 세은의 팔목을 확 잡아 올렸다. 세은은 얼결에 그의 코앞에 팔목을 들여다 대는 꼴이 되었다.

"그럼 이건 뭐야."

뭘 말하는 거지? 내 팔뚝? 세은은 은형이 미친 게 아닌가 심각하게 의심했다.

"죽 한 그릇 못 빌어먹은 거지처럼 말라비틀어진 이 팔이 뭐냐고."

참 대단도 하다. 원래 예술가라는 것들은 배배 꼬여서 남의 비위 상하게 하는 데 일가견이 있는 생물들인가? 세은은 확 팔을 빼냈다. 자기도 심각하게 말라가는 건 인정했다. 잠도 못 자지, 밥도 잘 못 먹지, 생활은 제대로 불규칙하지, 살이 찌려야 찔 수 없는 상황이었다. 오죽했음 연예인들이 왜 하나같이 말린 멸치마냥 말라비틀어졌는지 이해가 됐을 정도니까. 그렇다고 이 남자에게 '죽 한 그릇 못 빌어먹은 거지' 같단 소릴 들을 이유는 안 되었다.

"나한테 신경 끄기로 한 것 아니었어요? 아니면 시간이 많아지셨나요? 심심하면 잠이나 자요. 왜 허구한 날 날 잡고 시비예요."

"네가 신경 쓰이게 하잖아!"

"신경 써달란 적 없어요! 자기만 소리 지를 줄 알아? 나가요, 여긴 EM의 대기실이 아니거든요?"

세은은 은형을 막무가내로 밀었다. 문까지 밀려간 은형은 문 앞에서 완강히 버텼다. 세은은 숨이 차 헉헉거렸다. 은형은 문을 등지고 오만하게 팔짱을 끼었다. 예의 그 버릇대로였다. 왼손은 가슴을 감싸고 오른손만 팔꿈치 안쪽에 밀어 넣는. 세은의 가슴이 찌릿하게 울렸다. 세은은 얼른 물러났다.

"네가 그만두면 돼."

찬물을 뒤집어쓴 것 같았다. 은형은 진짜 안하무인이었다.

"내 일이에요. 왜 채은형 씨가 이래라저래라예요! 내가 선택했고, 곧 죽는다 해도 끝까지 해낼 거예요! 어디서 무슨 소리를 듣고 이러는지 모르겠지만 채은형 씨한테는 나한테 이래라저래라 할 자격이 없어요!"

"싫은 건 싫은 거야!"

"맙소사."

진짜 돌아버리겠다. 아마도 저 인간은 세은이 JA와 함께 움직이면서 자기 눈에 뜨일까 봐 걱정인가 보다. 일이 이렇게 되니 세은도 절대 양보하고 싶지 않았다. 그가 보기 싫어한다면 더더욱 쫄랑거리며 그의 근처를 어슬렁거릴 것이다. 그건 그가 가장 바라지 않은 일일 테니까!

"내가 보기 싫다면 당신 눈을 후벼 파지 그래요?"

"뭐?"

아, 욕먹는 건 처음이라 한 번에 못 알아들으시나? 세은은 팔뚝을 걷어붙였다.

"내가 방송국을 알짱거리는 게 싫으면 채은형 씨가 은퇴하시라고요. 난 누가 뭐라 해도 이 일을 할 거거든요? 채은형 씨가 좋든 싫든 나랑은 아무런 상관도 없으니까!"

아니, 그렇게 보기 싫다면서 여긴 왜 찾아온 건데! 지난 삼 년간 무시한 걸로 충분하지 않아? 그때는 애걸복걸해도 너무나 태연하게 날 무시했었잖아!

세은의 머리가 순간 깨질 듯 아파왔다. 속이 울렁거리고 얼굴에 핏기가 가시는 게 느껴졌다.

"이세은?"

이 남자 때문이다. 이 남자하고만 얽히면 정말 되는 일이 없다! 이 남자에 대한 기억이 세은의 의지와 전혀 상관없이 하나하나 떠오를 때마다 몸이 극심한 거부반응을 보였다. 세은은 정말로 이 남자가 싫었다. 그리고 지금 기억이 지난 잃어버린 삼 년간의 것이라면 더더욱, 이 남자가 싫었다!

"가요, 내 눈앞에서 꺼지라고요! 나라고 채은형 씨를 보고 싶은 줄 알아요? 아뇨, 정말 싫거든요. 죽기보다 싫거든요! 그러니까 당장 나가요!"

채은형의 얼굴 역시 파리해진 것 같았다. 하지만 채은형의 상태까지 살필 정신이 없었다. 세은은 의자를 찾아 가려다 비틀거렸다. 그러자 익숙한 듯 낯선 체취와 함께 힘센 팔이 세은을 부축했다. 세은은 진심으로 놀랐다. 그렇게까지 퍼지르면 채은형 자존심에 당장 자리를 박차리라 예상했다.

하지만 남자는 가면을 뒤집어쓴 듯 무표정한 낯으로 세은을 의

자에 앉혔다. 세은은 고맙다고 해야 할지 한 번 더 나가라고 윽박
질러야 할지 갈피를 못 잡았다. 은형은 곧 몸을 일으켜 세은을 응
시했다. 그의 눈가에 그늘이 져서인지 눈빛이 한없이 어두워 보였
다.

"이 일을 그만둘 수 없다면 자기 몸이나 잘 챙기지 그래. 픽하면
싫은 남자 앞에서 고꾸라지지 말고."

정말 할 말이 없었다. 갑자기 남자의 손이 내려왔다. 세은은 저
도 모르게 움찔 놀라 피했다. 남자의 손은 잠시 허공을 머물다 세
은의 이마를 짚었다.

"열이 있어. 대강대강 해. 네 일도 아닌데 몸 바쳐 충성하지 말
라고, 이 바보야."

그러고는 은형은 JA 대기실을 나갔다. 세은은 넋이 나가 자기
이마를 짚었다. 방금 전 은형의 손이 머물렀던 곳이었다. 누가 냉
혈인간 아니랄까 봐 차고 건조한 손이었다. 하지만 살짝 떼어진
손끝은 다정했다. 세은은 격하게 고개를 저었다. 다정은 무슨!

남이 열이 있든 말든 무슨 상관이야. 언제부터 저렇게 오지랖이
넓었다고? 곧 죽으려고 저러나? 대강대강 하라는 건 또 뭐야, 누
구 목이 잘리는 꼴이 보고 싶어? 그리고 바보라니, 바보라니!

정신이 하나도 없었다. 안 내도 될 화를 내며 감정을 소모했더
니 몸에 힘이 다 빠져나갔다. 세은은 의자를 잡아 풀썩 주저앉았
다. 스타일리스트들이 은형이 나간 뒤 곧장 들어와 은형과 무슨
사이냐고 물었다. 예전 팬이라 인사한 거였다고 얼버무렸지만 어
린 아가씨들은 절대 수긍하지 못하는 표정이었다. 세은은 그러거

나 말거나 억지로 몸을 일으켜 뒷정리를 시작했다.

하지만 시간이 아무리 지나도 펄떡펄떡 뛰는 심장은 도무지 진정이 되지 않았다.

"은형아?"

은형은 퍼뜩 정신을 차렸다. 동규였다. JA의 맞은편 방이 EM의 대기실이라 동규가 대기실을 나서자마자 은형을 발견한 것이다. 은형은 JA 대기실의 문에서 등을 떼었다.

"거기서 뭐 하나? 어디 아픈 거냐?"

"아니야. 리허설은 시작했어?"

"이제 슬슬 움직여야 한다. 들어와서 옷 갈아입어라."

은형은 빠르게 옷을 갈아입고 리허설 순서에 맞춰 무대로 향했다. 무대는 하얀 나뭇가지를 설치하고 푸른 전등 얽어놓아 눈 오는 날을 연상케 했다. 은형은 감독의 지시대로 자기 위치를 잡고 동선을 파악했다.

리허설이 끝나자마자 곧 방송이 진행되었다. EM의 순서는 JA의 한참 다음이었다. JA와 부딪칠 일은 없을 것이다. EM의 순서가 될 때까지 꼼짝도 않고 대기실에서 대기하던 은형은 EM의 순서라는 말에 재빠르게 무대로 향했다. 역시 JA는 보이지 않았다.

은형은 이전 가수의 순서가 끝나고 카메라가 두 MC에게 이동한 순간 재빨리 미리 지정 받은 자리를 찾아갔다. 무대는 두 개의 단이 있어 높은 단엔 재민이, 낮은 단엔 은형이 서서 시작하고, 두 번째 곡이 시작될 때는 가장 낮은 무대로 걸어가 둘이 나란히 서

기로 했다.

EM이 나타나자 관객의 반응이 엄청났다. 오늘 EM의 출연을 알고 팬클럽에서 일찌감치 자리를 잡아놨다는 건 알고 있었다. 가장 소리가 커다란 쪽을 흘끔이니 언뜻 눈에 익은 사람들이 들어왔다. 재민이 뭔가 제스처를 취했는지 그쪽 무리가 엄청난 반응을 보였다. 은형은 하지만 이미 눈을 감고 감정을 잡아가고 있었다.

재민이 노래를 시작했다.

『사랑한단 말은 믿지 않았어, 상처받을 줄 알았으니까, 이 세상에 영원한 것은 없으니까. 그래도 난 믿었었나 봐, 너의 말을, 너의 사랑을. 넌 언제까지고 내 곁에 있을 줄 알았어, 내가 널 차갑게 대해도, 너만은 내 곁에 있을 거라 믿었던 거야.』

서브 보컬인 은형은 이번만큼은 곡의 클라이맥스에 해당하는 후렴부를 맡았다. 이례적인 일이었다. EM은 1집부터 지금까지 쭉 재민이 메인을 맡았었다. 이번 곡만 은형이 메인을 맡게 되었다.

『널 믿지 않았어, 널 믿지 않았어. 너 역시 날 스쳐 갈 수많은 사람의 하나일 테니까. 스쳐 가는 감정은 이제 싫었어, 스러질 감정을 더는 지켜보고 싶지 않았어. 난 약했어, 널 믿지 않았어. 그래서 결국 난 너마저 놓치고 말았나 봐.』

'가요, 내 눈앞에서 꺼지라고요! 나라고 채은형 씨를 보고 싶은 줄 알아요? 아뇨, 정말 싫거든요, 죽기보다 싫거든요! 그러니까 당장 나가요!'

『돌아와 달라면, 날 다시 사랑해 달라면, 넌 슬프게 웃겠지. 슬프게 웃으며 내 손을 뿌리치겠지. 다정한 넌 그저 고개만 저을 거야. 내가, 내가 어떡하면 좋을까.」

은형은 천천히 눈을 떴다. 아직도 발작적으로 소리를 지르던 세은이 생생했다. 가라고, 싫다고 거부하던 목소리가 쟁쟁했다. 화가 났고 분했다. 내가 왜 이런 모욕을 받으면서까지 이 자리에 있어야 하나 싶은 게 정말로 분통이 터졌다. 그래도 발은 꼼짝을 하지 않았다. 세은이 비틀거린 순간 세은이 내뱉었던 모든 모욕적인 말들이 싹 사라졌다.

세은을 부축했다. 너무 가벼웠다. 너무 가늘었다. 이 여자가 이렇게 약했었나, 은형은 믿어지지 않았다.

항상 강해 보이던 사람이었다. 그를 볼 때면 언제나 웃고 있어서 저 여자는 속도 없나, 어쩌면 매일 웃을 수 있는 거지, 의아하고 이해하지 못했다. 이렇게 소리치고, 비틀거리고, 약해 보이는 여자는 처음이었다.

잘못했다. 비웃을 수 있는 기회였는데. 너도 싫은 사람이 쫓아다니니까 죽도록 싫지, 난 그걸 삼 년이나 참았어. 넌 나보고 바락바락 대들 수나 있지, 난 네가 내 팬이라 싫은 소리 한 마디도 할 수 없었어. 기분이 어때? 죽도록 싫다는 놈이 네 곁을 알짱거리니까 기분이 어때?

똑같이 보복해 줄 수 있었는데…….

은형은 하마터면 감정에 취해 눈물을 쏟을 뻔했다.

내가 왜 그렇게 싫어? 내가 왜 널 쫓아와서 이런 말까지 하는 것 같아! 다 네가 고생하는 게 싫어서잖아. 네가 얼마나 힘들지 잘 알아서잖아. 여자가 로드 매니저를 한다는 게 얼마나 고역스러운

지 알아? 게다가 JA란 애들 소문은 얼마나 안 좋은지, 알고 로드 매니저를 신청한 거야? 더 좋은 기회 있었다며, 더 쉽게 안정을 찾을 수 있었다며, 왜 그걸 제 발로 차내고 이 고생을 하냔 말이야! 내가 싫고, 내가 네 근처를 알짱거리는 게 싫었으면 알아서 처신을 했어야지. 왜 널 신경 쓰게 만들어!

신경 쓰여, 신경 쓰여 미치겠어! 그 여자, 잠도 잘 못 잘 거야. 아까는 십 몇 인분의 도시락을 혼자 나르고 있었잖아. 나도 모르게 네 이름을 중얼거리는 걸 재민이가 듣지 않았다면 너 혼자 그 도시락을 들고 대기실까지 갔을 거잖아. 도와주는 사람도 없어? 네 주변엔 항상 사람들로 득시글댔잖아. 이번엔 하나도 없어?

내가 널 신경 쓰는 게 싫다면 혼자서 제대로 살아보란 말이야! 아프지도 말고, 힘들지도 말고, 고생하지도 말고! 혼자 끙끙대지도 말고, 열이 나는 것도 모른 채 몸을 혹사하지도 말고……!

두 번째 곡이 시작되었다. 이번 곡의 1절은 은형의 파트였다.

『그대를 처음 보던 날, 난 마음이 아팠어요. 너무 고운 그대여서, 나 아닌 다른 사람 곁에서 웃던 그대여서. 그대 미소, 그대 손짓, 모두 그 사람 것이라서, 난 그만 고개를 돌렸죠. 돌아보면 안 될까요. 그대 웃음 뒤에 항상 내가 있는데. 돌아봐 주면 안 되나요. 그대의 그림자 여전히 내게 드리웠는데.』

간주가 흐른 뒤 재민의 파트가 시작되었다.

『그 사람과 헤어지던 날, 그대는 참 많이 울었어요. 하늘도 어두워 그대 어깨 적시고 있었죠. 잠깐만이라며, 내 가슴을 조금 빌려갔어요. 그대의 젖은 어깨밖에 난, 볼 수 없었죠. 돌아보면 안 될까요. 그대 어깨 너머 항상 내가 있는데. 돌아봐 주면 안 되나요. 그대가 빌려간 가슴은 아직 돌아오지 않았는데.』

『사랑해선 안 되었다는 거 알고 있어요. 그대 마음속엔 그 사람뿐이라는 거 알고 있어요. 그대에겐 그 사람이 아니면 안 되겠죠. 나도 그래요. 나도 그래요.』

은형은 리허설에서 맞춰본 대로 자기 파트가 끝난 뒤 오 초 뒤에 곧바로 움직였다. 엄청난 환호와 열광은 그의 귀에 들어오지 않았다. 스태프들이 은형이 지나가자 하나같이 인사를 던졌다. 어느새 재민이 달려와 은형의 어깨에 팔을 둘렀다.

"됐다! 저 반응 봤어? 맙소사! 너 오늘 신들린 것 같더라. 연습 때도 이 정도는 아니었잖아. 완전 대박이야!"

재민이 기뻐했다. 컴백 첫 무대가 성공리에 끝나서 동규도, 승행도, 찬미도 기뻐했다. 은형은 멍해졌다. 다들 은형에게 잘했다고 난리였는데 은형 자신은 자기가 뭘 했는지 잘 기억이 나지 않았다. 사람들이 기뻐서 다행이다. 적어도 실수는 안 한 것 같았다. 은형은 대기실에서 간단히 옷을 갈아입고 차에 올랐다.

뭔가 많이 피곤했다. 다음 녹화를 위해 차가 움직이기 시작했고 운전대를 잡은 승행이 신이 나서 재잘거렸다. 은형은 무심코 승행에게 물었다.

"승행아, 힘들지 않아?"

승행이며, 그 옆에 탄 동규며, 다들 놀라 은형을 돌아보았다. 승행은 얼떨떨해했지만 곧 아이처럼 배시시 웃었다.

"힘들어도요, 형들하고 같이 다니면 저까지 으쓱해지거든요."

"월급은 얼마나 돼?"

"은형아, 갑자기 왜?"

재민도 궁금했는지 끼어들었다. 은형은 사람들의 시선이 모두 모인 것을 깨달았다.

"아니야. 갑자기 궁금했어. 가자, 그만."

재민이 별 싱거운 놈 다 봤다고 툴툴거렸다. 그래도 팬들의 반응을 떠올리며 찬미를 잡고 신이 나 떠들어댔다. 은형은 눈을 감았다. 예전이라면 재민처럼 신이 나 들떴을 텐데 지금은 그저 쉬고 싶었다. 감정이 많이 소모된 느낌. 은형은 문득 곡이 쓰고 싶어졌다.

내가 정말 바랐던 건 _16

열이 나는 건 착각이 아니었다. 인중을 스치는 콧김이 뜨끈 뜨끈했다. 이마를 짚으니 따끈따끈하게 열이 올랐다. 엄마는 그러 고도 나가야 하냐며 세은을 걱정했다. 오늘은 의정부에 있는 한 부대에서 위문공연이 있기 때문에 더더욱 빠질 수 없었다. 위문공 연이 끝나면 바로 케이블 방송국에서의 녹화가 있었다. 녹화 시간 이 촉박해서 의정부에서 서울까지 거의 날아다녀야 했다. 세은은 엄마가 억지로 챙겨준 따끈따끈한 쌍화탕을 주머니에 집어넣고 JA의 숙소로 향했다.

세은이 JA의 숙소에 도착할 때까지도 JA는 잠들어 있었다. 메 인 매니저가 도착하기 전까지 JA를 깨워둬야지, 아니면 또 월급 값도 못한다는 소리를 들을 것이다. 세은은 JA 멤버를 하나하나

깨웠다. 다들 신경질이 장난이 아니었다. 세은은 미안하다고 거듭 거듭 사과하면서도 물러서지 않았다. 만약 지금 깨우지 않는다면 부은 얼굴을 가라앉히지도 못했다고 왜 늦게 깨웠냐며 또 타박을 먹을 거였다. 세은은 이러나저러나 욕먹긴 마찬가지라면 할 일 제 대로 하고 욕먹겠노라며 각오를 다졌다.

JA 멤버를 다 깨우고 나니 메인 매니저가 도착했다. JA 멤버와 스태프들이 모두 차에 오른 건 모임 시간에서부터 한 시간 반 정 도가 지난 다음이었다. 세은은 그 시간을 보충하기 위해 여느 때 보다 속력을 내야 했다. 속력을 더 내는 만큼 신경이 곤두섰다. 세 은은 자꾸만 열 때문에 눈앞이 흐릿해지는 걸 의지로 이겨냈다.

의정부에 도착해야 할 시간보다 삼십여 분 늦게 도착해야 했다. 메인 매니저는 정말 쓸모가 없다고 로드 매니저로서 자각이 있느 냐고 타박이었다. JA는 누구 때문에 늦어서 사과를 해야 하지 않 느냐고 불평불만을 토로했다. 세은은 한 귀로 듣고 한 귀로 흘렸 다. 의정부에 무사히 도착하고 나니 긴장이 풀린 탓인가, 시야가 좀 더 몽롱해졌다. 세은은 메인 매니저를 따라가지 않고 차에서 쉬기로 했다.

"대체 여기서 뭐 하는 거야? 자기만 혼자 편하게 쉬겠단 거야?"

메인 매니저가 호통을 치기 전까지 세은은 자기가 잠이 든 것도 모르고 있었다. 세은은 화들짝 놀라 깨어났다. 메인 매니저는 세 은에게 날카로운 목소리로 잔소리를 퍼붓곤 무엇, 무엇이 부족하 니 사 오라고 명령했다. 이곳은 의정부 시내에서도 한참은 떨어진 후미진 곳이었다. 매니저가 사 오란 화장품이며 의상을 당장 구할 수 없는 곳이었다. 세은이 뭐라 반박하려다 '그것도 못하면서 무슨 로드 매니저야!' 라는 한마디에 입을 꾹 다물었다. 그들도 틀림없이 무리한 요구를 하고 있다는 걸 안다. 세은이 해낼 수 있다고 믿는 것도 아니다. 그저 분풀이인 것이다. JA가 또 뭔가 생트집을 잡은 모양이다. 메인 매니저는 JA에게 받은 스트레스를 세은에게 풀곤 했다. 지금 역시도 스트레스 해소의 일환인 것이다. 어떻게든 달래면 달래지는 JA라는 걸 메인 매니저는 알고 있었다. 그리고 매니저들이 슈퍼맨이 아닌 이상 당장 그들이 원하는 걸 언제든 맞춰줄 수 없다는 걸 JA도 알고 있었다. JA도, 메인 매니저도, 서로서로 다 알면서도 세은에게 꽁알꽁알 분풀이를 하고 당장 사 오라고 윽박지르는 것이다.

지고 싶지 않았다. 이 정도로 굴하는 나약한 인간으로 보이고 싶지 않았다. 세은은 평소 이상으로 과하게 웃으며 알겠다고 답했다.

세은은 현재 인터넷을 사용할 수 있을 만한 사람을 꼽아 의정부 시내의 백화점 연락처를 알아냈다. 메인 매니저가 요구한 건 B사의 젤리 아이라이너 세피아 색이었다. JA의 막내가 그것만 사용하겠다고 고집을 부린다는 것이다. 한데 하필이면 세피아 색만이 떨어졌단다. 남이 쓰던 걸 쓰라고 내밀어도 알레르기 어쩌고 하며 죽어도 새것을 써야겠다고 고집을 부린단다. B사는 웬만한 백화점에는 입점해 있지 않은 브랜드였다. 세은은 의정부가 아니라도 근처 도심지까지 갈 각오를 굳혔다.

또 하나는 흰색 에나멜 부츠였다. 오늘의 의상 콘셉트는 '순수'

였는데 스타일리스트 팀에서 케이블 방송 때 사용할 구두만 준비했다는 것이다. 다른 멤버들에게는 어떻게 해서든 흰색 신발을 구해서 신길 수 있었는데 JA의 둘째 MIRA가 자기는 흰색 에나멜 부츠가 아니면 안 신겠다고 억지를 놓았단다. 다른 흰 구두를 아무리 들이대도 소용없었다. MIRA는 종아리에 조그만 흉터가 있었는데 색깔 있는 스타킹을 신으면 아무도 그 흉터를 찾아내지 못했다. 하지만 MIRA는 그것을 엄청나게 의식해서 무대에 오를 때 종아리를 덮는 바지나 치마를 입지 않으면 꼭 흉터를 가려줄 부츠를 신곤 했다. 스타일리스트의 실수였지만 당장은 분장을 시작해야 해서 세은이 대신 움직여야 했다.

EM 팬클럽 언니동생들에게 부탁하니 곧 연락이 왔다. 의정부에서 가장 가까운 B 매장은 미아에 있는 H 백화점이라고. 세은은 미아라는 말에 내심 안심했다. 미아라면 차만 막히지 않으면 삼십 분 내로 왕복할 수 있었다. 그 백화점 근처에서 흰색 에나멜 부츠를 사면 될 것이다. 세은은 정말 죽을 각오로 달려갔다.

사십 분 후, 세은은 한 손엔 화장품을, 한 손엔 부츠를 들고 나타났다. 메인 매니저는 숨이 차 헉헉대는 세은을 보더니 잠깐 동안 말을 잊었다.

"여기요."

메인 매니저는 곧 원래의 시무룩한 듯, 구겨진 듯한 인상으로 돌아왔다.

"왜 이렇게 늦었어. 여하간 수고했어."

정말 마지못해 한 소리였지만 수고했다는 말을 들었다. 세은은 속으로 주먹을 불끈 쥐었다. 화장품보다 흰색 에나멜 부츠를 구하기가 정말 힘들었다. 백화점 매장을 돌아도, 길거리의 노점상을 돌아도, 흰색 부츠는커녕 흰색 구두도 발견할 수 없었다. 근처에서 종합상가를 발견해 들어갈 때만 해도 회의적이었다. 잡화 상점이 즐비한 이층을 돌아다니니 유독 가격대가 비싼 골목이 나타났다. 수제화 전문점이라는데 수제화를 표방해서인지 정말 독특한 디자인의 신발들이 주룩 전시되어 있었다. 그중 마지막 집에서 거의 무릎을 덮을 정도의 목이 긴 흰색 에나멜 부츠를 발견할 수 있었다. 세은은 환호하며 부츠를 샀다. 예상 이상으로 가격이 셌지만 영수증 처리가 되기 때문에 부담이 없었다.

의정부로 돌아올 땐 정말 죽을 각오로 달려왔다. 차를 세우기가 무섭게 시동도 끄지 못하고 부츠와 화장품을 들고 대기실까지 달렸다. 다 건넨 지금, 세은은 정말 날아갈 것만 같았다.

차에 돌아와 시동을 끄고 편안히 한숨을 내쉬었다. 도시락은 이동하면서 사면 되고 그 밖에 시급하게 처리해야 할 것들이 생기면 그때 또 움직이면 된다. 세은은 어쨌거나 한 방 먹였다는 후련함에 날아갈 것 같았다.

그래서 열이 떨어진 줄 알았다. JA가 위문공연을 마치고 이동하기 시작했을 때도, 케이블 방송국 지하 주차장에 차를 주차할 때까지도, 세은은 이상하리만치 기분이 들떠 몸이 다 낫다고 착각하고 있었다.

하지만 JA의 짐을 들고 엘리베이터에 오르자마자 섬뜩한 한기가 치밀었다. 세은은 부르르 떨었다. 한기를 떨치려 JA의 짐이 든 가방을 꼭 껴안았다. 왜 이렇게 오싹오싹 한기가 드는지 모르겠다. 등과 양 어깨 쪽에 누군가 바람구멍을 뚫은 것 같았다.

엘리베이터가 멈췄다. 뒤에서 누가 밀 때까지 세은은 멍하게 있었다. 멍한 세은을 향해 곧바로 가시 돋친 말들이 돌아왔다. 세은은 이젠 습관처럼 죄송하다고 읊조리고 부랴부랴 대기실을 찾아갔다.

짐을 다 내려놓고 JA가 의상을 갈아입는 동안에도 세은이 할 일은 잔뜩이었다. 도시락을 챙겨주고, JA 멤버가 지시한 심부름을 처리하고, 메인 매니저를 따라 방송국 관계자들에게 인사하러 돌아다녔다. 미리 녹화장에 들러 인사를 하고 돌아오니 녹화장에서 가장 가까운 대기실에 'EM'의 이름이 크게 걸려 있었다. 세은은 그 이름을 보고 살짝 다리가 꺾였다. EM을 보니 무릎에서 힘이 빠져나갔다. 세은은 이래선 안 되겠다고 생각했다. 은형과 마주치기 전에 JA의 대기실로 돌아가거나 차에 돌아가야겠다. 하나, 그 순간 메인 매니저가 위층에 다녀오라며 심부름을 시켰다. 세은은 부지런히 다리를 움직였다.

어떤 서류를 전해주라는 것이라서 보니 JA의 후속곡에 대한 기사였다. 위층에는 연예 소식 프로그램 사무실이 있었다. 이전에도 메인 매니저를 따라왔었기 때문에 누구에게 기사를 건네야 하는지도 잘 알았다. 하나, 담당자가 자리를 비워 돌아올 때까지 한참을 기다려야 했다. 담당자는 세은이 내민 서류를 책상 위에 아무렇게나 툭 던졌지만 세은은 끝까지 잘 부탁드린다는 인사를 하고 나왔다.

한참을 멍하니 기다리고만 있었더니 열이 더 오른 것 같았다. 엄마가 챙겨준 쌍화탕은 이미 차갑게 식어 있었다. 약을 미리 먹었다가 졸음이라도 몰려오면 큰일이라 결국 집에 돌아갈 때에나 먹을 것이다.

JA 대기실이 바로 한 층 아래라 비상구를 통해 내려가는데 비상구의 한기 때문에 몸이 덜덜 떨려왔다. 계단이 어찔, 일렁여 보였다. 세은은 뺨을 아프게 꼬집고 벽을 짚어 천천히 내려갔다. 아래층에 도착하니 여러 스태프가 분주하게 돌아다니고 있었다. 세은은 그들을 피해 걸었지만 뒤에서 오는 사람은 미처 발견하지 못했다. 뒤에 오는 사람은 세은을 툭 치더니 미안하단 말도 없이 사라졌다. 세은은 그 사람의 힘에 밀려 픽 고꾸라졌다. 다시 일어나야 하는데, JA의 대기실이 코앞인데, 자꾸만 자꾸만 눈이 감겼다. 온몸이 물에 젖은 솜뭉치 같았다. 그리고 너무 추웠다. 분명 두터운 점퍼까지 걸치고 있는데 한기는 등골에 스며 머리까지 올라왔다. 세은은 결국 눈을 꾹 감았다. 조금만 기운을 차리고 일어나자, 조금만 쉬었다가…….

"이세은?"

아, 그 사람 목소리다. 세은은 어디서든 이 목소리를 구별할 수 있었다. 세은을 행복하게 해주는 사람의 음성, 세은은 이 음성을 정말로 좋아했다.

"눈 좀 떠봐. 왜 이래. 젠장, 어디 아픈…….."

미안해요. 신경 쓰이게 하고 싶지 않은데 자꾸 몸이 말을 안 들어…….

"맙소사, 몸이 불덩이잖아!"

몸이 둥실 들렸다. 세은은 몸을 감싼 단단한 팔을 느꼈다. 뺨에는 바스락거리는 천이 닿았다. 세은의 머리가 천천히 내려갔다. 남자는 세은의 목을 감싸 더욱 단단히 끌어안았다.

"거기, 구급차 좀 불러! 이세은! 정신 좀 차려!"

사람들이 수런거렸다. 모두 꿈결처럼 몽롱했는데 단지 이 남자의 목소리만이 우렁찼다. 몇 번이고 이세은, 이세은, 세은을 불렀다. 세은은 꿈속에서 빙그레 웃었다.

알아요? 내가 바랐던 건 당신이 날 알아주는 것도, 당신이 날 사랑하는 것도 아니었어요. 그냥 내 이름을 불러주길 바랐어. 너무 바보 같아서 아무한테도 말 못했는데…… 이렇게 소원이 이루어졌네요. 고마워요…….

소란 통에 은형의 목소리를 들었는지 재민과 동규, 승행이 달려왔다. 세 사람은 은형과 은형 품에 안긴 여자를 보고 기함을 했다. 하지만 은형은 아랑곳없었다.

"재민아, 구급차 불러! 세은이가 쓰러졌어!"

그럼 은형의 품에 안긴 게 세은이란 말인가? JA가 오늘 출연한다는 건 알고 있었다. 당연히 JA의 로드 매니저인 세은도 있을 테지만 세은이 어째서 은형이 품에?

"아, 아니다. 동규 형, 차에 시동 걸어. 병원으로 가자!"

동규가 얼결에 은형이 명령에 따랐다. 은형은 입고 있던 재킷까지 벗어 세은에게 두르고 악을 써 세은을 들어 올렸다. 재민은 그제야 정신을 차리고 은형을 막았다. 지금은 은형이 여자를 안고 있는 걸 스태프들이 보았다는 게 중요한 게 아니었다. 당장 무대에 올라야 했다.

"넌 지금 할 일이 있어!"

"비켜!"

"채은형, 정신 차려! 본방 시작하기 직전이야! 항상 프로다워야 한다던 게 누구야! 세은인 승행이랑 동규 형한테 맡겨. 두 사람이 우리보다 더 잘 처리할 거야."

은형이 세은을 더 바짝 끌어안았다. 재민은 이제 힘으로라도 은형을 막을 각오를 했다. 하지만 은형은 곧 승행에게 세은을 넘겼다.

"당장 병원으로 튀어가."

승행은 은형과 재민의 싸움에 넋을 잃고 있다 세은을 건네받곤 재빠르게 움직였다. 승행이 등을 돌리기 무섭게 재민은 은형을 끌고 대기실로 돌아갔다.

찬미가 무슨 영문이냐고 물었지만 대답해 줄 정신이 없었다. 재민은 은형을 거칠게 밀쳤다.

"너 대체 무슨 생각이야! 여기가 어딘 줄 알아? 전장이야! 누구든 우리 흠 하나라도 잡고 싶어 안달이 난 곳이라고! 여태 소소한 스캔들 하나 없이 철두철미하게 이미지 관리를 해왔잖아! 너답지 않게 이게 무슨 짓이야!"

하지만 정말로 재민이 묻고 싶은 건 다른 일이었다.

"채은형, 너 혹시 세은이……."

"스탠바이입니다. EM 준비해 주세요."

EM 차례가 되었다. 찬미는 은형의 재킷이 사라진 걸 발견하고 그제야 난리를 쳤다. 은형은 재킷 따위 없어도 상관없다며 나섰다. 재민 역시 일부러 재킷을 벗었다. 아직 추운 2월의 어느 날이었다. 감기라도 걸리면 몽땅 채은형 탓이다. 재민은 일부러 크게 크게 팔을 휘두르며 추위를 쫓았다.

무대에 올라서도 재민은 잠시 집중할 수가 없었다. 그는 슬쩍 은형을 돌아보았다. 은형은 무섭도록 진지하고 어두운 낯이었다. 재민은 살짝 고개를 저었다. 은형을 이해할 수가 없었다. 아는 사람이 쓰러져서 놀란 거라면 재민도 이해할 수 있었다. 하지만 상대는 세은이었다, 은형이 지금까지도 생질색을 하는 이세은. 왜 세은이 쓰러진 것 갖고 같이 쓰러질 것처럼 새하얘졌을까? 무대를 앞뒀다면 부모님이 위급해도 냉정하게 무대로 향할 놈이 어째서 세은을 쫓아 병원에 달려가려 했을까?

그동안 뭔가 이상하다 싶어도 무심히 지나갔던 일들이 새록새록 떠올랐다. 새삼 팬 카페에 접속하던 은형, 뭔가 물으려다 번번이 그만두던 은형, 감정에 취해 미친 듯이 곡을 쏟아냈던 은형, R이 무방비하게 세은 이야기를 꺼내도 잠잠하던 은형, 세은이 JA의 로드 매니저를 시작했단 말에 발끈 화를 냈던 은형…….

재민은 자기가 생각해 놓고도 도무지 믿을 수가 없었다. 채은형이 이세은에게 뭔가 특별한 감정을 가졌다? 그 채은형이, 그 이세은에게?

만약 아까 복도에서 쓰러진 세은 이상으로 창백하게 질려 부들

부들 떨던 은형을 보지 못했다면 재민은 틀림없이 자신을 미쳤다고 생각했을 것이다. 하지만 세은에게 주저없이 자기 재킷을 덮어 주고, 한 하늘을 이고 있는 것마저 원망하던 은형이 세은을 번쩍 안아 차까지 이동하려 하고, 철두철미하게 프로정신으로 무장한 은형이 무대를 잊고 세은에게 매달렸다. 대체 이걸 뭐라고 생각해야 한단 말이냐…….

"세은 누나 독감이래요. 열이 거의 40도까지 올랐었대요. 지금은 안정을 취하고 있는데 최소 사흘은 입원해야 한대요."

"세은이 부모님하고는 연락이 됐나?"

동규가 걱정스럽게 물었다.

"어머님이 오신다고 해서 나왔어요."

은형은 아랫입술을 꾹 깨물었다.

"도착하시는 거 확인하고 나왔어야지."

승행이 머쓱해했다.

"그러려고 했는데 누나가 괜찮다고, 가라고 해서요."

"제정신도 못 차리고 있었어. 가라고 했어도 남았어야지."

"왜 그래, 승행이가 얼마나 고생했는데. 수고했어, 승행아."

급기야 재민이 끼어들었다. 승행은 잘해놓고도 사과해야 했다. 차가 껄끄럽게 출발했다. 은형은 특유의 팔짱을 낀 채 입을 꾹 다물었다. 재민이 한숨을 다 내쉬었다.

"너 왜 그래. 승행이는 할 만큼 했어."

재민은 잠시 머뭇거리더니 결국 의아함을 드러냈다.

"세은이 일에 왜 이리 신경을 써?"

차 안이 갑자기 쥐죽은 듯 조용해졌다. 승행도, 동규도, 찬미까지도 궁금한 일인 것 같았다. 은형은 침묵으로 일관했지만 재민은 쉽게 넘어가지 않았다. 은형은 갑갑함에 한숨을 토했다.

"나도 몰라."

"그런 말이 어디 있어. 너 혹시, 이제야 세은이가 좋아졌다거나……"

은형은 겨드랑이 안쪽으로 주먹을 꾹 움켜쥐었다. 내가 이세은을 좋아한다고? 설마. 그냥 신경이 쓰이는 것뿐이다. 그런 것 있지 않은가, 아무 관계도 아니고 어떤 사이도 아닌데 그냥 놔둘 수 없는 거. 그리고 이세은은 정말로 은형과 아무 관계가 아닌 사람도 아니지 않은가. 엄연히 팬이었고, 세은일 팬으로서 대하라고 항상 달달 들볶았던 건 재민이었다. 그래, 옛 정도 있고 이젠 세은이 은형을 귀찮게 할 일도 없고 팬이기도 하고 그래서다. 은형은 입을 열었다. 하지만 다시 다물고 말았다.

구차했다. 왜 남에게 시시콜콜 변명을 해야 하냔 말이다. 신경이 쓰여서 신경을 쓰는 거고 이 감정은 언젠가 소모되고 말 감정이다. 그걸 뭐 하러 남에게 구구절절이 밝힌단 말이냐.

"그럴 일 없어. 내버려 둬. 이러다 말 거야."

"정말이냐?"

재민이 믿든 말든 상관없었다. 은형은 정말 이러다 말 생각이었고 그게 당연했다. 어느 감정이든 일정 시한이 지나면 모두 마모되게 되어 있다. 새삼스레 안달복달 난리치는 게 더 우습다. 은형은 무심히 고개를 끄덕였다.

어떤 관심이든 이러다 말 거라고 엄포를 놓았으니 은형은 세은을 문병 갈 수도 없었다. 사실 문병 갈 만한 시간이 나지도 않았다. EM이 활동을 재개하자 여기저기서 섭외가 들어왔다. 다가올 4, 5월이 되면 대학 축제 시즌이라 더욱 쉴 새 없이 뛰어다녀야 할 것이다.

동규가 은형을 직접 집까지 데려다 주던 날, 재민은 이미 데려다 준 다음이었다. 동규는 은형에게 새삼 악수를 청했다. 은형은 말없이 그 손을 잡았다.

"결정한 거야?"

"미안하다."

은형은 동규를 다독였다.

"형이 미안할 게 뭐 있어. 그동안 나 때문에 고생만 했는데. 나야말로 미안해, 형."

"좀 더, 아니, 너희랑 계속 함께하고 싶었는데."

동규가 커다란 덩치만큼이나 순한 사람이라는 걸 알고 있었다. 계략과 투기가 판을 치는 이 바닥에는 어찌 보면 어울리지 않는 사람이었다. 시골에 내려가 부모님 농사를 돕는다면 동규는 원래의 자기 모습 그대로 살 수 있을 것이다.

"후임을 새로 구하는 것보다 승행이를 메인으로 올리고 새로 로드를 구하기로 했다. 내가 직접 뽑고 갈 거니까 염려 마라."

"우리 콘서트 때 시간 내서 와. 형은 이제 지겹겠지만."

"그래. 너희도 쉴 때 내려와라. 내가 다른 건 몰라도 먹을 거랑 잘 곳은 보장하마."

동규의 고향은 그린벨트로 묶여 있을 만큼 청정한 지역이라고 했다. 은형은 오히려 별장 생긴 기분이라며 동규의 마음을 덜어주었다. 동규가 돌아가고 난 뒤에도 은형은 한동안 바깥을 서성였다.

밤은 이미 어둑하게 저문 열한 시 경이었다. 상식적으로도 이 시간엔 면회가 안 된다는 걸 잘 알고 있었다. 세은이 입원한 때로부터 사흘이 지났으니까 오늘은 이미 퇴원한 다음일 수도 있었다. 하지만 은형은 이미 차 키를 꺼내 차에 오르고 있었다.

승행에게서 이미 여의도 S병원이라는 걸 들어 알고 있었다. 그 병원의 홍보팀장이었던가, 굉장히 수더분한 인상에 머리가 영민하게 돌아가던 남자가 하나 있었다. 여의도 S병원의 위문공연 때 명함을 주고받은 게 있는데, 가수에게도 거리낌없이 인사를 나누고 친한 척해서 보통 수완가는 아니리라 생각했다. 그 사람에게 빚을 지게 되는 거겠지만 혼자 S병원을 강행돌파 하는 것보단 백배 나을 것이다.

여의도 S병원의 홍보팀장은 은형을 당연히 기억하고 있었다. 은형은 친척 동생이 병원에 입원했는데 한 번도 찾아가지 못해 이 시간에나 짬을 내게 됐다고 둘러댔다. 홍보팀장은 얼추 그러냐고 맞춰주는 듯했지만 은형이 여자 이름을 대니 뭔가 다 안다는 듯 살짝 웃어 보였다. 기분은 불쾌했지만 은형은 시침을 뚝 뗐다.

세은은 아직 병원에 입원해 있었다. 급작스레 병실을 구하느라

이 인실에 혼자 입원해 있다고 했다. 홍보팀장이 알려준 사실이었다. 간호사들에게 은형에 대해 미리 언질을 주었고 면회는 삼십 분 정도밖에 시간을 못 준다고도 덧붙였다. 홍보팀장의 위력이 얼마만큼인진 모르지만 의사도 아니면서 면회 시간을 뺄 정도면 꽤 영향력이 크다는 뜻일 것이다. 아무래도 큰 빚을 진 것 같았다.

은형이 병원 칠층에 도착하니 그를 알아본 당직 간호사가 잠깐 놀란 얼굴이 되었다. 나이가 좀 더 있음직한 간호사도 그를 보더니 뺨을 살짝 붉혔다.

"이세은 씨를 만나러 왔습니다. 강영실 팀장님께서 연락 주신다고……."

"네, 네에. 연락 받았어요. 이, 이쪽으로 오세요."

이미 병실을 알고 있기 때문에 특별히 안내가 필요없었지만 은형은 사양하지 않았다. 그에게 베풀어지는 과분한 친절에는 이미 익숙했다. 그를 알아본 사람들에게서 일반적으로 돌출되는 반응이었다. 은형은 병실 앞에서 간호사에게 고마움을 표한 뒤 잠시 둘만 있게 해달라고 했다. 그전까지 꼼짝할 생각도 없던 간호사는 그제야 부랴부랴 움직였다.

은형은 잠시 숨을 고르고 문을 살짝 밀었다. 미닫이 문 너머에는 가습기의 하얀 김과 침대 발치가 눈에 들어왔다. 혹시 세은을 간호하는 사람이 있을까 했는데 보조 침대는 비어 있었다. 세은 외엔 아무도 없단 사실에 안심해야 하는데 은형은 오히려 이맛살을 찌푸렸다.

희미한 스탠드를 밝힌 채 눈을 감고 있는 세은은 너무나 창백했다. 은형은 입 안쪽 살을 꾹 깨물었다. 찌릿한 통증이 심장을 타고 흘렀다. 마른 줄은 알았지만 너무 말랐다. 침대에 누워 있는 사람은 마치 종이 인형처럼 가볍고 허무하게 보였다. 은형은 세은이 깨지 않도록 조심스레 옆에 다가갔다. 세은은 미동도 없이 잠들어 있었다. 혹시 숨은 쉬나 싶어 얼굴을 가까이 대니 색색, 아주 작은 숨소리가 들려왔다. 은형은 깊은 안도의 한숨을 내쉬었다.

세은의 입술은 거칠거칠하게 하얗게 일어나 있었다. 은형은 가까이 서서 멍하니 그 입술을 훑었다. 한 달 전이었나, 소록소록 기척도 없이 싸락눈이 내렸었다. 다음날에는 흔적도 없이 사라져 전날 눈이 내린 게 거짓말처럼 느껴졌다. 눈 내리던 날의 입맞춤까지도.

왜 그랬는지 모르겠다. 아니, 사실은 알고 있었다. 여자가 미련해 보이고, 화도 나고, 그러면서도 안쓰럽고, 애처로워서, 그만 몸이 움직이는 대로 두고 말았다. 품에 안은 여자는 허깨비처럼 허무하고 가벼울 줄 알았는데 부드럽고 조그마했다. 여자는 허상이 아니라 실제 살아 숨 쉬는 여자였다. 이 사람을 품에 안았다는 자각에 조금은 기뻤던 것 같다. 드디어 내 품에 돌아왔구나, 기뻤던 것 같다.

하지만 여자는 그를 내치고 도망갔다. 도망간 걸로 모자라 다시 만난 그에게 온갖 모진 말을 쏟아냈다. 그는, 하루도 그날의 입맞춤을 잊은 적 없는데. 입술이 맞부딪친 건 어깨동무를 하는 것마냥 쉬운 스킨십이었는데 세은과의 입맞춤은 숨이 차 오르고 가슴을 달뜨게 했다. 혹시 그날의 느낌은 꿈이 아닐까, 착각이 아닐까,

은형은 다시 한 번 해보고 싶었다. 다시 한 번 하고 나면 사실 별 것 아니었다는 걸 알게 될 것 같았다.

여자가 살짝 뒤척였다. 은형은 깜짝 놀라 몸을 뺐다. 어느샌가 여자에게 가까이 얼굴을 들이 밀고 있었다. 미친놈! 아픈 여자한테 무슨 짓거리야!

여자는 굉장히 아파 보이는 마른기침을 뱉었다. 은형도 저런 기침을 뱉은 적이 있었다. 열이 올라 목이 죽도록 건조할 때, 목구멍을 사포로 벅벅 문지른 것처럼 아파올 때 뱉는 기침이었다. 그럴 땐 따뜻한 물을 마시는 게 제일이었다. 은형은 주변을 두리번거리다 물 주전자를 발견했다. 따뜻한 물을 당장 구할 순 없었지만 미지근한 물이라도 안 마시는 것보단 나을 것이다.

여자가 희미하게 깨어났다. 은형은 어설프게 여자의 목을 부축해 살짝 일으켰다. 여자는 잠결이라 그가 일으키는 대로 두었다. 은형이 컵을 내밀었지만 여자는 초점이 맞지 않는지 자꾸 손이 엇나갔다. 은형은 결국 여자를 좀 더 자기 품으로 끌어 컵을 입술에 대주었다. 누구에게 물을 먹인 경험이 있었어야지, 은형은 물을 한꺼번에 와락 부었다가 여자의 턱까지 흠뻑 적셨다.

"젠장, 미안."

은형은 소매 끝으로 여자 턱을 닦았다. 여자는 그나마 물을 마신 덕인지 아까보단 눈에 힘이 돌아왔다. 여자의 눈이 은형을 훑더니 깜박였다. 은형은 침대에서 일어났다.

"꿈인가……."

꿈? 내가 여기까지 기껏 와줬는데 꿈으로 알아? 은형은 순간 울

컥했다. 하지만 차라리 꿈으로 아는 게 낫겠다. 실제 은형이 왔다
는 걸 알면 또다시 바락바락 대들 것 아닌가. 꿈에서도 대든다면
할 말 없다만.

"더 자. 아직 다 나은 거 아니네."

세은이 가물가물 감기는 눈을 억지로 뜨려 했다. 머리는 부스스
하고 세수는 언제 했는지 꼬질꼬질한 감도 없지 않지만, 은형은
그 모습이 귀여웠다.

귀엽다고? 은형은 기가 막혔다. 이 진상이 참도 귀엽구나. 그
래, 생긴 게 귀여운 게 아니라 잠이 덜 깨서 어리바리한 게 귀엽다
는 거다. 그는 하다못해 동규가 갓 잠에서 깨어 곧바로 먹을 걸 찾
아 먹는 모습을 보고도 귀엽다고 생각한 적 있었다.

"무슨 꿈이 이래……."

갑자기 여자의 뺨에 눈물이 흘렀다. 은형은 기함해 옆에 앉았
다. 아니, 자다 깨서 왜 울고 난리냔 말이다. 게다가 은형을 본 다
음에. 은형은 어쩔 줄을 몰라 허둥댔다.

"왜, 왜 그래. 왜 울어."

여자는 소리도 내지 않았다. 어깨가 잘게 잘게 떨렸다. 은형은
혹시 추운 건가 싶어 어깨를 감쌌다. 여자의 목이 힘없이 수그러
졌다. 가슴에 툭 닿는 머리가 뜨끈했다. 그런데도 여자는 계속 울
먹였다. 은형은 영문을 알 수 없어 갑갑했다. 무슨 꿈이랑 혼동해
서 이렇게 우냔 말이다. 혹시 아픈 건가? 아니면 은형이 꿈에 나타
나는 것도 싫어서 우는 건가.

"목소리……."

"응?"

세은이 목소리가 불분명하게 들렸다. 은형은 귀를 바짝 들이댔다.

"내 꿈이니까……. 목소리 더 내줘, 더 그 목소리를 들려줘."

맙소사. 은형은 눈을 질끈 감았다. 가슴이 울렁였다. 격랑을 만난 조그만 돛단배처럼 이리저리 요동쳤다.

"세은아……."

"더, 더……."

은형은 세은의 어깨를 더욱 보듬어 안았다. 은형은 조그맣게 노래를 불렀다.

"사랑한단 말은 믿지 않았어, 상처받을 줄 알았으니까, 이 세상에 영원한 것은 없으니까. 그래도 난 믿었었나 봐, 너의 말을, 너의 사랑. 넌 언제까지고 내 곁에 있을 줄 알았어, 내가 널 차갑게 대해도, 너만은 내 곁에 있을 거라 믿었던 거야. ……돌아와 달라면, 날 다시 사랑해 달라면, 넌 슬프게 웃겠지. 슬프게 웃으며 내 손을 뿌리치겠지. 다정한 넌 그저 고개만 저을 거야. 내가, 내가 어떡하면 좋을까."

세은은 어느덧 깊은 잠에 빠져 있었다. 은형은 조심스레 세은을 눕혔다. 시트의 부스럭거림에도 은형은 깜짝 놀라 세은이 깰까 봐 조심이었다. 세은은 한 번 뒤척이지도 않고 곤히 잠들었다. 은형은 세은의 마른 뺨을 마지막으로 쓸었다.

간호사들은 아까보다 는 것 같았다. 은형이 다가가자 그들 사이에서 작은 동요가 일었다. 은형은 간호사들이 나이 많은 간호사의 눈치에도 굴하지 않고 사인을 청하는 것도 순순히 받아주었다. 대신 그는 간호사들에게 부탁했다.

"제가 다녀간 거 비밀이에요."

은형이 재민 흉내를 내며 '알았죠?' 라는 의미로 싱긋 웃으니 간호사들이 너나 할 것 없이 고개를 끄덕였다. 은형은 가장 나이 많은 간호사에게 조용히 물었다.

"세은이 괜찮은 건가요?"

"내일이면 퇴원이에요. 이세은 씨에게도 채은형 씨가 다녀갔다는 걸 비밀로 해야 하나요?"

"네. 그래 주세요."

"그럼 우리 딸애한테 줄 사인 부탁해도 될까요?"

간호사가 하얀 종이를 내밀었다. 은형은 간호사의 딸 앞으로 기꺼이 사인을 했다. 그 간호사와는 직접 악수까지 나누고 은형은 병원을 나섰다.

은형은 건물을 나와 세은이 있음직한 병실을 올려다보았다. 어디인지 모르겠다. 다 거기가 거기 같아서. 하지만 저중 어디에는 세은이 깊이 잠들어 있었다. 잠결에도 은형의 목소리를 듣고 싶어 하던 세은이, 꿈결에도 그와 얽히면 울고 마는 세은이.

세은은 그에게 많은 것을 바라지 않았다. 목소리만을, 단지 은형의 목소리만을 들려달라고 했다. 사랑해 달라고 조르지도, 사랑한다 말해달라고도, 안아달라고도 하지 않았다. 그런 세은 앞에서 은형은 갑자기 자신이 부끄러워졌다. 세은이 뭘 바라는지 관심도 없었다. 세은이 나타나면 피하기 급급했다. 팬이라서 내치지도 못한다고 자기 입장을 십분 이용하는 세은을 교활하다고 몰아붙였다. 대체 나에게 뭘 원하느냐고 속으로 닦달했지만 실제 세은이 뭘 원하는지 알려 하지 않았다. 틀림없이 그가 줄 수 있는 이상을 원하리라 생각했기 때문에.

하지만 세은이 바란 건 아무것도 아니었다. 사람이라면 누구나 할 수 있는 일, 별다를 것 없는 일. 그저 목소리를 들려주는 것뿐이었다.

아직도 아파 정신이 혼미한 사람보고 이것마저 수작이냐며 몰아붙일 수 없었다. 은형은 그렇게까지 파렴치한 인간은 아니었다. 아마 이것이 세은이 정말 바랐던 소망일 것이다.

갑갑했다. 차라리 예전처럼 자기 맘 좀 알아달라고 보챘다면 이리 갑갑하진 않았으리라. 자기 좀 돌아봐 달라고, 자기 사랑 좀 알아달라고 졸랐다면, 역시 넌 이 정도구나 쉽게 정을 뗄 수 있었을 것이다.

참 길고도 추운 밤이었다. 은형은 추위를 느끼면서도 도무지 발걸음이 떼어지지 않았다.

Reset _17

눈을 뜨니 마치 처음부터 그곳에 있었던 것처럼 찬이 앉아 있었다. 찬은 예전만큼이나 예쁘장한 외모에 마른 모습 그대로였다. 세은은 찬을 보고 배시시 웃었다. 찬은 웃음기 하나 없는 표정에 건조한 목소리로 말했다.

"뭐가 좋다고 웃어?"

"반가워서 그러지."

"왜 말 안 했어."

"아픈 거? 얘기 안 해도 이렇게 왔……."

"누가 쓰러지도록 일하래? 남의 몸은 살금살금 잘만 챙기면서 왜 자기 몸은 안 챙겨?"

결국 혼날 줄 알았다. 세은도 자기가 미련했다는 건 인정했다.

진작 열이 있으면 약도 챙겨먹고 아프지 않게 단단히 주의를 했어야 했다. 하지만 약에 취해 운전하다 사고라도 나면 어떡하는가.

"알았어. 앞으론 안 아프게 조심할게."

"구철민이."

JA의 메인 매니저 이름이었다. 세은은 사실 거의 사흘 내내 끙끙 앓느라 철민에게 제대로 연락하지 못했다. 엄마에게 부탁해 간신히 병원에 입원했다는 것만 알렸다. 그 뒤로 지금껏 조용했기 때문에 퇴원을 앞둔 지금 사실 불안했다. 세은은 귀를 쫑긋 세웠다.

"이런 개자식인지 몰랐어."

엥, 싫었다. 왜 난데없이 철민 욕이 나올까?

"메인 매니저란 건 전담 매니저 보조하고 로드 매니저 챙기라고 만든 자리야. 로드를 제 몸종처럼 부려먹으라고 앉힌 게 아니라고. 들어보니 자기는 하는 거 없이 세은만 부려먹었던데. 왜 나한테 말하지 않았어? 왜 이렇게 쓰러질 때까지 멍청하게 버렸어?"

찬이 정말로 화가 난 모양이다. 세은은 부스럭부스럭 자리에서 일어났다. 잠은 집에 가서 자라고 엄마를 보냈으니 지금쯤이면 이곳에 오고 계실 것이다. 세은은 사실 밥도 잘 못 먹어 머리가 핑글핑글 돌았지만 지금은 찬을 달랠 때였다.

"솔직히 말하자면 나도 너한테 얘기하고 싶었어. 하지만 그건 내 분풀이이고 고자질일 뿐이잖아. 어느 자리든 맘이 맞는 상사도 있지만 그렇지 않은 상사를 만날 확률이 훨씬 커. 고작 하루 이틀 버텨놓고 메인 매니저가 사실은 날 이렇게 대하네, 저렇게 대하네

이를 순 없잖아. 만약 네가 그냥 내 친구였다면 진작 얘기했지. 하지만 넌 KG 사장님 아들이고 꽤 입김이 센 편이잖아. 난 그냥 불평불만을 털어놓으면서 속을 풀 생각이었는데 네가 그걸로 구철민 씨에게 어떤 조치를 취했어봐. 내 입장은 훨씬 더 난처해진다고. 기껏 처음부터 제대로 시작해 보자 했는데 시작하자마자 사장 아들 백을 휘두른다고 손가락질 받을 것 아냐. 그럼 제대로 해보자는 내 각오는 쓸모없는 휴지 조각이 돼버린다고."

"한마디면 됐어. 그냥 힘들다고, 그 한마디면 됐다고."

세은은 싱글 웃고 찬의 머리를 슥슥 쓰다듬었다. 찬은 가만히 있었다. 이럴 때 보면 꼭 토라진 강아지 같았다.

"말하지 않아도 이렇게 알아주잖아."

세은은 그제야 한숨 돌렸다.

"사실은 구철민 씨 이름이 나오자마자 얼마나 긴장했게. 나 잘렸나 하고."

"그만둬."

"그 말 할 줄 알았네. 내참, 내 주변 사람들은 나만 보면 그만두라고 난리네. 내가 그렇게 무능력해 보이나."

"누가 또 그래?"

세은은 문득 입을 다물었다. 찬이 마음이 어느 정도 풀렸는지 예전처럼 시니컬한 표정으로 돌아왔다.

"하긴, 제정신 박힌 인간이면 뜯어말리고 말지."

"그, 그렇지 뭐."

"여하간 그만둬. 로드 매니저 자리는 얼마든지 있어."

세은은 못 이긴 척 찬의 말대로 따르고 싶었다. 일이 힘든 것도 힘든 거지만 익숙해지면 어느 정도 능숙하게 해낼 자신은 있었다. 하지만 JA팀 사람들과 부딪치는 것만큼은 정말 견디기 힘들었다. 로드 매니저 자리가 얼마든지 있다면 살짝 옮겨볼까? JA팀은 세은이 사라지면 후련해할 것이다.

그만큼 욕도 해대겠고. 사장 아들 백으로 취직한 주제에 로드부터 하겠다고 깝죽거리더니 결국 이 개월도 못 버티고 뛰쳐나가는 거 보라고. 결국 그것밖에 안 되는 인간인 거 진작 알아봤다고.

JA 사람들에게 비웃음거리가 된다? 멸시를 받는다? 그건 정말로 열받는 일이었다. 자존심이 허락지 않았다. 쓰러지던 날 의정부에서 간신히 뭔가 해냈다는 성취감을 받았는데. 우선은 버텨볼 것이다. 예전 직장 생활을 시작했을 땐 버틸 생각도 채 하지 못했을 때 회사가 망해 버렸다. KG는 그럴 일은 없을 것이다. 세은이 두손두발 다 들고 나가떨어지지 않는다면야. 그렇게 생각하면 이 일이 정말 천직은 맞는 것 같다. 알바 생활도 길게 했고, JA의 로드 매니저로 일한 걸로 치면 근 일 년을 일했는데 KG가 건재했으니까.

"내가 나중에 정말 버티지 못할 것 같으면 부탁할게. 지금은 악을 써서라도 버티고 싶어."

"고집은 진짜……."

"고마워, 정말. 내가 찬이 때문에 산다."

찬은 대꾸도 하지 않았다. 곧 엄마가 세은의 옷가지를 들고 돌아왔다. 평소 건강하던 세은이 쓰러졌단 말을 듣고 사실 제일 놀란 건 엄마였다. 매일 취직하라고 구박구박을 해도 자식 안 예쁜 엄마가 있을까. 엄마는 세은이 쓰러져 정신을 잃은 걸 보고 너무 놀라 가게도 내팽개치고 꼬박 하루를 곁에 있었다. 가까스로 정신을 차린 세은이 엄마마저 쓰러지겠다며 집에 돌아가라고 설득하지 않았다면 세은은 퇴원하고 그 자리에 엄마가 입원하는 사태가 벌어졌을 것이다. 잠결에서도 곁에 누가 있었는지 기척 정도는 눈치 챌 수 있으니까 엄마가 돌아갔는지 아닌지 알 수 있었다.

그러고 보면 어젯밤에 누군가 있었던 것도 같고……. 세은은 종일 자고도 약 기운에 밤 열 시쯤 돼 또 잠에 들었다. 엄마가 돌아간 것도 확인했고 간호사는 한밤중엔 세은 병실을 들르지 않았다. 꿈이었나? 꿈결로 그리운 목소리를 들은 것 같았는데.

찬이는 일이 있다고 휭허케 떠나고 세은은 엄마와 함께 퇴원했다. 철민에게 퇴원했다고 전화를 하니 떨떠름하긴 해도 예의 바른 답이 돌아왔다.

[쓰러질 정도로 아팠으면 진작 말하지 그랬어. 아픈 사람까지 부려먹을 정도는 아니야.]

거짓말, 이란 생각이 불쑥 들었지만 세은은 미안하다고 대답했다. 철민은 어딘가 초조해 보였다.

[그런데 계찬 씨하고는 무슨 사이야?]

"찬이요?"

[계찬 씨하고 아는 사이였으면 그렇다고 말이라도 했어야지. 계찬 씨가 쫓아왔을 때 내가 얼마나 놀랐는지 알아?]

그렇다면 지금 철민의 어색한 예의 바른 모습은 찬의 영향이란 뜻인가 보다. 세은은 픽 웃어버렸다. 세은이 철민 자리에 앉을지도 모른다는 소문을 듣긴 했어도 정작 철민은 세은에게 어떤 백이 있는지는 몰랐던 모양이다. 생각해 보면 몰랐기 때문에 세은을 더 함부로 대할 수 있었던 것 같았다. 이제 찬의 존재를 알게 됐으니 좀 편해지려나? 세은은 속으로 키득거렸다. 찬아, 넌 나보고 고집스럽다고 했지만 나 그렇게 순진하지만은 않거든. 지금도 네 이름 듣고 사색이 된 구철민 때문에 너무 고소하다고. 앞으로 내가 얼마나 편해질지도 기대되고. 나도 사회생활 하루이틀 해먹은 게 아니란 말이지. 이용할 수 있는 건 죄다 이용해야 해, 아암.

[채은형은 또 뭐고.]

목구멍을 간질이던 웃음 기운이 싹 달아났다. 채은형?

[세은 씨 쓰러진 날 우리 대기실까지 쫓아와서 얼마나 지랄, 아니, 난리였는데. JA 애들보고는 기본도 모르냐고, 한 팀 멤버가 아파서 쓰러지든 죽어 나자빠지든 신경도 안 쓰냐고, JA 애들 다시 봤다고 난리지. 나보고는 세은 씨 담당이냐고, 똑바로 처신하라고 죽일 듯이 덤벼들지. JA 애들은 채은형 그렇게 무서운 줄 몰랐다고 울기까지 했다니까. 아니, 세은 씨는 그냥 팬이었다면서. 채은형은 왜 그 지, 아니, 난리야?]

철민은 은형 때문에 쌓인 게 많았나 보다. 은형이 대기실에 쳐들어와서 얼마나 퍼부어댔는지를 세은에게 하소연했다. 세은의 가슴이 아릿해 왔다. 대체 왜 채은형이? 기절하기 직전 채은형의 목소리를 들은 기분도 나지만 병원에 데려다 준 건 승행이라서 승행과 은형의 목소리를 착각한 줄 알았다. 하지만 정말 채은형이었던 건가?

그게 설마 채은형이었다 해도 버려두면 버려뒀지 챙길 사람이 아닌데. 정말 채은형이었다 해도 JA를 쫓아가 세은을 편들며 막 퍼댈 사람이 아닌데. 세은은 오히려 채은형이 맞느냐고 되묻고 싶었다. 혹시 동규나 재민하고 헛갈린 건 아니고? 아니, 동규나 재민이라도 JA를 쫓아가 막 퍼지르지는 않았을 것이다.

믿을 수가 없었다. 채은형이, '그' 채은형이 세은을 편들고 세은을 대신해 JA를 윽박지르고 화를 냈다니.

[그래서 언제 출근할 수 있어? 지금 임시로 사람을 쓰는데 죽을 맛이야. 진짜 운전만 할 줄 알지 길도 몰라, 말귀도 못 알아먹어. 세은 씨 빨리 오라고.]

살다 살다 철민에게서 SOS를 듣는 날이 올 줄은 몰랐다. 임시로 온 사람이 어지간히 꼴통이거나, 철민의 성정을 파악하고 뻗대거나 둘 중 하나일 것이다. 괘씸한 마음에 좀 느긋하게 쉬다 출근할까 하다가도 너무 쉬었다간 간신히 익힌 감이 사라질까 봐 무서웠다. 세은은 지금 퇴원하는 길이니까 내일은 정상적으로 출근하겠다고 답했다. 몇 시까지 출근해야 하는지 미리 확인한 뒤에 전화를 끊었다.

엄마가 운전하는 차 안에서 세은은 힘없이 늘어졌다. 병은 나아 퇴원을 했지만 체력까지 돌아온 건 아니었다. 엄마는 통화 내용을 듣고 며칠 더 쉬어야 하는 거 아니냐고 걱정이었다. 세은도 하루만 더 미룰까 갈등했다. 하지만 더 쉬었다간 늘어지기만 하지 체력이 원상회복되긴 힘들 것 같아 일을 다시 시작하면서 체력을 보충하기로 했다. 찬이란 백 덕분에 철민의 태도가 부드러워지리라 기대하며.

엄마가 라디오를 켰다. 항상 듣는 FM 라디오에서 익숙한 목소리가 흘러나왔다.

『넌 언제까지고 내 곁에 있을 줄 알았어, 내가 널 차갑게 대해도, 너만은 내 곁에 있을 거라 믿었던 거야.』

세은은 불편하게 자세를 고쳤다. 채널을 다른 곳에 돌리려는데 엄마가 막았다.

"네가 좋아하는 걔들 아니야?"

엄마는 EM이란 이름을 알면서도 항상 '네가 좋아하는 걔들' 혹은 R&B 특유의 창법을 흉내 내며 '우어어어' 라고 불렀다. 세은은 고개를 주억거렸다.

"내버려 둬. 노래 좋던데."

세은은 정말로 놀랐다. 엄마는 세은이 편의점에 EM 앨범을 틀어놓고 있으면 귀에 딱지가 앉겠다고 타박했었다. 세은과 교대할 때면 가차없이 FM 라디오를 틀거나 아예 아무것도 틀지 않았다. 그런 엄마가 먼저 EM의 노래가 좋다고 말씀하시다니.

"노래가 좋아?"

"이번 노래는 좋더라. 우어어어 하는 것도 좀 덜하고."

그건 아마도 리드 보컬이 은형으로 바뀌었기 때문일 것이다. EM 음악의 특징이라고 할 수 있을 만큼 재민은 일종의 추임새를 노래마다 넣었었다. 엄마는 그걸 듣고 '우어어어' 라고 하시는 건데 재민의 목소리에 귀가 익은 사람들은 이번 타이틀 곡 '너만은'

이 좀 싱겁다고도 평했다. 하지만 그 이상으로 엄마처럼 EM 노래 좋네 하고 평하는 사람들도 는 모양이다. 엄마는 정말 1집부터 4집까지 성에 차는 노래 하나 없다고 불만을 토로했었다.

『돌아와 달라면, 날 다시 사랑해 달라면, 넌 슬프게 웃겠지. 슬프게 웃으며 내 손을 뿌리치겠지. 다정한 넌 그저 고개만 저을 거야. 내가, 내가 어떡하면 좋을까.』

"이거 사실은 너한테 하는 말 아니야?"

노래가 끝나고 DJ의 멘트가 시작되는데 엄마가 끼어들었다. 세은은 정말 기함을 했다.

"무슨 소리야?"

"너 요즘 EM인가 뭔가 하는 애들 안 쫓아다니잖아. 매일매일 정말 알뜰살뜰하게도 챙기더니. 새로 일을 시작했으니까 그렇겠지만 EM인지 뭔지는 네 사정까지는 모를 거 아니야. 그냥 매일 보이던 애가 보이지 않으니까 허전해서 만든 노래 아니야?"

"엄마……."

정말 누가 들으면 큰일날 소리였다. 세은은 한숨만 내쉬었다.

"왜, 아니라고 누가 장담할 수 있대? 삼 년인가 사 년인가 주구장창 쫓아다녔는데 그런 애가 안 보여봐, 누구라도 서운해지지."

"그럴 사람 아니야."

"아니라고 해도 사람은 자기가 내뱉은 말만큼 모질지 못한 법이야."

하지만 정말 아니야, 엄마. 그 사람은, 그 사람만큼은…….

그럼 그 키스의 의미는 뭔데?

세은은 눈을 질끈 감았다. 앓고 난 지 얼마 안 돼서 그러나 여느 때라면 웃고 넘길 이야기조차 범상치 않게 들렸다. 엄마는 왜 그런 얘기를 해갖고⋯⋯. 마음이 심란했다. 채은형은 결단코 세은을 생각하며 노래를 만들 사람이 아닌데, CF의 노래 때도 그렇고 이번 노래도 그렇고, 자꾸만 '혹시나' 하는 생각을 갖게 된다.

생각하지 말자, 생각하지 말자. 일을 그만두라고 윽박질렀던 거나, 어쭙잖게 입술이 부딪쳤던 거나, 세은이 쓰러진 사실을 알고 JA에게 화를 냈던 거나, 꿈속에서 세은을 품에 안고 노래를 불러주었던 그 모두.

꿈에선, 꿈이라서 세은은 행복했었다. 기억을 잃어도 은형에게 반감을 품어도 어찌 된 일인지 은형의 목소리만큼은 싫어지지 않았다. 은형의 재능이 일궈낸 음악만큼은 결코 질리지가 않았다. 쓰러지기 직전 은형의 목소리를 들은 기억 때문인지 어젯밤엔 은형이 노래를 불러주는 꿈을 다 꾸었다. 그의 목소리에 좀 슬퍼졌던 것 같다. 무언가 기억이 날 듯 말 듯 머릿속을 들락거렸지만 가물가물하기만 하다. 그저 슬퍼서 울어버렸고 그런 세은 곁에 은형이 있었던 게 꿈의 전부였다.

대체⋯⋯. 싫다 싫다 하면서 사실은 좋아하는 철부지도 아니고, 정말로 싫은데 왜 꿈까지 꾸었나 모르겠다. 오늘 엄마에게 이런 말을 들으려고 전날 은형 꿈을 꾸었나 보다.

세은은 차창에 가만히 기댔다. 다행히 엄마는 더는 채은형 이야기를 꺼내지 않았다. 창밖으로 시린 2월의 풍경이 스쳐 지나가고 있었다.

동규는 2월을 마지막으로 일을 그만두었다. 다들 아쉬움 속에 동규를 보내주었다. SOO가 창업하고 EM이 결성된 시점부터 함께했던 멤버였다. 이렇게 헤어지더라도 연락은 꾸준히 하자며 인사를 나누었다.

승행은 메인 매니저가 되고 나서도 특유의 어리바리함은 가시지 않았지만 동규 곁에서 이삼 년간 보고 배웠던 게 있어 꽤 매끄럽게 일을 시작했다. 새로 고용한 로드 매니저는 굉장히 말수가 적고 수줍음을 많이 타는 청년이었는데 승행의 나이를 생각해 승행보다 어린 사람을 일부러 찾은 것이라고 했다. 아직 군에도 다녀오지 않았고 이 년제 대학을 다니다가 중도에 그만두었다고도 했다. 특별히 뭔가 하고 싶었던 것이 있었는지 재민이 물었지만 상대는 멈칫거리기만 했다. 재민이 나중에 SOO의 실장에게 어떻게 채용하게 됐는지 물으니 가장 조용하고 말수가 없어서 은형의 신경을 덜 건드릴 것 같아 뽑았다고 했다. 은형은 할 말이 없었다.

청년, 윤서는 존재감도 희미한 사람이었다. 같은 자리에 있으면서도 가끔 윤서를 찾아 두리번거릴 때가 있었다. 승행이 자기 경험을 떠올려 윤서에게 이것저것 조언했는데 윤서는 번번이 무반응이라 제대로 알아들은 건지 아닌지 알 수가 없었다. 승행이 자기 밑에 들어온 사람이라며 최대한 챙겨도 윤서는 변함이 없었다. 결국 승행이 윤서가 없는 자리에서 대체 무슨 생각을 하는 놈인지 모르겠다고 한숨을 내쉬었다. 함께 일한 지 열흘 정도가 됐는데 정시에 출근한 적이 드물었고, 집합 장소를 따로 알려줘도 꼭 사무실로 출근한다는 것이다. 승행은 은형이랑 한솥밥을 먹어서인지 갈수록 예민해졌다. 재민이 은형을 툭 치면서 점점 누구 닮아간다고 히죽거렸다. 은형은 이번에도 할 말이 없었다.

한 가요 순위 프로그램에서 EM이 드디어 1위를 차지했다. 컴백한 지 약 두 달 만의 쾌거였다. SOO 사장은 오히려 1위가 너무 늦었다고 툴툴거렸다. EM은 출연을 위해 방송국으로 이동했는데 그곳에서 GIL과 마주쳤다. GIL은 이미 작년에 2집 활동을 접었었다. 오늘은 라디오 게스트로 참가하기 위해 왔다가 EM이 온다는 말에 인사차 들렀다는 것이다.

GIL의 3집에는 자신이 직접 만든 곡을 넣을 예정이라 GIL은 한동안 작업실에서 살았다. EM도 GIL을 만나는 건 오랜만이었다.

"작업은 잘돼?"

은형이 느긋하게 물었다. GIL은 눈을 반짝거렸다.

"제가 생각해도 엄청난 곡들이 탄생하고 있어요. 제 앨범에 제 곡을 넣을 생각을 하니까 마구마구 악상이 떠오르는 거 있죠."

은형은 풋 웃었다. 아무래도 GIL을 과소평가했던 모양이다. 지금쯤은 울며불며 못하겠다고 어리광 부릴 줄 알았던 것이다.

"언제든 힘들면 말해. 내 쪽에선 이미 준비 완료니까."

"계속 5집 앨범 만드시던 게······."

GIL은 당했다는 표정이었다. 은형이 EM의 5집 앨범 발매를 늦출 정도로 일이 많다는 건 GIL도 알고 있었다. 그래서 자기의 앨범까지는 아직 신경을 못 쓰는 줄 안 모양인데, 어림없었다. 은형은 기술적인 문제로 앨범 발매를 늦췄을 뿐이지, 5집이든 GIL의 3집이든 자기 몫은 충분히 해치운 다음이었다. GIL은 은형이 GIL의 3집 작업에 들어가기 전에 자기가 먼저 자기 곡을 내놓고 싶었던 듯했다. GIL의 의욕에 칭찬을 해줘야 할지, 선생님을 너무 만만히 보았다고 혀를 찰지, 은형은 그저 힘내라며 GIL의 어깨를 토닥였다.

"너도 하면 돼. 기대하고 있을⋯⋯."

"그, 그 손 못 떼!"

대기실에 들어가지 않고 잠깐 들렀다던 GIL을 위해 복도에 서 있던 EM이었다. 재민은 먼저 준비하겠다고 들어가고 은형이 재민이 준비하는 틈을 타 GIL과 대화를 나누고 있었다. 그들을 보고 소리 친 건 EM의 새 로드 매니저 윤서였다. 은형은 정말 자기를 보고 소리 지른 건가 싶어 순간적으로 멍해졌다.

코앞에 윤서가 다가왔다 싶은 순간 눈앞이 깜깜해졌다. 몸이 휘청이며 벽에 밀쳐지는 감각과 턱부터 뇌까지 징하게 울리는 감각이 동시에 일어났다.

"서, 선생님!"

GIL은 은형이 발굴해 키운 후배 가수였다. 하지만 GIL은 은형을 선배가 아닌 선생님으로 깍듯하게 모셨다. 은형과 GIL이 여덟 살 정도의 나이 차이가 있는 것도 한몫했을 것이다. 그러나 저러나 은형은 뒤에 벽이 있어서 가까스로 넘어지는 건 면했다는 걸 깨달았다. 그와 동시에 턱이 시큰시큰 저려왔다.

큰 소란이 일었다. 윤서가 갑자기 미친개처럼 은형에게 달려든 것이다. 지나가던 스태프들이 일제히 윤서를 뜯어말리기 시작했고 소란을 들은 재민과 찬미가 달려나왔다. PD와 대화를 나누던 승행이 달려온 건 그 다음이었다.

"내가 이럴 줄 알았어! 이 더러운 새끼! 감히 내, 내 천사에게 그 더러운 손을! 네가 프로듀서면 다야! 우리 GIL이 너한테 찍소리도 못한다는 거 알고? 이 짐승만도 못한 새끼, 이 더러운 새끼, 이 추접한 놈!"

은형은 맞아서 화가 난 것도 당연히 있지만 솔직히 어처구니가 없었다. 윤서의 말만 들은 사람이라면 은형이 꼭 자기 지위를 이용해 GIL을 희롱한 줄 알겠다. 은형은 가만히 뒀다간 끝도 없겠단 생각에 GIL을 밀치려고 했다. GIL은 새하얗게 질린 채 윤서를 보고 있었다. 그것도 모자라 휘청거리기까지. 은형은 반사적으로 GIL을 부축했다. 윤서가 더욱 길길이 날뛰었다. 남자 몇 명이 달려들어도 윤서는 악으로 덤벼들었다.

"당장 그 더러운 손 못 떼!"

"바, 박신구……."

"박신구?"

"스토커예요. 대, 대체 여길 어떻게……."

"GIL! GIL! 내가 구해줄게! 저 더럽고 추잡한 놈한테서 내가……!"

결국 그날, EM은 방송을 펑크 내고 말았다. 은형의 턱부터 뺨까지 시뻘겋게 부어올라 분장을 해도 가려지지 않았던 것이다. 외관은 머플러라도 둘러서 무대에 선다 하지만 문제는 노래였다. 입 안이 동시에 찢어진 탓에 입을 크게 벌릴 수가 없었다. 은형은 그 래도 무대에 서려고 했다. 하지만 청소년들이 보는 프로그램이라 멍이 든 얼굴을 내보낼 수 없다며 PD가 단호히 막았다.

EM 측에서는 막대한 손실을 받았다. 생방송을 펑크 낸 PD에게 미운 털이 단단히 박혔을 뿐 아니라 윤서, 아니, 박신구가 일으킨 소란으로 방송 준비에 차질까지 빚게 되었다. 게다가 박신구가 내 뱉은 말들이 모두 오해의 소지가 가득해 그 뒷수습을 어찌해야 하 는지도 골치였다.

소식을 들은 SOO 사장까지 달려와 PD와 스태프들에게 일일이 사과했다. 이번에는 예기치 못한 상황이라 PD도 정상참작은 해주 었지만 EM을 보는 시선은 곱지 않았다. EM은 앞으로 행동거지 를 더욱 조심해야 했다.

박신구는 GIL의 스토커였다. GIL이 2집 활동을 시작하면서부 터 나타났다는데 집까지 쫓아와 편지함에 편지를 넣는 것쯤이야 애교로 봐줄 수 있었다. 하지만 그 편지의 내용이 점점 섬뜩해졌 단다. 처음에는 GIL이 얼마나 예쁜지, 얼마나 마음의 평안을 주는 지로 시작해, 시간이 지날수록 왜 나를 알아주지 않느냐고, 너 때 문에 얼마나 괴로운지 아느냐고, 하루에도 열댓 번씩 너희 집 앞 을 서성거린다고, 오늘 네 손을 잡았던 그놈이 손목을 잘라내고 싶었다는 것 등으로 변질되었다.

그래도 편지뿐이고 실제로 피해를 당한 적 없어 GIL은 이 사실 을 숨기고 지나갔다. GIL의 매니저조차 박신구에 대해 몰랐다.

GIL은 대신 스타일리스트와 박신구의 일을 상담했던 것 같았다. 나중에는 GIL뿐 아니라 스타일리스트도 훈계를 받게 되었다.

여하간 편지뿐이던 박신구는 GIL이 활동을 접자 갑자기 광분하기 시작했단다. GIL의 집 앞에서 기다렸다가 불쑥 나타나기도 두어 번, GIL이 기겁을 하자 놀랐다면 미안하다고 오히려 사과까지 했단다. 하지만 GIL의 메일이며 미니홈피에 매일같이 GIL의 사진을 올렸다고 했다. GIL은 팬들이 사진을 올릴 수 있도록 미니홈피에 방을 하나 열어놨는데 그곳에 GIL의 매일의 모습이 담긴 사진이 올라왔다. 피곤에 지쳐 힘겹게 대문을 여는 모습이나, 아침에 늘어지게 하품을 하며 대문을 나서는 모습, 어쩔 땐 팩에 든 주스를 쪽쪽 빨고 있는 모습이라든지, 키보드 앞에서 턱을 괴고 있는 모습, 자장면 그릇을 들고 단무지를 집는 모습 등등 GIL의 아침부터 밤까지의 일상생활이 빠짐없이 찍혀 있었다.

하품을 해도 예뻐 보이는 사진이었다. 빨대를 물고 신발을 신는 사진도 어느 화보집의 한 면 같았다. 대문을 여는 것도, 늘어지게 기지개를 켜는 것도, 모두 어느 합의하에 전문 포토그래퍼가 찍어 올리는 사진 같았다. 그래서 팬들도 모두 귀엽다며 난리였다. GIL이 미니홈피에 접속하는 족족 사진을 지워도 다음날이면 또 다른 사진이 올라와 있었다.

장소는 항상 집 앞만이 아니었다. 작업실일 때도 있고 편의점일 때도 있었다. 차 안일 때는 대체 어떻게 찍었는지 소름 끼쳤다고 했다. 직접 드러내진 않지만 GIL을 스토커하고 있다는 건 확실했다. GIL은 결국 스타일리스트와 합의해 매니저에게 박신구의 존재를 알리기로 했다.

하지만 갑자기 그 모든 활동이 뚝 끊어졌다. 하루, 이틀, 일주일, 열흘. GIL은 박신구가 이제 자기를 포기한 줄 알았다고 했다. 설마 가명까지 사용해 EM의 로드 매니저로 취직했을 줄은.

윤서, 박신구가 툭하면 지각했던 것도 이해가 되었다. GIL의 집을 들렀다 오기 때문이었다. 집합 장소를 다른 곳으로 지정해도 꼬박꼬박 사무실에 왔던 것도 GIL을 만나기 위해서였다. 사람들에게 함부로 자기 얘기를 하지 않고 항상 조용했던 건 자기가 GIL의 팬이라는 걸 알려서 좋을 게 없다는 걸 알고 한 행동이었다.

정말 치밀한 놈이었다. 아마 은형이 GIL에게 무심코 손을 대지 않았다면 박신구는 끝까지 GIL의 스토커라는 본래 정체를 숨겼을 것이다. SOO에서는 이력서와 주민등록등본을 받았는데 이력서는 날조한 것이고 주민등록등본은 친구 것이었다. 하지만 이런 일이 터져 직접 확인하기 전까지 누가 이력서와 주민등록등본이 가짜라고 생각했겠는가. 월급 지불이며 여러 가지 서류 작성을 위해 주민등록등본을 요구할 뿐 신원 확인용으로 활용하지 못한 SOO 쪽의 잘못이었다. 그도 그럴 것이 여태까지 EM이나 GIL이나 다른 가수들을 보겠다며 취직하려는 사람들은 없었으니까. 가수들과 친해질 욕심으로 취직하려는 사람들은 또 대번에 티가 났다. 자기는 숨기려고 해도 마지막으로 질문할 것이 있으면 하라고 할 때나, 어떤 소소한 계기 하나로 본래 의도가 드러나고 만다. 그러니 SOO 입장에서는 불순한 의도로 취직하려는 인간들은 모두 걸렀다고 철석같이 믿고 있었다.

박신구는 우선 경찰에 넘겼다. 어떤 결과가 나올진 모르지만 GIL의 미니홈피에 올렸던 사진과 은형에게 욕설을 퍼부으며 주먹질을 한 사실이 스토커임을 입증할 것이다.

GIL은 한동안 SOO에서 마련한 아파트에서 지내기로 했다. 작업도 최대한 새로 마련한 아파트에서 마무리 짓기로 했다.

이제 남은 문제는 EM의 새 로드 매니저였다. 일이 이 지경이 되고 나니 새로운 사람을 뽑는다는 게 넌덜머리가 났다. 새삼 승행이 기특하다고 생각하는 은형이었다. 승행은 정말 매니지먼트 쪽에 관심이 있어 이 바닥에 뛰어든 거라 힘들어도 군소리 한 번 하지 않았고, 유명 가수를 봐도 뒤에서 호들갑을 떨 뿐 피해를 끼친 것도 없었으니까. 동규도 그랬고, GIL의 현재 매니저나 로드 매니저도 마찬가지였다. 그래서 은형은 무의식중에 매니저는 모두 연예인을 봐도 무덤덤한 사람이라고 인식했던 것 같다.

"이번엔 믿을 만한 사람으로 구해야 할 텐데."

SOO 사무실에 EM과 승행, SOO 사장과 실장이 모였다. 회의실에 자리 잡은 그들 사이에는 한동안 침묵이 감돌았다. 실장의 한 마디에 남은 네 사람은 동시에 한숨을 토했다.

승행 혼자 로드 매니저도 하고 전담 매니저도 하라는 건 너무 가혹했다. EM은 갓 활동을 시작했고 곧 콘서트도 준비해야 하기 때문에 로드 매니저의 존재가 절실했다. 그렇다고 일이 급해서 아무나 데려다 놓자니 이번 일로 너무 크게 데였다.

언뜻 생각나는 사람이 있었다. 은형은 하지만 주먹을 꾸욱 움켜

쥐었다. 이쪽으로 오려고 하지도 않을뿐더러 오히려 은형과 얽힌 일이라면 멀리멀리 도망치고 말 사람이었다. 하지만 아무리 생각해도 그 이상의 적임자는 떠오르지 않았다.

이세은. 세은 이야기를 어떻게 꺼내본다. 은형이 세은 일을 입에 올리면 다들 미친놈 보듯 그를 볼 것이다. 은형이 바라는 것과 정반대로 '네가 세은이 이야기 꺼내지 않아도 처음부터 제외시킬 거다' 라고 나설지도 모른다.

"그런 거 보면 세은인 착한 거야."

재민 역시도 박신구 때문에 한참 놀라서 얼굴이 하얗게 질려 있었다. 이제야 원래 안색으로 돌아온 재민은 은형의 마음을 읽은 것처럼 세은의 이야기를 꺼냈다.

"이런 때 세은이 얘기해서 미안한데, 박신구를 생각하면 생각할수록 세은이랑 비교돼서. 세은인 2집인가 3집 때부터 우리 쫓아다녔지? 하지만 한 번도 피해 끼친 적 없었어. 오히려 도움이 되면 됐지. 넌 소름 끼치게 싫어했지만 박신구 봐라. 박신구보단 훨씬 낫지 않냐?"

"오히려 세은이 같은 팬이면 환영이지. 해줄 거 다 하고, 해주면서 귀찮게 구는 건 별로 없고, 요구하는 것도 없고."

"물론 당하는 은형이 네 입장이야 귀찮고 힘들었다는 거 알지만."

서로 돌아가며 한 마디씩이었다. 승행조차도 옆에서 주억거리고 있었다. 은형은 이쯤 해서 물고를 틀 필요를 느꼈다.

"요즘 세, 이세은 뭐 한대?"

무의식중에 '세은이'라고 친근하게 부를 뻔했다. SOO 사람들 앞에서는 실수로라도 세은을 다정하게 부른 적이 없었다.

"전에 쓰러진 이후에도 계속 JA 로드를 한대요."

"세은이가 로드를 한다고? 언제부터?"

승행의 대답에 SOO 실장이 놀라 되물었다. 이 바닥에 모르는 소문 없이 빠삭한 실장이라도 미처 세은의 소식까지는 몰랐던 모양이다.

"SI에서 매니저 보조던가, 잡일꾼 비슷하게 알바를 하다가 정식으로 JA 로드 매니저로 취직된 것 같더라고요. 로드 한 지 이제 이삼 개월? 좀 더 됐나?"

"세은이라…… 세은이 정도면 진짜 나쁘지 않은데."

SOO 실장이 중얼거렸다. 사장이 세은이가 누구냐고 묻지 않은 걸 봐선 얼추 세은에 대해 아는 것 같았다. 다들 은근슬쩍 은형의 눈치를 보았다. 은형은 헛기침을 하며 일어났다.

회의실을 나가며 문을 살짝 열어두었다. 문 앞에 놓인 책상에 살짝 걸터앉아 기다리니 실장의 목소리가 어렴풋하게 들려왔다.

"세은이가 근데 로드를 할 수 있을까? 여간한 남자애들도 다 녹다운 되는데."

"그래도 꽤 하나 봐요. JA 예전 로드를 아는데 일주일하고 때려치웠거든요? JA 애들 성격이 보통이 아닌 데다 로드를 무슨 종놈으로 안다고. 그런데 세은 누나는 거기서 벌써 몇 개월은 버텼잖아요. 조건 면으로 보면 우리 쪽이 훨씬 좋기도 하고."

승행이 대견하다는 듯한 어조로 말했다.

"콘서트 시작하면 얘기가 달라지지. 정말 전국 방방곳곳을 돌아다녀야 하는데 그럴 체력이 있겠어? 전에 쓰러지기도 했었다며."

"몇 년간 우리 콘서트마다 쫓아다닌 체력도 있잖아요. 그것도 무시할 수 없죠. 승행이 때도 그랬지만 장거리 뛸 땐 승행이랑 동규 형이랑 번갈아서 운전했었고."

재민이 거들었다. 은형은 조용히 숨을 죽였다. 잘한다, 서재민.

"하지만 세은이가 적임자면 뭐 해. 세은일 쓰겠다면 지랄 지랄하며 난리 칠 인간이 있는데."

실장이 뾰족한 목소리로 툭 내뱉었다. 은형은 당장이라도 뛰어들어 가 이젠 안 그럴 거라고 대꾸하고 싶었다.

"그렇죠? 은형이가 세은이 때문에 괴팍해지면 누가 책임질 거야, 대체."

서재민, 너 잘 나가다가 이렇게 삐딱선 탈래?

"어, 은형이 형 아직까지도 세은 누나 많이 싫어해요? 전에 봤을 땐 아닌 것 같던데."

승행이었다. 은형은 찔리는 게 많아 내심 맘을 졸였다.

"은형이가 왜?"

실장이 관심을 보였다.

"세은 누나 쓰러졌을 때요. 은형 형이 얼마나······."

"뭐 지난 일 갖고 그러냐. 나도 세은이 쓰러진 거 발견했음 똑같았을 거야. 아니, 사람이란 게 그렇잖아. 아는 사람이 쓰러졌으면 아무리 몰인정한 인간이라도 관심을 갖기 마련이지."

재민이 다시 초를 쳤다. 아니, 저 자식은 돕겠다는 거야, 훼방 놓겠다는 거야? 승행의 한마디였으면 은형이 세은을 다시 보고 있다는 걸 실장과 사장이 알게 되었을 것이다. 그럼 두 사람은 세은을 고용할 마음이 들 테고, 은형은 가만히 입만 벌리고 있어도 감을 따먹게 될 터였다.

"세은이가 우리 쪽으로 올까도 문제고."

"은형이가 있잖아."

실장의 서슴없는 대답. 은형은 쿡 쑤시는 가슴을 슥슥 문질렀다. 이제 그 공식은 무효가 됐답니다. 재민의 목소리가 이어졌다.

"이젠 아닐걸요. 전에 세은이가 은형이 기억만 싹 다 잊었다는 거 잊으셨어요?"

"아직 기억이 안 돌아왔어? 세은이도 어지간히 독하다. 이제 좀 기억을 되찾을 때도 됐잖아."

"그게 마음대로 되나요?"

"왜, 은형이에 대한 것만 지웠다면 자기 의지도 작용했다는 거잖아. 기억을 되돌릴 마음이 있다면 진작 되돌렸겠지."

"그래도 마찬가지네요. 기억을 되돌릴 마음이 없을 정도로 은형이한테 질렸단 건데 이쪽에 오고 싶겠어요?"

은형은 더는 듣지 못하고 결국 사무실을 빠져나갔다. 구구절절이 옳은 말만 들었다. 은형도 인정하고 있던 사실이었는데 자꾸 뭔가 울컥울컥해서 듣고 있을 수가 없었다. 마치 심장에 낚싯바늘이 걸려 그가 호흡할 때마다 여기저기 헤집고 갈가리 찢어대는 것 같았다. 은형은 차를 버려두고 한참을 걸었다. 숨통이 막혔다.

재민이 옳았다. 세은은 은형과의 기억만 싹 다 지웠다. 은형이 싫어져서, 은형이 미워져서. 세은이 기억을 잃은 그날, 은형은 억지로 묻어버린 그날의 기억을 떠올렸다.

하얗게 눈이 내리던 날이었다. 은형은 소복소복 쌓이는 눈을 보고 담배나 태울까 싶어 테라스로 나갔다. 비상구 겸 테라스에는 담배꽁초로 반쯤 채워진 종이컵에마저 눈이 쌓이고 있었다. 은형은 눈이 쌓인 난간을 탁탁 털어 살짝 엉덩이를 걸터앉았다.

담배를 반이나 태웠을까, 테라스 문이 열렸다. 세은이었다. 은형은 반사적으로 위가 딱딱하게 굳어졌다. 젠장, 왜 나온 거야. 혼자 있던 게 잘못이었다. 은형은 담배를 짓이겨 끄고 안으로 들어가려다 내가 먼저 왔는데 왜 자리를 피해야 하냔 생각에 오기로 버텼다.

여자는 특유의 멈칫거림으로 입구에서 서성거리고 있었다. 저 움찔거리고 멈칫거리는 게 싫었다. 그에게 잘 보이려고 눈치를 보는 점이나 다른 사람들과는 달리 유독 은형을 대할 때 어투가 부드러워지는 것들 모두가 싫었다. 은형은 괜스레 계단 너머로 시선을 던졌다. 여자 쪽은 실수로라도 쳐다보고 싶지 않았다.

"거기 있다간 감기 걸려요."

남이사. 걱정스레 꾸민 목소리를 들으니 인내심의 한계가 코앞에 드러났다. 어서 들어가라고, 내가 감기 걸릴 정도로 미련하게 여기 있는 건 다 너 때문이잖아. 은형은 팔짱을 껴 추위를 물리치려 했다.

"저, 아니면 이거라도 마셔요. 은형 씨가 항상 마시던 거 같아서 사 왔어요."

내가 항상 마시는 게 뭔지 알아서? 그러지 않으려고 했는데 여자가 자신만만하게 아는 척을 해 흘끗 여자가 내민 것을 돌아보았다. 베지밀 A였다. 정말로 은형이 항상 마시던 음료였다. 드디어 인내심이 극에 달했다. 소름이 후룩 덮쳤다. 이 여자, 대체 어째서 내가 마시던 것까지 알고 있는 거지? 대체 누구한테 들은 거야! 동규 형인가? 재민일 수도 있겠다. 누구든, 정말로 짜증이 났다!

"아, 이, 이게 싫으시면 다른 거라도 뭐……."

"짜증이 나."

은형은 이를 부득 갈았다. 이젠 정말로 못 참겠다. 그의 일거수일투족을 감시하는 걸로 부족해 기호까지 알아낸다. 너 대체 나랑 뭐 하자는 거냐. 난 가수야, 작곡가야! 내 목소리와 내 재능은 팔지언정 내 몸과 영혼은 팔지 않는다고! 네 참견도 이젠 지긋지긋해. 이제 너란 인간 더는 못 참겠어!

"네, 네?"

여자의 동그랗게 치켜떠진 눈매가 가증스럽다. 놀라는 척하는 품이 일품이다. 이런 순간을 기다렸을 거면서, 은형과 둘만 있는 상황을 연출하려고 안달이 났었으면서.

"내가 정말 바라는 건 이세은 씨와 다신 부딪치지 않는 거야. 제

발 좀 꺼져 주겠어?"

은형은 여자를 밀치고 안으로 들어가려 했다.

정말 찰나적인 일이었다. 바닥은 눈이 쌓여 있어 미끄러웠고, 여자는 순간적으로 중심을 잃었다. 아차, 하는 순간 여자가 계단 밑으로 굴러 떨어졌다. 은형은 너무도 놀라 꽁꽁 얼어붙었다.

막내인 혜영이 쫓아 나온 건 바로 그 직후였다.

그리고 세은이 정신을 차렸을 땐 은형에 대한 기억만이 싹 사라져 있었다.

택시에 몸을 싣고 도착한 곳은 은형의 집이 아니라 세은의 집 앞이었다. 세은이 일을 마치고 집에 돌아왔는지, 아직도 일하는 중인지도 모른 채 찾아왔다. 오려고 의도한 것도 아니었다. 따끈한 택시에 오르자마자 그는 반사적으로 세은의 동네 이름을 대었다. 중간에 몇 번이나 차를 돌릴 기회가 있었는데 목적지에 도착할 때까지 은형은 침묵했다.

편의점은 역시나 환하게 밝혀 있었다. 저녁이 무르익어 가는 시간이라 거리에는 지나다니는 사람이 드문드문 있었다. 하지만 아무도 은형에게 신경 쓰지 않았다. 다들 추워 머플러나 코트 깃에 얼굴을 묻은 탓이었다. 은형은 무작정 나온 탓에 코트도 입지 않았다. 턱이 덜덜 떨릴 만치 추웠지만 편의점 안에 들어갈 엄두가 나지 않았다.

왜 이곳에 온 걸까.

세은에게 했던 짓은 모두 은형에겐 당연한 처사였다. 세은의 과

한 관심, 적극적인 접근 모두 은형이 바라는 바가 아니었다. 이러다 말겠거니 하고 두었는데 그게 삼 년을 갔다. 세은이란 존재에 어느새 인이 박혀 버렸다. 이젠 세은을 보면 피하는 게 자연스러웠고, 세은의 글을 보면 외면하는 게 당연했다. 싫다 싫다, 아니다 아니다 했는데 어쨌거나 세은은 그의 삶의 한 자리를 차지하고 있었다. 이제야 깨닫게 되었다. 결국 싫은 마음도 은형 자신에게 파생된 것이니 그의 일부인 것이 당연했다. 그의 일부, 그의 감정의 한 면을 차지한 세은이었다. 세은이 사라진 건 그의 일부이자 그의 감정의 한 면, 그의 삶의 한 조각이 뭉텅 잘려 나갔다는 의미였다.

그래서 후련하다 하면서도 허전했었다. 속 시원하다 하면서도 가슴 언저리가 욱신댔었다. 마냥 좋을 줄만 알았는데 다른 사람들 속에서 자신감에 가득 차 빛이 나는 그녀를 보니 벌컥 화부터 났다. 나랑 있을 땐 그렇게 기가 죽어서 쩔쩔매더니 다른 사람들 속에선 인정받고 신뢰받으며 점점 자기 자리를 찾아갔다. 얄밉기도 하고 기가 차기도 했다. 저렇게 할 줄 아는 여자면서 왜 내 앞에선 유독 학대받은 강아지마냥 벌벌 떨었냔 말이다.

여자가 열심히 자기 삶을 일구는 모습을 볼 때면 문득문득 여자의 말이 생각났다.

"채은형 씨만 나에게서 해방된 줄 알죠. 아니요! 나 역시 채은형 씨에게 해방되었어요! 나야말로 자유라고요!"

처음엔 자기도 자유니 어쩌니 하는 여자를 비웃기 급급했는데……

그는 삶의 한 조각을 놓아준 뒤 혼란 속에서 살았다. 하지만 여자는 삶의 한 조각을 냉정히 지워 버린 뒤 정말 후련하게 훨훨 날았다.

정말로 여자는 그를 지웠다. 그도 해내지 못한 일을 여자는 해내었다. 그는 이제 엄두도 안 나는 일을 여자는, 해내었다.

하지만 당연한 거 아냐?

난 이제 그 여자를 싫어할 이유가 없는데 그 사람은 날 싫어할 이유가…… 전부니까.

세은이 은형의 기억만 쏙 지운 것도, 기억을 되찾으려는 의지가 없는 것도, 그래, 전부 실장과 재민의 말이 옳다. 그렇게 지독하게 대했는데 누군들 그 나날의 기억을 되찾고 싶을까. 삼 년은 참 긴 세월이었다. 그동안 꿋꿋한 세은을 보며 더 기가 질렸지만 사실 세은은 속으로 곪아가고 있었나 보다. 은형에 대한 기억과 감정을 지워야만 자기가 살 것 같아서 몽땅 지우고, 그 기억과 감정을 되찾으면 너무 아파서…… 다신 되찾을 생각도 안 하나 보다. 그렇게, 그렇게, 그 여자는 그렇게 힘들었나 보다.

난 그럴 수밖에 없었어! 은형의 한구석이 소리쳤다. 어디를 가도 네가 있었어, 어디를 봐도 네가 있었어. 그냥 거기 있었다면 말도 안 해. 넌 언제나 무슨 영웅이나 신적인 존재를 보듯 날 봤어. 날 숭상하고 내 모든 것을 경배했어. 난 그냥 인간인데, 모자라고 부족하고 실수투성이에 덜 자란 남자인데, 넌 내 모든 것을 사랑했어. 내가 어떤지도 모르면서 넌 내 전부를 사랑한다고 말했어! 그게 짜증이 났어. 실제 나란 인간 알고 나면 실망할 거면서, 질릴 거면서, 좋아했던 만큼 배신당했다며 날 욕하고 다닐 거면서!

날 내보이고 싶지 않았어. 내가 널 경멸해도 너한테는 경멸당하고 싶지 않았어!

대체 넌 왜…… 날 사랑한 거니. 내 뭘 보고 사랑한 거니. 너도 결국, 결국은 연예인 '채은형'을 사랑했던 거잖아. 한 남자인 인간 '채은형'을 사랑했던 거 아니잖아. 헛껍데기 빈 껍질에 가진 감정이 진짜라고 절절히 호소하는데 그걸 보고 비웃으면 안 돼? 어차피 부질없이 깨부숴질 감정인데 좀 싫어하면 안 돼? 그래도 상처받는 건 나인데!

그래서 널 싫어했어.

네 감정이 어떤 줄도 모르고. 헛껍데기를 사랑했어도, 사랑하는 사람 마음은 진짜였다는 것도 모르고.

"채은형 씨……."

세은이었다. 귀까지 푹 내려오는 털실 모자를 쓰고 두터운 파카 때문에 둥그렇게 보이는 세은이 사박사박 이쪽으로 다가오고 있었다.

"오늘은 뭐 하러…… 지금 울어요?"

은형은 세은을 와락 끌어당겼다. 세은은 파카에 감싸여 폭신폭신했다. 은형은 세은을 있는 힘을 다해 끌어안았다.

"채, 채은형 씨, 이게……."

"미안해."

자그마한, 아주 조그마한 목소리였다. 하지만 그를 밀어내려던 움직임이 거짓말처럼 멈추었다.

"미안해, 정말 미안해."

눈이 내릴 듯 춥고 시린 밤이었다. 소곤거리듯 조그마한 음성은 시린 바람 속에 흩어져 갔다.

『Reset, 네가 아니어도』 제2권으로…

『처음인가요?』

〈붉은 밤〉에서 공처가의 면모를 유감없이
보여주었던 박승열. 그는 어떻게
'갈색 곰탱' 에서 '공처가' 로 변신하였는가!
그 치밀한 사건 보고서!

● 이수림 지음 ‖ 9,000원 ●

『라 발스(La valse)』

아직 어린 그녀에게서 여자를 느껴 버린 임승제.
진실을 감추고 남자의 욕망에 흔들리는 우은조.
두 사람이 연주해 내는 절절한 사랑, 그리고 아픔.
상처받고 사랑받는 그 이중적 사랑의 멜로디.

● 채현 지음 ‖ 9,000원 ●

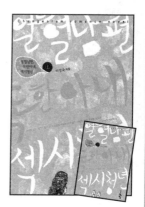

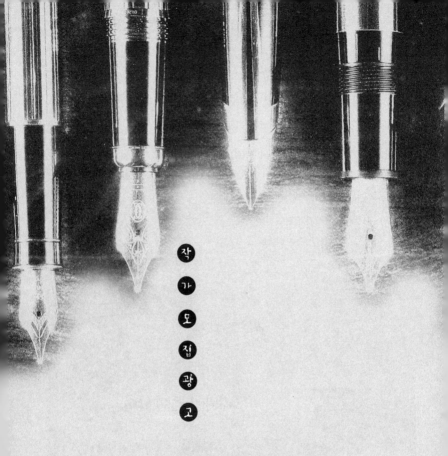

작
가
모
집
광
고

도서출판 청어람의 문은 항상 열려 있습니다.
실력있는 작가 분들의 많은 관심 부탁드립니다.

TEL:032-656-4452 • FAX:032-656-4453
http://www.chungeoram.com
http://chungeoram.egloos.com
e-mail:romance-eoram@hanmail.net